Michel Bussi

Michel Bussi, professeur à l'université de Rouen, a notamment publié aux Presses de la Cité *Nymphéas noirs*, polar français le plus primé en 2011 (Prix Polar méditerranéen, prix Polar Michel Lebrun de la 25e heure du Livre du Mans, prix des lecteurs du Festival Polar de Cognac, Grand Prix Gustave Flaubert, prix Goutte de Sang d'encre de Vienne). *Un avion sans elle* a reçu le prix Maison de la Presse en 2012, ainsi que le Prix du Roman populaire. Il s'est déjà vendu à plus de 550 000 exemplaires en France, il est actuellement traduit en une vingtaine de langues et les droits ont été vendus pour le cinéma.
Il est aussi l'auteur, toujours aux Presses de la Cité, de *Ne lâche pas ma main* (2013), *N'oublier jamais* (2014) et *Gravé dans le sable* (2014).

Retrouvez toute l'actualité de l'auteur sur :
www.michel-bussi.fr

UN AVION SANS ELLE

DU MÊME AUTEUR
CHEZ POCKET

UN AVION SANS ELLE
NYMPHÉAS NOIRS
NE LÂCHE PAS MA MAIN

MICHEL BUSSI

UN AVION SANS ELLE

PRESSES DE LA CITÉ

MIXTE
Issu de sources responsables
FSC® C003309
FSC
www.fsc.org

Pocket, une marque d'Univers Poche,
est un éditeur qui s'engage pour
la préservation de son environnement
et qui utilise du papier fabriqué à partir
de bois provenant de forêts gérées
de manière responsable.

ISBN 978-2-266-23389-7

Pour Malou, petite libellule née
avec cette histoire

23 décembre 1980, 00 h 33

L'Airbus 5403 Istanbul-Paris décrocha. Un plongeon de près de mille mètres en moins de dix secondes, presque à la verticale, avant de se stabiliser à nouveau. La plupart des passagers dormaient. Ils se réveillèrent brusquement, avec la sensation terrifiante de s'être assoupis sur le fauteuil d'un manège de foire.

Ce furent les hurlements qui brisèrent net le fragile sommeil d'Izel, pas les soubresauts de l'avion. Les bourrasques, les trous d'air, elle en avait l'habitude, depuis presque trois ans qu'elle enchaînait les tours du monde pour Turkish Airlines. C'était son heure de pause. Elle dormait depuis moins de vingt minutes. Elle avait à peine ouvert les yeux que sa collègue de garde, Meliha, une vieille, penchait déjà vers elle son décolleté boudiné.

— Izel ? Izel ? Fonce ! C'est chaud. C'est la tempête, dehors, il paraît. Zéro visibilité, d'après le commandant. Tu prends ton allée ?

Izel afficha l'air lassé de l'hôtesse expérimentée qui ne panique pas pour si peu. Elle se leva de son siège, réajusta son tailleur, tira un peu sur sa jupe, admira un instant le reflet de son joli corps de poupée turque dans l'écran éteint devant elle et avança vers l'allée de droite.

Les passagers réveillés ne hurlaient plus, mais ouvraient des yeux plus étonnés qu'inquiets. L'avion continuait de tanguer. Izel entreprit de se pencher avec calme sur chacun d'entre eux.

— Tout va bien. Aucun souci. On traverse simplement une tempête de neige au-dessus du Jura. On sera à Paris dans moins d'une heure.

Le sourire d'Izel n'était pas forcé. Son esprit vagabondait déjà vers Paris. Elle devait y rester trois jours, jusqu'à Noël. Elle était excitée comme une gamine à l'idée de jouer les Stambouliotes libérées dans la capitale française.

Ses attentions rassurantes se posèrent successivement sur un garçon de dix ans qui s'accrochait à la main de sa grand-mère, sur un jeune cadre à la chemise froissée qu'elle aurait volontiers recroisé le lendemain sur les Champs-Elysées, sur une femme turque dont le voile, sans doute mal ajusté à cause du réveil brutal, lui barrait la moitié des yeux, sur un vieil homme recroquevillé sur lui-même, les mains coincées entre ses genoux, qui lui jetait un regard implorant…

— Tout va bien. Je vous assure.

Izel progressait calmement dans l'allée quand l'Airbus pencha à nouveau sur le côté. Quelques cris fusèrent. Un jeune type assis sur la droite d'Izel, qui tenait à deux mains un baladeur-cassette, cria d'un air faussement enjoué :

— C'est pour quand, le looping ?

Quelques rires timides lui répondirent, immédiatement couverts par les cris d'un nourrisson. L'enfant était allongé dans un cosy juste devant Izel. A quelques mètres. Le regard de l'hôtesse de l'air se posa sur la petite fille âgée à peine de quelques mois, elle portait une robe blanche à fleurs orange qui dépassait d'un pull de laine écru en jacquard.

— Non, madame, intervint Izel. Non !

La mère, assise juste à côté, détachait sa ceinture pour se pencher vers sa fille.

— Non, madame, insista Izel. Vous devez rester attachée. C'est impératif. C'est…

La mère ne se donna même pas la peine de se retourner, encore moins de répondre à l'hôtesse. Ses longs cheveux dénoués tombaient dans le cosy. Le bébé hurla, plus fort encore.

Izel hésita sur la conduite à tenir, se rapprocha.

L'avion décrocha encore. Trois secondes, mille nouveaux mètres, peut-être.

De brefs cris explosèrent, mais la plupart des passagers gardèrent le silence. Muets. Conscients que le mouvement de l'avion n'était plus simplement provoqué par de simples rafales hivernales. Sous l'effet de la secousse, Izel tomba sur le côté. Son coude enfonça le baladeur-cassette dans la poitrine de son propriétaire, sur sa droite, lui coupant le souffle. Elle ne prit même pas le temps de s'excuser, se redressa. Juste devant elle, la fillette de trois mois pleurait toujours. Sa mère se penchait à nouveau vers elle, commençait à détacher la ceinture de sécurité de l'enfant…

— Non, madame ! Non…

Izel pesta. Elle tira machinalement sa jupe relevée sur son bas filé. Quelle galère ! Elle les aurait bien mérités, ses trois jours et deux nuits de plaisirs à Paris !

Tout alla alors très vite.

Un bref instant, Izel crut entendre, en écho, un autre cri de nourrisson, quelque part dans l'avion, un peu plus loin sur sa gauche. La main troublée du type au baladeur frôla le nylon gris de ses cuisses. Le vieil homme turc avait passé une main autour de l'épaule de la femme voilée et levait l'autre vers Izel, suppliante. La mère, juste devant elle, debout, tendait les bras pour serrer sa fille libérée des sangles de son cosy.

Ce furent les dernières images avant la collision, avant que l'Airbus ne défie la montagne.

Le choc propulsa Izel dix mètres plus loin, contre l'issue de secours. Ses deux adorables petites jambes gainées de noir se tordirent comme les membres d'une poupée de plastique entre les mains d'une fillette sadique ; sa mince poitrine s'écrasa contre le fer-blanc ; sa tempe gauche explosa contre l'angle de la portière.

Izel fut tuée sur le coup. En cela, elle fut la plus chanceuse.

Elle ne vit pas les lumières s'éteindre. Elle ne vit pas l'avion se tordre comme une vulgaire canette de soda au contact d'une forêt d'arbres qui semblaient un à un se sacrifier pour ralentir la course folle de l'Airbus.

Quand tout s'arrêta, enfin, elle ne sentit pas l'odeur de kérosène se répandre. Elle ne ressentit aucune douleur lorsque l'explosion déchiqueta son corps, ainsi que ceux des vingt-trois passagers les plus proches.

Elle ne hurla pas lorsque les flammes envahirent l'habitacle, piégeant les cent quarante-cinq survivants.

Dix-huit ans plus tard

1

29 septembre 1998, 23 h 40

Vous savez tout, désormais.

Crédule Grand-Duc leva son stylo et son regard se perdit juste en face, dans l'eau claire de l'immense vivarium. Ses yeux suivirent quelques instants le vol désespéré de la libellule arlequin qui lui avait coûté près de deux mille cinq cents francs moins de trois semaines auparavant. Une espèce rare, l'une des plus grandes au monde par la taille, réplique exacte de son ancêtre préhistorique. La longue libellule s'agitait d'une vitre à l'autre, au milieu d'un essaim frénétique de plusieurs dizaines d'autres libellules. Prisonnières. Piégées.

Toutes sentaient qu'elles étaient en train de mourir.

Le stylo se posa à nouveau sur la feuille. La main de Crédule Grand-Duc s'agita, nerveuse.

J'ai recensé dans ce cahier tous les indices, toutes les pistes, toutes les hypothèses. Dix-huit ans d'enquête. Tout est consigné dans cette centaine de pages. Si vous les avez lues avec attention, vous en savez maintenant autant que moi. Peut-être serez-vous plus perspicaces ? Peut-être suivrez-vous une direction que j'ai négligée ? Peut-être trouverez-vous la clé, s'il en existe une ? Peut-être...

Pourquoi pas ?

Pour moi c'est terminé.

Le stylo se leva, trembla quelques millimètres au-dessus du papier. Les yeux bleus de Crédule Grand-Duc se perdirent une nouvelle fois dans le verre lisse du vivarium, puis glissèrent vers la cheminée, où de longues flammes dévoraient un enchevêtrement de journaux, de papiers et de boîtes archives cartonnées, avant de se poser une dernière fois sur le cahier. Le stylo glissa.

Dire que je n'ai ni regrets ni remords serait exagéré, mais j'ai fait du mieux que je pouvais.

Crédule Grand-Duc fixa de longues secondes cette ultime ligne, puis referma lentement le cahier vert pâle.

J'ai fait du mieux que je pouvais, se répéta-t-il, finalement satisfait de sa conclusion.

23 h 43

Il rangea le stylo dans un pot devant lui, attrapa sur la droite de son bureau un Post-it jaune qu'il colla sur la couverture du cahier. Sa main se dirigea à nouveau vers le pot de crayons. Ses doigts saisirent un marqueur et il écrivit sur le morceau de papier, d'un large trait, *pour Lylie*. Il repoussa le cahier vers le bord du bureau et se leva.

Le regard de Grand-Duc s'attarda quelques instants sur le bureau : une plaque de cuivre y brillait. Grand-Duc lut, avec ironie, *Crédule Grand-Duc, détective privé*. Il afficha un sourire désabusé. Tout le monde l'appelait Grand-Duc depuis longtemps, maintenant, plus personne n'utilisait son prénom ridicule. Plus personne, à part peut-être Emilie et Marc Vitral. Et encore, c'était avant, lorsqu'ils étaient plus jeunes. Il y avait une éternité de cela.

Grand-Duc marcha vers la cuisine. Il jeta un dernier coup d'œil vers l'évier d'inox gris, le carrelage à dalles octogonales blanches, les placards de bois clair, fermés. Chaque élément était parfaitement en ordre, astiqué, rangé ; toute trace de vie antérieure avait été méticuleusement essuyée, comme dans une maison de location que l'on doit rendre à son propriétaire. Grand-Duc était méticuleux, jusqu'au bout, jusqu'au dernier souffle. Il le savait. Cela expliquait beaucoup de choses. Tout, en fait.

Il se retourna, s'avança vers la cheminée jusqu'à ce qu'il sente presque la chaleur lécher ses mains. Il se pencha et jeta deux boîtes archives dans l'âtre. Il se recula pour éviter la gerbe d'étincelles.

L'impasse…

Il avait consacré des milliers d'heures à aller jusqu'au bout du moindre détail de cette affaire… Tous ces indices, ces notes, ces recherches, s'envolaient maintenant en fumée. Les traces de cette enquête disparaissaient en à peine quelques heures.

Dix-huit ans d'enquête pour rien.

Quelle ironie…

Toute sa vie se résumait dans cet autodafé dont il était le seul témoin.

23 h 49

Dans quatorze minutes, Lylie aurait dix-huit ans, officiellement du moins... Qui était-elle ? Il n'avait toujours aucune certitude. Une chance sur deux, comme au premier jour. Pile ou face.

Lyse-Rose ou Emilie ?

Il avait échoué. Mathilde de Carville avait dépensé une fortune, dix-huit ans de salaire, pour rien...

Grand-Duc s'avança vers le bureau et se versa un nouveau verre de vin jaune. Du quinze ans d'âge, la réserve spéciale de Monique Genevez, peut-être le seul bon souvenir de cette enquête, au final. Il sourit en portant le verre à ses lèvres. Il n'avait rien de la caricature du vieux détective alcoolique, il était plutôt du genre à puiser dans sa cave avec parcimonie, pour les grandes occasions. L'anniversaire de Lylie en était une, ce soir. Et pour le moins, ses dernières minutes de vie aussi.

Le détective vida d'un trait le verre de vin jaune.

C'était bien une des rares sensations qu'il regretterait, l'inimitable goût de ce vin jaune lui passant à travers le corps, le brûlant d'une délicieuse douleur, lui faisant oublier le temps d'une décharge cette obsession, cette énigme sans réponse à laquelle il avait consacré sa vie.

Grand-Duc reposa le verre sur le bureau et déplaça le cahier vert pâle, hésitant à l'ouvrir une dernière fois. Il observa le Post-it jaune, *pour Lylie*.

Il resterait ce carnet, cette centaine de pages rédigées ces derniers jours… Pour Lylie, pour Marc, pour Mathilde de Carville, pour Nicole Vitral, pour les flics, pour les avocats, pour qui voudrait bien se plonger dans cette mise en abyme…

Une lecture envoûtante, sans aucun doute. Un véritable chef-d'œuvre, une enquête policière à couper le souffle… Tout était là…

Sauf la fin…

Il avait rédigé un polar dont on aurait arraché la dernière page, un thriller dont les cinq dernières lignes seraient effacées.

Une arnaque…

Sans doute, les futurs lecteurs se croiraient plus malins que lui, s'acharneraient… penseraient, eux, trouver la solution.

Après tout, il y avait cru, lui aussi… Il avait toujours eu cette espèce de certitude qu'il existait une preuve, que l'équation était possible à résoudre, qu'il était passé à côté de quelque chose. Une impression, seulement une impression, mais si tenace… Cette certitude l'avait fait vivre jusqu'à cette échéance, aujourd'hui, les dix-huit ans de Lylie, dans dix minutes… Peut-être que seul son inconscient entretenait cette illusion, pour l'empêcher de désespérer complètement, il eût été si cruel d'avoir cherché pendant toutes ces années la clé d'un problème sans solution…

J'ai fait du mieux que je pouvais, relut le détective. Le reste ne le concernait plus, maintenant.

Grand-Duc jeta un dernier regard à la pièce. Il se retint d'aller ranger la bouteille vide et le verre sale, sourit encore pour lui-même. Les flics et les médecins légistes qui se pencheraient sur son corps, dans quelques heures, ne se préoccuperaient pas d'un verre non essuyé. Son sang et sa cervelle allaient se répandre en une flaque visqueuse sur ce bureau en acajou et ce parquet ciré. Tout saloper. Pour peu qu'on ne découvre pas sa disparition tout de suite, ce qui était le plus probable (à qui pourrait-il bien manquer, de toute façon ?), c'est la puanteur de son cadavre qui attirerait les voisins, un corps en putréfaction baignant dans les excréments d'insectes nécrophages ayant commencé à se régaler.

Raison de plus, pensa Grand-Duc.

Il se baissa et jeta dans la cheminée un petit morceau de carton qui avait échappé aux flammes.

Sa dernière noblesse.

Lentement, Grand-Duc se dirigea vers le secrétaire en acajou qui occupait le coin de la pièce opposé à la cheminée. Il ouvrit le tiroir du milieu, sortit de son étui de cuir un revolver, un Mateba, comme neuf, dont le métal gris étincela à la lumière. La main du détective fouilla plus profondément dans le tiroir et ramena trois balles. Du 38 millimètres.

Grand-Duc sourit. D'un geste entraîné, il fit basculer le barillet et introduisit doucement les balles dans leur logement.

Une seule suffisait, même s'il était passablement ivre, s'il allait trembler, certes, hésiter. Mais sans aucun doute il parviendrait à poser le canon sur sa tempe, à le tenir fermement, à appuyer.

Il ne pouvait pas se rater, même avec soixante-deux centilitres de vin dans le sang.

Il posa le revolver sur le bureau, ouvrit le tiroir de gauche, y prit un journal, un numéro de *L'Est républicain* très ancien, jauni. Cela faisait des mois qu'il pensait à sa mise en scène macabre, à ce rituel symbolique qui l'aiderait à en finir, à s'envoler au-dessus du labyrinthe, définitivement.

23 h 54

Quelques dernières feuilles se tordaient sous la morsure des flammes dans la cheminée. Le regard du détective glissa vers le vivarium et le bourdonnement funèbre des libellules. L'alimentation électrique était coupée depuis trente minutes. Privées d'oxygène, privées de nourriture, les libellules ne survivraient pas une semaine… Il avait pourtant dépensé une somme colossale pour acheter les espèces les plus rares, les plus anciennes ; il avait passé des heures, des années durant, à entretenir le vivarium, il s'était préoccupé de les nourrir avec toutes sortes d'insectes minuscules, de les fortifier, de les accoupler, allant jusqu'à les faire garder, lorsqu'il était en mission, par une entreprise spécialisée.

Tous ces efforts pour les laisser mourir. Elles aussi…

C'est finalement agréable, pensa Grand-Duc, de décider ainsi de la vie et de la mort d'autrui, de protéger pour mieux condamner, de donner de l'espoir pour mieux sacrifier. De jouer avec le destin, comme un dieu rusé et imprévisible… Après tout, c'est bien d'un tel dieu sadique qu'il avait été la victime, lui aussi…

Crédule Grand-Duc s'assit sur la chaise derrière le bureau, poussa encore, malgré lui, le cahier vert pâle plus près du bord, comme s'il avait peur que des gouttes de sang ne le salissent.

Il déplia *L'Est républicain* sur le bureau, juste devant lui. L'édition du 23 décembre 1980. Il relut la une du journal, une fois de plus : *La miraculée du mont Terrible.*

Le titre barrait toute la première page du journal. Juste dessous, une photographie assez floue dévoilait la silhouette d'une carcasse d'avion fracassée, d'arbres déracinés, de neige souillée par les pas des sauveteurs. Quelques lignes détaillaient la catastrophe, sous la photographie :

Crash dramatique de l'Airbus 5403 Istanbul-Paris, sur les flancs du mont Terrible, à la frontière franco-suisse, dans la nuit du 22 au 23 décembre 1980. Cent soixante-huit des cent soixante-neuf passagers et membres d'équipage ont été tués sur le coup ou ont péri piégés dans les flammes. Seul miraculeux rescapé, un bébé de trois mois, éjecté lors de la collision, avant que la carlingue ne prenne feu.

Grand-Duc releva les yeux. Il allait mourir en se penchant un peu en avant, en se tirant une balle dans la tête. Il tomberait sur la une de ce journal. Son sang colorerait la photographie du drame, dix-huit ans plus tôt, se mêlerait à celui des cent soixante-huit victimes. On le trouverait ainsi, dans quelques jours, quelques semaines. Personne ne le regretterait… Surtout pas les

Carville… Les Vitral, eux, auraient peut-être un peu de peine… Emilie, Marc. Nicole, surtout.

Un comble, l'ironie suprême.

On le trouverait et on donnerait ce cahier à Lylie, le livre de sa brève vie. Son testament.

Grand-Duc regarda une dernière fois son reflet dans la plaque de cuivre, presque fier. C'était une belle fin au bout du compte, beaucoup mieux que le reste.

Il avait eu sa chance, c'était le moins qu'on puisse dire : dix-huit ans d'enquête…

23 h 57

C'était l'heure.

Il positionna *L'Est républicain* avec délicatesse, juste devant lui, avança sa chaise et saisit avec fermeté la crosse du revolver dans sa paume moite.

Son bras se leva, lentement.

Le contact du canon froid sur sa tempe le fit frissonner, malgré lui. Mais il était prêt. L'alcool l'aiderait.

Il essaya de faire le vide, de ne pas penser à cette balle, à quelques centimètres de son cerveau, qui allait lui traverser le crâne…

Ne plus penser à rien, fixer le néant.

Son index se plia sur la détente. Il n'avait plus qu'à appuyer et tout serait terminé.

Fermer les yeux ou les ouvrir ?

Une goutte de sueur roula sur son front et tomba sur le journal.

Les ouvrir, et en finir.

Son corps se pencha, ses yeux fixèrent le journal, vingt centimètres devant lui. Il regarda une dernière fois la photographie de la carlingue calcinée, celle du pompier devant l'hôpital de Montbéliard, tenant délicatement ce petit corps trop bleu. Le bébé miraculé.

L'index se fit plus ferme sur la détente.

23 h 58

Les yeux du détective descendirent encore un peu, vides désormais, se perdant dans l'encre noire de la première page du vieux quotidien. La balle allait perforer sa tempe, sans la moindre résistance. Il n'avait plus qu'à replier le doigt, un peu plus, quelques millimètres. Son regard se fixa, pour l'éternité ; l'encre noire du journal se fit plus nette, comme l'objectif d'une caméra que l'on règle, comme une ultime fenêtre sur le monde, avant que tout ne sombre dans le brouillard.

L'index. La détente.

Les yeux grands ouverts.

L'inimaginable foudroya Grand-Duc, comme si une décharge électrique, aussi intense que soudaine, l'avait traversé.

Ce que ses yeux fixaient était impossible. Il le savait !

Le doigt relâcha la pression, légèrement.

Grand-Duc crut d'abord à une illusion, une hallucination provoquée par la mort imminente, un mécanisme de défense inventé par son cerveau….

Non !

Ce qu'il voyait, ce qu'il lisait sur ce journal était bien réel. Jauni par les années, un peu effacé, et pourtant, le doute n'était pas permis.

Tout était là.

L'esprit du détective se mit en route, il avait au fil des ans échafaudé tant d'hypothèses, des centaines, mais maintenant il possédait le point de départ, il n'avait plus qu'à tirer le fil, tout se dénouerait avec une simplicité déconcertante.

Tout était clair, évident…

Il baissa son arme et, malgré lui, laissa échapper un rire de dément.

Il regarda la pendule.

23 h 59

Il n'arrivait toujours pas à croire ce qu'il voyait. Ses mains tremblaient. Un immense frisson le parcourait de la nuque au bas du dos.

Il avait réussi !

La solution se trouvait là, dans ce journal, à la une, depuis le début. Elle attendait patiemment : il était rigoureusement impossible de découvrir cette solution à l'époque, dix-huit ans auparavant. Tout le monde l'avait lu, ce journal, détaillé, analysé, mille fois, et pourtant personne ne pouvait deviner, en 1980, et pendant toutes les années qui avaient suivi.

La solution sautait aux yeux… à une condition.

Une seule condition. Absolument délirante.

Ouvrir ce journal dix-huit ans plus tard !

2

2 octobre 1998, 8 h 27

Ces deux-là étaient-ils amants, ou frère et sœur ?

La question agaçait depuis près d'un mois Mariam, la patronne du bar le Lénine, au carrefour de l'avenue de Stalingrad et de la rue de la Liberté, à quelques mètres du parvis de l'université Paris VIII-Vincennes-Saint-Denis. A cette heure matinale, le bar était aux trois quarts vide, Mariam en profitait pour disposer avec ordre les tables et les chaises.

Les deux en question se tenaient assis comme d'habitude, au fond, près de la fenêtre, une minuscule table pour deux, se regardaient droit dans leurs yeux bleus, se tenaient la main.

Amants ?

Amis ?

Fratrie ?

Mariam soupira. Cela l'énervait, cette incertitude. D'habitude, elle possédait un jugement plutôt sûr, s'agissant des affaires de cœur de ses étudiants. Elle s'activa, elle devait encore passer l'éponge sur les tables, un coup de balai peut-être ; dans quelques minutes, le terminus de la ligne 13 du métro, la station Saint-Denis-Université, déverserait ses milliers d'étudiants pressés, stressés, débordés, déjà... La station n'était ouverte que depuis quatre mois : son inauguration avait déjà métamorphosé le quartier. La fac de Saint-Denis était désormais reliée directement au cœur de Paris.

Mariam disposa sans ménagement les chaises autour des tables, consciente que parmi les milliers d'étudiants studieux et anxieux une proportion non négligeable ferait une halte plus ou moins longue au Lénine, histoire de prendre un café, de fumer une dernière cigarette tranquille, de retarder le moment d'aller s'enfermer dans un amphi... D'arriver en retard en cours... ou de ne pas y aller du tout, finalement... Mariam connaissait le rush de huit heures quarante-cinq. Elle avait vu lentement se transformer l'université Paris VIII-Vincennes-Saint-Denis, la grande université des Sciences de l'Homme, de la Société, de la Culture, la rebelle, en une sage et banale université de banlieue. Désormais, la plupart des profs faisaient la gueule d'être nommés à Paris VIII, ils visaient la Sorbonne, Jussieu à la limite... Avant l'ouverture de la station de métro, les profs devaient traverser la plaine Saint-Denis, se confronter un peu à la zone, autour. Maintenant, avec le métro, cela aussi était fini. Les profs s'engouffraient dans le métro, ligne 13, pour foncer vers les hauts lieux de la culture parisienne, les bibliothèques, les labos, les ministères, les hautes institutions...

Mariam se retourna vers le comptoir pour aller chercher une éponge et jeta un discret coup d'œil en coin au couple qui ne cessait de l'intriguer, cette jolie blonde et ce grand gaillard transi.

Ce couple lui rongeait les nerfs. Cette énigme sournoise finissait par la hanter.

Qui étaient-ils ?

Mariam n'avait jamais rien compris au fonctionnement de l'enseignement supérieur, aux partiels, aux modules, aux grèves, mais nul ne savait mieux qu'elle surveiller la récré. Elle n'avait jamais lu Robert Castel, Gilles Deleuze, Michel Foucault, Jacques Lacan, les profs stars de Paris VIII, elle les avait au mieux croisés, une fois ou deux, dans son bar ou sur le parvis, mais elle se considérait pourtant comme une experte en psychanalyse, sociologie et philosophie des peines et amours estudiantines. Elle jouait la mère poule avec ses protégés, les habitués de son café, elle s'occupait du côté cœur avec une compétence toute professionnelle.

Une nouvelle fois, Mariam tourna la tête vers le couple près de la vitre. La relation entre ces deux-là résistait pourtant à son expérience, à ses intuitions.

Emilie et Marc.

Ça l'agaçait au plus haut point, cette incertitude.

Amants timides ou parents ?

Mystère. Mariam n'arrivait pas à se faire une idée précise. Quelque chose clochait. Si ressemblants et tellement différents. Mariam connaissait leur prénom, elle retenait le prénom de tous les habitués.

Lui, Marc, étudiait à Paris VIII depuis deux ans maintenant, il était un client fidèle du Lénine. Grand, plutôt joli garçon, mais avec un air un poil trop gentil, un genre « petit prince » décoiffé, un peu rêveur, avec comme un certain manque de classe ; le profil de l'étudiant qui ne connaît pas encore les codes, qui débarque, un petit côté provincial, un manque de fric aussi, pour s'offrir une garde-robe branchée, moderne… Côté boulot, Marc n'était apparemment pas un violent… Il étudiait doucement le droit européen, d'après ce qu'elle avait compris… Un calme, un contemplatif, pendant ces deux ans. Mariam avait compris pourquoi.

Il l'attendait. Son Emilie…

Elle était arrivée cette année, en septembre. Elle devait donc avoir deux ou trois ans de moins que lui.

Oui, ils avaient des traits communs. Cet accent un peu populaire dont Mariam n'arrivait pas à définir la provenance, mais c'était incontestablement le même que celui de Marc. Pourtant, cet accent cadrait mal avec Emilie, sa personnalité, tout comme ce prénom, banal, courant, *Emilie*… Emilie était blonde, comme Marc, des yeux bleus, comme Marc… Ils se ressemblaient, relativement. Mais autant les gestes de Marc étaient gauches, simples, un peu empruntés, autant Emilie affichait un je-ne-sais-quoi de différent dans sa façon de se déplacer, une sorte de noblesse dans le port de tête, une élégance racée dans le moindre mouvement, une grâce qui semblait héritée d'une ascendance rare, d'une éducation privilégiée… Une aura peut-être fréquente dans d'autres universités, dans l'entre-soi des grandes familles, des grands instituts, des écoles normales supérieures, mais presque incongrue, ici, parmi les étudiantes de la plaine Saint-Denis.

Autre mystère, côté fric, le niveau de vie d'Emilie semblait aux antipodes de celui de Marc. Mariam était capable d'évaluer d'un seul coup d'œil l'origine, la qualité, le coût des vêtements portés par ses étudiants, de H & M à Zara, en passant par Jennyfer ou Yves Saint Laurent…

Emilie n'était pas Yves Saint Laurent… mais pas loin. Ce qu'elle portait sur elle, élégamment et simplement, un chemisier de soie orange et une jupe noire coupée de façon asymétrique, coûtait sans aucun doute une petite fortune… Non, Emilie et Marc, s'ils venaient du même endroit, n'appartenaient pas au même monde.

Ils étaient pourtant inséparables.

Il existait entre eux une complicité qui ne s'invente pas, qui ne se fabrique pas en quelques mois de fac, comme s'ils avaient toujours vécu ensemble… Cela se percevait dans ces mille petites attentions protectrices de Marc pour Emilie, discrètes, systématiques, une main sur l'épaule, une chaise qu'on avance, une porte qu'on tient, un verre qu'on remplit…

Mariam savait décrypter ces gestes : des habitudes de grand frère envers une petite sœur !

Elle essuya une chaise, la reposa avec énergie, sans cesser de penser à ce couple.

Emilie était arrivée à Paris VIII en septembre, comme si Marc lui avait préparé le terrain, avait passé deux ans à lui tenir au chaud sa place dans l'amphi et sa table près de la fenêtre au Lénine. Mariam sentait en Emilie une étudiante brillante, ambitieuse, rapide et décidée. Artiste. Littéraire. Elle percevait cette détermination lorsqu'elle sortait un livre, un cours, lorsqu'elle révisait d'une lecture express en diagonale des notes sur lesquelles Marc peinait pendant des heures.

Frère et sœur, alors, malgré leur différence sociale ?

Sauf que Marc était amoureux d'Emilie !

Cela aussi crevait les yeux.

Pas comme un frère : comme un amant éperdu ! C'était évident pour Mariam, dans le moindre regard. Une fièvre, une passion, impossible de s'y tromper.

Mariam n'y comprenait plus rien.

Mariam les espionnait depuis un mois. On ne se refait pas. Elle avait glissé un regard furtif sur le nom d'un dossier, d'une copie, posé sur la table. Elle connaissait leur nom.

Marc Vitral.

Emilie Vitral.

Finalement, cela ne l'avançait à rien. L'hypothèse logique était qu'ils soient frère et sœur… Mais ces gestes incestueux, alors ? Cette main de Marc dans le bas du dos d'Emilie. Peut-être étaient-ils tout simplement mariés. Entre dix-huit et vingt ans… ? Peu banal pour des étudiants, mais possible… Restait l'homonymie, mais Mariam ne croyait pas à une telle coïncidence, sauf s'il s'agissait d'un lien de parenté plus éloigné, un cousinage, une famille recomposée, compliquée…

Les chaises défilaient sous le chiffon rageur de Mariam, claquaient sur la faïence du bar.

Emilie semblait tenir beaucoup à Marc. Pourtant, son regard était plus complexe, difficile à lire, souvent perdu, surtout lorsqu'elle était seule, comme si elle dissimulait une fêlure, une profonde tristesse… Cette mélancolie offrait à Emilie ce charme décalé, cette distance sur le monde qui la rendait différente des autres bimbos du campus. Aucun étudiant au Lénine ne se gênait pour dévorer des yeux la belle Emilie, mais sans doute à cause de cette distance, de cette retenue, aucun dragueur n'aurait osé l'aborder…

Sauf Marc !

Emilie était à lui, il était ici pour cela. Pas pour les études. Pas pour la fac. Seulement pour être là avec elle, pour la protéger.

Un garde du corps.

Cela, Mariam l'avait compris.

Mais le reste ? Le lien qui les unissait ? Mariam avait essayé de parler avec Emilie et Marc, de tout, souvent ; sans rien apprendre d'intime.

Tant pis, pour l'heure elle abandonnait ; elle saurait bien, un jour.

Elle s'affairait à nettoyer les dernières tables lorsque Marc leva la main.

— Mariam, lança-t-il, tu nous mets deux cafés, avec en plus un verre d'eau pour Emilie ?

Mariam sourit pour elle-même. Marc ne prenait jamais de café lorsqu'il était seul et en commandait toujours un lorsqu'il était avec Emilie. Un café allongé.

— Ça marche, les amoureux, répondit Mariam.

Pour tester.

Marc afficha un sourire embarrassé. Emilie, non. Elle tenait sa tête légèrement baissée. Mariam s'en apercevait seulement maintenant, Emilie avait une figure effroyable ce matin, le visage déformé de celle qui n'a pas dormi de la nuit, même si elle arborait un sourire de circonstance, son élégance pouvant donner le change. L'angoisse d'un examen, d'une nuit de révisions, d'un dossier à rendre en urgence ?

Non, c'était autre chose.

Mariam secoua le marc de café dans la poubelle, rinça le percolateur, fit couler les deux expressos.

Quelque chose de grave.

Comme si Emilie devait annoncer une nouvelle douloureuse à Marc. Mariam en avait vu tant, des rendez-vous d'adieux, des tête-à-tête pathétiques, des braves gars qui restaient seuls devant leur café pendant que la fille partait, un peu gênée, libre surtout. Emilie avait la tête d'une fille qui a passé la nuit à réfléchir et qui au petit matin a définitivement fait son choix, prête à assumer les conséquences qu'il implique.

Mariam marcha lentement vers le fond du Lénine, portant sur un plateau les deux cafés et le verre d'eau.

Pauvre Marc. Se doutait-il qu'il était déjà condamné ?

Mariam savait aussi se faire discrète. Elle posa les cafés et se retourna, sans écouter.

3

2 octobre 1998, 8 h 41

Marc Vitral attendit quelques instants que Mariam s'éloigne. Il se pencha vers son sac à dos Eastpack posé à côté de sa chaise et en sortit un petit cube de quelques centimètres emballé dans du papier argenté.

— Bon anniversaire, Emilie, fit Marc d'une voix enjouée.

Il tendit le paquet.

Emilie roula des yeux faussement courroucés.

— Marc ! gronda-t-elle, cela fait trois fois que tu me le souhaites depuis une semaine… Tu sais bien que je n'ai pas besoin de tout cela…

— Chut… Ouvre.

Emilie fronça les sourcils et déballa le cadeau. Elle découvrit un bijou en argent. Une croix aux formes compliquées dont chaque extrémité se terminait par un petit losange, sauf celle du haut, percée d'un large cercle et surmontée d'une couronne. Emilie prit le bijou entre ses mains.

— Tu es fou, Marc…

— C'est une croix touarègue ! Il y en a vingt et une différentes, à ce qu'il paraît. Une forme originale pour chaque ville du Sahara. Celle-ci, c'est la croix d'Agadez. Tu aimes ?

— Bien sûr que j'aime. Mais…

Marc continua, insatiable :

— A ce qu'on dit, les losanges représentent les quatre points cardinaux… Celui qui offre une croix touarègue offre le monde…

— Je connais la légende, murmura Emilie d'une voix douce. « Je t'offre les quatre coins du monde parce que je ne peux pas savoir où tu mourras. »

Marc ne put retenir un sourire gêné. Bien entendu, Lylie connaissait déjà tout sur les croix touarègues, comme sur le reste. Ils demeurèrent quelques instants silencieux. Emilie avança sa main vers sa tasse de café. Instinctivement, Marc fit de même. Ses doigts glissèrent, espérant la rencontre. Soudain, la main de Marc se figea sur la table, comme clouée. Lylie portait une bague à l'annulaire ! Une bague en or, très ouvragée, enchâssant un saphir clair ; un bijou ancien, superbe, valant sans doute une fortune. Marc ne l'avait jamais vue auparavant. Son regard se brouilla de longues secondes dans ces vapeurs de jalousie qui le submergeaient à chaque fois qu'un détail qu'il ne comprenait pas mettait de la distance entre Lylie et lui. Il parvint à bafouiller :

— Cette… cette bague… Elle… elle est à toi ?

— Non… je l'ai volée ce matin, place Vendôme !

Marc ne releva pas. Sa paupière vibrait légèrement. Même si la croix touarègue en argent qu'il venait d'offrir lui avait coûté un week-end et trois nuits à jouer aux standardistes pour France Telecom, son « job » d'étudiant, elle faisait figure de vulgaire pacotille comparée à cette bague. D'ailleurs, Lylie avait déjà reposé son bijou africain dans son petit écrin de toile. Alors que cette pièce de collection…

Il se força à boire une gorgée de café et balbutia :

— Cette… ta bague. C'est… c'est un cadeau ? D'anniversaire ?

Emilie baissa les yeux, doucement.

— En quelque sorte… C'est un peu compliqué… Elle est magnifique, non ?

Elle marqua une pause, cherchant ses mots.

— Je t'expliquerai, ne t'en fais pas, pas pour cela. Pas pour cette bague, en tout cas…

Emilie posa sa main sur celle de Marc.

« Ne t'en fais pas, pas pour cela. Pas pour cette bague, en tout cas… »

Les mots se cognaient dans la tête de Marc. Que voulait-elle dire ? Lylie avait une mine terrible ce matin, comme si elle n'avait pas dormi de la nuit, même si elle tentait de lui sourire, rallongeant son café d'un peu d'eau, comme d'habitude. Soudain, comme si elle avait pris une décision importante, le regard d'Emilie s'illumina, elle but quelques gouttes de son café et se pencha à son tour sur son sac de cours. Elle en sortit un cahier à couverture vert pâle et le glissa vers Marc.

— Tiens, Marc, à mon tour. C'est pour toi !

Une inquiétude sourde submergea à nouveau Marc.

— Qu'est-ce que c'est ?

— Le carnet de Grand-Duc, répondit Emilie sans laisser à Marc le temps de respirer. Il me l'a apporté avant-hier, le lendemain de mon anniversaire. Enfin, plutôt, il me l'a déposé dans ma boîte aux lettres, ou fait déposer, je l'ai trouvé au matin.

Marc toucha du bout des doigts, avec précaution, le cahier. Sa paupière tremblait à nouveau.

Ce cahier. Les notes de Grand-Duc… Il comprenait maintenant. Emilie avait passé les deux jours et les deux nuits précédents à lire et relire ce cahier… Dix-huit ans d'enquête de ce vieux fou de détective privé. La durée d'une vie. Celle d'Emilie. Au jour près.

Putain de cadeau d'anniversaire !

Marc chercha des indices dans le regard d'Emilie. Qu'avait-elle trouvé dans ce carnet ? Quelle vérité ? Une nouvelle identité ? Une sérénité, enfin ? Ou rien ? Seulement des questions sans réponses…

Emilie ne laissait rien paraître. Elle était trop forte, à ce jeu-là. Elle versait doucement de l'eau dans son café, un rituel, et le buvait à petites gorgées.

— Tu vois, Marc, il me l'a confié finalement, ce carnet. Comme il me l'avait toujours promis. La vérité, pour mon passage dans le monde des adultes.

Emilie éclata d'un rire plus nerveux que spontané. Marc hésitait à se saisir du cahier.

— Et… ? balbutia-t-il. Il dit quelque chose, dans ce carnet ? Quelque chose d'important ? Tu… tu sais maintenant ?

Emilie s'échappait encore, elle détourna les yeux vers la vitre et le parvis de Paris VIII que les étudiants traversaient par vagues éparses.

— Savoir quoi ?

Marc sentait monter en lui une exaspération. Les mots frappèrent à nouveau dans sa tête mais ne sortirent pas : « Savoir ce pour quoi ce foutu détective privé a été payé pendant toutes ces années ! Savoir qui tu es, Lylie. Qui tu es ! »

Emilie jouait distraitement de sa main gauche avec la monture de sa bague. Un mélange de fatigue et de froideur semblait la rendre indifférente à l'énervement croissant de Marc.

— C'est à ton tour, Marc. C'est à ton tour de le lire, ce cahier.

Tout se bousculait dans l'esprit de Marc, il n'avait même plus la force de penser à cette bague étrange qu'Emilie portait. Qui la lui avait offerte ? Quand ? Pourquoi ? Il se vit faire glisser jusqu'à lui le cahier et s'entendit répondre :

— D'accord, ma libellule… Je le lirai, ce putain de carnet…

Il marqua un silence, puis :

— Mais toi, ça va ?

— Oui… Ne t'en fais pas. Ça va.

Emilie trempa ses lèvres dans le café, lapant le breuvage, comme si elle se forçait à le boire.

Non ! Cela n'allait pas.

Emilie dissimulait quelque chose. Quelque chose que Grand-Duc avait découvert, noté dans son cahier.

Son identité ?

— Grand-Duc a laissé un mot, avec le carnet je veux dire ?

— Non, aucun, mais tous les mots sont dans le cahier…

— Et alors ?

— Tu liras. C'est mieux si tu lis toi-même.

— Et Grand-Duc, où est-il maintenant ?

Le regard d'Emilie se brouilla, comme si elle disposait d'une information terrible qu'elle ne voulait pas révéler. Elle regarda ostensiblement sa montre. Marc sursauta :

— Tu dois déjà repartir ?

— Oui... Je n'ai pas cours ce matin. Toi oui ! A dix heures ! Droit constitutionnel européen. TD avec le jeune et passionnant Grandin ! Je dois te laisser, Marc.

Marc grimaça sans retenue.

— Où vas-tu ?

Emilie vida une dernière goutte d'eau dans son café, but le reste, doucement, et lança un nouveau regard fatigué à Marc. Elle se pencha vers son sac, pour se relever presque aussitôt.

— J'ai... j'ai un autre cadeau pour toi.

Elle lui tendit un petit paquet-cadeau, un peu plus gros qu'une boîte d'allumettes.

Marc se figea.

Un pressentiment sinistre l'envahissait. Tout semblait faux dans l'attitude d'Emilie. Son air enjoué, ses gestes forcés à paraître naturels.

— Mais il ne faut pas que tu l'ouvres tout de suite, continua d'une traite Emilie, seulement lorsque je serai partie. Une heure après ! Promis ? Je peux te faire confiance ? C'est comme à cache-cache, il faut me laisser le temps de disparaître, tu fermes les yeux, tu comptes, disons, jusqu'à mille...

Emilie semblait avoir mis tout ce qui lui restait d'énergie dans cette tentative de faire passer sa recommandation pour un jeu amoureux futile. Marc n'était pas dupe.

— Promis ? insista Emilie.

Marc opina de la tête avec résignation. Leurs regards se croisèrent, longuement. Les paupières d'Emilie s'agitèrent les premières.

— Non, tu ne le feras pas. Tu es une tête de mule, Marc, je te connais, tu vas te jeter dessus dès que j'aurai le dos tourné…

Marc ne démentit pas. Emilie leva une main gracieuse.

Toujours cette satanée bague.

— Mariam ?

La patronne du bar, comme si elle guettait leurs faits et gestes, réagit au quart de tour et se retrouva dans l'instant face à la table de Marc et Emilie.

— Mariam, je te confie une mission. Je te laisse ce paquet. Tu dois le donner à Marc dans une heure, pas avant ! Même s'il te supplie, te paie ou te fait chanter… Et pendant que j'y pense, dans une heure aussi, tu me l'envoies en cours, salle B318, sans faute !

Mariam se retrouva avec le paquet dans la main.

— Je te fais confiance, Mariam.

Elle n'avait pas le choix. Emilie se leva d'un bond, enfonça l'étui enveloppant la croix touarègue dans son sac et posa un baiser chaste sur le visage de Marc. Mi-coin de joue, mi-coin de lèvre. Ambigu, comme pour narguer Mariam…

Emilie poussa la porte de verre du Lénine et s'échappa sur le parvis, tel un fantôme, happée par le flux d'étudiants.

La porte se referma.

Mariam serra le paquet au creux de sa paume. Elle allait obéir à Emilie, bien entendu, mais elle n'aimait pas ce jeu. Mariam avait l'expérience des couples qui se quittent, les femmes possèdent dans ces moments-là une détermination et une imagination étonnantes.

Emilie était de ces femmes.

Toute cette mise en scène puait le mensonge. Emilie fuyait à toutes jambes et ce cadeau dans sa main était une bombe à retardement. Marc n'aurait jamais dû la laisser partir comme cela. Ce brave garçon était trop naïf, trop confiant... Mariam n'arrivait toujours pas à déterminer si cette fille qui le fuyait était sa sœur, sa femme, sa maîtresse ou son amie, elle n'arrivait pas à cerner quel lien les unissait, mais elle était certaine qu'Emilie n'avait qu'un objectif en tête.

Rompre ce lien.

4

2 octobre 1998, 9 h 02

Marc fixait Mariam derrière son comptoir. La patronne du bar, entre deux commandes, avait glissé le petit paquet confié par Emilie dans sa caisse enregistreuse, tout en lui jetant un regard sans équivoque. Rien à espérer de ce côté-là avant l'heure fixée par Emilie. La solidarité féminine. En désespoir de cause, ses yeux se posèrent sur le cahier vert de Crédule Grand-Duc. Emilie savait ce qu'elle faisait. Une heure à attendre ici, une heure avant son premier cours, un travail dirigé soporifique sur le droit constitutionnel européen animé par un jeune prof qui passait presque la moitié du TD à répondre à son téléphone portable. Emilie l'avait piégé. Coincé. Une heure à tuer.

Le Lénine était maintenant plein à craquer. Un grand type demanda à Marc s'il pouvait emprunter la chaise face à lui, Marc acquiesça distraitement. La pendule rouge et blanc Martini indiquait 9 h 03. Marc n'avait pas le choix, mais il hésita tout de même à soulever la couverture du cahier. Sa main glissa sur le carton verni, doucement. Il attendit, leva à nouveau les yeux. Les aiguilles noires de la pendule Martini semblaient scotchées.

9 h 04.

Marc soupira.

Il n'avait toujours pas bu son café, il n'allait pas le boire maintenant, il n'avait jamais vraiment aimé le café. Un vieux prof debout au comptoir devant son demi, penché sur *Le Parisien*, lorgnait sa place. Il avait raison, Marc n'avait qu'une envie à cet instant, se lever, fuir, courir après Emilie, foutre ce carnet à la poubelle.

Il regarda par la vitre, comme pour chercher dans la foule de plus en plus dense la silhouette familière d'Emilie, comme si cette masse allait stopper sa course, s'écarter, former un chemin humain entre elle et lui. Ses yeux se brouillèrent. Le rythme de son cœur s'accéléra, il ressentit une sorte d'étranglement dans son cou. Il connaissait bien les premiers symptômes, la tachycardie, les difficultés respiratoires… Il détourna prudemment le regard du parvis de l'université.

Tout de suite, il respira mieux.

Ses doigts se posèrent à nouveau sur le carnet vert pâle.

Emilie allait gagner, comme toujours. Lui aussi allait devoir affronter son passé.

Marc respira profondément et ouvrit le cahier. Grand-Duc possédait une petite écriture serrée, très régulière, un peu nerveuse. Parfaitement lisible.

Marc se pencha. Il plongea dans les vagues bleues des lettres, des mots, des lignes, comme on plonge en apnée dans un océan de doutes.

Tout a commencé par une catastrophe. Je crois que personne ou presque, avant le 23 décembre 1980, n'avait entendu parler du mont Terrible. Moi le premier. Le mont Terrible est un de ces petits sommets du Jura, à la frontière de la Suisse et de la France, un sommet coincé au milieu d'une boucle du Doubs ; une montagne à vaches, loin de tout, de Montbéliard côté français, de Porrentruy côté suisse. Un sommet pas très haut, 804 mètres exactement, mais néanmoins pas toujours accessible, surtout en hiver, lorsque la neige recouvre tout. Le Mont-Terrible est surtout connu de quelques historiens pour avoir été, sous la Révolution, un département franco-suisse. Depuis, tout le monde l'a oublié, à part peut-être la centaine d'habitants du coin, et le mont Terrible s'appelle plus couramment « le mont Terri »... Bien entendu, lorsque l'Airbus 5403 Istanbul-Paris le percuta, la nuit du 22 au 23 décembre, sur le versant sud-ouest, côté français, les journalistes préférèrent le nom de mont Terrible à celui de mont Terri. Il faut vous mettre à leur place, « la tragédie du mont Terrible », pour les gros titres, cela sonnait tout de même mieux que « la tragédie du mont Terri » !

Les gens s'en souviennent peut-être encore. Peut-être pas. Les accidents se suivent et se ressemblent. Quelques mois avant, un Boeing 747 s'était écrasé près de Tenerife, aux Canaries. Cent quarante-six morts. L'année qui suivit le crash du mont Terrible, le 1er décembre 1981, le DC 9 Ljubljana-Ajaccio s'abattit sur le mont San Pietro : cent quatre-vingts morts… Le seul accident de l'histoire de l'aviation sur la Corse. Tout le monde a oublié, depuis, le crash du mont San Pietro. Sauf les Corses, et encore. Tout le monde se souvient aujourd'hui de celui du mont Sainte-Odile, en attendant qu'un autre prenne le relais.

A l'époque, en 1981, on parla de série noire !

De la foutaise ! Les statistiques sont là ! Faites-moi confiance, j'ai surfé des heures sur les sites de crashs d'avions, 1001crash.com, pour vous en citer un. Consultez-le, vous verrez, ils atteignent un niveau de précision sidérant, le nombre de morts et une foule de détails sur les quelques instants précédant le plongeon final… Cela peut paraître incroyable mais ils ont recensé depuis quarante ans plus de mille cinq cents crashs d'avions et plus de vingt-cinq mille victimes… Si vous calculez, cela fait près de quarante crashs par an, près d'un par semaine quelque part dans le monde, et pas seulement en Chine ou au fond de la Sibérie…

Donc vous pensez, un crash datant de 1980, la tragédie du mont Terrible, tout le monde a oublié, depuis ! Cent soixante-huit morts… Des poussières… Des poussières d'étoiles.

Moi aussi, je me foutais à l'époque de cette catastrophe du mont Terrible. Ce matin-là, c'est à peine si j'avais retenu l'information. J'étais en planque du côté d'Hendaye, une affaire de détournement de fonds autour du casino avec un arrière-plan de terrorisme basque… Un truc assez excitant. A ce moment-là, j'étais plutôt sur des plans chauds, c'était ma spécialité. Je m'étais mis à mon compte depuis moins de cinq ans, comme détective privé, après avoir joué pendant près de vingt ans au mercenaire aux quatre coins du globe. J'approchais de la cinquantaine. Je devais me débrouiller avec une hanche en vrac et une colonne vertébrale aussi tordue qu'un caducée ; je prenais presque un kilo par semaine de planque, que je mettais ensuite un mois à perdre, dans le meilleur des cas… Bref, détective privé, même pour des plans un peu foireux, ça m'allait bien.

J'avais dû entendre la nouvelle du crash le matin, comme tout le monde, à la radio, pendant cette planque sur le parking devant le casino d'Hendaye, sans y prêter plus d'attention que cela, sans savoir que quelques mois plus tard cet accident allait devenir le sens unique de ma vie. Quelle ironie ! Si j'avais su…

L'Airbus 5403 Istanbul-Paris s'écrasa sur le mont Terrible le 23 décembre, en pleine nuit, à minuit trente-sept très précisément. Personne n'a jamais vraiment su ce qui s'est passé ce soir-là. L'hiver jusque-là avait été plutôt doux, mais il s'était mis à neiger sans discontinuer depuis le matin. Cette nuit-là, la tempête était encore plus violente. Le mont Terrible se présente un peu comme une marche entre le Jura suisse et le Jura français. Le pilote a simplement dû rater la marche. C'est ce qu'on a dit à l'époque, c'était aussi simple que cela, tout mettre sur le dos de ce pauvre pilote, carbonisé comme les autres dans la carlingue. Et la boîte noire, me direz-vous ? Elle n'apprit rien, sinon que l'avion volait trop bas et que le pilote avait fini par perdre le contrôle… L'association des victimes et la famille du pilote cherchèrent à en savoir plus, sans succès. On accusa donc le pilote, la neige, la tempête, la montagne, la fatalité, la fameuse loi de Murphy des séries noires, la faute à pas de chance… Il y eut un jugement, bien sûr. Les familles des victimes voulaient comprendre. Mais personne ne s'en souciait. Ce ne fut pas ce jugement-là qui passionna le public.

La carlingue s'écrasa à minuit trente-sept... Ce furent les experts qui calculèrent cela après coup, car aucun témoin n'était présent, sauf les passagers, mais on ne retrouva rien d'eux, pas même une montre brisée qui aurait indiqué l'heure du crash. Les écologistes s'étaient battus avant Noël pour chacun des petits sapins jurassiens. En quelques secondes, l'Airbus déracina plus d'arbres qu'un siècle de réveillons. Ceux qui ne furent pas arrachés brûlèrent, malgré la neige. L'avion traça une autoroute dans la forêt, sur plusieurs centaines de mètres, avant de s'effondrer, épuisé. Il explosa quelques secondes plus tard, puis continua de se consumer, toute la nuit.

Les premiers secours ne découvrirent la carlingue incandescente que plus d'une heure plus tard. On signala le désastre avec beaucoup de retard. Il n'y avait personne dans un rayon de cinq kilomètres. Ce fut le brasier qui alerta les habitants de la vallée. Puis la neige retarda les secours, les hélicoptères restèrent cloués au sol, les premiers pompiers atteignirent la clairière ardente à pied, en suivant péniblement la tranchée brûlante. La tempête se calma au petit matin et le mont Terrible devint pour quelques heures le centre du monde. Il y eut même un procès, ou du moins une enquête, je crois, pour essayer de savoir pourquoi les secours étaient arrivés si tard, mais, là aussi, ça n'intéressa pas grand monde. Ce ne fut pas non plus ce procès-là qui passionna le public.

De toute façon, avaient dû penser les secouristes, à quoi bon se presser, il n'y aura aucun survivant, évidemment. C'est ce qu'ils constatèrent devant le brasier de tôle broyée. Mais les pompiers sont des types consciencieux, même à une heure trente du matin, même au cœur du Jura, même sous une tempête de neige. Alors, ils cherchèrent tout de même, sans savoir quoi, sûrement pour ne pas avoir fait le déplacement pour rien, pour ne pas simplement être venus se réchauffer quelques minutes à cet immense feu qui avait tout dévoré sur ce flanc de montagne, ce feu qui s'était allié avec la neige pour changer en cendres et en vapeur les corps de cent soixante-huit voyageurs terrifiés.

Ils cherchèrent, les yeux piquants de fumée et de détresse. Ce fut un tout jeune pompier, Thierry Mouchot, de la brigade de Sochaux, qui trouva. Cette somme de précisions doit vous surprendre, des années plus tard, mais faites-moi confiance, tout est vrai. J'ai par la suite passé plusieurs heures en tête à tête avec lui, pour lui faire étirer jusqu'à l'éternité ces quelques secondes vécues dans la panique, revenir sans fin sur chaque détail, jusqu'à l'absurde. Cette nuit-là, sur le coup, il ne réalisa pas. Il pensa d'abord qu'il n'avait découvert qu'un cadavre, le corps d'un bébé. Mais c'était tout de même le seul corps d'un passager de l'Airbus qui n'ait pas flambé avec le reste. Il s'agissait presque d'un nouveau-né, un enfant de moins de trois mois en tous les cas. Il avait été éjecté lors du crash, par la porte avant gauche de la carlingue de l'Airbus, qui s'était partiellement déformée sous l'impact. Tout cela, les experts le reconstituèrent, le prouvèrent très exactement, lors de l'instruction, quand ils tentèrent de retrouver quelle place occupait le bébé dans l'avion, le bébé et ses parents. Rassurez-vous, je vais y venir un peu plus tard. Soyez patients…

Mouchot, le jeune pompier, était persuadé qu'il n'avait découvert qu'un petit corps sans vie : le nourrisson avait passé plus d'une heure sous la neige… Et pourtant, lorsqu'il se pencha, il se fit la réflexion que l'enfant, son visage, ses mains, ses doigts étaient à peine bleuis. Le corps reposait à une trentaine de mètres du brasier. La chaleur protectrice de la carlingue brûlante l'enveloppait. Le jeune pompier de Sochaux pratiqua alors, très vite, exactement comme on le lui avait appris, le bouche-à-bouche, puis un massage cardiaque, avec d'infinies précautions. Jamais il n'aurait pensé qu'il pourrait avoir à sauver un nouveau-né, qui plus est dans de telles conditions…

Le bébé respirait encore, faiblement. Les services d'urgence, dans les minutes qui suivirent, se chargèrent du reste. Par la suite, les médecins confirmèrent que c'était l'incendie dans la clairière, la chaleur dégagée par la carlingue en fusion, qui avait sauvé le nouveau-né, une petite fille aux yeux bleus, très bleus pour son si jeune âge, vraisemblablement française à en juger par sa peau claire. Elle avait été éjectée à une distance suffisante pour ne pas être brûlée vive mais pour pouvoir néanmoins bénéficier de la protection des flammes contre le froid de la nuit. Terrible ironie, c'est l'holocauste des passagers, de ses parents, qui lui avait sauvé la vie. C'est ce que dirent les médecins pour expliquer le miracle.

Car c'était bien un miracle !

La plupart des journaux nationaux bouclèrent en édition spéciale sur la catastrophe, tard dans la nuit, mais ne purent attendre le verdict des secours. Un seul quotidien, *L'Est républicain*, prit le risque de patienter davantage, de retarder les rotatives, de faire veiller tout le personnel, de mettre en place un dispositif d'alerte exceptionnel. Sans doute le flair d'un rédacteur en chef. *L'Est républicain* disposait d'une armée de pigistes dans chaque coin du Jura, faisant le pied de grue derrière les gyrophares, devant les hôpitaux... La nouvelle du miracle tomba vers deux heures du matin. *L'Est républicain* put titrer, dans son édition du 23 décembre 1980 : « La miraculée du mont Terrible ». L'expression demeura. Les journalistes poussèrent l'exploit jusqu'à publier, à côté d'un cliché de la carlingue calcinée dans la clairière, une photographie du nouveau-né porté par un pompier devant l'hôpital de Belfort-Montbéliard, en couleurs, où l'on avait renforcé un peu artificiellement le bleu de son visage, de ses membres et de ses yeux. Le bref commentaire était explicite : « Crash dramatique de l'Airbus 5403 Istanbul-Paris, sur les flancs du mont Terrible, à la frontière franco-suisse, dans la nuit du 22 au 23 décembre 1980. Cent soixante-huit des cent soixante-neuf passagers et membres d'équipage ont été tués sur le coup ou ont péri piégés dans les flammes. Seul miraculeux rescapé, un bébé de trois mois, éjecté lors de la collision, avant que la carlingue ne prenne feu. »

La France se réveilla aux accents de cette tragédie. L'orpheline des neiges fit pleurer dans tous les foyers. Pendant la matinée, le scoop de *L'Est républicain* fut repris par les revues de presse de toutes les radios et télévisions. Vous vous souvenez peut-être, maintenant ? Cette écume de larmes chaudes qui submergea le deuil hivernal national…

Restait un détail. Le quotidien de l'Est était parvenu à publier un cliché de la miraculée, mais pas son nom… C'était compliqué, à deux heures du matin : il fallait joindre Air France à Istanbul. C'est ce qu'avait dû se dire le rédacteur en chef. Le nom de la miraculée, après tout, n'était pas si important. C'est certain, afficher le prénom de l'orpheline aux yeux bleus, sous le cliché, à la une du journal, aurait permis d'en rajouter dans le registre émotionnel ; mais « la miraculée du mont Terrible », ce n'était pas mal non plus… Cela conservait une petite part de mystère jusqu'à l'identification du bébé, annoncée pour le lendemain matin.

Au plus tard…

Ben voyons…

Ce nom, ce prénom… Dix-huit ans que je les cherche !

5

2 octobre 1998, 9 h 10

L'éclat de rire hystérique d'une tablée de cinq étudiants entassés autour d'un guéridon, à dix mètres de lui, déconcentra Marc. Les garçons semblaient faire circuler des photos sur la table, sans doute celles de leur dernière soirée étudiante, le genre de clichés qu'ils conserveraient toute leur vie, presque en cachette, mi-glorieux, mi-honteux. Marc les connaissait vaguement, ils faisaient tous partie de l'une des principales associations qui pilotaient la vie extra-universitaire. Coopérative, annales d'examens et photocopies de cours pour financer les soirées et sorties.

Marc leva les yeux.

9 h 11, à en croire la pendule Martini.

Mariam, sans même un regard vers lui, conversait au comptoir avec une fille habillée en noir de la tête aux pieds, jusqu'au string assorti qui dépassait de sa jupe sombre et molle de Morticia Addams des amphis.

Marc soupira et se replongea dans la lecture. Résigné.

Journal de Crédule Grand-Duc

Voilà... C'est exactement à ce moment-là que débute l'énigme du mont Terrible. Quelques bribes de souvenirs vous reviennent peut-être, maintenant ? Tout semblait pourtant suivre un déroulement normal... Le nourrisson orphelin découvert par le jeune pompier était pris en charge par le service pédiatrie du centre hospitalier de Belfort-Montbéliard, surveillé par une armée de médecins.

J'ai reconstitué la suite des événements avec une précision de métronome, mais je vous épargne les heures d'enregistrements de témoins. Un résumé suffira, je le crois suffisamment édifiant.

Léonce de Carville apprit la double nouvelle, le crash et le bébé miraculé, par le flash radio de six heures du matin. Léonce de Carville se levait toujours aux aurores. Il vida d'un seul coup de téléphone son emploi du temps de la journée, pourtant chargé à la minute près, et partit dans l'instant pour Montbéliard par avion privé. Léonce de Carville, cinquante-cinq ans à l'époque, appartenait au cercle des cent capitaines d'industrie les plus en vue de France. Ingénieur de formation, il avait fait fortune dans la pose de pipelines sur tous les continents. L'entreprise de Carville sous-traitait avec les plus grandes multinationales pétrolières et gazières. Ce n'était pas vraiment l'innovation technologique dans les oléoducs ou gazoducs qui avait fait la réussite des Carville, mais leur capacité à faire passer des tuyaux dans les coins les plus dangereux ou les plus compliqués de la planète, sous l'eau, sous les montagnes, dans des zones sismiques… L'entreprise décolla vraiment dans les années soixante, lorsqu'elle inventa une technologie révolutionnaire pour stabiliser des oléoducs dans les pergélisols, ces sols gelés presque toute l'année… et qu'elle commença à l'exporter, en pleine guerre froide, aussi bien en Sibérie qu'en Alaska…

Léonce de Carville, dans le dédale blanc de l'hôpital Belfort-Montbéliard, garda sur lui ce masque de dignité qui impressionna tout le personnel affairé et pourchassé par les journalistes.

— Suivez-nous, indiqua une infirmière empressée.

— Où est-elle ?

— A la pouponnière. Rassurez-vous. Elle va bien…

— Qui la suit ?

L'infirmière hésita, un peu surprise. Elle bafouilla sa réponse :

— Le… le docteur Morange. C'est lui qui était de garde, cette nuit…

Le regard de Léonce de Carville se fit inquisiteur, il n'eut pas besoin de prononcer un seul mot pour que l'infirmière précise :

— Vous avez eu de la chance, monsieur de Carville. C'est l'un de nos spécialistes les plus réputés. Il est encore là. Vous pourrez tout lui demander…

Léonce de Carville se fendit d'un léger rictus, pouvant tout aussi bien signifier la satisfaction que la vigilance. Il continua de marcher d'un pas décidé, sans une hésitation. On veilla à dégager devant lui les couloirs encombrés.

La nuit précédente, l'industriel avait perdu dans la tragédie du mont Terrible son fils unique et sa belle-fille. C'est lui, le capitaine d'industrie avisé, qui avait poussé son fils, deux ans auparavant, à prendre la direction de la filiale turque de l'entreprise de Carville. C'était un secret de polichinelle, le jeune Alexandre de Carville était programmé pour prendre la tête de la multinationale à la suite de son père. La succession devait s'opérer en douceur. Alexandre de Carville se faisait la main avec brio en Turquie, où, outre sa solide formation à Polytechnique, il faisait valoir son diplôme de Sciences-Po. Il devait alternativement traiter, selon les changements de régime, avec la Turquie militaire et la Turquie démocratique… L'objectif final était l'enjeu le plus important de toute l'entreprise de Carville, le contrat décisif pour les décennies à venir : Alexandre de Carville s'était exilé avec sa famille en Turquie pour négocier en direct l'oléoduc Bakou-Tbilissi-Ceyhan, le deuxième plus long du monde, sur près de deux mille kilomètres, reliant la mer Caspienne à la Méditerranée, dont plus de mille en Turquie jusqu'au petit port de Ceyhan, au sud-est de la côte méditerranéenne turque, presque à la frontière de la Syrie, où la famille d'Alexandre de Carville avait installé ses quartiers d'été. Une négociation de longue haleine : depuis deux ans, l'affaire piétinait. Alexandre de Carville vivait la majeure partie de l'année en Turquie, avec sa femme Véronique, leur fille Malvina, qui avait six ans à l'époque, dont deux passés en Turquie. Depuis que Véronique était tombée enceinte, elle n'était pas retournée en France : sa santé fragile rendait sa grossesse compliquée, les déplacements lui étaient déconseillés, l'avion tout simplement interdit... L'accouchement s'était pourtant parfaitement déroulé, à Bakirkoy, la plus grande maternité privée d'Istanbul, et la petite Malvina put serrer dans ses bras avec dévotion sa petite sœur, Lyse-Rose... Léonce de Carville et sa femme Mathilde, restés en France, reçurent un joli faire-part et une photographie un peu floue de leur petite-fille. Rien ne pressait. Les retrouvailles de la famille étaient prévues pour Noël 1980. Malvina de Carville s'envola pour la France, comme tous les ans, au début des vacances de Noël, une semaine avant ses parents. Le reste de la famille, Alexandre, Véronique et la petite Lyse-Rose, devait les rejoindre quelques jours plus tard, par le vol Istanbul-Paris du soir, le 23 décembre... La fête était déjà programmée chez les Carville, dans l'immense résidence familiale de Coupvray, sur les bords de Marne. En l'honneur de sa petite sœur, Malvina, une adorable petite boule brune de six ans, espiègle et irrésistible, qui commandait tel un général, en Turquie comme en France, à une armée de domestiques, avait fait décorer de pompons roses et blancs tout le chemin du hall d'entrée jusqu'à la chambre de Lyse-Rose, y compris le grand escalier en merisier.

Malvina de Carville...

Laissez-moi m'écarter pendant quelques lignes de la longue marche de Léonce de Carville dans les couloirs de l'hôpital de Montbéliard et vous présenter Malvina. C'est important. Vous allez comprendre.

Malvina de Carville, donc.

En voilà une, je crois, qui ne m'a jamais aimé... C'est le moins que je puisse dire. Curieusement, c'est réciproque. J'ai beau me persuader qu'elle n'est pour rien dans sa folie, que sans toute cette tragédie elle serait sans aucun doute devenue une femme brillante et désirable, une grande bourgeoise bien née puis bien mariée... Il n'empêche, cette gamine, au fil des ans, avec ses obsessions grandissantes, m'a toujours fichu une frousse du diable... A l'inverse de sa grand-mère, elle ne m'a jamais fait confiance ; elle devait bien sentir que je la considérais comme une sorte de monstre. Oui, de monstre ! C'est bien ce que cette adorable gamine de six ans est devenue, avec le temps. Une créature laide, aigrie et incontrôlable... Mais passons. Là encore, ce n'est pas le moment d'en parler... Avec un peu de malchance, ce carnet de notes pourrait parvenir entre les mains de cette furie, et qui sait alors quelle réaction la lecture de ces lignes pourrait entraîner chez elle !

Revenons plutôt à ce qui l'a rendue folle. Le miracle. Le simulacre de miracle, pour être précis.

Dans le centre hospitalier de Belfort-Montbéliard, Léonce de Carville conserva cette espèce de distance que pour une fois personne autour de lui ne prit pour de la froideur, mais pour de la pudeur. Il demeura stoïque, même lorsqu'on lui présenta pour la première fois sa petite-fille, derrière une vitre qui empêchait d'entendre ses pleurs.

— C'est elle, fit l'infirmière. Le premier berceau, juste devant vous.

— Merci.

Le ton était sobre, calme, maîtrisé. L'infirmière s'éloigna de trois pas. Elle l'avait appris, Lyse-Rose était tout ce qui restait à Léonce de Carville…

A cet instant, la foi du brillant capitaine d'industrie dut bien être ébranlée. Ebréchée, au moins… Bien sûr, Léonce n'était pas un catholique aussi fervent que sa femme Mathilde. Il n'était croyant que par conversion, par sociabilité, afin que le scientifique rationnel ne fasse pas trop désordre parmi sa belle-famille et l'influente société des bonnes œuvres confessionnelles de Coupvray. Mais dans de tels instants il avait dû être difficile, même pour le plus rationnel des hommes, de ne pas penser à l'au-delà. De ne pas être tiraillé entre la colère contre un Dieu cruel qui vous enlève votre fils unique et la reconnaissance, le pardon, envers un Dieu mesquin qui par remords, par compensation peut-être, accepte de sauver votre petite-fille. Juste elle…

Lyse-Rose pleurait silencieusement dans sa cage de verre.

— C'est un miracle, glissa dans son dos le docteur Morange, un médecin en blouse blanche à sourire de prêtre.

Il avait le même lorsque je l'ai rencontré et qu'il m'a tout raconté, des années plus tard.

— Elle va miraculeusement bien. Elle n'a absolument aucune séquelle. On la garde simplement un peu en observation, par sécurité, mais elle a déjà parfaitement récupéré. Je vous assure, cela tient du prodige…

Merci à toi, là-haut, dut tout de même penser Léonce de Carville.

C'est à ce moment-là qu'une infirmière vint demander le chef de service de garde. Un coup de téléphone pour lui. Oui, urgent. Urgent et très étrange. Le docteur Morange laissa Léonce de Carville devant la cage de verre où s'ébattait sa petite-fille.

Seul, il pourra enfin verser sa larme, se dit le médecin, qui comme tout le monde aimait les tragédies qui se terminent bien, ou du moins qui se terminent mieux qu'elles n'ont commencé. Encore ému, il saisit le combiné que lui tendait l'infirmière.

La voix dans l'appareil semblait venir du bout du monde, un mélange de gravité et d'empressement.

— Bonjour, docteur, je suis le grand-père du petit bébé de l'avion. Vous savez, la catastrophe, dans le Jura, cette nuit. C'est le standard qui m'a dirigé vers vous… Comment va-t-elle ?

— Bien… Très bien, rassurez-vous, tout va pour le mieux. Je pense même qu'elle pourra sortir d'ici quelques jours. D'ailleurs, son grand-père paternel est déjà arrivé. Si vous voulez que je vous le passe…

Il y eut un silence. Le médecin sentit dès cet instant que quelque chose dérapait.

— Docteur… Je suis désolé, vous devez vous tromper… Je *suis* le grand-père paternel du bébé. Et ma petite-fille n'a pas de grand-père maternel, ma belle-fille était orpheline…

Un picotement nerveux agita les doigts du docteur Morange. Le médecin imaginait à toute vitesse des explications dans son cerveau en ébullition. Un canular ? La ruse d'un journaliste avide de renseignements ? Il lui fallait davantage de précisions.

— Vous me parlez bien de la catastrophe du vol Istanbul-Paris, cette nuit ? De la miraculée ? De la petite Lyse-Rose ?

— Non, docteur…

Le médecin sentit à la voix de son correspondant que celui-ci poussait un immense soupir de soulagement.

— Non, docteur, poursuivit la voix rassurée, il y a un malentendu. Le bébé vivant ne s'appelle pas Lyse-Rose… Il s'appelle Emilie.

Des sueurs perlaient sur le front du médecin, ça ne lui arrivait jamais, même pas au bloc opératoire.

— Monsieur, je suis désolé, c'est impossible. Le grand-père de l'enfant est là, dans l'hôpital, monsieur de Carville, en ce moment même. Il la regarde, il l'a reconnue, il affirme qu'elle se prénomme Lyse-Rose…

Il s'ensuivit un silence embarrassé de chaque côté de la ligne.

— Vous… vous habitez loin de Montbéliard ? tenta le médecin.

— Dieppe… En Haute-Normandie.

— Ah… Et… et je pense que le mieux… monsieur ?

Le médecin gagnait du temps, maladroitement.

— Monsieur Vitral. Pierre Vitral…

— Eh bien, monsieur Vitral, je pense que le plus simple est de téléphoner au commissariat de Montbéliard. Je pense qu'ils sont en train de vérifier l'identité des passagers. Je ne peux pas vous en dire davantage… Ils vous renseigneront sans doute. Ils vous fourniront toutes les réponses…

Sur le coup, le médecin s'en voulut de jouer ainsi les fonctionnaires renvoyant un pauvre type en détresse au guichet d'en face. Il sentait bien qu'à l'autre bout du fil, à Dieppe, une fois qu'il aurait raccroché, l'autre allait s'effondrer, comme si on avait tué une deuxième fois sa petite-fille. Il se rassura rapidement. Il n'y était pour rien, après tout. Cette histoire était ridicule. Ce type devait se tromper.

Ils raccrochèrent.

Le médecin se demanda alors s'il devait parler de cet étrange appel à Léonce de Carville.

Pierre Vitral reposa lentement le combiné. Sa femme, Nicole, se tenait debout à ses côtés, inquiète :

— Alors, Emilie va bien ? Qu'est-ce qu'ils ont dit ?

Son mari la regarda avec une infinie tendresse, tel qu'il savait encore si bien le faire. Il parla doucement, comme si c'était de sa faute :

— Ils ont dit que le bébé qui a survécu s'appelle Lyse-Rose, pas Emilie…

Nicole et Pierre Vitral ne dirent rien pendant un long moment. La vie n'avait gâté ni l'un ni l'autre. Réunir deux malchances est parfois une équation positive, comme quand on ajoute deux signes moins. A deux, ils avaient fait front face au manque d'argent, aux coups du sort, aux maladies, au quotidien. Sans jamais se plaindre. C'est toujours la même chose, si l'on ne gueule pas, on n'obtient rien… Comme les Vitral n'avaient jamais manifesté contre cette vie, elle ne s'était pas gênée pour leur refiler son surplus de malheur. Pierre et Nicole Vitral s'étaient bousillé la santé, Pierre le dos et Nicole les poumons, pendant plus de vingt ans, à vendre des frites, des saucisses et autres grillades dans un Citroën de type H orange et rouge, spécialement aménagé, sur le front de mer de Dieppe et sur toutes les plages du Nord, selon les événements, les festivals, la météo… rarement clémente. Ils avaient pris le temps de faire deux enfants pour faire la nique à la vie, elle leur en avait repris un, Nicolas, en mobylette, à Criel-sur-Mer, un soir de pluie.

La malchance leur collait à la peau et pourtant, pour la première fois, il y avait tout juste deux mois de cela, ils avaient gagné quelque chose : un séjour de quinze jours à Bodrum-Gumbet.

Bodrum-Gumbet ? C'est où, ça, Bodrum-Gumbet ?

En Turquie, une péninsule qui s'avance dans la Méditerranée, bordée d'hôtels clubs quatre étoiles, les pieds du transat dans l'eau transparente. Tous frais payés. Un vrai palace ! Ils avaient gagné par hasard, lors d'un concours, par la grâce d'un simple bulletin déposé dans un bocal de verre de la galerie de Carrefour, pendant la quinzaine commerciale. C'est le billet de leur fils, Pascal, qui avait été tiré. Il n'y avait qu'une seule contrainte : il fallait partir avant la fin de l'année 1980. Sauf que cela ne les arrangeait pas vraiment… Pascal et Stéphanie, sa femme, étaient devenus les parents depuis tout juste deux mois d'une adorable petite Emilie. Pour Marc, leur fils aîné, qui avait déjà deux ans, ce n'était pas un problème, il pouvait rester chez ses grands-parents le temps du voyage. Mais pour la petite Emilie, c'était plus compliqué, Stéphanie l'allaitait encore, et elle n'avait de toute façon aucune envie de s'éloigner quinze jours sans sa fille... Les billets étaient nominatifs, ne pouvaient pas s'échanger... C'était perdre le voyage ou partir avec la petite.

Ils partirent. Ils n'avaient jamais pris l'avion. Stéphanie était une jeune femme dont la fantaisie s'accrochait à des yeux rieurs, qui se figurait le monde telle une grosse pomme à croquer. Un fruit qu'elle croyait défendu, dans son petit paradis.

Ils pensaient qu'il ne faut pas tourner le dos à la chance lorsqu'elle sourit enfin. Ils auraient dû se méfier, il faut toujours se méfier des sourires. Pascal, Stéphanie et Emilie devaient se poser à Roissy le 23 décembre, puis rester une journée à Paris, pour admirer les vitrines de Noël. Encore une fantaisie de Stéphanie. Stéphanie était une orpheline, adorable et adorée de toute la famille Vitral. Stéphanie le leur rendait bien. Au fond, elle n'avait pas besoin de voyage en Turquie pour être heureuse. Son conte de fées, c'était Marc et Emilie, ses deux bouts de chou, avec leur papa et leurs grands-parents pour les dorloter.

Pierre et Nicole Vitral apprirent le drame ensemble, en écoutant le flash radio de France Inter de sept heures.

Comme tous les matins.

Face à face, de chaque côté de la petite table de cuisine encombrée. Longtemps, les deux bols de grès, de café pour Pierre et de thé pour Nicole, restèrent là, glacés, à peine entamés, sans une ride, stupides, figés par cette seconde qui empailla la vie dans cette petite maison de pêcheurs de la rue Pocholle, dans le quartier du Pollet, cet ancien quartier de pêcheurs posé comme une île au milieu du port de Dieppe.

— Pourquoi Lyse-Rose ? hurla soudain Nicole Vitral.

Toutes les maisons de la rue étaient mitoyennes. L'impasse se résumait à une dizaine de façades, toutes jumelles. Tout le monde y entendait tout. Le cri de Nicole traversa les murs.

— Pourquoi il s'appellerait Lyse-Rose, ce bébé ? Hein ? Qui leur a dit ? Le bébé, peut-être ? Il a dit son nom aux pompiers ! ? Un bébé de trois mois dans l'avion, une petite fille aux yeux bleus… C'est notre Emilie ! Elle est vivante. Qui peut dire le contraire ? Comment ils peuvent dire le contraire ? Ils manigancent parce que c'est la seule qui est vivante, ils veulent nous la voler parce qu'elle est la seule à avoir survécu…

Nicole avait les larmes aux yeux. Des voisins commençaient à sortir dans la rue, malgré le froid. Elle s'effondra dans les bras de son mari.

— Non, mon Pierre. Promets-le-moi… Non, mon Pierre, ils ne nous prendront pas notre petite-fille, elle ne s'est pas échappée de l'avion pour qu'ils nous la volent. Promets-le-moi.

Dans la petite chambre qui jouxtait le salon, réveillé en sursaut par le cri de sa grand-mère, le jeune Marc Vitral, du haut de ses deux ans, se mit à hurler. Il ne pouvait pourtant pas comprendre, et même il ne garderait aucun souvenir de cette matinée de malheur.

2 octobre 1998, 9 h 24

Marc releva les yeux du carnet de Grand-Duc. Emu aux larmes.

Non, bien entendu, il n'avait conservé aucun souvenir de cette matinée de malheur. Jusqu'à ce qu'il lise ce récit…

Découvrir ainsi chaque détail du drame de son enfance avait quelque chose d'étrange, d'irréel.

L'agitation autour de lui, au Lénine, lui tournait la tête. Les cinq types de l'association étudiante étaient sortis, toujours aussi hilares, claquant la porte de verre derrière eux. La main de Marc glissa sur son visage, essuyant avec discrétion les gouttes au coin de ses yeux. Il respira lentement, tout en se raisonnant. Après tout, il connaissait déjà presque tous les éléments de cette histoire. De son histoire.

Presque tous…

9 h 25, à la pendule Martini.

Et il n'en était qu'au début.

6

2 octobre 1998, 9 h 17

Malvina de Carville cogna la vitre avec le canon de son Mauser L100. Les libellules réagirent à peine. Seule la plus grande, celle avec le gros corps aux reflets rouges et les ailes gigantesques, essaya de se soulever, quelques centimètres, avant de retomber dans le fond du vivarium, empêtrée dans les corps des autres insectes déjà morts, par dizaines. Pas un instant Malvina de Carville n'eut l'envie de rebrancher l'oxygénation du vivarium ou de soulever le couvercle de verre pour laisser s'échapper les survivantes. Elle préférait observer l'agonie de ces bestioles. Après tout, cette hécatombe-là, elle n'y était pour rien.

Elle cogna à nouveau la vitre avec le canon de son revolver, plus violemment. Elle était fascinée par les efforts désespérés des insectes, à chaque secousse des parois du vivarium, pour agiter leurs ailes lourdes dans l'air privé d'oxygène.

Malvina resta ainsi de longues minutes. Elles pouvaient toutes crever, ces libellules ! Elle s'en fichait bien. Ce n'était pas pour elles qu'elle était là. Elle était là pour Lyse-Rose. Sa libellule à elle. Sa seule et unique. Malvina avança dans la pièce. Le miroir du salon la prit par surprise, lui renvoyant son image. Elle ne put s'empêcher d'observer son reflet. Un frisson de dégoût la parcourut. Elle détestait cette barrette blanche qui coupait en deux rangées, bien au milieu, ses cheveux raides et longs ; elle détestait son pull de laine bleu ciel à col en dentelle ; elle détestait son tronc sans seins, ses bras maigres, son corps de quarante kilos.

Dans la rue, les passants la prenaient pour une fille de quinze ans... De dos du moins. De face, elle connaissait cette surprise dans leurs yeux, lorsqu'ils se retrouvaient, stupéfaits, face à une vieille fille ; une vieille fille de vingt-quatre ans, habillée comme dans les années cinquante.

Elle s'en foutait.

Elle les emmerdait tous, tous ceux qui lui disaient la même chose depuis dix-huit ans, la dizaine de psys, les meilleurs, qu'elle avait épuisés les uns après les autres, les pédopsychiatres, les nutritionnistes, les spécialistes machin chose... Sa grand-mère aussi. Elle connaissait leur rengaine par cœur. Refus de croissance... Refus de grossir. Refus de vieillir. Refus de faire le deuil. Refus d'oublier Lyse-Rose.

Lyse-Rose.

Faire le deuil, l'oublier...

Autant le dire, la tuer...

Elle se retourna et marcha vers la cheminée. Elle dut enjamber le cadavre. Pour rien au monde elle n'aurait lâché le Mauser qu'elle tenait dans sa main droite. On ne sait jamais. Même si ce salopard de Grand-Duc n'était pas près de se relever. Une balle dans le cœur. La tête dans la cheminée.

Elle saisit le tisonnier de sa main gauche et fouilla maladroitement dans l'âtre.

Rien !

Ce fumier de Crédule Grand-Duc n'avait rien laissé !

Malvina agita la tige de fer, de plus en plus énervée, cognant le visage de Grand-Duc, soulevant un nuage de fumée noire. Il devait bien rester une trace, un morceau de papier non calciné, un indice quelconque…

Elle devait se rendre à l'évidence. Elle ne remuait que de minuscules confettis noircis.

Les boîtes archives gisaient étalées sur le parquet. Les dates étaient inscrites au marqueur rouge sur la tranche : *1980*, *1981*, *1982-1983*, *1984-1985*, *1986-1989*, *1990-1995*, *1996…*

Toutes vides, désespérément vides.

Une colère sourde, incontrôlable, comme elle s'en savait capable, hurlait en Malvina. Ainsi, ce salaud de Crédule Grand-Duc s'était bien foutu de leur gueule ! C'est pour cela que ses grands-parents l'avaient payé pendant dix-huit ans, qu'ils avaient remboursé toutes ses notes de frais, ses voyages, ses dépenses, année après année ?

Pour un tas de cendres !

Malvina laissa tomber le tisonnier sur le parquet ciré, marquant le bois d'une entaille noire. C'est avec leur fric que ce salaud s'était payé sa maison, cette maison de bourgeois au cœur même de la Butte-aux-Cailles… Avec leur fric ! Pour quoi, au final ? Pour brûler toutes les preuves avant de fermer sa gueule. Définitivement !

Elle serra le poing sur son Mauser.

Malvina de Carville n'éprouvait pas plus de compassion pour Grand-Duc que pour les libellules mortes dans le vivarium.

Plutôt moins, même.

Il n'avait eu que ce qu'il méritait, ce salaud, finir abattu chez lui, le nez, les yeux, la bouche dans les braises encore chaudes de ses mensonges. Il avait pris ses risques, il avait voulu jouer un double jeu. Il avait perdu. Elle n'allait pas pleurer sur son sort. La seule chose qu'elle regrettait, finalement, c'est que désormais il ne pourrait plus parler… Mais elle n'abandonnerait pas, encore moins maintenant. Elle ne laisserait pas sa petite sœur. Elle était là pour elle, comme toujours. Sa Lyse-Rose, sa libellule. Elle devait continuer à chercher. Elle devait trouver.

Ce carnet par exemple, ce carnet de notes prises par Crédule Grand-Duc, pendant toutes ces années, jour après jour. Un cahier à couverture vert pâle, d'après ce qu'elle avait appris. Où pouvait-il bien l'avoir fourré, ce carnet ? A qui avait-il pu le confier ?

Malvina avança jusqu'à la cuisine. Elle jeta un regard circulaire. Tout semblait propre et net. Un torchon bleu pendait à un clou. De toute façon, elle avait déjà fouillé chaque recoin, vainement. Tout était en ordre, dans la cuisine comme dans les autres pièces. Grand-Duc était un type méticuleux.

Merde !

Cette baraque était une impasse. Il fallait qu'elle réfléchisse.

Malvina repensa au coup de téléphone de Grand-Duc reçu par sa grand-mère la veille. Il prétendait avoir trouvé quelque chose. Enfin ! Après toutes ces années, le soir même de la majorité de Lyse-Rose. Mieux même. Quelques minutes avant minuit. Il avait parlé d'un vieux journal, *L'Est républicain*, d'une révélation qu'il aurait eue, dix-huit ans plus tard, simplement en l'ouvrant !

Tu parles !

Il bluffait, le salopard !

Sa grand-mère pouvait bien tomber dans le panneau, une fois de plus, si ça lui faisait plaisir de croire encore aux sornettes de ce détective. Mais pas elle… *L'Est républicain*. Tout juste dix-huit ans plus tard ? A minuit pile. Comme par hasard…

C'était pitoyable.

Il avait simplement cherché à gagner du temps. Son contrat s'arrêtait précisément le jour des dix-huit ans de Lyse-Rose, le fric allait arrêter de couler, il avait juste voulu se servir encore un peu au robinet, en inventant n'importe quoi. Sa grand-mère, avec ses bondieuseries, était prête à tout entendre, elle faisait trop confiance à ce Grand-Duc, il la tenait, depuis toutes ces années. Malvina observa la plaque de cuivre sur le bureau. *Crédule Grand-Duc, détective privé*.

Quel nom à la con !

Oui, il avait cru les tenir, son grand-père et sa grand-mère.

Mais pas elle !

Elle était libre. Lucide. Elle avait su percer son double jeu. Grand-Duc avait toujours préféré les Vitral. Il était dans leur camp ! Grand-Duc l'avait toujours regardée de travers, comme si elle était une bête de foire. Il se méfiait d'elle.

Pas assez !

Malvina jeta un dernier regard sur le bureau, quitta à regret le salon et s'avança dans le petit vestibule de la maison. Son regard perçant détailla les parapluies rangés dans un grand vase, les longs manteaux accrochés aux patères. Rien ne dépassait, ici non plus.

Elle ne put s'empêcher de s'arrêter sur les photographies aimantées sur le pêle-mêle, juste au-dessus de la fenêtre d'entrée. Un cliché du mariage de Nazim Ozan, le complice de Grand-Duc, et de sa grosse vache turque ; un autre de Nicole Vitral, bien sûr, avec ses nichons qui débordaient de sa robe moche de vendeuse de frites. Grand-Duc ne devait plus en pouvoir, tous les matins, de reluquer les mamelles de la Vitral avant de sortir de chez lui, en enfilant son manteau et en emportant son petit parapluie.

Malvina regarda distraitement les autres photos dans le vestibule. Des paysages de montagne, du Jura sans doute. Le mont Terrible. Montbéliard.

Elle se souvenait. Elle l'avait reconnu, ce bébé, sa sœur, à l'hôpital là-bas. Elle avait six ans, à l'époque. Elle était le seul témoin vivant.

Lyse-Rose était vivante. On lui avait volé sa petite sœur.

Ils pouvaient dire ce qu'ils voulaient. Refus de faire le deuil et tout le reste.

Jamais, jamais elle ne l'abandonnerait.

Malvina se força à s'extraire de sa torpeur, il fallait qu'elle s'active. Elle retourna dans le salon, enjamba à nouveau le cadavre de Grand-Duc, puis fixa une dernière fois la cheminée, le vivarium, le bureau… Elle était entrée dans la maison par effraction, par la fenêtre de la chambre, qu'elle avait brisée, entre les roses trémières. Elle avait laissé ses empreintes partout ; la police finirait bien par arriver, prévenue par un voisin. Il fallait qu'elle soit prudente. Pas pour elle, elle s'en foutait. Mais pour Lyse-Rose. Elle devait rester libre, il fallait qu'elle efface les traces de sa présence dans cette maison, partout. Avec de la chance, elle repérerait un détail qu'elle avait négligé. Pourquoi pas ce putain de cahier de notes vert ?

Qu'avait bien pu écrire ce salaud de Grand-Duc dans ce cahier ? Avait-il vraiment découvert quelque chose, la vérité, dans ce journal, le jour des dix-huit ans de Lyse-Rose ?

Quelle vérité ?

Bluffait-il ?

Pouvait-elle prendre un tel risque ?

Il lui fallait trouver ce cahier…

A tous les coups, il l'a déjà confié aux Vitral… Avant de se prendre une balle dans le cœur. Ça lui ressemblerait bien. Comme une sorte de cadeau d'anniversaire. Si ça se trouve, c'est ce pervers de Marc Vitral qui l'a entre les mains, ce cahier. Qui le lit, même.

7

2 octobre 1998, 9 h 28

Marc Vitral fixait la pendule Martini.

A la table la plus proche, face à lui, une ravissante étudiante brune, les cheveux très courts coupés à la garçonne, le dévisageait de ses yeux océan dans lesquels n'importe quel homme aurait plongé sans hésitation.

Marc détourna le regard, insensible.

Cela dut exciter encore davantage la belle étudiante. Ce type blond perdu dans ses pensées, dans son chagrin, les yeux brillants de larmes qui la traversaient comme si elle était invisible. Ils devaient être rares, les hommes indifférents à sa beauté. Forcément, elle n'était attirée que par les hommes indisponibles, les fantômes inaccessibles.

Marc ressassait la description par Grand-Duc de ses parents, Pascal et Stéphanie, dont il n'avait pour tout souvenir que de vieilles photographies. Il leva la main vers Mariam. La serveuse pensa qu'il voulait réclamer son cadeau, en avance, gagner quelques minutes, elle observa d'un air désapprobateur la pendule.

— Mariam, tu me mets un croissant ? Je n'ai rien mangé ce matin… Je n'ai pas l'habitude que Lylie me donne rendez-vous aussi tôt !

Mariam afficha un large sourire rassuré.

Quelques secondes plus tard, elle apportait la viennoiserie dans une assiette. Le vacarme au Lénine devenait assourdissant. L'étudiante aux yeux abyssaux continuait de couver Marc, quémandant un regard, désespérément.

Peine perdue.

Marc déchira la moitié du croissant, qu'il avala d'un coup.

9 h 33.

Il se replongea dans les notes de Grand-Duc.

Journal de Crédule Grand-Duc

Vous serez d'accord avec moi, je pense, pour les Vitral, pour les Carville, la vie est tout de même une sacrée salope… Elle leur annonce d'abord qu'un Airbus s'écrase, qu'il n'y a pas de survivants, elle leur enlève d'un coup les deux générations sur lesquelles ils avaient construit leur avenir. Fils et petites-filles… Puis, une heure plus tard, elle leur annonce, radieuse, un miracle : l'être le plus petit, le plus fragile, a été épargné. Et l'on en vient même à être heureux, à remercier le ciel, à oublier la disparition de personnes si chères… mais la vie ne retire le poignard que pour mieux l'enfoncer une seconde fois. Et si ce petit être miraculé, la chair de votre chair, le fruit du fruit de vos entrailles, ce n'était pas le vôtre ?

On s'affaira au commissariat de Montbéliard, dès l'aube, ce 23 décembre 1980, le commissaire lui-même avait pris en charge l'affaire, Vatelier, un flic rodé et dynamique qui portait une barbe brune laissée en jachère mais assortie à son blouson de cuir. La Turkish Airlines avait faxé la liste des passagers dès sept heures du matin. Fait cocasse, qui avait dû amuser l'équipage sur le tarmac de l'aéroport Atatürk d'Istanbul, il y avait deux bébés dans l'avion, deux jeunes Françaises venues au monde presque le même jour.

Lyse-Rose de Carville, née le 27 septembre 1980
Emilie Vitral, née le 30 septembre 1980

Drôle de coïncidence, devez-vous penser. J'ai vérifié depuis, la présence de bébés dans un avion est loin d'être un hasard exceptionnel. Elle est au contraire fréquente, notamment sur les longues distances, à l'occasion des vacances. En pleine mondialisation économique, il faut bien que les familles se retrouvent autour d'un sapin, d'un gâteau d'anniversaire, d'un mariage, d'un enterrement ou de tout autre événement… On ne le remarque pas, mais je le sais maintenant, les avions grouillent de bébés !

Au départ, Vatelier me l'a avoué, cela a plutôt amusé son équipe… Deux bébés… Comment savoir lequel était le survivant ? En fait, les flics devaient penser que l'enquête serait brève. Il n'est pas difficile de faire parler un bébé. Ses yeux, sa peau, son sang, ce que contient son estomac, ses habits, ses affaires personnelles, ses proches… Autant d'indices sans doute plus que suffisants…

Sauf qu'il fallait faire vite. Les flics avaient une horde de journalistes aux trousses, l'affaire était une aubaine pour les médias… Vous pensez, une seule orpheline pour deux familles ! Et puis c'était tout de même l'avenir d'une gamine qui était en jeu, on n'allait pas la laisser des mois à la pouponnière de l'hôpital de Belfort-Montbéliard, il fallait en urgence instruire l'enquête, délibérer, choisir, la rendre à sa famille. Léonce de Carville dépêcha sur Montbéliard, dès le 23 décembre à 14 heures, une meute d'avocats parisiens, tous payés à prix d'or, chargés de coller aux basques des enquêteurs de Vatelier et de vérifier chaque détail…

Sur le plan juridique, l'affaire était complexe. La Chancellerie trancha pourtant en quelques heures : le commissariat de Montbéliard était chargé de l'enquête, mais la décision finale serait prise par un juge pour enfants, après l'audition de l'ensemble des parties et témoins. A huis clos, bien entendu. La décision devait être rendue au plus tard fin avril 1981 afin de ne pas perturber la sécurité affective de l'enfant, qui resterait placée en pouponnière au centre hospitalier de Belfort-Montbéliard. Pour mener l'instruction, la Chancellerie nomma dans la foulée, sans surprise, le juge Jean-Louis Le Drian, l'une des pointures du tribunal de grande instance de Paris, auteur d'une dizaine d'ouvrages sur les enfants nés sous X, les recherches d'identité, l'adoption… Le genre incontournable.

Dès le lendemain, le 24 décembre, le juge Le Drian parvint à réunir tant bien que mal, en fin d'après-midi, un groupe de travail improvisé, pas plus enthousiaste que cela à l'idée de passer une partie du réveillon sur cette affaire : Vatelier, le commissaire de Montbéliard, Morange, le docteur qui avait veillé la petite miraculée depuis la veille, et Saint-Simon, un flic de l'ambassade de France en Turquie, qui communiquait avec eux par téléphone.

Ils m'ont tous raconté, par la suite, cette réunion surréaliste dans un grand bureau parisien, avenue de Suffren, avec une vue imprenable sur la tour Eiffel éclairée dans un ciel blanc d'hiver… Une promesse de réveillon de Noël sans guirlandes ni cadeaux. Leurs gosses qui les attendaient au pied du sapin pendant qu'eux pesaient, avec précision et professionnalisme, l'avenir d'une gamine de trois mois.

Le juge Le Drian était emmerdé, il connaissait les Carville, vaguement. Il les avait croisés dans une ou deux soirées parisiennes où quelques centaines de personnes se pressent dans les grands salons d'immeubles haussmanniens. Je me mets à sa place. Au fond de sa tête, une petite voix devait lui souffler : Pourvu que la gamine soit bien la petite-fille de Çarville, sinon, je suis dans la merde…

Une chance sur deux… Pile ou face.

Mais la pièce, à première vue, ne semblait pas vouloir retomber du bon côté.

Quand j'ai rencontré le juge Le Drian, des années plus tard, il avait toujours la même allure qu'à l'époque de l'affaire : pointu, précis, tiré à quatre épingles, écharpe mauve un peu plus claire que sa cravate pourpre, à se demander comment, coincé dans son costume, il pouvait inspirer confiance à des enfants traumatisés et recueillir leurs confidences. Le juge avait filmé toutes les réunions. Il m'a confié les bandes, il n'avait rien à refuser aux Carville. Cela me permet d'être précis : vous aurez droit au son et à l'image. Pour le verdict, par contre, je vous laisse juge, c'est le cas de le dire.

— Je vais essayer d'être le plus bref possible, commença Le Drian. Nous sommes tous pressés, n'est-ce pas ? Je vais commencer par les informations qui concernent Lyse-Rose de Carville. La petite est née à Istanbul, il y a un peu moins de trois mois. Seuls ses parents la connaissaient vraiment, mais Alexandre et Véronique de Carville ont emporté avec eux, dans l'Airbus Istanbul-Paris, tout ce qui concernait Lyse-Rose. Ses jouets, ses habits, ses photos, ses médicaments, son carnet de santé. Tout a disparu dans l'incendie de l'avion. Saint-Simon, côté turc, vous avez déniché d'autres témoignages ?

La voix nasillarde du flic de l'ambassade turque grésilla dans le haut-parleur du téléphone posé sur la table :

— Pas vraiment... A l'exception de quelques domestiques turcs qui ont aperçu Lyse-Rose à travers le voile opaque d'une moustiquaire, le seul témoin oculaire de la petite reste sa grande sœur de six ans, Malvina... Vous voyez...

Le Drian sentait déjà que l'affaire commençait à tourner au vinaigre. Dans ce cas, lorsque les événements lui échappaient, il se levait et tirait sur le bout de son écharpe afin que les deux extrémités qui pendaient le long de sa veste soient exactement de la même longueur. Une manie comme une autre. Bien entendu, par le plus grand mystère du frottement des textiles, cette fichue écharpe mauve passait son temps à glisser, soit à gauche, soit à droite, sans même que le juge ait l'impression d'esquisser le moindre mouvement du cou. Le commissaire Vatelier observait le tic du juge avec un sourire à peine dissimulé dans sa barbe. Il enchaîna :

— J'ai parlé longtemps avec les grands-parents Carville. Enfin, surtout avec Léonce de Carville. Ils ne connaissent de leur petite-fille que quelques descriptions téléphoniques floues. Ils possèdent également une photographie de Lyse-Rose, prise à la naissance, envoyée par courrier avec le faire-part de naissance…

— Qu'est-ce qu'elle montre, cette photographie ?

Le commissaire Vatelier grimaça :

— Presque rien. Sa mère est en train de donner le sein à sa fille. Lyse-Rose est de dos… On devine un cou, une oreille, rien de plus…

Le juge Le Drian tira nerveusement son écharpe sur sa droite… Décidément, ça se présentait plutôt mal pour les Carville.

Si vous me permettez d'anticiper un peu, sachez que, dans les semaines qui suivirent, Léonce de Carville convoqua des experts très sérieux qui affirmèrent que l'oreille du bébé miraculé était identique à celle de Lyse-Rose sur sa photographie de naissance. J'ai depuis regardé en détail les clichés et les analyses : il fallait vraiment une bonne dose de mauvaise foi pour en tirer une quelconque certitude, dans un sens ou dans l'autre. Le juge Le Drian n'en était pas là, il continuait d'explorer la généalogie de la miraculée.

— Et les grands-parents maternels de Lyse-Rose ? demanda-t-il.

Vatelier, le commissaire de Montbéliard, observa avec tristesse la tour Eiffel brillante comme un immense sapin de Noël, puis, en consultant ses notes :

— Véronique, la mère de Lyse-Rose, est le quatrième enfant d'une famille québécoise, les Bernier, qui en compte sept, ainsi que déjà onze petits-enfants. Véronique avait déjà mis pas mal de distance avec sa famille lorsqu'elle a rencontré Alexandre à Toronto, à l'occasion d'un séminaire de chimie moléculaire. Les Bernier semblent soutenir les Carville. Timidement.

— OK. On essaiera de creuser de ce côté-là, fit Le Drian. Passons à Emilie Vitral. Apparemment, elle laisse davantage d'indices derrière elle…

— Mouais, soupira Vatelier, même si son carnet de santé, sa valise, ses biberons, ses bavoirs ont eux aussi disparu en fumée avec l'avion. Je vais être précis. De sa naissance à ses deux mois, ses grands-parents ont vu leur petite-fille cinq fois, dont deux à la clinique de Dieppe, la semaine de la naissance, et une le jour du départ en avion, lorsque Pascal et Stéphanie sont venus laisser Marc en pension chez eux. Mais la petite dormait alors profondément.

Le commissaire se tourna vers le docteur Morange, qui prit la parole pour la première fois :

— J'étais présent lorsqu'ils ont vu le bébé à l'hôpital de Belfort-Montbéliard. Les Vitral ont reconnu immédiatement leur petite-fille…

— Bien entendu, glissa Le Drian. Bien entendu. Ils n'allaient pas dire le contraire…

Le juge souffla avec lassitude, ses doigts agacèrent son écharpe, un coup à gauche. Le commissaire Vatelier éleva le ton :

— On n'allait tout de même pas aligner quatre bébés numérotés et faire reconnaître le bon par ses grands-parents devant une vitre sans tain !

— Vous auriez peut-être dû, insista Le Drian sans rire. On aurait gagné du temps…

Le commissaire haussa les épaules et poursuivit :

— Pour couronner le tout, les grands-parents Vitral ne disposent d'aucune photographie. D'après eux, Stéphanie avait constitué un petit album photo sur sa fille, douze clichés, dont elle ne se séparait jamais. On peut supposer que lui aussi a disparu dans les flammes.

— Et les négatifs des photos ? demanda le juge.

— La gendarmerie de Dieppe a tout fouillé dans l'appartement des parents Vitral, de la moquette au plafond, pour retrouver ces foutus négatifs. Sans succès pour l'instant. Sans doute Stéphanie les avait-elle emportés eux aussi, peut-être dans la pochette de l'appareil photo…

Peut-être…

Je les ai cherchés, moi aussi, par la suite, ces foutus négatifs. Vous pensez, une photo du bébé ! Inutile d'entretenir le suspense, sur ce plan-là au moins. Je peux vous le dire dès maintenant, on ne les a jamais retrouvés ! Outre l'hypothèse de leur disparition dans l'avion, ou d'une invention pure et simple de la part des Vitral, j'ai toujours pensé que Léonce de Carville avait pu intervenir, visiter l'appartement de Pascal et Stéphanie Vitral avant que les flics y pensent, faire disparaître toutes les pièces compromettantes. Il en était capable. Ça vous donne une idée de l'étendue des possibilités.

Le juge Le Drian sentait sa nuque s'humidifier, l'écharpe glisser, irrésistiblement, comme un serpent sur son épaule. Cette affaire commençait à empester le casse-tête judiciaire.

— Bien, fit-il. On a presque fait le tour. Le reste de la famille d'Emilie Vitral… L'impasse, également ?

— Pour ainsi dire, répondit le commissaire Vatelier. La mère, Stéphanie, était orpheline, née sous X, elle a été élevée en maison d'enfance à la fondation d'Auteuil, à Rouen. Elle a craqué pour Pascal Vitral à la terrasse d'un café alors qu'elle n'avait pas seize ans. Si je résume, la petite Emilie, si c'est elle qui a survécu, n'a plus dans la vie que ses grands-parents, Pierre et Nicole Vitral, et son grand frère, Marc.

Le regard du juge Le Drian se perdit loin derrière la grande baie vitrée, au-dessus des lumières formant la constellation de la tour Eiffel, à la recherche d'une direction, d'une quelconque étoile du Berger, à suivre aveuglément en cette nuit de la Nativité.

Je pourrais continuer comme cela longtemps, vous décrire les heures de palabres, d'arguments et de contre-arguments. Outre les films des réunions, ce sont près de trois mille pages d'enquête qui se sont accumulées chez le juge Le Drian lors des semaines suivantes, que j'ai épluchées, moi aussi, et je ne vous parle pas de mes archives personnelles. N'ayez crainte, j'y reviendrai par la suite, au moins sur les détails qui m'ont semblé importants. Mais je pense que vous commencez à percevoir la difficulté, le dilemme des enquêteurs. Pas facile de se faire une idée, n'est-ce pas ?

De quel côté faire retomber la pièce ? Je n'y suis pas parvenu, au bout du compte.

Je vous laisse tous ces indices en héritage. A vous de jouer…

Mais je vous vois venir…

Et la science alors ? Les habits ? Le sang ? Les yeux ? Tout le reste ?

J'y viens.

Vous n'allez pas être déçus.

8

2 octobre 1998, 9 h 35

Marc dévora le reste de son croissant sans même lever les yeux vers cette pendule qui n'avançait pas, vers la belle étudiante aux yeux d'azur qui lui faisait face, ou vers Mariam, cette serveuse qui jouait avec ses nerfs. Le Lénine s'agitait autour de lui. L'esplanade de l'université également, à travers la vitre. Même si en aucun cas les révélations de Grand-Duc ne le feraient douter, il lui fallait lire encore, emmagasiner toutes ces informations qu'il découvrait, pour la plupart.

Puisque Lylie le voulait…

Journal de Crédule Grand-Duc

Le juge Le Drian convoqua, une quinzaine de jours plus tard, le 11 janvier 1980, une nouvelle réunion. Mêmes enquêteurs, même lieu, même bureau, avenue de Suffren, mais le matin, cette fois-ci. La tour Eiffel grelottait dans le brouillard, on distinguait à peine ses pieds humides dans les flaques qu'un fin crachin agrandissait lentement. Des files de touristes s'étiraient sous un chemin de parapluies. Il n'y avait aucun endroit prévu, pas même un toit de verre, pour patienter devant le monument le plus visité au monde.

Un comble. Parmi tant d'autres.

Le juge Le Drian était de plus en plus ennuyé. On lui avait fait comprendre, par la voie hiérarchique, toute la sympathie que des personnes fort influentes portaient aux Carville.

Le juge n'était pas stupide, il avait compris le message… Sauf qu'il faisait ce qu'il pouvait avec les éléments qu'il avait entre les mains. Il n'allait quand même pas fabriquer de fausses preuves !

Le docteur Morange terminait son exposé sur la question du groupe sanguin. Il avait fait passer des photocopies d'analyses médicales complexes.

— Donc, si je résume, fit le docteur, notre petite miraculée possède le groupe sanguin le plus commun, A+, comme plus de quarante pour cent de la population française. Les archives des cliniques de Dieppe et d'Istanbul nous ont appris qu'Emilie Vitral et Lyse-Rose de Carville, sans aucun doute possible, possédaient toutes les deux… le groupe sanguin le plus commun, A+, vous l'avez compris.

Forcément, pensa le juge Le Drian.

— Il n'y a pas moyen d'en faire dire davantage à ces analyses médicales ? pesta-t-il.

Morange expliqua doctement :

— Il faut comprendre, les prises de sang permettent seulement d'éliminer des paternités ou des fratries, pas de les affirmer. On pourrait seulement affirmer qu'il existe un lien familial si l'on était en présence d'un rhésus peu courant, ou bien en cas de maladie génétique rare… Mais nous ne sommes pas du tout dans ce cas de figure. La science ne nous apprendra rien sur la famille de cet enfant.

En parlant de science, je vous vois venir, vous vous croyez malins : et la génétique, l'ADN, le test de paternité et tout le tintouin ? Mais imaginez le contexte, nous étions en 1980 ! A l'époque, les tests ADN, c'était encore de la science-fiction. La première affaire judiciaire au monde à avoir été élucidée à partir d'un test ADN date de 1987… Vous situez ! Cela dit, je vous rassure, nous y reviendrons, évidemment, à cette question du test ADN ; c'est une question qui devait forcément se poser un jour… Mais la petite miraculée avait bien grandi, alors, et les données du problème avaient sacrément changé. La science n'explique pas tout, loin de là, vous verrez…

En attendant, en 1980, les experts de l'avenue de Suffren bricolaient comme ils pouvaient. Le docteur Morange fit glisser sur la table un ensemble de clichés.

— Ce sont les modélisations établies par le labo de Meudon. Des techniques de vieillissement artificiel du visage de la petite miraculée, réalisées par informatique, afin de voir à qui le bébé ressemblera, dans cinq ans, dans dix ans, dans vingt ans…

Le juge jeta un coup d'œil aux photographies et força un agacement :

— Si vous croyez que je vais prendre ma décision à partir d'un tel délire !

Sur ce coup-là, il avait raison. En partie au moins. Objectivement, la miraculée vieillie par modélisation ressemblait davantage à une Vitral qu'à une Carville, mais sans que ce soit flagrant, et les avocats des Carville se régalèrent eux aussi à tourner la chose en dérision. Dix-huit ans plus tard, ayant vu grandir en direct, année après année, le bébé miraculé, je peux d'ailleurs vous affirmer que ces techniques de vieillissement artificiel relevaient du plus pur foutage de gueule !

— Reste la couleur des yeux, insista le médecin. Le seul signe distinctif réel de ce bébé miraculé… Ils sont étonnamment bleus pour son âge. La couleur peut encore changer, foncer, mais on tient tout de même là une particularité génétique…

Le commissaire Vatelier prit le relais :

— La petite Emilie Vitral avait les yeux clairs, virant déjà sur le bleu, tous les témoins l'ayant approchée, les grands-parents, quelques amis, les infirmières de la maternité, l'ont confirmé. Des yeux clairs comme ceux de ses deux parents, de ses grands-parents, comme pratiquement l'intégralité de la famille Vitral. Par contre, chez les Carville, parents et grands-parents sont bruns, leurs yeux sombres et marron. C'est sensiblement la même chose côté Bernier, j'ai vérifié.

Le juge Le Drian semblait à bout de nerfs. Ce n'était pas bon, pas bon du tout pour les Carville. Ce flic l'agaçait. A l'extérieur, le crachin tournait à l'averse, les visiteurs stoïques continuaient de patienter au pied de la tour Eiffel, dissimulés sous un chapiteau de parapluies, version moderne de la tactique romaine de la tortue. Le juge se leva pour appuyer sur un interrupteur et ajouter un peu de clarté à la pièce. Son écharpe tombait à droite. Il ne la réajusta pas.

— Mouais, tempéra-t-il. Juste une présomption de plus, toujours pas une preuve. Tout le monde sait que deux parents aux yeux bruns ou noirs peuvent avoir un enfant possédant toute la gamme possible de couleur des yeux…

— C'est exact, concéda le docteur Morange, ensuite, c'est simplement une question de probabilité…

La probabilité… En toute bonne foi, elle ne penchait pas vraiment en faveur des Carville. Je me souviens que quelques semaines plus tard le magazine *Science et Vie* avait pris l'exemple de « la miraculée du mont Terrible » pour expliquer en quoi la génétique était incapable de prédire avec systématisme les caractéristiques physiques d'un individu à partir de son ascendance familiale. J'ai toujours soupçonné, depuis, Léonce de Carville d'avoir télécommandé, directement ou indirectement, un tel article qui tombait un peu trop bien…

Le juge interrogea ensuite Saint-Simon, l'enquêteur turc, dans le haut-parleur.

— Et les habits de la miraculée, nom de Dieu ? C'est si difficile, de tirer des conclusions qui tiennent debout à partir des habits qu'elle portait le jour du crash ?

Saint-Simon riposta, calmement :

— Messieurs, je vous rappelle la nature des vêtements trouvés sur le bébé miraculé. Un body de coton, une robe blanche à fleurs orange, un pull de laine écru en jacquard. On peut affirmer avec certitude que les vêtements ont été achetés à Istanbul, dans le Grand Bazar, le plus grand marché couvert au monde…

Le juge Le Drian ne laissa pas passer l'occasion :

— Les Vitral étaient en vacances pour seulement quinze jours en Turquie, ils n'ont séjourné que deux jours à Istanbul ! La petite Emilie Vitral devait logiquement porter des vêtements français emportés dans les bagages. Il est très peu probable que ses parents aient eu le réflexe de la vêtir, quelques heures avant de repartir en France, avec des habits achetés à Istanbul ! Si le bébé miraculé portait un body, une robe, un pull turcs, il me semble évident qu'il doit s'agir de Lyse-Rose de Carville. La petite est née à Istanbul…

Saint-Simon se chargea de retourner l'argument dans la seconde :

— Sauf, monsieur le juge, si je peux me permettre, que les habits turcs portés par le nouveau-né étaient des vêtements bon marché… J'ai vérifié, ils n'ont rien à voir avec le reste de la garde-robe de Lyse-Rose rangée dans les placards de leur villa de Ceyhan. Je vais vous en envoyer un descriptif précis. Lyse-Rose n'était habillée qu'avec des habits de marque achetés dans le quartier occidental d'Istanbul, à Galatasaray… Pas au Grand Bazar !

Avant qu'il ne se lance dans l'analyse des différences sociologiques entre les quartiers d'Istanbul, Le Drian coupa sèchement Saint-Simon :

— OK, je regarderai ça. Vatelier, vous pouvez nous faire le point sur les expertises en balistique ?

Vatelier se frotta la barbe et regarda le juge d'un air méfiant. Puis :

— Les experts ont essayé de reconstituer comment et à quel moment exact le bébé avait été éjecté de l'avion. Nous savons à quelle place était assis chaque passager. Les Carville étaient installés au dixième rang, côté hublot, légèrement à l'arrière de la carlingue ; les Vitral occupaient le centre de l'Airbus, à peu près au niveau des ailes. Les deux bébés se trouvaient donc environ à équidistance de la porte de l'avion qui a cédé sous l'impact du crash puis de l'explosion, et par laquelle le nourrisson se trouva éjecté. Sur ce dernier point, tous les avis convergent. Je vous ai sorti le dossier. Les experts ont pu reconstituer avec précision l'impact, la torsion de la porte, ils sont d'accord : seul un être vivant de moins de dix kilos pouvait sortir vivant d'un tel piège...

— OK, OK, commissaire, coupa le juge, qui arborait ce jour-là une écharpe jaune moutarde qui s'accordait moyennement avec sa veste vert bouteille. Mais il y a eu la théorie Le Tallandier, depuis... Si je ne me trompe pas, le professeur de physique Serge Le Tallandier a démontré qu'il était peu vraisemblable que l'éjection se soit produite selon un mouvement latéral, et qu'en d'autres termes il est moins probable que ce soit Emilie Vitral qui ait été éjectée, puisqu'elle était assise au centre de la carlingue… Votre opinion, commissaire ?

— Pour être tout à fait franc, les calculs de Le Tallandier sont tellement compliqués qu'aucun flic de France, même issu de la police scientifique, n'oserait le contredire. Mais je me dois quand même de préciser que Serge Le Tallandier est un camarade de promotion à Polytechnique de Léonce de Carville, et qu'il a été le tuteur du mémoire de fin d'études d'Alexandre de Carville aux Mines Paris-Tech…

Le juge regarda le commissaire Vatelier comme s'il venait de proférer une hérésie. Il agita ses bras et tira sur l'écharpe jaune moutarde, d'un geste trop nerveux pour espérer rééquilibrer le morceau de tissu.

— Si je dois même réfuter les experts qui dirigent un labo à Polytechnique…

Vatelier répondit par un sourire :

— Oh, moi, je ne remets rien en cause. Je n'ai aucune compétence pour cela. Je peux juste vous dire que la théorie Le Tallandier, à Polytechnique, fait beaucoup rire ses collègues que j'ai rencontrés…

Le juge soupira. Dehors, la tour Eiffel avait entièrement disparu dans le brouillard et des centaines de touristes avaient sans doute attendu des heures sous la pluie pour rien.

Je pourrais encore vous inonder pendant des pages de détails techniques. Des enregistrements d'heures de réunions. Je ne vais pas vous fatiguer avec ça, pas tout de suite du moins.

Les semaines passèrent et l'affaire piétinait dans un marasme judiciaire et scientifique qui progressivement n'intéressait plus personne en dehors des familles concernées.

Les flics insistaient.

Les journalistes, eux, s'emmerdaient.

Le public, qui s'était passionné pour l'affaire dans les jours qui avaient suivi « le miracle », se lassa rapidement, faute de certitudes… Les querelles d'experts ennuyaient tout le monde. L'énigme semblait insoluble. Aussitôt l'agitation retombée, les flics tentèrent de travailler le plus discrètement possible. De leur côté, les avocats de Carville pesèrent de tout leur poids pour éviter que l'instruction ne s'étale trop sur la place publique. Si cette affaire n'était gérée qu'entre hauts fonctionnaires, il ne faisait aucun doute qu'elle tournerait en leur faveur. Le juge Le Drian était un homme raisonnable.

L'Est républicain, à l'origine de tout, fut le dernier journal à tenir une chronique quotidienne des avancées de « l'affaire de la miraculée du mont Terrible » ; une chronique de plus en plus brève. La journaliste chargée de couvrir l'enquête, Lucile Moraud, qui suivait déjà depuis des décennies les affaires les plus sordides dans l'Est de la France, et elles ne manquaient pas, se trouva rapidement face à un dilemme : comment baptiser la miraculée ? Impossible, en restant neutre, de la prénommer Emilie ou Lyse-Rose… Les périphrases telles que « la miraculée du mont Terrible », « l'orpheline des neiges », « le bébé sauvé du brasier », alourdissaient sacrément son style, qu'elle voulait pourtant simple et direct pour captiver son lectorat populaire. Elle trouva l'inspiration vers la fin janvier 1981. A cette époque, vous vous en souvenez sûrement, une chanson de Charlélie Couture passait en boucle sur les radios, une chanson sinistrement de circonstance : « Comme un avion sans aile »…

Excédée par la lenteur de la procédure et la frilosité du juge Le Drian, Lucile Moraud fit afficher, le 29 janvier, à la une de *L'Est républicain*, une photographie en pleine page de « la miraculée », dans sa cage de verre au service pédiatrie de l'hôpital, où elle patientait depuis plus d'un mois dans l'indifférence générale, et sous-titra, en gras, trois lignes de la chanson :

Oh, libellule,
Toi, t'as les ailes fragiles,
Moi, moi, j'ai la carlingue froissée…

L'expérimentée journaliste fit mouche. Plus personne ne put entendre le tube de Charlélie Couture sans penser à la petite miraculée, à ses ailes fragiles, à la carlingue froissée. Pour la France, l'orpheline des neiges devenait « Libellule ». Le surnom demeura. Même ses proches l'adoptèrent. Même moi.

Quel con !

Libellule !

J'ai même poussé le zèle jusqu'à m'intéresser à ces insectes difformes ; à dépenser des fortunes pour les collectionner… Quand j'y repense, maintenant… Tout ce cirque à cause d'une journaliste maligne qui a su surfer sur le sentimentalisme populaire…

Les flics, eux, étaient moins romantiques. Pour évoquer le bébé, lorsqu'ils ne voulaient pas parler explicitement de l'une des deux familles, ils inventèrent un acronyme neutre qui associait le début du premier prénom et la fin du second. Le croisement de Lyse-Rose et d'Emilie devint Lylie…

Lylie…

Ce fut le commissaire Vatelier qui l'employa le premier, devant les journalistes.

Pas mal trouvé, indéniablement. Si, finalement, les flics pouvaient se montrer romantiques. Tout comme Libellule, le prénom Lylie demeura. Un peu comme un diminutif affectueux.

Ni Lyse-Rose ni Emilie.

Lylie…

Une chimère, un être étrange composé de deux corps.

Un monstre.

A propos de monstre, c'est le moment, il faut que je vous parle du rôle joué par Malvina de Carville… Je sais, Malvina de Carville n'aurait pas aimé la transition… Vous me la pardonnerez. Vous allez comprendre, cela fait partie des dommages collatéraux du drame. Si l'on veut.

Léonce de Carville était un homme volontaire, déterminé, habitué à obtenir ce qu'il voulait. Pourtant, aucune des preuves, aucune des pièces du dossier ne penchait franchement en sa faveur. Il commit alors deux erreurs. Deux très lourdes erreurs. En voulant aller trop vite.

La première concernait sa propre petite-fille, Malvina. Elle n'avait que six ans, c'était une enfant pleine de vie, élevée comme une reine dans un cocon privilégié. Bien entendu, le décès accidentel de ses parents, de sa petite sœur peut-être, allait être difficile à surmonter pour elle. Mais bien entourée d'une armée de psys, de sa famille, elle s'en serait remise, elle se serait reconstruite.

Comme tout le monde.

Sauf qu'elle était le seul témoin oculaire… Le seul être encore vivant à avoir côtoyé Lyse-Rose en Turquie, pendant les deux premiers mois de sa vie. Peut-être les deux seuls…

Une enfant de six ans est-elle capable de reconnaître un nourrisson ? De le reconnaître avec certitude ? De le différencier d'un autre ?

La question mérite d'être posée…

Face aux affirmations des grands-parents Vitral, Malvina était l'unique atout côté Carville, la seule capable d'identifier Lyse-Rose. Léonce de Carville aurait dû la protéger, ne pas la faire témoigner, foutre les flics dehors, il en avait les moyens, ne rien lui demander, la laisser tranquille, la mettre au vert, l'envoyer loin de la tourmente dans une pension pour gosses de riches avec des puéricultrices attentionnées, d'autres enfants joyeux, un grand parc avec toutes sortes d'animaux… Au lieu de cela, il exposa Malvina, il la fit témoigner, dix fois, cent fois, devant des dizaines de juges, d'avocats, de flics, d'experts… Pendant des semaines, elle passa de cabinets en auditoires, de salles d'attente en salles d'audience, encadrée en permanence par des types sinistres en costume-cravate et des gorilles, pour la protéger des journalistes, tout de même.

Malvina, systématiquement, devant toutes les grandes personnes qu'on lui présentait, répétait la même chose :

« Oui, ce bébé est ma petite sœur. »

« Je la reconnais, c'est bien Lyse-Rose. »

Son grand-père n'avait même plus besoin de la forcer. Elle en était certaine, elle n'avait plus de doutes, elle ne pouvait pas se tromper.

C'étaient ses habits qu'on lui montrait, son visage qu'elle reconnaissait, ses pleurs qu'elle entendait. Elle était prête à le jurer, devant le juge, sur la Bible, sur sa poupée. Du haut de ses six ans, elle pouvait même tenir tête aux grands-parents Vitral !

Depuis, j'ai vu grandir Malvina, enfin, grandir est un bien grand mot... disons que j'ai vu vieillir Malvina, jusqu'à devenir adolescente, adulte. J'ai vu progressivement s'immiscer en elle la folie, une folie furieuse.

Elle me colle la frousse, c'est vrai ; je pense que sa juste place serait dans un hôpital psychiatrique, surveillée de très près ; mais je suis bien obligé de reconnaître une chose : elle n'est pour rien dans ce qui lui est arrivé. Son grand-père, Léonce de Carville, est le seul responsable. Il savait ce qu'il faisait. Il a délibérément instrumentalisé sa petite-fille. Il a consciemment sacrifié sa santé mentale, au mépris de tous les conseils des médecins, des supplications de sa propre femme.

Le pire est que cela ne lui a servi à rien, strictement à rien !

Car Léonce de Carville commit une autre erreur, peut-être encore plus grossière que la première.

9

2 octobre 1998, 9 h 43

Lylie n'avait pas bougé depuis une demi-heure. Elle était assise sur la rambarde de marbre de l'esplanade des Invalides. La fraîcheur de la pierre remontait le long de ses jambes, mais cela ne la dérangeait pas plus que cela. Il faisait un temps sec. Face à elle, le dôme des Invalides se distinguait à peine du ciel blanc, presque monochrome.

Indifférents à la morsure de l'air, une dizaine de types sur des rollers s'entraînaient, juste devant elle. Ils en rajoutaient, même.

Le spot des Invalides, s'il est connu des habitués, n'est pas le plus populaire de Paris. Les touristes se massent plutôt au Trocadéro, devant le Palais-Royal, place de l'Hôtel-de-Ville, place de la Bastille… Les spectateurs étaient plus rares, ici… Et ce n'est pas tous les jours que parmi les spectateurs se glissait une fille aussi jolie que Lylie. Une fille aussi jolie, qui restait aussi longtemps à les admirer. Bravant le climat, le froid du marbre sur ses fesses.

Qu'est-ce qu'elle cherchait ? Un plan cul ?

Dans le doute, les rollers donnaient le meilleur d'eux-mêmes. L'esplanade des Invalides est surtout fréquentée pour pratiquer vitesse, slalom, saut. Ils avaient installé des petits plots orange en plastique, sur deux lignes, et enchaînaient les duels, sur cent mètres. Comme dans une version moderne des tournois médiévaux, où le plus rapide, le dernier debout, gagnerait pour trophée le cœur de la belle.

Lylie aimait la vitesse des rollers, les cris, les rires. L'agitation l'aidait à maintenir le calme en elle. Ce n'était pas facile. Tout se bousculait. Elle repensait au carnet de Grand-Duc. Avait-elle bien fait de le confier à Marc ? Le lirait-il ? Oui, bien entendu… Mais le comprendrait-il ? Marc avait un rapport compliqué avec Crédule Grand-Duc, pas comme un père de substitution, non, rien à voir, mais il avait tout de même été toutes ces années l'une des rares présences masculines dans sa vie. Marc possédait ses certitudes aussi, son instinct, comme il disait. Ses convictions. Etait-il prêt à assumer une vérité… une vérité différente ?

Elle ressassait ces questions depuis de si longues minutes. C'était sans issue.

Face à elle, un slalomeur plus vieux que les autres, âgé d'une quarantaine d'années peut-être, déjà presque grisonnant, ne la lâchait plus du regard. Il avait systématiquement remporté tous ses slaloms contre les autres concurrents, haut la main. Il avait fait tomber sa veste de cuir et ne ratait pas une occasion de faire rouler son torse musculeux sous son tee-shirt. Il promenait son regard noir et perçant sur l'ensemble de l'esplanade, tel un rapace, pour systématiquement finir par le poser sur les yeux bleus de Lylie. Tout en lui rappelait un oiseau de proie, de son élégance à danser autour des plots de plastique à son visage, fin et coupant.

Lylie ne l'avait même pas remarqué, distingué des autres rollers. Elle pensait maintenant à ce cadeau pour Marc, cette mise en scène macabre.

Etait-elle utile ?

Des larmes commençaient à pointer au coin de ses yeux. Elle n'avait pas le choix, il lui fallait à tout prix éloigner Marc, pour quelques heures, pour quelques jours, le laisser en dehors de tout cela, le protéger. Ensuite, quand tout serait terminé, peut-être aurait-elle le courage de tout lui avouer. Marc tenait tant à elle. A elle… A qui, au juste ?

Elle sourit.

Sa Lylie, sa libellule… Mon Dieu, elle aurait tout donné pour porter un prénom normal, banal. Un seul prénom !

Le roller argenté frôla Lylie. Elle sursauta, sortant brusquement de sa torpeur. Elle ne put réfréner un sourire. L'homme-rapace, malgré le climat, il devait faire moins de dix degrés, avait fait sauter son tee-shirt. Il dansait devant elle, sur ses jambes trop grandes, moulé dans son jean. Torse nu.

Un corps parfait. Epilé. Musclé.

Il dévisageait maintenant sans aucune retenue le corps de Lylie, comme pour en soupeser les qualités et les défauts. Il semblait définitivement être redevenu oiseau. Sa parade nuptiale, parfaitement maîtrisée, se déployait sans ambiguïté. Combien de fois l'avait-il pratiquée ? Combien de jeunes filles étaient tombées dans ses griffes ?

Toutes ?

Lylie soutint son regard quelques instants, détailla, elle aussi, l'anatomie du séducteur. Presque indifférente. Elle était habituée, son joli corps de liane ne laissait pas les hommes indifférents. Elle s'étonnait pourtant qu'on puisse la regarder, qu'on puisse la désirer. Elle se sentait transparente...

Elle bascula à nouveau dans ses pensées. Elle ne devait pas s'apitoyer sur son sort. Dans l'immédiat, l'important n'était pas son nom ou son surnom. Il lui fallait agir, rapidement, seule.

Elle était déterminée. Maintenant qu'elle avait appris la vérité, la terrible vérité, elle n'avait plus le choix, elle devait assumer.

C'était si récent. Hier. Sa vie avait basculé depuis la veille. Tout s'était accéléré, mais c'était avant qu'elle avait commis l'irréparable. Depuis, elle était prise dans un engrenage, elle n'avait plus le choix, continuer ou être broyée...

Le prédateur n'abandonnait pas. Il décrivait de larges cercles avec les compas qui lui servaient de membres inférieurs, sans jamais bouger d'un centimètre sa tête, orientée définitivement vers Lylie.

Les yeux de Lylie se perdaient dans le vague. Elle repensait à Marc. Coincé dans ce bar.

Piégé par elle. Encore quinze petites minutes. Ensuite, c'est certain, il allait essayer de l'appeler. Elle attrapa son sac à main, coupa son téléphone portable.

Elle devait rester invisible, injoignable, pour l'instant au moins. Marc s'opposerait à son projet. Il chercherait à la protéger, il ne verrait que les risques, le danger.

Elle le connaissait bien, il appellerait cela un meurtre.

Un meurtre…

Comme un vol d'hirondelles dans l'instant qui suit une détonation, la dizaine de rollers s'éloigna soudain vers les Invalides, obéissant aux ordres du chef aux tempes argentées, lassé ou vexé de l'échec de sa parade. Les plots en plastique orange, les vestes, les tee-shirts, tout disparut en un courant d'air, ne laissant en arrière que l'asphalte gris et vierge.

Un meurtre…

Lylie sourit nerveusement.

Après tout, oui, on pouvait bien appeler cela comme ça. Un meurtre.

Un crime de sang indispensable.

Tuer.

Tuer un monstre pour être capable de vivre encore.

De survivre, au moins.

10

2 octobre 1998, 9 h 45

Marc releva les yeux.

Pendule Martini : 9 h 45.

Nom de Dieu, ça n'avançait pas. Un sentiment étrange montait en lui. Ce cadeau de Lylie que Mariam avait rangé dans sa caisse, cette boîte d'allumettes... c'était un piège. Un prétexte. Un leurre. Cette interminable heure d'attente n'avait pour but que de permettre à Lylie de partir, de se sauver, de se cacher.

Pourquoi ?

Il n'aimait pas cela. Comme si chaque minute l'éloignait un peu plus de Lylie. Il baissa pourtant les yeux vers le cahier. Il devinait la suite du récit, cette seconde erreur de Léonce de Carville. Il en avait été une nouvelle fois le témoin direct, un témoin pleurnichard, à ce qu'on lui avait raconté ; si la version de Grand-Duc était fidèle à celle de la légende de la rue Pocholle, il allait apprécier ce qu'il allait lire. C'était déjà ça.

Léonce de Carville pensait que l'argent réglait tout.

L'affaire, elle, piétinait, même si le ministère de la Justice avait exigé, en accord avec le juge Le Drian, que tout soit réglé avant les six mois de la petite miraculée.

Six mois.

C'était trop loin, pour Léonce de Carville.

Pourtant, tous ses avocats lui affirmaient qu'il suffisait de temporiser ; le doute allait finir par les avantager, ils maîtrisaient les bons réseaux, tous tomberaient de leur côté au fur et à mesure, même les médias, même les flics, même Vatelier. Sans preuve, l'affaire tournerait à une querelle d'experts. La décision finale du juge Le Drian était assurée. Les Vitral n'étaient d'aucun poids, ne possédaient aucune expérience, ne disposaient d'aucun soutien... Mais Léonce de Carville était sans doute moins serein, moins digne, moins indifférent qu'il ne le laissait paraître. Il décida de régler l'affaire seul, une fois pour toutes, de la façon dont il avait toujours géré son entreprise.

En chef. A l'instinct.

Il décrocha simplement son téléphone, vers midi, le 17 février 1981, il eut tout de même le réflexe de ne pas confier cette tâche à sa secrétaire et prit rendez-vous avec les Vitral, pour le lendemain matin... Enfin, pas exactement avec les Vitral, d'ailleurs, avec Pierre Vitral. Encore une lourde erreur de sa part. Nicole m'a tout raconté, plus tard, dans les moindres détails. Avec jubilation.

Le lendemain matin, à Dieppe, les voisins de la rue Pocholle virent, étonnés, une Mercedes presque plus longue que la façade de la maison se garer devant la barrière des Vitral. Carville entra, déguisé en providence, comme dans les films, une mallette noire à la main.

Une caricature.

— Monsieur Vitral, serait-il possible que je m'entretienne seul avec vous ?

Pierre Vitral hésita. Pas sa femme. La question, en fait, s'adressait à elle. Elle ne s'embarrassa pas pour lui répondre :

— Non, monsieur de Carville, cela ne va pas être possible.

Nicole Vitral tenait le jeune Marc dans ses bras. Elle ne le lâcha pas, le serrant plus fort encore. Elle continua :

— Même si je vais dans la cuisine, voyez-vous, monsieur de Carville, j'entendrai encore tout. C'est petit, chez nous. Même si je vais chez les voisins, j'entendrai tout de même. Ici, on entend tout. C'est comme ça. Les murs ne sont pas épais. On ne peut pas avoir de secrets. C'est peut-être parce qu'on n'en veut pas, d'ailleurs, des secrets.

Marc, dans ses bras, pleurnichait un peu. Elle s'installa sur une chaise pour l'asseoir sur ses genoux, pour signifier aussi qu'elle ne bougerait pas.

Léonce de Carville ne parut pas plus impressionné que cela par la tirade.

— Comme vous voulez, continua-t-il avec son sourire de tombola, je ne serai pas long. Ce que j'ai à vous proposer tient en quelques mots.

Il avança un peu dans la pièce, regardant fugitivement la petite télé allumée dans le coin sur une série américaine quelconque. Le salon était minuscule, douze mètres carrés tout au plus, encore meublé de formica orange comme dans les années soixante-dix. Carville se tenait à moins de deux mètres des Vitral.

— Monsieur Vitral, soyons francs entre nous. Personne ne saura jamais qui a survécu à cet accident d'avion. Qui est vivant ? Lyse-Rose ou Emilie ? Il n'y aura jamais aucune véritable preuve, vous serez toujours persuadé qu'il s'agit d'Emilie, tout comme je resterai persuadé que Lyse-Rose a été épargnée. Quoi qu'il arrive, nous demeurerons avec nos certitudes. C'est humain.

Jusque-là, les Vitral acquiesçaient.

— Même un juge, continua Carville, même un jury n'en saura rien. Il sera obligé de prendre une décision, mais on ne saura jamais si c'était la bonne. Ce sera du pile ou face. Monsieur Vitral, pensez-vous vraiment que l'on joue l'avenir d'un enfant à pile ou face ?

Ni oui ni non, les Vitral attendaient la suite. Des rires stupides sortaient du poste de télévision. Nicole s'avança vers l'écran, coupa le son puis retourna s'asseoir.

— Je vais vous parler franchement, monsieur Vitral, madame Vitral aussi, je me suis renseigné sur vous. Vous en avez sans doute fait de même avec moi.

Nicole Vitral aimait de moins en moins son sourire satisfait.

— Vous avez élevé vos enfants avec dignité. Tout le monde le dit. Cela n'a pas toujours été facile pour vous. J'ai appris pour votre fils aîné, Nicolas, l'accident de vélomoteur, il y a quatre ans. J'ai appris aussi pour votre dos, Pierre, pour vos poumons, Nicole. Je me doute qu'avec un métier tel que le vôtre… Enfin, je veux dire, il y a longtemps que vous auriez dû trouver autre chose. Pour vous. Pour votre petit-fils.

On y était. Nicole serra Marc trop fort, il pleura un peu.

— Où voulez-vous en venir, monsieur de Carville ? demanda soudain Pierre Vitral.

— Je suis certain que vous m'avez déjà compris. Nous ne sommes pas ennemis. Au contraire. Dans l'intérêt de notre Libellule, c'est même tout l'inverse, il faut unir nos forces.

Nicole Vitral se leva, brusquement. Carville ne s'en aperçut même pas, accroché au fil de ses idées. Pire même, de ses convictions. Il continua :

— Parlons franchement, je suis certain que vous avez rêvé d'offrir à vos enfants, vos petits-enfants, de vraies études… de vraies vacances. Tout ce qu'ils désirent. Ce qu'ils méritent. Une vraie chance dans la vie. Une vraie chance possède un prix. Tout a un prix.

Carville s'enfonçait. Il était incapable de s'en rendre compte. Les Vitral se taisaient, effarés.

— Pierre, Nicole… J'ignore si notre Libellule est ma petite-fille ou la vôtre, mais je m'engage à lui apporter tout ce qu'elle peut vouloir, à satisfaire son moindre désir. Je m'engage, je le jure, à en faire la fille la plus heureuse du monde. Je vais même aller plus loin, j'ai une haute estime de votre famille, je vous l'ai dit, je m'engage aussi à vous aider financièrement, à vous aider pour élever Marc, votre autre petit-fils. J'ai conscience que ce drame est terriblement plus difficile à supporter pour vous que pour moi, qu'il va vous obliger à travailler encore des années, pour pouvoir nourrir une bouche de plus…

Nicole Vitral se rapprocha de son mari. Sa rage enflait. Léonce de Carville marqua un silence, enfin, une courte hésitation, et se lança :

— Pierre, Nicole, acceptez de renoncer à vos droits sur l'enfant, sur Lylie. Reconnaissez qu'elle se prénomme Lyse-Rose, Lyse-Rose de Carville. Et je m'engage solennellement à veiller sur vous, sur Marc… Vous verrez Lylie autant que vous le souhaiterez, rien ne changera, vous resterez comme ses grands-parents…

Le regard de Carville se fit suppliant, presque humain.

— Je vous en supplie, acceptez. Pensez à son avenir. A l'avenir de Lylie…

Nicole Vitral allait intervenir, mais Pierre répondit le premier, étonnamment calme :

— Monsieur de Carville, je préfère ne pas vous répondre. Emilie n'est pas à vendre, ni Marc, ni personne ici. On ne peut pas tout acheter, monsieur de Carville. L'accident de votre fils ne vous aura même pas fait comprendre cela ?

Léonce de Carville, surpris, haussa brusquement le ton. Il avait pour règle de ne jamais rester sur la défensive. Marc hurla dans les bras de sa grand-mère. Toute la rue Pocholle dut entendre.

— Non, monsieur Vitral ! Ne venez pas en plus me faire la morale : vous croyez peut-être que ce n'est pas humiliant pour moi de venir ici vous faire cette proposition ? Je viens de vous offrir une chance unique de vous en sortir, et vous n'êtes même pas fichu de la saisir. La fierté, c'est bien joli…

— Sortez !

Carville ne bougea pas.

— Sortez, tout de suite ! Et n'oubliez pas votre mallette. Combien y a-t-il dedans ? A combien estimez-vous Emilie ? Cent mille francs ? Une belle voiture… Trois cent mille, un bungalow avec vue sur la mer du Nord, pour nos vieux jours ?

— Cinq cent mille francs, monsieur Vitral. Davantage après la décision du juge, si vous le souhaitez.

— Foutez-moi le camp !

— Vous avez tort… Vous êtes en train de tout perdre. De tout perdre à cause de votre orgueil. Vous savez comme moi que vous n'avez aucune chance dans la décision qui sera prise. J'entretiens des dizaines d'avocats qui tutoient les experts, les policiers chargés de l'enquête. Je connais personnellement la moitié des juges du tribunal de grande instance de Paris. Ce monde n'est pas le vôtre. Le jeu est truqué, monsieur Vitral, et vous le savez bien. Vous le savez depuis toujours. Le bébé miraculé de l'avion se prénommera Lyse-Rose, même si on découvrait des faits irréfutables prouvant le contraire. C'est Lyse-Rose qui est vivante, c'est déjà écrit, c'est comme cela. Je ne suis pas venu en ennemi, monsieur Vitral, je n'étais pas obligé. Je suis juste venu pour rétablir les chances, comme je le pouvais.

Marc hurlait dans les bras de Nicole.

— Foutez-moi le camp !

Carville reprit sa mallette, s'avança vers la porte.

— Merci, monsieur Vitral. J'ai au moins soulagé ma conscience… Et cela ne m'aura pas coûté un centime !

Il sortit.

Nicole Vitral serra fort le petit Marc. Elle pleurait dans ses cheveux. Elle pleurait parce qu'elle savait que Carville ne mentait pas. Tout ce qu'il avait dit était vrai, les Vitral connaissaient cette fatalité, ils la fréquentaient si souvent. Avec fierté. Mais elle était consciente qu'ils n'avaient aucune chance de gagner. Pierre Vitral jeta un coup d'œil circulaire dans le salon. Il demeura un long moment à regarder la télé muette. Il pensait que son dos ne le faisait pas souffrir, à cet instant, qu'il souffrait d'autre chose, et que les douleurs ne s'additionnent pas, elles se superposent, c'est une grande chance.

Pierre Vitral observa une dernière fois le petit écran de télévision. Enfin, une lueur de résistance s'accrocha à son regard. Il marmonna, presque pour lui seul :

— Non, vous ne gagnerez pas, monsieur de Carville.

Si je peux vous faire part de mon analyse, à froid, des années plus tard, Carville avait commis une erreur grossière, ce matin-là : éveiller la colère chez les Vitral. Sans cela, il aurait sans doute emporté son jugement en toute discrétion. Les Vitral auraient hurlé au scandale dans l'indifférence générale.

La Mercedes n'avait pas encore quitté l'île du Pollet que Pierre Vitral sortait un journal d'une étagère encombrée de l'armoire.

— Qu'est-ce qu'on va faire ? demanda sa femme.

— Nous battre... L'écrabouiller...

— Comment ? Tu l'as entendu, il a raison...

— Non... Non, Nicole. Emilie a encore une chance. Il a oublié un détail. Tout son discours, c'était vrai avant, avant Libellule, avant que Pascal et Stéphanie ne s'envolent au ciel. Mais plus maintenant ! Nous aussi, si on le veut, on est importants, Nicole ! On s'intéresse à nous. On parle de nous dans les journaux, à la radio...

Il se tourna vers l'angle de la pièce.

— A la télé aussi, on a parlé de nous. Carville ne doit pas regarder la télé, il ne sait pas, lui. C'est au moins aussi important que l'argent, aujourd'hui, la télé, les journaux...

— Qu'est-ce... qu'est-ce que tu vas faire ?

Pierre Vitral soulignait un numéro de téléphone dans le journal.

— Je vais commencer par *L'Est républicain*. C'est eux qui connaissent le mieux le dossier. Nicole, tu te souviens de cette journaliste qui rédige les chroniques ?

— Tu parles, à peine cinq lignes la semaine dernière !

— Justement. Raison de plus. Tu peux me trouver son nom ?

Nicole Vitral posa Marc sur une chaise, juste devant la télé. Elle sortit un classeur rangé sous la table du salon dans lequel elle conservait méticuleusement tous les articles de journaux qui parlaient de la catastrophe du mont Terrible. Cela lui prit quelques secondes :

— Lucile Moraud !

— OK… On n'a rien à perdre. On verra bien…

Pierre Vitral saisit le téléphone et composa le numéro du standard du journal.

— Le journal *L'Est républicain* ?… Bonjour, je suis Pierre Vitral, le grand-père du bébé miraculé de la catastrophe du mont Terrible… Oui, « Libellule »… Je voudrais parler à une de vos journalistes, Lucile Moraud, j'ai des choses à dire à propos de l'affaire, des choses importantes…

Pierre Vitral sentit immédiatement qu'on s'affairait à l'autre bout du fil. Moins d'une minute plus tard, une voix étonnamment grave pour celle d'une femme, un peu essoufflée, lui glaça l'échine :

— Pierre Vitral ? C'est Lucile Moraud. Vous dites que vous avez du nouveau. C'est sérieux ?

— Léonce de Carville sort de chez moi. Il m'a proposé cinq cent mille francs pour qu'on laisse tomber l'affaire.

Les trois secondes de silence qui suivirent parurent interminables à Pierre Vitral. La voix rauque de fumeuse de la journaliste brisa à nouveau le silence, le faisant sursauter :

— Vous avez des témoins ?

— Tout le quartier…

— Nom de Dieu… Vous ne bougez pas, vous ne parlez à personne d'autre, on va se débrouiller, on vous envoie quelqu'un !

11

2 octobre 1998, 10 h 00

10 h 00, indiquait la pendule Martini. Pile !

Marc avait calé le rythme de sa lecture sur celui des minutes qui s'écoulaient, un œil sur le cahier, l'autre sur le cadran.

Il referma le cahier vert, le fourra au milieu de ses classeurs, dans son Eastpack. Il avança vers le comptoir du Lénine avec un sourire satisfait. Mariam lui tournait le dos, occupée à rincer des verres. Marc posa son doigt sur le zinc, comme s'il appuyait sur une sonnette.

— Driiiing, fit-il d'une voix stridente. C'est l'heure !

Mariam se retourna, prit le temps de s'essuyer les mains à un torchon, le reposa, bien plié.

— C'est l'heure ! insista Marc.

— C'est bon…

Mariam leva les yeux vers la pendule.

— Eh bien, tu ne perds pas de temps… Tu ne devais pas être du genre à dormir pendant la nuit de Noël, toi…

— Non, pas vraiment… Allez, dépêche-toi, Mariam… Tu as entendu Lylie, tout à l'heure. J'ai cours…

La pupille de Mariam brilla.

— A d'autres, pas à moi… Bon, le voilà, ton cadeau !

Elle ouvrit un tiroir, attrapa le minuscule paquet et le tendit à Marc. Il s'en saisit d'une main avide et commença à se tourner vers la porte du Lénine.

— Tu ne l'ouvres pas maintenant ?

— Non… Imagine, si c'est intime… Un sex-toy… Une petite culotte…

— Je ne plaisante pas, Marc.

— Alors, pourquoi veux-tu que je l'ouvre devant toi ?

— Parce que je devine ce qu'il y a dans ce paquet, mon grand malin. Pour pouvoir te ramasser quand tu tomberas !

Marc dévisagea Mariam, médusé.

— Tu sais ce qu'il y a dans le paquet ? !

— Oui… En gros oui. Il y a toujours la même chose. Quand…

Un client, visiblement pressé, piaffait derrière Marc, scrutant avec impatience la rangée de Marlboro.

— Quand quoi ?

Mariam soupira.

— … quand une fille se tire avec une heure d'avance, petit con. Une heure d'avance sur le mec qu'elle laisse seul sur une chaise dans mon bar !

Marc encaissa. Il pensa fugitivement à la bague de saphir au doigt de Lylie. A la croix touarègue qu'elle n'avait pas enfilée à son cou. Il parvint à hausser les épaules, l'air détaché.

— A demain, Mariam. Même heure, même table. Près de la vitre. Deux places, hein ?

Il attrapa le paquet d'une main qu'il se força à maîtriser et sortit.

Tout en tendant trois paquets de cigarettes à son client, Mariam regarda Marc s'éloigner. Elle en avait trop dit, sur ce coup-là. Elle n'était pas aussi sûre d'elle… Marc et Emilie formaient un couple curieux, étrange, ne ressemblant à aucun autre, mais ce dont elle était persuadée, c'est que dans les heures qui allaient suivre Marc allait jouer son destin, à pas grand-chose, un bon ou un mauvais choix…

Marc disparut à son tour sur le parvis de Paris VIII, comme si son manteau gris avait fondu dans le goudron. Mariam se laissa un instant distraire par la vague ininterrompue des passants.

Marc, c'est certain, s'enfuyait, pétri de ses certitudes. Pourtant, pensait Mariam, un seul détail, un grain de sable, pouvait tout faire basculer, pouvait bousculer ses plus intimes convictions ; sa vie entière.

Le battement d'ailes d'une libellule.

Marc s'éloigna rapidement du Lénine, remontant l'avenue de Stalingrad, un peu au hasard, vers le stade Delaune. Le flux des salariés matinaux pressés s'éclaircissait. On croisait désormais sur le trottoir davantage de personnes âgées et de mères de famille encerclées d'enfants et de sacs plastique accrochés à leur poussette. Il progressa encore dans l'avenue sur une cinquantaine de mètres, pour se retrouver presque seul. Les mains tremblantes, il déchira le papier cadeau argenté, enfonça négligemment l'emballage dans la poche de son jean. Il découvrit une petite boîte cartonnée. Le carton céda sous ses doigts nerveux.

L'objet tomba dans le creux de sa main.

Marc tituba.

Ses jambes refusèrent quelques instants de le porter. Il recula, tel un pantin désarticulé, sur deux mètres. Son dos heurta le métal froid d'un réverbère. Il souffla, lentement, pour rétablir son équilibre et sa respiration.

Ne pas paniquer, prendre le temps, rétablir le contrôle.

La portion de rue restait déserte, mais il n'avait qu'à crier, on l'entendrait, on viendrait. Non. Il devait se raisonner.

Malgré lui, son souffle s'accélérait, sa gorge se serrait… Toujours les mêmes symptômes, depuis ses deux ans, son agoraphobie.

Respirer, doucement, reprendre son calme.

L'agoraphobie, contrairement à ce qu'on croit souvent, n'est pas la peur des grands espaces ou de la foule… Elle est simplement la peur de ne pas pouvoir être secouru… La peur d'avoir peur, en quelque sorte… Logiquement, une telle panique se manifeste dans des lieux où l'on se sent isolé, un désert, une forêt, une montagne, l'océan… Mais également au milieu d'une foule, d'un amphi, d'un stade ; dans une rue noire de monde aussi bien que dans une rue déserte…

Marc était habitué, depuis le temps, il savait faire front lorsque la crise n'était pas trop intense. Les alertes étaient rares, maintenant. Il parvenait à suivre des cours dans des salles de classe bondées, à prendre le métro, à aller au concert…

Il souffla.

Petit à petit, sa respiration reprenait un rythme normal. Il conserva son appui sur le réverbère, même si le tube d'acier lui torturait le dos.

Mac baissa les yeux vers sa paume.

Il tenait dans les mains un jouet miniature.

Un avion.

Un modèle réduit. La réplique exacte d'un Airbus A300, en fer, assez lourd, d'un blanc laiteux, à l'exception de la queue de l'avion, bleu-blanc-rouge. Un petit jouet Majorette, comme on en trouve des milliers sur les étagères des chambres des petits garçons. La main de Marc tremblait, elle se referma sur la carlingue froide.

Qu'est-ce que cela signifiait ?

Une plaisanterie ?

Un cadeau morbide pour accompagner la lecture du cahier de Grand-Duc ?

Ridicule…

Marc devait réfléchir. N'y avait-il rien d'autre que ce jouet ?

Marc fouilla la poche de son jean, défroissa l'emballage de l'avion. Il pesta contre lui-même : mêlée au papier qu'il avait déchiré avec précipitation, il découvrit une petite feuille blanche, manuscrite. Marc reconnut immédiatement l'écriture de Lylie. Il enfonça plus profondément encore son dos dans tube du réverbère et lut :

Marc,

Je dois partir. Ne m'en veux pas, je me le suis toujours promis. Partir, dès mes dix-huit ans. Partir loin, ailleurs... en Inde, en Afrique, dans les Andes... ou en Turquie, pourquoi pas ? Ne sois pas inquiet, ne crains rien, je suis habituée à l'avion, n'est-ce pas ? Je suis forte.

Je survivrai. Encore une fois.

Si je t'en avais parlé, tu n'aurais pas été d'accord. Mais si tu prends le temps de réfléchir, alors oui, comme moi, tu le seras. Nous ne pouvons pas continuer ainsi, dans le doute. Pour cela, Marc, je dois m'éloigner. De toi. Je dois faire le point. Couper les branches mortes, aussi...

Marc, ne cherche pas à me retrouver, à m'appeler, rien. Il me faut de la distance, il me faut du temps.

Je le crois.

Un jour, nous saurons qui nous sommes, l'un et l'autre ; l'un pour l'autre.

Prends soin de toi.

Emilie

Marc sentit sa respiration à nouveau s'accélérer. Il s'efforça de repousser les pensées qui se bousculaient dans son crâne.

Faire. Agir.

Il avança d'un pas, ouvrit son Eastpack, y enfonça l'avion miniature, la lettre et le papier. Il souffla un instant, puis attrapa son téléphone portable. Travailler pour France Telecom lui avait permis d'obtenir des modèles performants, pour lui et pour Lylie, dernier cri, avec enregistrement automatique de numéros.

Sans réfléchir, il fit défiler les noms, s'arrêta sur Lylie, appuya sur la touche verte. L'écran s'éclaira, la sonnerie lui parut interminable.

Il était très fréquent qu'il téléphone à Lylie sans qu'elle décroche. Le répondeur se déclenchait exactement après la septième sonnerie. Il compta dans sa tête. Après la quatrième il n'avait déjà plus d'espoir.

« Bonjour, c'est Emilie. Laissez-moi un message, je vous rappelle aussitôt que je peux. A bientôt. Kiss. »

Marc déglutit. La voix de Lylie lui fit monter des larmes aux yeux.

— Lylie. C'est Marc. Appelle-moi, je t'en prie. Où que tu sois. S'il te plaît, rappelle-moi. Je t'embrasse. Je tiens à toi. Plus que tout. Appelle-moi. Reviens-moi.

Marc raccrocha. Il marcha, lentement, sur le trottoir du boulevard de Stalingrad, ressassant les mots de Lylie.

« Partir loin »…

« Faire le point »…

« Couper les branches mortes »…

Qu'est-ce que cela voulait dire ?

Marc n'était pas stupide, les dix-huit ans de Lylie n'étaient qu'un prétexte, toute cette mise en scène était liée à ce cahier de Grand-Duc, ce carnet que Lylie avait lu toute la nuit. Qu'est-ce qu'elle y avait trouvé ? Qu'est-ce qu'elle y avait deviné ?

« Savoir qui nous sommes, l'un et l'autre ; l'un pour l'autre »…

Non ! Marc ne partageait pas les doutes de Lylie. Rien au monde n'aurait pu entamer son intime conviction.

Marc parvint place du Général-Leclerc. Les bus se croisaient en rangs serrés de part et d'autre de la rue Gabriel-Péri et de l'avenue du Colonel-Fabien.

Que pouvait-il faire ? Comment retrouver Lylie ? Suivre le même chemin qu'elle ? Lire le carnet de Grand-Duc, jusqu'à la dernière page, deviner ce que Lylie avait deviné ?

Marc pesta. Il demeura immobile devant le va-et-vient des bus sur la place. Il lui semblait impossible de rester assis à lire cette centaine de pages dans l'hypothétique espoir d'y découvrir une piste. Il attrapa à nouveau son téléphone portable, fit glisser les noms, s'arrêta au « B ».

Boulot.

Marc s'éloigna un peu de la place où le bruit de la circulation était assourdissant.

— Allô ? Jennifer ?… Super, c'est Marc. Excuse-moi, je suis super pressé. J'ai besoin d'un renseignement, perso, le numéro de téléphone et l'adresse d'un type à Paris… Tu notes son nom ?… Grand-Duc. Crédule Grand-Duc… Oui, je sais, c'est pas banal comme prénom. Comme ça, il n'y en aura pas deux…

Jennifer, sa collègue chez France Telecom, avait le même âge que lui, étudiait en lettres étrangères appliquées et Marc se doutait que sans trop se forcer elle serait tombée amoureuse de lui. L'écouteur toujours collé à l'oreille, il leva les yeux, observa quelques instants dans le ciel blanc les trois cloches du sommet de la basilique Saint-Denis, au-dessus des immeubles, quelques rues plus bas.

— Oui ?… C'est vrai, tu les as ? Génial !

Marc griffonna le numéro et l'adresse de Grand-Duc. Il lança à Jennifer un « Merci » précipité avant de raccrocher et composa aussitôt le numéro de téléphone du détective privé. La sonnerie retentit longtemps, dans le vide, avant que ne se déclenche à nouveau un répondeur. Marc pesta en lui-même. Tant pis, il devait jouer franc jeu, ne pas perdre de temps :

— Grand-Duc ? C'est Marc Vitral. Il faut à tout prix que je vous joigne, ou, mieux, que je vous rencontre. Le plus rapidement possible. Cela concerne Lylie. Votre cahier aussi, celui que vous avez écrit pour elle. Je l'ai entre les mains, elle me l'a confié, je suis en train de le lire. Ecoutez, si vous avez ce message, rappelez-moi, sur mon portable. Je fonce chez vous, j'y serai dans trois quarts d'heure au maximum…

Marc rangea le téléphone dans sa poche, déterminé à présent. Il rebroussa chemin et remonta à grands pas le boulevard de Stalingrad, direction le terminus de la ligne 13. Grand-Duc habitait 21 rue de la Butte-aux-Cailles. Marc déclina dans sa tête les lignes principales du plan de métro. Depuis deux ans qu'il se promenait seul dans les rues de Paris, il avait appris à se repérer, sans même avoir désormais recours aux plans des stations. La ligne 13, direction Châtillon-Montrouge, le ramènerait dans le centre, par Saint-Lazare, les Champs-Elysées, Invalides, Montparnasse… La Butte-aux-Cailles devait se trouver sur la ligne 6, direction Nation, entre Glacière et

Place-d'Italie. A priori, il fallait changer à Montparnasse. Au total une vingtaine de stations, peut-être un peu plus.

Quelques minutes plus tard, Marc se trouvait à nouveau devant l'université de Paris VIII, rue Lénine. Il jeta un coup d'œil au bar de Mariam, de loin, puis s'engouffra dans le métro. Dans le couloir, juste après le premier tournant, un peu protégé du vent, un type dormait sur un drap sale, à côté de son chien, un bâtard maigre et jaune. L'homme ne mendiait même pas. Marc déposa deux francs sur la couverture, presque sans ralentir sa marche. Le chien tourna la tête et le regarda partir d'un air étonné. Depuis deux ans que Marc errait dans le métro parisien, il continuait de glisser une pièce presque à chaque fois qu'il croisait un paumé, il avait gardé cette habitude de Dieppe, où sa grand-mère donnait toujours aux types dans la rue, elle lui avait appris, expliqué, année après année, le socle des valeurs, la solidarité, dépasser la peur des pauvres, surmonter la honte de donner ; cela faisait partie de sa morale maintenant, à Dieppe comme à Paris ou dans n'importe quelle autre ville du monde où il irait. Cela lui coûtait une fortune ! Lylie se moquait de lui, gentiment. Aucun Parisien ne faisait ça ! C'est qu'il n'était pas parisien, alors.

Il n'y avait presque personne sur le quai dans le sens Saint-Denis-Paris. Une chance, pensa Marc. Trois quarts d'heure de métro, vingt stations… il aurait le temps de continuer de lire le cahier de Grand-Duc, d'essayer de comprendre, à son tour.

De marcher dans les pas de Lylie.

Quatre mots hantaient Marc.

« Couper les branches mortes »…

Que voulait dire Lylie ?

Couper les branches mortes ?

Le métro entra dans la station. Marc monta dans la voiture, sortit le cahier vert.

Une idée folle, persistante, s'incrustait dans son esprit. Et si cet avion n'était qu'un leurre, une mise en scène, pour l'impressionner ? Lylie ne lui avait pas tout dit. Cette bague, par exemple. Ce saphir qu'elle portait, d'où sortait-il ? Il y avait trop de parts d'ombre.

Et si Lylie n'avait jamais eu l'occasion de partir, loin, ailleurs ? Et si Lylie était restée là, proche, son but étant tout autre…

L'écarter.

L'écarter parce que ce qu'elle voulait entreprendre était risqué, dangereux.

L'écarter parce qu'il n'aurait pas été d'accord.

Couper les branches mortes…

Et si Lylie avait découvert la vérité et cherchait tout simplement à se venger ?

12

Journal de Crédule Grand-Duc

L'avantage, avec les journalistes de presse régionale, c'est qu'ils décrochent rarement des scoops avant Paris. Même lorsque les faits divers se déroulent sous leur nez, dans leur jardin, les médias parisiens sont tout de même prévenus avant eux, arrivent les premiers, et obtiennent les interviews des principaux acteurs de l'événement dès le journal du soir. Alors, lorsque la presse régionale tient une info qui peut intéresser la France entière, elle ne s'en prive pas… Mieux même, elle déploie des trésors d'ingéniosité pour la faire fructifier, en presser tout le jus, jusqu'à la dernière goutte.

Un quart d'heure après le coup de téléphone de Pierre Vitral, un journaliste des *Informations dieppoises* débarquait chez eux, rue Pocholle. Lucile Moraud avait fait au plus vite. *L'Est républicain* appartenait au même groupe de presse que les *Informations dieppoises*, l'hebdomadaire local. Le pigiste dieppois avait pour mission de récupérer les premières informations, les premiers clichés, et de faxer ensuite le reste au siège, à Nancy. Lucile Moraud négocia son scoop aux télévisions régionales, FR3-Franche-Comté et FR3-Haute-Normandie. La stratégie était calculée au plus juste pour vendre un maximum de journaux le lendemain : il fallait sensibiliser l'opinion, donner quelques détails à la télévision, la veille au soir, pour que chacun ait envie de lire l'interview exclusive des Vitral, en intégralité, en page deux de *L'Est républicain*. Les courts reportages des télévisions régionales furent repris dès le soir par les chaînes nationales. Une équipe de TF1 arriva même à coincer Léonce de Carville devant chez lui, à Coupvray, avant que ses avocats aient eu le temps de s'interposer et de le faire taire. Il se chargea lui-même de mettre de l'huile sur le feu médiatique.

Non, il ne niait pas.

Oui, il avait proposé de l'argent aux Vitral.

Oui, il avait la conviction intime que la rescapée était sa petite-fille, Lyse-Rose, et il avait simplement agi par générosité pour les Vitral, ou par pitié, les deux semblaient se confondre pour lui. Dieu, bien entendu, avait épargné sa famille. Il ne pouvait pas en être autrement.

Le lendemain, le 18 février 1981, il ajouta même, en direct à l'antenne de RTL, au journal de dix heures :

— En cas de doute, si on ne connaît pas la vérité avec certitude, alors le juge doit penser à l'intérêt de l'enfant, uniquement à l'intérêt de l'enfant. Si c'était possible, ce devrait être au bébé de choisir. S'il le pouvait, qui peut douter que ce nouveau-né choisirait l'avenir que je lui offre, et non celui des Vitral ?

Je l'ai appris en travaillant sur cette affaire, la machine médiatique fonctionne comme une énorme boule de neige lancée sur une pente, que plus personne ne peut maîtriser. Si vous vous rappelez encore aujourd'hui l'affaire « Libellule », c'est sans doute ce moment-là dont vous vous souvenez, ces quelques semaines qui précédèrent le jugement. Entre février et mars 1981, à l'exception de la campagne présidentielle bien entendu, on ne parla plus que de cela. La France était coupée en deux. En gros, si je caricature, les riches contre les pauvres. Deux camps pas égaux, donc. Si on coupe la France en deux selon la richesse moyenne, il y a beaucoup plus de monde en dessous qu'au-dessus. La grande majorité des Français prit donc fait et cause pour la famille Vitral, qui multiplia les passages à la télévision, à la radio, dans les journaux. Vous pensez, un feuilleton dont on ne connaissait pas la fin !

Carville dut endosser, malgré lui, le rôle du méchant. La série *Dallas* commençait à déferler sur la France. Léonce de Carville n'avait rien, physiquement, d'un J.R. Ewing, et pourtant on ne se gêna pas pour faire le parallèle. L'occasion était trop belle. Et comme dans *Dallas*, J.R. de Carville pouvait l'emporter.

Suspense. Emotion.

Peut-être aviez-vous choisi votre camp, vous aussi, à l'époque ?

Moi non. A ce moment-là, je me foutais complètement de l'affaire « Libellule ». Tous les détails, je les ai appris par la suite, lors de ma longue et minutieuse enquête. En février 81, j'étais toujours sur mes affaires de casino ; de la côte basque, j'étais passé à la Côte d'Azur et à la Riviera, côté italien. Des planques, toujours des planques. Un boulot soporifique qui rapportait de moins en moins. Je me souviens tout de même d'avoir entraperçu un morceau d'émission, une sorte de téléréalité avant l'heure, un soir, assez tard, alors que je zonais dans une chambre d'hôtel. On y recevait Nicole Vitral. C'est elle qui, progressivement, avait pris en main les relations avec les médias. Pierre Vitral était dépassé depuis longtemps par la machine qu'il avait mise en branle. Il fuyait les caméras. S'il avait pu, il aurait peut-être tout arrêté, laissé faire la justice, même au risque de tout perdre.

Nicole Vitral devait avoir environ quarante-sept ans à l'époque. Elle était une jeune grand-mère. Elle n'était pas vraiment belle, au sens classique du terme, mais elle était incontestablement ce que les médias appellent, ça aussi je l'ai appris depuis, une bonne cliente. Elle dégageait une sorte d'énergie communicative, sa cause était une croisade, elle en était la sainte, la martyre, elle la prêchait avec un franc-parler et un accent cauchois inimitables… Elle était sincère, simple, émouvante, drôle, et tout ceci passait merveilleusement à l'écran. Son visage, creusé, abîmé par des années de vents d'iode de la Manche, ne supportait pas spécialement les gros plans. A quarante-sept ans, elle était déjà une femme assez forte… Rien d'un top model…

Sauf que ce soir-là, seul devant ma télé, sans rien connaître de l'affaire ou de sa croisade, ce bout de femme que je n'avais jamais vu m'avait troublé. Physiquement, j'entends.

Je ne devais pas être le seul. Il y avait ses yeux bleus, pétillants, du genre à faire la nique à la vie et à tous ses malheurs, certes… Mais il y avait surtout ses seins. Nicole Vitral avait depuis toujours une façon très naturelle d'enserrer sa poitrine, qu'elle avait généreuse, dans des robes décolletées ou des chemisiers ouverts. Cela devait sans doute aider les ventes sur le front de mer de Dieppe. Pour pimenter le tout, elle portait également presque toujours un gilet, une veste, et passait son temps à le refermer pour dissimuler ses formes dénudées. Je l'ai souvent observée depuis, c'était devenu chez elle un tic, un réflexe : vous lui parlez, forcément, à un moment donné, votre regard dévie, même un très court instant ; alors, presque instantanément, sans que Nicole Vitral lâche la conversation, se sente gênée ni même le remarque, ses mains referment le gilet, qui retombera à nouveau, quelques secondes plus tard.

Jeu étrange, troublant, que j'ai toujours trouvé irrésistible.

Le jeu était plus pervers encore à la télévision. Le rideau de sa veste s'ouvrait et se refermait sur ses seins au gré du regard du présentateur, progressivement de plus en plus gêné. Mais, lorsqu'il se tournait pour interroger un autre invité de l'émission, le téléspectateur possédait un avantage quasi divin : il pouvait observer le rideau ouvert sur l'opulente poitrine, sur laquelle un cameraman zoomait avec pudeur et un fort sens de la suggestion, sans que le détecteur inconscient de Nicole en soit alerté et que la veste vienne alors couvrir sa poitrine.

Nicole Vitral, peut-être même sans qu'elle s'en aperçoive, par son charme atypique, avait troublé la France en février 1981. M'avait troublé aussi, ce soir-là, moi qui ne la connaissais pas, qui ne l'ai rencontrée que des mois plus tard. M'a troublé toutes ces dix-huit années. Me trouble encore, aujourd'hui, à près de soixante-cinq ans. C'est-à-dire également mon âge, à quelques mois près.

Vous l'avez compris, la cause des Vitral et de la petite Emilie devint rapidement tout à fait défendable. Les meilleurs avocats de France, du moins ceux qui n'étaient pas déjà au service de Carville, proposèrent leurs services à la famille dieppoise. Gratuitement, cela va de soi ! La publicité autour de l'affaire était maximale, ils avaient l'opinion publique pour eux… Une aubaine ! Les professionnels en lice étaient désormais aussi compétents d'un côté que de l'autre.

Le premier travail des avocats des Vitral, nouveaux, compétents, influents, médiatiques, fut de mener une véritable guérilla, de février à mars 1981, contre le juge Le Drian. Ils le soupçonnaient de partialité, persuadés qu'au final il donnerait raison aux Carville, Le Drian et les Carville appartenant au même monde. Lions Clubs, Rotary, francs-maçons, dîners chez l'ambassadeur, tout y passa, et pas que des insinuations très nobles… La Chancellerie finit par céder ! Le juge Le Drian donna sa démission le 1er avril, un gag, et on nomma un nouveau juge, un cador du tribunal de

Strasbourg, le juge Weber, un petit type droit à lunettes, sorte de croisement entre Eliot Ness et Woody Allen… Un type dont personne ne remit jamais en cause la probité, par la suite, pas même les Carville.

L'audition des premiers témoins débuta le 4 avril. Quoi qu'il en soit, un mois plus tard, on saurait. Le juge devait choisir. Les deux parties étaient d'accord pour éviter toute solution intermédiaire, tout jugement instituant une double identité, préconisant un arrangement tel que la garde partagée, la semaine chez l'une des familles, les vacances chez l'autre. L'éclosion d'un monstre à deux noms. Lylie, pour la vie.

Non, le juge Weber devait trancher. Prendre une décision de vie et de mort. Décider qui avait survécu, qui avait péri. Lyse-Rose de Carville ou Emilie Vitral ? Je me suis posé la question, depuis. Un autre juge a-t-il eu un jour un tel pouvoir : tuer un enfant pour qu'un autre puisse vivre ? Etre à la fois le sauveur et le bourreau. Une famille gagnait, l'autre perdait tout. C'était mieux ainsi, tout le monde en convenait…

Trancher.

Certes. Mais à partir de quoi ?

Depuis, j'ai relu des dizaines de fois le dossier d'instruction, les centaines de pages qu'avait entre les mains le juge Weber ; j'ai écouté en boucle les dizaines d'heures d'audition pendant le jugement, j'avais eu l'autorisation d'y avoir accès, des années plus tard, grâce aux Carville…

Du vent ! Des expertises et des contre-expertises auxquelles on pouvait faire dire tout et son contraire.

Les audiences se résumèrent à des querelles d'experts convoqués par les deux parties, tous partiaux. Les experts impartiaux n'avaient rien à dire ! Après des jours d'audience, on en était toujours au même point : le bébé avait les yeux bleus… Comme les Vitral. Les Vitral menaient aux points, et encore, de très peu, les avocats des Carville dénichèrent au dernier moment une cousine éloignée aux yeux clairs… Ben voyons !

Le juge Weber devait avoir une pièce de monnaie dans la poche, la soupeser secrètement pendant les auditions, interminables.

Les avocats de Carville mirent toute leur énergie à faire oublier les sorties médiatiques désastreuses de leur client, à changer son image, à retourner l'opinion. Ce n'était pas gagné, et pourtant ils y parvinrent, en partie au moins. Ils s'attaquèrent publiquement à ce qu'ils appelèrent « le clan Vitral » ; « le clan », cela voulait dire à la fois la famille, le quartier, la région…

Face au clan, face à l'opinion publique défavorable, Léonce de Carville était finalement seul dans sa dignité, ses principes, sa morale. Les avocats réussirent tant bien que mal à lui faire enfiler le costume de la victime sacrifiée, du baudet soumis au haro populaire ; lui firent incarner le rôle de l'homme dur mais honnête, qui s'est battu toute sa vie pour réussir et à qui l'on refuse pourtant le droit au repos. Le droit d'être papy. Le droit d'être « papet » plutôt, le « papet » de Pagnol, de Jean de Florette, qui commet les pires erreurs pendant toute sa vie, mais à la fin, lorsque le cours des événements se retourne contre lui, au lieu de crier « Bien fait ! », le lecteur est ému aux larmes.

C'est ce rôle-là que devait tenir Léonce de Carville lors des audiences devant les journalistes : le chêne brisé ! Le doute s'insinua, forcément, auprès du public, auprès des journalistes : et si, au final, c'était Carville qui disait vrai… et si on s'était laissé abuser par les gesticulations médiatiques des Vitral, par leur misère qu'ils étalent si impudiquement… par les gros seins de Nicole Vitral…

Les avocats de Carville possédaient un réel savoir-faire…

Tout le dossier poussait donc vers le match nul ; malgré l'urgence, on s'apprêtait à jouer les prolongations. Les tirs au but s'annonçaient interminables.

C'est alors, le dernier jour des audiences, qu'entra en jeu le plus jeune avocat des Vitral, maître Leguerne. Depuis, je peux vous le confirmer, il est plutôt réputé sur la place parisienne. Il possède un cabinet sur trois étages rue Saint-Honoré. Mais à l'époque, en 1981, c'était un parfait inconnu. Il faisait partie de ces avocats qui défendaient gratuitement la cause des Vitral. Comme quoi il y a une morale, défendre la veuve et l'orphelin insolvables peut aussi rapporter gros…

Leguerne avait méticuleusement préparé ses effets. Il demanda au juge Weber s'il pouvait prendre la parole en dernier, comme s'il allait sortir de sa manche à l'ultime minute une pièce à conviction décisive…

13

2 octobre 1998, 10 h 47,
Saint-Lazare

Un brouhaha soudain obligea Marc à tourner la tête. Les portes du compartiment s'ouvrirent et la foule, déjà compacte sur le quai, s'efforça de se tasser dans le wagon, jusqu'alors presque vide. Ce n'était pas la cohue du matin ou du soir, mais la densité des corps debout par mètre carré obligea tout de même Marc à se lever. Le strapontin claqua contre la paroi de fer. Marc se recula dans le coin, collé à la vitre. Il n'avait pas lâché le cahier. Il se cala fermement, les pieds légèrement écartés pour bien conserver son équilibre. La main d'un type s'accrochant à la rampe d'acier passait juste sous son nez, pendant que, de l'autre, il dévorait avec avidité un thriller en collection de poche. Marc se tourna légèrement, afin lui aussi de pouvoir continuer à lire. Avec les secousses, la petite écriture serrée de Grand-Duc dansait devant ses yeux, mais la déchiffrer demeurait possible.

Maître Leguerne monta à la barre. Il y avait une petite trentaine de personnes dans la salle, ce 22 avril 1981, les deux familles, les proches, les avocats, divers témoins, des policiers. Leguerne s'adressa d'abord aux policiers présents dans la salle :

— Messieurs, demanda-t-il, la miraculée portait-elle un quelconque bijou sur elle lorsqu'on l'a trouvée ? Un collier, par exemple. Un pendentif. Une gourmette, peut-être ?

Regards médusés des enquêteurs. Le commissaire Vatelier, assis au premier rang, toussa dans sa barbe. Non, évidemment ! Comme si le bébé trouvé portait autour du poignet une gourmette avec écrit dessus *Lyse-Rose* ou *Emilie* ! Où voulait en venir ce jeune avocat prétentieux ?

— Bien, continua Leguerne. Madame Vitral, est-ce que la petite Emilie portait un bijou, une chaînette, un bracelet ?

— Aucun, répondit Nicole Vitral.

— Vous en êtes certaine ?

— Oui…

Nicole Vitral réprima un sanglot et continua :

— Oui. Nous devions donner sa gourmette à Emilie pour son baptême, à leur retour de Turquie. On l'avait déjà commandée, chez Lecerf, à Offranville, mais elle ne l'aura jamais portée.

Elle ponctua sa phrase sans retenir ses larmes, cette fois. Elle se pencha, fouilla quelques instants dans son sac et en tira un écrin rouge de forme allongée qu'elle colla sous le nez du juge Weber. Elle l'ouvrit et déposa au creux de sa main une minuscule gourmette en argent.

Aussi fragile qu'inutile.

L'émotion parcourut le public, y compris dans le camp de Carville.

Emilie était gravé en italique, une écriture attachée, enfantine, presque joyeuse, ainsi que la date de la naissance, le 30 septembre 1980.

Je l'ai découvert par la suite, Nicole Vitral me l'a avoué : c'était un coup monté ! Le baptême était bien prévu, le mois suivant, mais aucune gourmette n'avait encore été commandée. C'était juste une mise en scène, risquée mais efficace. Une mise en condition. Avant de porter l'estocade.

Le jeune avocat se tourna alors vers Léonce de Carville.

— Monsieur de Carville, Lyse-Rose possédait-elle un bijou, une gourmette par exemple ?

Carville regarda avec inquiétude ses avocats. Le juge Weber insista :

— S'il vous plaît, monsieur de Carville, veuillez répondre à maître Leguerne.

Carville allait s'exprimer, mais Leguerne, plus vif, ne lui en laissa pas le temps. Il sortit, triomphant, de son épais dossier rouge la photocopie d'une facture, et pas n'importe laquelle, de chez Philippe Tournaire, joaillier-bijoutier, place Vendôme.

Le juge Weber confirma. La facture mentionnait explicitement la livraison d'une gourmette en or massif. Elle précisait que le prénom, « Lyse-Rose », et la date de naissance, « 27 septembre 1980 », avaient été gravés à la main, au poinçon. La facture datait du 2 octobre 1980, soit moins d'une semaine après la naissance de Lyse-Rose.

Cela ne prouvait rien, absolument rien, mais, pour la première fois depuis le début des audiences, Carville était sur la défensive, sans contre-argument méticuleusement préparé par ses avocats.

— Monsieur de Carville, continua Leguerne, Lyse-Rose portait-elle habituellement cette gourmette ?

— Comment voulez-vous que je le sache ? Je l'avais envoyée à mon fils en Turquie, juste après la naissance de Lyse-Rose. Mais ils ne la lui mettaient sans doute que rarement, je suppose... Pour des occasions... C'était une gourmette de valeur.

— Vous supposez ? Ou vous savez ?

— Je suppose...

— Bien, je vous remercie.

Maître Leguerne sortit une nouvelle photocopie de son dossier rouge, celle d'une carte postale postée de Ceyhan, en Turquie.

— Monsieur de Carville, vous avez bien reçu cette carte de votre fils, de Turquie, environ un mois après la naissance de Lyse-Rose ?

— Où avez-vous trouvé ça ? ! hurla Carville.

— Avez-vous reçu cette carte postale ? poursuivit l'avocat, imperturbable.

Carville céda, il n'avait pas le choix. Les branches du chêne pliaient.

— Oui, évidemment...

— « Cher papa »... commença à lire Leguerne. Je passe les détails, voici ce qui nous intéresse. « Merci pour la gourmette... Vous avez dû la payer une fortune, elle est magnifique. Lyse-Rose ne la quitte pas… C'est la seule chose qui fait d'elle une petite Française, ici »…

Leguerne s'arrêta, triomphant dans la stupeur générale.

Je n'ai jamais su qui avait trahi les Carville, un employé sans doute. Leguerne avait dû payer la carte postale à prix d'or… Enfin, à prix d'or… Tout est relatif… Comparé à un immeuble de trois étages rue Saint-Honoré !

— Cela ne prouve rien ! tempêta un avocat des Carville. C'est grotesque ! La gourmette a pu être rangée avant de prendre l'avion, elle a pu être arrachée lors du crash…

Leguerne triomphait :

— A-t-on trouvé une gourmette, ou un bijou ressemblant, près de l'Airbus, dans ce périmètre dont chaque centimètre carré a été ratissé ?

Silence dans la salle d'audience. Y compris Vatelier, les mains dans son blouson de cuir, terrassé de s'être fait doubler dans son enquête par un jeune ambitieux en robe noire.

— Non, bien entendu… N'est-ce pas, commissaire ? A-t-on relevé sur le poignet du bébé miraculé les marques d'un bracelet qui aurait été arraché ? La moindre petite marque rouge ?

Un temps d'arrêt savamment dosé.

— Non, bien entendu, les médecins n'ont rien noté de tel… Allons plus loin. A-t-on remarqué sur le poignet du bébé une marque un peu plus pâle sur son bras, un peu moins bronzée, ce type de marque que laisse un bijou que l'on porte en permanence ?…

Le temps sembla s'être arrêté.

— Non, aucune, bien entendu… Je vous remercie, ce sera tout.

Maître Leguerne retourna s'asseoir sur sa chaise. Les avocats de Carville crièrent une nouvelle fois que ce coup de théâtre n'en était pas un, que cette malheureuse gourmette ne signifiait rien… Leguerne ne répondit pas. Il savait que plus les avocats adverses se défendaient, plus ils donnaient de poids à cette simple question.

Si ce détail était sans importance, pourquoi Carville n'en avait-il jamais parlé à la justice ?

Avec le recul, cette histoire de gourmette n'était ni plus ni moins importante que le reste. Un doute, un doute de plus… Mais là, à cet instant du procès, la gourmette se transforma en pièce à charge contre les Carville. Un élément nouveau dans l'affaire, celui que tout le monde attendait depuis le début de l'enquête. Alors, même tiré par les cheveux, même léger, cet élément nouveau était suffisant pour faire pencher la balance…

Le juge Weber regarda longuement Léonce de Carville. L'industriel avait menti, par omission, certes, mais il avait menti tout de même. Il avait été pris en flagrant délit ! Rien que pour cela, faute de mieux, est-ce que le droit ne devait pas revenir à la partie adverse ?

Dans le doute…

Quant à la gourmette de Carville, elle hantera ma vie de longues années. Quand je repense à l'énergie que j'ai mise à la retrouver, à suivre son périple… Quand je pense que j'ai failli la tenir entre mes doigts, qu'il s'en est fallu de si peu… Mais pardonnez-moi encore, j'anticipe, j'anticipe…

La décision du juge Weber fut connue quelques heures plus tard. La miraculée du mont Terrible se nommait Emilie Vitral. Ses grands-parents, Pierre et Nicole Vitral, devenaient ses tuteurs légaux, ainsi que ceux de son frère aîné, Marc.

Lyse-Rose de Carville était morte, brûlée vive avec ses parents dans la carlingue de l'Airbus 5403 Istanbul-Paris.

Les avocats des Carville voulurent faire appel, utiliser tous les recours possibles. Ce fut Léonce de Carville qui refusa. Son rôle de chêne brisé, de papet, n'était plus une composition de circonstance.

Les deux attaques cardiaques, dans l'année qui suivit, presque coup sur coup à quelques mois d'intervalle, qui le clouèrent pour le restant de ses jours à l'état de quasi-légume dans un fauteuil roulant, semblèrent parfaitement dans la logique des choses.

14

2 octobre 1998, 10 h 52

— Planque le cadavre de Grand-Duc !

Le ton de Mathilde de Carville ne souffrait aucune contestation.

Malvina de Carville tenta pourtant de protester dans le téléphone :

— Mais, mamy…

— Planque le cadavre de Grand-Duc, je te dis ! N'importe où, dans un placard, sous un meuble. Il faut gagner du temps. N'importe qui peut venir chez lui. Sa voisine, sa femme de ménage, sa maîtresse… Tôt ou tard, les flics vont débarquer. Petite sotte, tu as dû laisser des empreintes partout dans la maison. Efface tout, te dis-je !

Malvina se mordit les lèvres, sa grand-mère avait raison, elle avait agi comme une idiote. Elle tournait sur elle-même dans le salon, juste entre le cadavre de Crédule Grand-Duc et le vivarium, où les bestioles finissaient de crever. Il fallait qu'elle s'active, mais elle ne pouvait pas rester longtemps, il fallait qu'elle en parle à sa grand-mère.

Il allait arriver.

— Mamy, il y a autre chose…

A l'autre bout du téléphone, Mathilde de Carville marqua un temps d'arrêt. D'une main, elle tenait le combiné ; de l'autre, elle continuait de tailler la longue rangée de rosiers. Elle sentit tout de suite, au ton de sa petite-fille, que c'était important.

— Quoi, qu'est-ce qu'il y a, Malvina ?

— Marc Vitral a appelé chez Grand-Duc. Il y a cinq minutes, à peine. Il a laissé un message sur son répondeur…

Mathilde de Carville se garda bien d'interrompre sa petite-fille. Elle coupa une branche d'un mouvement précis de sécateur.

— Il dit qu'il cherche Grand-Duc… Il sera là dans une demi-heure. Il vient en métro. Cela concerne Lyse-Rose. Et… et… il dit que c'est lui qui a le carnet de notes de Grand-Duc. Lyse-Rose l'a lu, hier. Elle le lui a confié ce matin…

Une autre branche de rosier tomba, sciée à la base. Une pluie de pétales fanés s'éparpilla sur la robe noire de Mathilde de Carville.

— Alors, raison de plus, dépêche-toi, Malvina. Fais ce que je t'ai dit, efface toutes les traces et sors de la maison.

— Et… et ensuite, mamy ?

Pour la première fois, Mathilde de Carville hésita. Les mâchoires du sécateur qui embrassaient le bois demeurèrent béantes. Jusqu'où pouvait-elle utiliser

Malvina ? Jusqu'où pouvait-elle la garder sous contrôle ? Sans risquer un nouveau dérapage…

— Tu… tu restes à proximité, Malvina. Marc Vitral ne te connaît pas. Tu te caches dans la rue. Tu l'observes, tu le suis. Mais tu ne fais rien d'autre, tu me téléphones dès que tu l'as repéré. Tu m'as bien comprise, tu ne fais rien d'autre ! Et surtout, tu planques le corps !

— J'ai… j'ai compris, mamy.

Elles raccrochèrent.

Les mâchoires d'acier se refermèrent sur la tige.

Mathilde de Carville connaissait la haine de Malvina pour les Vitral. Elle était également consciente que sa petite-fille se promenait dans la rue avec un Mauser L110. Chargé. En parfait état de marche, elle en avait la terrible confirmation. Etait-il raisonnable de ne pas chercher à éviter à tout prix la rencontre entre Marc Vitral et elle, rue de la Butte-aux-Cailles, devant la maison de Grand-Duc ?

Raisonnable !

Mathilde de Carville avait banni ce mot depuis longtemps.

Le plus simple était de s'en remettre au destin, au jugement de Dieu. Comme toujours.

Mathilde sourit pour elle-même et continua de tailler les rosiers avec une dextérité étonnante. Ses longs doigts possédaient le don étrange de se poser sur les tiges, entre les épines, sans jamais se piquer, de les tordre d'un geste ferme jusqu'aux lames tranchantes du sécateur. Mathilde de Carville travaillait rapidement, mécaniquement, presque sans baisser les yeux sur ses mains, comme une couturière manipule son aiguille sans même la regarder.

Son élégante robe noire se souillait de terre, de brins d'herbe collés et de pétales. Mathilde de Carville ne s'en souciait pas. Elle tourna la tête vers l'immense parc de la Roseraie. Léonce de Carville était assis dans son fauteuil roulant, au milieu de la pelouse, sous le grand érable. La tête tombée sur le côté. Il se tenait à plus de trente mètres d'elle et Mathilde pouvait pourtant entendre ses ronflements. Elle hésita à appeler Linda, l'infirmière, pour qu'elle vienne lui redresser la tête, placer un coussin sous son cou, le rentrer aussi, il ne faisait plus si chaud.

Elle haussa les épaules. A quoi bon…

Son mari avait sombré dans cet état végétatif il y avait près de dix-sept ans maintenant. Il était péniblement parvenu à résister au premier infarctus, à remonter la pente, quelques semaines, mais n'avait rien pu faire contre le second, en pleine assemblée générale, au septième étage de leur siège social, juste derrière Bercy. Les urgentistes étaient parvenus à lui sauver la vie, mais le cerveau n'avait pas été irrigué pendant de trop longues secondes.

Mathilde de Carville continuait d'examiner ses plantes tout en suivant des yeux, sur la terre brune, l'ombre de la croix qu'elle portait au cou.

Le jugement de Dieu. Une nouvelle fois.

Après la catastrophe du mont Terrible, son mari avait voulu s'occuper de tout, comme toujours. Elle s'était inclinée. Elle avait laissé faire. Il possédait le pouvoir, la force, les relations…

Elle avait eu bien tort ! Après le décès de leur fils unique Alexandre, Léonce avait perdu toute lucidité. Il n'avait fait que multiplier les erreurs ! La mallette pleine d'argent offerte aux Vitral ; la gourmette, dont il avait refusé de parler ; cette pauvre Malvina, qu'il avait traînée partout pendant des semaines pour qu'elle témoigne à tout-va.

Sans parler du reste, l'inavouable.

Oui, Mathilde n'éprouvait que du mépris pour cet infirme. Après toutes ces années, il n'y avait guère que l'accident de l'Airbus dont elle ne pouvait rendre responsable son mari.

Les doigts de Mathilde volaient de tige en tige. Les épines des roses, armes dérisoires, n'opposaient aucune résistance. Les branches s'effondraient les unes sur les autres.

Et encore... C'était son idée personnelle, le fameux pipeline Bakou-Tbilissi-Ceyhan. Envoyer pendant des mois son fils unique vivre en Turquie, avec sa belle-fille enceinte, sa petite-fille contrainte de naître à l'étranger ! Pour une chimère ! En 1998, pas un tuyau n'était encore posé sur cette maudite ligne.

Léonce de Carville avait eu tout faux.

Elle regarda, avec dégoût, les feuilles d'érable tomber sur son mari, par dizaines, sur ses cheveux, ses épaules, ses bras, s'accumulant dans l'entrejambe.

Mathilde trancha une dernière branche et se recula, contemplant son travail.

La dizaine de rosiers étaient taillés au plus ras. Mathilde se souvenait des conseils de sa propre grand-mère : « On ne taille jamais trop ras un rosier ; les tailler ras, toujours plus ras, lutter contre sa volonté de remonter la cisaille, la baisser au contraire, tailler dix centimètres en dessous, toujours. »

La villa la Roseraie datait de 1857, l'année était encore gravée dans le granit, au-dessus du porche. Mathilde savait que les rosiers avaient été plantés la même année, et que depuis ce temps les Carville les entretenaient eux-mêmes. Ils employaient des dizaines de personnes pour nettoyer, faire la cuisine, tondre, astiquer les cuivres, laver les fenêtres, surveiller la propriété... Mais depuis des générations les Carville s'occupaient de l'entretien de la roseraie. Mathilde avait été initiée au jardinage dès qu'elle avait su marcher. Outre les rosiers, elle avait constitué elle-même un jardin d'hiver, un peu à l'écart de la villa. Elle admira une dernière fois la coupe des plantes et, sans un regard vers son mari, avança vers la serre.

Elle repensa aux derniers mots de Malvina. Ainsi, le carnet de notes de Crédule Grand-Duc, son testament, toute son enquête, était entre les mains de Marc Vitral...

Quelle ironie !

Devait-elle encore se servir de Malvina pour le récupérer ? Continuer de lui mentir, l'entretenir dans son illusion ? Toutes les preuves qu'elle avait obtenues, par la suite, ces preuves que Grand-Duc lui avait fournies, jamais elle n'en avait parlé à Malvina.

Cela l'aurait tuée !

Elle entra dans la serre, resta un long moment, comme tous les matins, à respirer l'incroyable mélange d'odeurs. Son havre de paix. Son œuvre. C'est ici, dans cette serre, qu'elle se sentait le plus proche de Dieu, de sa création, qu'elle priait le mieux, bien plus que dans les églises.

Malvina...

La folie de sa petite-fille !

Cela aussi, c'était la faute de son mari. Elle se souvenait de la délicieuse petite fille qu'était Malvina à six ans, de son rire dans l'escalier de merisier, de ses cachettes futées dans le jardin, de ses yeux émerveillés devant les herbiers qu'elle feuilletait avec elle... Maintenant, à part lui mentir, que pouvait-elle faire ? L'enfermer dans un hôpital psychiatrique ? Seule l'obsession de Malvina la poussait encore à se lever, s'habiller, se nourrir : Lyse-Rose était vivante, avait survécu, malgré la sentence du juge, dix-huit ans plus tôt ; elle seule, sa grande sœur, pouvait la ramener à la vie, même après toutes ces années.

La ramener à la vie, un Mauser L110 entre les mains...

Mathilde de Carville se pencha vers un bouquet de lis des Cafres, l'une des dernières plantes à fleurir en automne. Mathilde parvenait tous les ans à la faire tenir sous sa serre jusqu'en décembre, c'était sa fierté, le bouquet sur la table du réveillon de Noël, un mélange de lis roses, de lis des Cafres, « Major » rouges et « Alba » immaculés. Mathilde contrôla méticuleusement le niveau d'eau, l'humidité était la gourmandise des lis, le secret de leur éclat et de leur longévité.

Son esprit s'échappa à nouveau vers Malvina, le bras armé de sa vengeance. Il fallait bien qu'aujourd'hui quelqu'un défende les intérêts des Carville. Pourquoi pas Malvina, après tout ?

Les choses allaient changer, dans les jours, les heures à venir. Maintenant que Lylie avait lu le cahier de Grand-Duc, Malvina n'était plus la seule bombe à retardement lâchée en pleine rue. Grand-Duc lui avait offert un cadeau d'anniversaire empoisonné. Le film de sa vie. Tous les secrets de famille consignés sur cent pages.

Deux familles. Double peine.

De quoi rendre Lylie folle, elle aussi. Folle de rage.

Mathilde de Carville avança encore. Les asters « Septembre rouge » de son jardin d'hiver perdaient leurs derniers pétales, quelques rayons pourpres reliés à un cœur d'or, comme si une amoureuse indécise s'était introduite au milieu de la serre pour effeuiller une à une les pâquerettes géantes.

Une image curieuse s'imposa à l'esprit de Mathilde. Presque un rêve, comme une prémonition. Elle voyait Lylie entrer ici, dans le parc, dans la Roseraie, armée d'un revolver, un Mauser L110, le doigt sur la détente. Elle marchait lentement sur la pelouse.

Oui, Lylie avait bien des raisons de venir se venger, si Grand-Duc révélait tout dans son cahier. Mathilde sourit pour elle-même. Une question la taraudait. Ce doigt sur la détente, cet index, porterait-il la bague ? Le saphir clair… Les incrustations de diamant orneraient-elles ce doigt vengeur ?

L'image, petit à petit, s'effaça. L'aster orangé réapparut, nu à l'exception de trois derniers pétales. Mathilde de Carville murmura du bout des lèvres, juste pour elle :

— Joyeux anniversaire, Lylie.

Si elle avait su, à l'époque, jamais elle n'aurait engagé Crédule Grand-Duc dans ce compte à rebours stupide.

Elle s'avança encore, tourna la tête derrière son épaule pour bien vérifier qu'elle était seule. Elle l'était. Personne ne l'observait par les verrières de la serre. Elle se pencha vers son jardin secret, poussa les iris et dévoila quelques tiges, discrètes, des petites fleurs jaunes, quelques pieds de chélidoine. Mathilde de Carville aimait contempler ces quatre pétales jaune doré, en croix, groupés en ombrelle. « L'herbe aux verrues », comme on l'appelait autrefois ; mais Mathilde préférait l'autre visage de la chélidoine, la croix des pétales dissimulait une plante mortelle, peut-être la plus toxique de toutes, une concentration unique d'alcaloïdes dans son suc...

Son péché mignon.

Dieu lui pardonne.

Elle fit demi-tour, sortit de la serre. Léonce de Carville était toujours assis, désarticulé, simplement secoué d'un tremblement régulier qui agitait les feuilles rouges.

Un tronc mort. Biscornu.

Le regard de Mathilde de Carville embrassa l'ensemble de la propriété, la roseraie, la villa, le parc...

Non, tout n'était peut-être pas perdu. Le nom. La race. L'honneur.

Lyse-Rose.

Elle en venait à raisonner comme Malvina.

Il restait un ultime espoir, ce coup de téléphone de Crédule Grand-Duc, hier, le dernier avant sa mort. Il prétendait avoir découvert un nouvel élément qui remettait en cause toutes ses certitudes antérieures. Il lui avait affirmé avoir eu l'illumination trois jours auparavant, dans les toutes dernières minutes de son contrat, soi-disant en lisant *L'Est républicain*. A minuit moins cinq !

Allait-elle être assez naïve pour le croire ? Allait-elle être assez stupide pour suivre Grand-Duc dans un bluff aussi grossier ?

Grand-Duc n'avait rien voulu dire de plus, il lui avait précisé qu'il voulait vérifier quelques derniers détails. Elle repensa à Malvina et à son Mauser. Grand-Duc s'était comporté comme ces témoins, dans les romans policiers, qui cherchent à faire monter les enchères et qui se retrouvent avec une balle dans le cœur avant d'avoir pu prononcer un chiffre.

Mathilde de Carville avança devant les branches coupées des rosiers. Elle se pencha et ramassa les tiges à pleine main, sans grimace, sans aucune souffrance apparente.

Malgré elle, elle ne pouvait s'empêcher de croire aux derniers mots de Crédule Grand-Duc.

Une issue. Un ultime espoir.

Et comme toujours dans cette histoire, la balance du destin. Pour qu'une famille espère, l'autre devait tout perdre.

15

2 octobre 1998, 11 h 01

Miromesnil.

Champs-Elysées-Clemenceau.

Les stations défilaient. La voiture se vidait, arrêt après arrêt. Le métro accélérait brusquement pour ralentir presque aussitôt, comme un inépuisable sprinter aveugle.

Une jolie fille monta à Invalides. Un instant, Marc Vitral crut reconnaître Lylie, à sa silhouette fine et à ses cheveux blonds sagement coiffés. Un instant seulement. Le métro fourmillait de jolies blondes, ce n'était pas le hasard qui le remettrait dans les pas de Lylie, ni ses messages désespérés sur son répondeur, c'était la lecture attentive de ce carnet ; c'était Grand-Duc, qu'il devait rencontrer, à tout prix.

Varenne.

Marc était maintenant presque seul dans le wagon. La blonde était déjà descendue. Marc se fit la réflexion étrange que sur les onze personnes présentes dans la voiture sept étaient noires. A croire qu'une loi interdisait encore aujourd'hui aux Africains de marcher à l'air libre sur les trottoirs des rues à fric juste au-dessus de leurs têtes, rues de Grenelle, de Varenne, de Babylone. Décidément, Marc ne s'habituait pas à Paris, à sa misère, son indifférence, ses solitudes. Dieppe, le port communiste de son enfance, lui manquait. Il soupira. Il n'avait guère le choix. L'urgence était ailleurs. Résigné, il s'assit à nouveau et reprit sa lecture.

Journal de Crédule Grand-Duc

La décision du juge Weber parvint par courrier officiel, dans la boîte aux lettres des Vitral, rue Pocholle, le matin du 11 mai 1981. Comme un symbole.

Toute la nuit précédente, l'immense front de mer de Dieppe s'était transformé en théâtre improvisé d'une gigantesque fête populaire. On avait chanté, bu, ri, dansé pieds nus toute la nuit sur la pelouse de l'esplanade. Dieppe, la ville rouge, le port ouvrier, la ville sinistrée par la disparition une à une de ses usines, avait fêté comme au plus beau des 14 Juillet l'élection à la présidence de la République de François Mitterrand ; l'arrivée historique de la gauche au pouvoir, les communistes au gouvernement... Changement ! Le slogan s'envolait de toutes les lèvres. La doyenne des stations balnéaires françaises avait pour une nuit enfilé la robe de son premier bal. Et elle lui allait encore bien !

Pierre et Nicole Vitral participèrent eux aussi à la fête, à leur façon. Une génération qu'ils attendaient ça, qu'ils se battaient, qu'ils manifestaient, qu'ils distribuaient des tracts sur les marchés… Leur camion, sur le front de mer, était resté ouvert presque toute la nuit, crêpes, gaufres et croustillons s'étaient mélangés au champagne et au cidre dans un joyeux bordel… Toutes les générations en étaient. Mais les Vitral n'étaient pas parvenus à se libérer complètement. Ils attendaient le courrier du juge, la décision finale ; ils craignaient encore un recours des Carville, un ultime rebondissement. Ils ne voulaient pas se réjouir d'une telle victoire avant de tenir le papier officiel entre leurs mains, avant de serrer Emilie, toujours gardée en pouponnière à Montbéliard, dans leurs bras.

Ils n'osaient pas y croire.

Mais, après tout, qui y avait cru vraiment, même à Dieppe, avant ce 10 mai 1981, à la victoire de la gauche ?

Pierre ouvrit la lettre du juge vers huit heures du matin. Tremblant. Il n'avait dormi que deux heures. Le courrier du juge Weber ne laissait aucun doute. La rescapée de la catastrophe du mont Terrible se prénommait Emilie Vitral. Ses grands-parents paternels devenaient ses tuteurs légaux. Ils pouvaient venir la chercher à Montbéliard, le matin même.

Dans le quartier du Pollet, on n'avait pas rangé les flûtes, le champagne, l'huile de friture et les grillades. On partagea les restes. La fête se prolongea. Les 10 et 11 mai 1981.

Les deux plus beaux jours de leur vie.

Mathilde de Carville laissa venir le soir, il faisait déjà presque nuit, pour s'approcher du camion des Vitral. Elle avait patiemment attendu que les derniers clients s'éloignent. Elle avait aussi pris la précaution que Nicole Vitral soit seule, son mari était au Pollet, pour la réunion de quartier, ce 13 mai 1981, comme tous les mercredis soir. Il envisageait sérieusement de se présenter sur la liste pour les municipales en 1983. Il faisait un beau temps de mai, mais avec trop de vent, comme toujours.

Le moment est venu de vous présenter Mathilde de Carville. Elle entra dans le jeu exactement deux jours après l'euphorie. Pas facile pour moi d'en dresser un portrait impartial, vous le comprendrez dans quelques pages. J'assume le tableau que je vais vous peindre, sur la forme et sur le fond. Si je ne vous semble pas objectif, croyez au moins en ma sincérité. Mathilde de Carville, pendant tout le temps de l'instruction, avait fait confiance à son mari ; à son mari et à Dieu. Jusqu'à présent, au cours de sa vie, jamais elle n'avait eu à se plaindre de Dieu, ni de son mari d'ailleurs. Née noble d'une lignée angevine émigrée dans la banlieue chic parisienne, plutôt gracieuse, intelligente, humaniste, portant haut le chignon, avec un brin de malice à la Romy Schneider, Mathilde, dès ses vingt ans, fut rapidement admirée, jalousée, courtisée. Pas longtemps… Elle faisait confiance à Dieu. Elle tomba amoureuse du premier homme que le ciel mit sur son chemin et lui jura une fidélité éternelle. Ce fut Léonce, un jeune ingénieur brillant, ambitieux et pauvre. L'ingénieur détruisit peu à peu tout ce que Mathilde avait de gracieux et d'humaniste. Si Dieu le voulait ainsi…

Mathilde apportait une dot d'une valeur inestimable : son nom. Mathilde de Carville. La descendance privilégiée, le sang noble, la race, la transmission… Léonce prit le nom de sa femme. Ce n'est pas banal, vous pouvez l'admettre avec moi, un homme qui prend le nom de sa femme ! Il faut au moins une particule et un arbre généalogique remontant à Saint Louis pour cela… Mathilde offrit à son mari son nom et, il ne faut pas l'oublier, les quelques millions en bons du Trésor qui furent nécessaires pour fonder l'entreprise de Carville. Le génie industriel de Léonce fit le reste : la multiplication des premiers millions en dizaines de millions, le succès commercial de l'entreprise, les brevets juteux, les filiales sur les cinq continents. Jusque-là, Mathilde dut penser que son nom avait été sacrément bien investi…

Quand Dieu lui prit Alexandre, son fils, dans cet accident d'avion, Mathilde ne douta pas. Cela peut vous sembler étrange, mais j'ai appris après toutes ces années que les épreuves qu'exige la religion renforcent la foi plus qu'elles ne l'éprouvent. L'injustice divine, curieusement, pousse à la soumission plus qu'à la révolte. Comme la punition oblige à l'obéissance. Surtout la punition injuste, celle qui tombe au hasard, pour l'exemple. Mathilde de Carville prit le voile et expia. Dieu seul sait quelle faute. Elle avait confiance en la justice de Dieu, en la justice des hommes aussi, puisque la clairvoyance divine éclaire celle des mortels.

Pourtant, quand le juge Weber décréta la mort de sa petite-fille, pour la première fois Mathilde douta. Oh, pas de Dieu, non. Mais de la justice des hommes. De son mari, aussi.

Sa foi mua.

Elle ne fut pas ébranlée, au contraire, elle était sans doute encore plus forte qu'avant. Mais elle était différente. Sa foi n'était plus simplement contemplative, passive, soumise. Mathilde de Carville avait désormais pris conscience qu'elle était l'intermédiaire sur terre entre Dieu et les hommes, que sa foi était sa force, son arme. Que sa foi lui donnait une direction, qu'elle avait une mission, divine. Qu'elle devait agir.

Je sais où peut mener ce type de raisonnement, à quels fanatismes, aux quatre coins du monde on s'entretue pour des dieux qui n'ont rien demandé. Je l'ai humé de près dans une autre vie, avant de me ranger, comme détective privé.

Heureusement pour Mathilde de Carville, la transition se fit en douceur. Du moins, je le crois. En 1981, elle estima simplement que certains hommes étaient sourds aux ordres divins, et que si Dieu lui avait donné tant d'argent, ce ne serait sans doute pas aller contre sa décision que de l'utiliser pour changer l'ordre des choses.

Alors, forte de ces nouvelles convictions, Mathilde de Carville prit deux décisions, mûrement réfléchies. La seconde me concerne. La première fut d'aller rencontrer Nicole Vitral, ce soir de mai, sur le front de mer de Dieppe ; une rencontre dont Nicole Vitral se souvenait encore, chaque mot, le moindre silence, lorsque je l'ai rencontrée, vingt mois plus tard.

Nicole Vitral vit arriver avec une méfiance extrême Mathilde de Carville. Elle ferma machinalement sa veste sur le haut de ses seins dénudés. Elles s'étaient croisées, toisées, lors des audiences, à l'occasion du jugement. Tout était différent maintenant, Nicole Vitral connaissait son droit. Emilie était sa petite-fille. Personne, aucun Carville ne pouvait quoi que ce soit désormais contre cela. Pour cette raison, pour cette seule raison, elle accepta d'écouter Mathilde de Carville.

Mathilde de Carville se tint debout devant le camion Citroën de type H. Nicole Vitral, dans le véhicule, la dominait d'une vingtaine de centimètres. Sa voix ne dégagea aucune émotion :

— Madame Vitral, je vais aller droit au but. Il y a des deuils plus difficiles à porter que d'autres. La décision du juge Weber, vous le savez, c'est une peine de mort ! Pour rendre la vie à un enfant, il en a tué un autre…

Nicole Vitral esquissa un geste d'agacement, comme si elle souhaitait fermer son rideau de fer et en rester là. Mathilde de Carville éleva très légèrement le ton :

— Non, non, ne m'interrompez pas, s'il vous plaît. Oh, aujourd'hui, moins d'un mois après, on ne se rend pas bien compte. Vous avez un nourrisson en garde. Lyse-Rose reste présente dans notre souvenir. Mais dans cinq ans, dans dix ans, dans vingt ans ? Lyse-Rose n'aura jamais existé, n'aura jamais joué, n'aura jamais fréquenté aucune école… Emilie existera, elle, elle vivra. Tout le monde aura oublié la catastrophe, le terrible doute. Elle sera pour toujours Emilie Vitral, et même si elle ne l'était pas, elle le sera devenue. Tout le monde se fichera de cet incident lors de sa naissance.

Un fort vent froid faisait claquer l'auvent de toile orange et rouge. Nicole Vitral se sentait gênée, mal à l'aise, mais elle ne pouvait interrompre Mathilde de Carville :

— Nicole… Vous permettez que je vous appelle Nicole ? Oui, il est des deuils difficiles à porter. Je n'aurai jamais aucune tombe à fleurir, aucun marbre à graver. Car le pire, Nicole, si je le faisais, si je pleurais Lyse-Rose comme une morte, si je lui faisais dire des messes, ne serais-je pas le pire des monstres ? Parce que je l'enterrerais et qu'elle est peut-être bien vivante…

— Nous y voilà ! coupa sèchement Nicole Vitral.

Le puissant vent d'ouest semblait incapable de faire bouger le moindre cheveu du strict chignon de Mathilde de Carville.

— Non, Nicole ! Vous n'y êtes pas. Ecoutez-moi jusqu'au bout. Je ne veux pas vous enlever Emilie. Tout est simple pour vous. Si elle est vraiment votre petite-fille, alors tout est pour le mieux. Si elle ne l'est pas, alors vous l'aurez élevée comme un enfant adopté… Le doute n'a plus aucune importance pour vous. Il n'est pas plus important que celui du père qui ne sait jamais vraiment si son enfant est le sien. Mais pour moi, le doute…

— Que voulez-vous à la fin ? hurla presque Nicole Vitral.

Son gilet vola dans le vent, sa poitrine de madone se gonflait. Nicole Vitral avait pris de l'assurance, depuis le début de cette histoire, à cause des médias, des avocats, des flics. Elle continua sur le même ton :

— Vous voulez que la petite vous appelle « mamy » ? Qu'elle vous téléphone de temps en temps ? L'inviter le premier dimanche de chaque mois pour manger des gâteaux secs ?

Pas une ride, pas un cil de Mathilde de Carville ne bougea.

— Vous n'avez pas besoin d'être méchante, Nicole. Vraiment pas. Lyse-Rose est morte. Vous ressentez forcément ce que je ressens… Ce petit bout de chou que vous chérissez, vous l'appellerez Emilie, mais au fond de vous vous ne saurez jamais. Ni vous ni moi. La vie nous a coincées.

Nicole Vitral soupira.

— D'accord, allez-y. Qu'est-ce que vous voulez ?

— Tout simplement aider cette enfant. Si elle est Lyse-Rose, alors, j'aurai la conscience tranquille. Si elle est Emilie, alors… tant mieux pour elle.

Nicole Vitral avança tant qu'elle put devant son comptoir, le regard fusillant :

— Quelle aide ? La voir ?

— Non… Je pense qu'il vaut mieux qu'elle ne me connaisse pas. J'ignore si vous souhaitez parler de tout cela à Emilie. Plus tard, je veux dire. Je ne sais pas si vous y avez réfléchi. Mais je crois qu'il vaut mieux pour elle qu'elle l'ignore le plus longtemps possible. Je n'ai aucune envie de la guetter, de loin, à la sortie de son école. De la regarder grandir à travers un pare-brise. D'espérer découvrir une ressemblance avec mon fils. Non, cela ne me ressemble pas, c'est au-dessus de mon seuil de tolérance à la souffrance.

Mathilde de Carville fut soulevée d'un petit rire qui ne lui ressemblait pas.

— Non, Nicole, les gens riches ont des moyens plus radicaux de soulager leur conscience…

— L'argent ?

— Oui, l'argent. Rangez votre fierté, Nicole, je ne suis pas, comme mon mari, venue acheter la petite. Ce n'est pas un chantage, un marché, rien de tout cela. Juste un don, pour elle. Je ne demande rien en échange.

Nicole Vitral allait répondre. La colère montait en elle, comme ce vent du large qui s'engouffrait dans le camion. Mathilde de Carville ne lui en laissa pas le temps :

— Ne refusez pas, Nicole… Vous avez Emilie, vous avez gagné. Je ne vous achète pas, je n'achète rien. Réfléchissez simplement, pourquoi refuser à Emilie cet argent qui lui est offert, qui lui tombe du ciel…

— Je n'ai pas dit que je refusais, fit sèchement Nicole Vitral. Ni que j'acceptais…

Le ton de sa voix baissa, brusquement :

— C'est compliqué, ce que vous me proposez…

L'intonation de Mathilde, comme en écho, augmenta :

— Ouvrez un compte bancaire au nom d'Emilie, c'est tout ce que vous avez à faire…

Les lèvres de Nicole Vitral tremblèrent.

— Et après ?

— Emilie recevra cent mille francs par an sur ce compte. Jusqu'à ses dix-huit ans. Cet argent ne devra servir qu'à elle, à son éducation, à ses loisirs, pour qu'elle ait les meilleures chances. Bien entendu, ce sera à vous de le gérer pendant ces dix-huit années. Vous ferez comme vous voudrez. Je vous donne les moyens, je vous laisse la manière. Vous n'avez pas à vous plaindre…

Nicole Vitral laissa un long moment le vent faire voler son gilet, caresser le haut de sa poitrine nue, jusqu'à lui en donner des frissons. Elle se laissa bercer par le bruit des galets, charriés inlassablement par le flux et le reflux des vagues.

Le pour et le contre.

Enfin, elle se lança :

— J'ouvrirai ce compte, madame de Carville. Pour Emilie. Parce que si je ne le faisais pas, je pourrais me le reprocher. Elle pourrait me le reprocher, plutôt. Placez cette fortune si vous le voulez…

— Merci.

— … mais nous n'y toucherons pas !

Nicole Vitral avait presque hurlé.

— Emilie sera éduquée exactement comme son frère Marc, et nous y parviendrons. Nous ferons les sacrifices qu'il faudra, mais nous y arriverons. A dix-huit ans, à sa majorité, Emilie fera ce qu'elle voudra de cet argent. Il sera à elle, si jamais elle en veut, pas à nous. Vous voyez ?

Un léger sourire s'afficha au coin des lèvres de Mathilde de Carville.

— Vous êtes cruelle, Nicole. Mais je vous remercie tout de même.

Elle hésita à peine une seconde, puis continua :

— Puis-je vous demander une seconde faveur ?

Nicole Vitral soupira, excédée :

— J'en sais rien. Rapidement. Je ferme.

Mathilde de Carville sortit un écrin bleu roi de la poche de son long manteau. Elle l'ouvrit, l'avança et le posa sur le comptoir du camion. Nicole Vitral ne put dévier son regard du saphir clair de la bague.

— C'est une tradition ancienne, fit Mathilde d'une voix calme. Les jeunes filles de la famille, pour leurs dix-huit ans, reçoivent une bague sertie d'une pierre de la couleur de leurs yeux. C'est ainsi depuis des générations. J'en porte une offerte par ma mère il y a plus de trente ans. Je n'aurai hélas pas l'occasion d'en faire de même pour Lyse-Rose.

Enfin, Nicole Vitral leva le regard.

— Je dois sans doute être stupide, mais je ne comprends pas…

— Je vous laisse la bague. Prenez-en soin. Peut-être que dans trois ans, dans dix ans, à force de côtoyer Emilie, vous devinerez. Vous saurez si elle est vraiment votre petite-fille ou non. Une telle certitude peut s'imposer. Si c'était le cas, et si au fond de vous-même vous deveniez persuadée que la petite fille que vous élevez n'est pas de votre sang, je pense que vous garderez ce secret pour vous-même…

Elle souffla, émue, reprit :

— Et ce serait sans doute mieux ainsi, pour la petite au moins. Mais si tel était le cas, si vous aviez les preuves, la conviction, au fil des ans, qu'elle n'est pas votre petite-fille, alors, le jour de ses dix-huit ans, offrez-lui cette bague. Nul autre que nous deux, pas même elle, ne saura ce que cela signifie. Mais ainsi, pour vous, pour moi, justice sera rendue…

Nicole Vitral allait refuser, repousser la bague, lui crier qu'elle trouvait cette nouvelle idée ridicule et malsaine, mais Mathilde de Carville ne lui en laissa pas le temps. Elle s'était retournée, sans même attendre la réponse. Son long manteau sombre commençait déjà à se fondre avec le jour qui tombait.

L'écrin bleu roi resta là, sur le formica.

16

2 octobre 1998, 11 h 08

Malvina repoussa derrière elle la fenêtre, la main emmitouflée dans un torchon. Elle tassa le linge dans la poche de sa veste, elle avait tout essuyé avec, qui pourrait bien remarquer qu'il en manquait un dans la pile du tiroir de la cuisine de Grand-Duc ?

Fière d'elle, elle se faufila lentement dans le jardinet pour qu'on ne la remarque pas de la rue. Elle laissa passer deux voitures, dissimulée dans l'angle de la maison. Une fois la voie libre, elle enjamba le petit muret de pierre, haut d'à peine un mètre. Elle était dans la rue. Personne ne l'avait vue. Personne ne pourrait jamais savoir qu'elle s'était introduite chez Grand-Duc. Malgré ce que tout le monde pensait, elle n'était pas si stupide ! Elle se retourna. Un dernier détail la gênait. Du trottoir, en regardant bien, on pouvait repérer la vitre de la fenêtre qu'elle avait brisée, en bas à droite, ce qui lui avait permis d'ouvrir la fenêtre en passant le bras. Elle haussa les épaules. Ce n'était pas très important.

Elle avança à pas rapides dans la rue de la Butte-aux-Cailles. Elle ne devait pas rester là. A découvert. Le Vitral pouvait arriver d'une minute à l'autre.

Elle avait une idée pour l'attendre et le coincer, ce salaud. Elle avança encore un peu, puis prit dans sa poche une clé de voiture et déclencha l'ouverture automatique. Malvina glissa ses quarante kilos dans la petite voiture. Son véhicule lui permettait de trouver une place à peu près partout dans Paris, y compris à quelques dizaines de mètres de chez Grand-Duc. Il n'était pas très discret, mais Vitral n'avait aucun moyen de connaître cette voiture.

Malvina s'enfonça comme elle put entre le siège avant et les pédales de la Rover Mini. Malgré l'étroitesse de l'habitacle, si elle se baissait, le passant sur le trottoir pouvait tout de même croire la voiture inoccupée. Malvina, au contraire, aussi bien devant elle que dans le rétroviseur, pouvait contrôler toute la rue sans changer de position. La planque idéale ! Si Vitral arrivait par la station Corvisart, il monterait par le bout de la rue, sans passer devant la Mini, et elle, au contraire, le repérerait de loin. Parfait.

Elle se contorsionna et prit dans sa paume le Mauser L110. Elle le déposa à portée de main, juste sous le siège conducteur.

Une seule chose gênait encore Malvina : la rue de la Butte-aux-Cailles était pour l'instant encore trop passante, surtout cette boulangerie à cinquante mètres, pleine de clients qui n'arrêtaient pas d'entrer et de sortir ; beaucoup trop de témoins, mais ils n'étaient pas tout près, au moins à cinquante mètres, elle aurait le temps d'agir. Elle repensa aux ordres de sa grand-mère, « Tu l'observes, tu le suis. Tu ne fais rien d'autre. Tu me téléphones dès que tu l'as repéré ». Malvina ne put empêcher sa main de glisser sous le siège, de toucher le Mauser, comme pour vérifier qu'il était encore bien là. Le contact du métal froid lui donna de l'assurance. A bien y réfléchir, à vingt-quatre ans, était-elle encore obligée d'obéir à sa grand-mère ?

Marc avançait presque en aveugle dans les interminables couloirs de la station Montparnasse, essayant malgré tout de ne pas perdre des yeux la direction de la ligne 6.

Lylie portait la bague, le saphir clair, de la couleur de ses yeux.

Nicole la lui avait donc offerte trois jours auparavant, pour ses dix-huit ans. Sa grand-mère avait respecté le contrat. Elle n'en avait parlé à personne. Jamais. Pas même à Lylie.

Mais elle avait offert la bague !

Marc savait désormais ce que cela signifiait, quel aveu terrible il représentait pour sa grand-mère.

Il fallait qu'il l'appelle, il fallait qu'il lui parle. Il allait le faire, un peu plus tard. Pour l'instant, l'urgence, c'était Lylie. De sa main libre, tout en continuant de marcher, il pianota sur les touches de son téléphone portable, rédigeant un court SMS :

Lylie. Rappelle-moi, merde. Marc.

Il se promit de recommencer l'opération dans une heure, de harceler Lylie, tant qu'elle ne répondrait pas.

Où pouvait-elle bien être ? Il repensa à l'avion miniature dans son sac. Cette idée de départ à l'autre bout du monde était-elle sérieuse ? Oui… Lylie avait les moyens financiers de partir vivre dans n'importe quel coin de la planète, dès ses dix-huit ans. D'y rester des années.

Tout en slalomant entre les voyageurs, Marc se récitait les dernières lignes du récit de Crédule Grand-Duc. Le compte en banque de Lylie. Le cadeau empoisonné de Mathilde de Carville. La vieille savait ce qu'elle faisait… Au fil des années, Marc avait fini par se persuader que c'était simplement l'argent qui avait creusé cette différence entre Lylie et lui, qui expliquait ces sentiments anormaux, cette attirance contre nature qui ne peut exister entre un garçon et une fille liés par le sang des mêmes parents.

L'argent expliquait tout. Pourtant, au fond de lui, une voix lui avait toujours soufflé qu'il n'en était rien ! Non ! Non !

La voix avait raison ! L'argent n'y était pour rien. Il avait désormais la preuve que sa grand-mère, même si elle n'en avait jamais rien montré, pensait comme lui !

Lylie portait la bague des Carville.

Sa grand-mère avait avoué en la lui offrant. Lylie n'était pas sa sœur ! Ils étaient libres.

Marc se sentait porté par une sorte d'euphorie. Il se glissa en souplesse dans la rame direction Nation. Il bouscula quelques voyageurs pour se faufiler jusqu'à l'allée centrale de la voiture, afin de gagner un peu de place, un maigre espace vital, suffisant pour pouvoir ouvrir le cahier.

Cinq stations avant Corvisart. A deux pas de la Butte-aux-Cailles, chez Grand-Duc.

Le temps de lire encore quelques pages…

Journal de Crédule Grand-Duc

C'est là que j'entre en scène. Enfin !

CRÉDULE GRAND-DUC, détective privé.

Je me suis fait attendre, non ? J'arrive un peu après la bataille, je vous l'accorde. C'est même là tout mon problème.

Mathilde de Carville pénétra dans mon bureau, à Belleville, rue des Amandiers, le lendemain de sa rencontre avec Nicole Vitral. Elle me donnait l'impression d'être déguisée en noir, d'avoir mis toute sa douleur dans ses vêtements. Je crois que cet entretien avec Nicole Vitral lui avait énormément coûté, elle avait pris la décision seule, sans en parler à son mari. Mathilde de Carville s'était humiliée sur le front de mer de Dieppe, mais elle avait compris que seul ce sacrifice pouvait faire fléchir Nicole Vitral. Il fallait que Nicole Vitral se sente la plus forte, à ce moment-là, sinon, jamais elle n'aurait accepté d'ouvrir un compte bancaire au nom de Lylie.

Plus jamais, plus jamais une telle humiliation, avait dû se dire par la suite Mathilde de Carville. Elle l'avait payée cher, la paix de sa conscience, beaucoup plus qu'un chèque de cent mille francs par an pour Lylie. Alors, après cette rencontre de Dieppe, Mathilde de Carville se glaça. Lorsqu'elle entra dans mon bureau, elle n'était plus qu'un glaçon, noir et poli.

Elle s'avança.

— J'ai beaucoup entendu parler de vous, monsieur Grand-Duc…

Ah ?

Elle se présenta et je fis vaguement le lien avec cette affaire dont les radios et les télés avaient parlé pendant quelques semaines, et dont je me foutais royalement à l'époque.

— Monsieur Grand-Duc, vos qualités sont, paraît-il, la discrétion, la ténacité, la patience, la rigueur… Ce sont celles que j'exige. L'affaire que je vous propose est simple : reprendre l'ensemble du dossier de l'accident du mont Terrible, depuis le début, tous les détails, un par un. En trouver d'autres, si possible.

A l'époque, même si je n'étais encore qu'un détective privé parmi des dizaines d'autres, je commençais à me faire une relative réputation. J'avais résolu une à une les petites affaires que l'on m'avait confiées, le coup des casinos sur la côte et quelques autres. Je n'avais pas encore connu l'échec, comme le boxeur qui ne gagne que des petits combats, mais qui les gagne tous et finit par se croire invincible. J'ignorais pourquoi elle m'avait choisi, mais pourquoi pas moi, après tout ? Peu importe, je n'allais pas laisser passer l'occasion.

Mathilde de Carville s'avançait encore. Je restai assis, je ne suis pas très grand, à vue de nez, elle faisait bien cinq centimètres de plus que moi. Je me redressai tout de même sur ma chaise et je pris un air important.

— C'est une affaire complexe, madame. Une affaire qui ne peut se traiter à la légère... Une affaire qui prendra du temps...

— Je ne suis pas venu ici pour marchander, monsieur Grand-Duc...

Et vlan !

Elle se tint droite devant moi, m'écrasant de son ombre noire. Trop tard pour me lever...

— Monsieur Grand-Duc, ma proposition est à prendre ou à laisser... Je suis persuadée que je n'aurai pas de mal à trouver un autre enquêteur, mais je pense que vous l'accepterez. A partir d'aujourd'hui, vous recevrez cent mille francs par an, pendant dix-huit ans, jusqu'à ce que Lyse-Rose, ma petite-fille, si elle est encore vivante, devienne majeure. A la fin septembre 1998. Le 30 et non le 27, puisque la justice en a décidé ainsi...

Cent mille francs annuels ! Multipliés par dix-huit ! Je n'arrivais pas à compter les zéros. Ils formaient dans mon crâne comme un long collier de perles. Pendant dix-huit ans. Une véritable rente de fonctionnaire pour un détective qui n'aurait plus de « privé » que le titre...

Sauf que... J'ai beau porter ce prénom stupide de « Crédule », j'avais besoin de détails... Oui, je vous le confirme, aussi étrange que ce soit, « Crédule » est mon véritable prénom.

— Pour une telle somme, madame, qu'exigez-vous exactement de moi ? Si au bout de dix-huit ans je n'ai rien trouvé, je vous rembourse ?

Question prémonitoire ? J'aurais dû me méfier. Oui, après tout, je mérite bien mon prénom,

« Crédule »... L'ombre noire se pencha davantage, m'écrasant encore un peu plus.

— Monsieur Grand-Duc... Cette affaire reposera sur ma confiance en vous, uniquement sur elle. Vous n'avez aucune obligation de résultat. Mais j'exige par contre que vous mettiez en œuvre tous les moyens possibles pour la résoudre. Je souhaite que rien, aucune piste, aucune hypothèse, ne soit laissé au hasard. Vous aurez tout le temps, tout l'argent pour cela. S'il existe une preuve quelque part de l'identité de la rescapée du mont Terrible, je veux qu'elle soit découverte. Que je sois très claire, monsieur Grand-Duc, je veux découvrir la vérité, quelle qu'elle soit, y compris si elle ne m'est pas favorable.

Une sorte d'immense vertige commençait à me saisir.

— Et vous pensez qu'une telle enquête prendra... dix-huit ans ?

— Vous serez payé pendant dix-huit ans. Vous disposerez donc de toutes ces années pour découvrir la vérité. Je n'exige pas de vous que vous vous consacriez exclusivement à cette affaire pendant toutes ces années. Je vous fournis simplement tous les moyens possibles d'aller au bout de l'enquête : le temps et l'argent.

— Et... et si je découvre cette vérité en cinq mois ?

« Naïf », oui c'est Naïf, pas Crédule, que ma mère aurait dû me choisir comme prénom.

— Vous ne comprenez pas, monsieur Grand-Duc ? N'ai-je pas été suffisamment claire ? Vous serez payé pendant dix-huit ans, quoi qu'il arrive... Il s'agit d'un contrat moral entre nous, monsieur

Grand-Duc. J'exige simplement de vous que vous mettiez tout en œuvre pour découvrir l'identité de la rescapée, c'est tout ce qui compte pour moi.

Elle se penchait toujours vers moi, la croix de bois qui pendait à son cou se balançait au-dessus de mon nez. Elle continua :

— Monsieur Grand-Duc, je me réserve bien entendu le droit de rompre, unilatéralement, à tout moment, ce contrat, si j'avais l'impression que vous ne jouiez pas le jeu… Si j'avais l'impression que vous profitiez de la situation. Mais cela ne se produira pas, n'est-ce pas ? On m'a parlé de vous comme d'un homme d'honneur…

Pas de contrat ! Vous imaginez ? J'étais tombé sur une vieille allumée qui ne savait pas comment dépenser sa fortune !

Le miracle. Une folle… Jusqu'où était-elle prête à aller ?

— Il faudra se rendre en Turquie, fis-je. Longtemps…

— En plus de vos honoraires annuels, toutes vos notes de frais seront prises en charge…

Pousser le bouchon encore plus loin ?

— Je… je ne parle pas le turc. Je n'y arriverai pas tout seul…

— Si c'est nécessaire à l'enquête, vous pouvez bien entendu engager des collaborateurs. Leurs frais aussi seront remboursés…

Nom de Dieu…

Je n'avais pas posé la question pour rien, j'avais déjà en tête de travailler, au moins au début, en duo avec un gars avec lequel j'avais bourlingué en Asie centrale pendant des mois, Nazim Ozan, le seul type en France que je connaissais qui parlait turc, et en qui j'avais à peu près confiance.

Mathilde de Carville me fit un premier chèque, une somme colossale pour l'époque, cent mille francs, et quitta mon bureau aussi sombrement qu'elle était entrée. Je ne fis pas attention à l'atmosphère glaciale que ce reptile froid laissait derrière lui dans la pièce. J'avais l'impression d'avoir remporté le pactole au Loto, sans même avoir joué : pour la première fois, mon prénom et mon nom s'accordaient, en harmonie.

Crédule, parce que j'y croyais, à cette enquête, à la chance qui tourne, au tremplin vers la fortune... Grand-Duc, comme la tournée que je fis, pendant trois jours, pour fêter ma chance... Et qui n'entama même pas mes cent mille francs.

Notes de frais...

Comment aurais-je pu deviner, à ce moment-là, que je tombais dans un puits sans fond ? Que la lumière qui m'attirait alors m'entraînait dans le néant ?

Un trou noir.

Un tremplin au-dessus du vide.

17

2 octobre 1998, 11 h 13

La rue Jean-Marie-Jégo montait en pente raide, une cinquantaine de mètres de dénivelé jusqu'au sommet de la Butte-aux-Cailles ; une jolie petite rue de carte postale, qui donnait l'impression de grimper vers la place d'un village, avec son église, sa mairie, son bar et son terrain de pétanque à l'ombre des platanes. En plein Paris ! Marc savait vaguement que la Butte-aux-Cailles restait l'un des derniers « quartiers » parisiens, il était venu une fois prendre un pot ici, un soir, au Temps des Cerises. Un étudiant bobo, du genre qu'il détestait, fils de diplomate ou quelque chose comme ça, lui avait expliqué que la butte était protégée des promoteurs à cause des carrières de calcaire souterraines, qui rendaient impossible toute construction en hauteur. Marc avait simplement retenu qu'une maison dans ce quartier bourgeois coûtait une véritable fortune.

Marc gravit un dernier escalier d'une vingtaine de marches et déboucha en haut de la butte. Tout en se tenant à la rampe, il attrapa son téléphone et envoya à nouveau un SMS à Lylie.

Le même. Il l'avait mémorisé.

Lylie. Rappelle-moi, merde. Marc.

Il vérifia par acquit de conscience. Sans succès. Son répondeur demeurait désespérément vide.

La rue de la Butte-aux-Cailles était calme, à l'exception du va-et-vient autour de la boulangerie, apparemment le seul commerce actif de la rue. Pour le reste, il était trop tôt, les restaurants semblaient encore vides. Marc s'avança, leva les yeux vers les façades, puis marcha jusqu'au 21. Il découvrit une petite maison sur un seul niveau, posée au milieu d'un adorable jardinet d'une vingtaine de mètres carrés... Le genre de pavillon minuscule, ridicule dans n'importe quel coin de campagne de France... Mais là, situé au cœur de Paris, il devenait un incroyable produit de luxe ! Une maison individuelle. Sans étage. Entourée d'un jardin ! Même avec les cent mille francs annuels versés par Mathilde de Carville, une telle maison semblait hors des moyens de Grand-Duc...

Marc continua l'examen de la maison. Les volets vert clair étaient fermés. Il appuya à tout hasard sur la sonnette, entre la boîte aux lettres jaune un peu rouillée et la barrière écaillée.

Personne.

Il attendit une minute, sonna à nouveau. Sans succès. Il se passa la main dans les cheveux, perplexe. Grand-Duc n'était pas chez lui, c'était à prévoir. Il jeta un coup d'œil plus approfondi sur la maison, le jardin, cherchant une idée... Il avança dans la rue.

La solution s'imposa, comme une évidence.

Sur le côté droit de la maison, le coin d'un carreau d'une fenêtre était brisé. Avec de la chance, il pourrait passer le bras, saisir la poignée, ouvrir la fenêtre, entrer chez Grand-Duc. Marc tourna la tête : personne ne faisait attention à lui dans la rue. Il n'hésita pas et sauta par-dessus le muret de pierres blanches pour se retrouver, presque à l'abri des regards indiscrets, près de la fenêtre. Il posa sa main sur le montant. Il n'eut pas besoin d'en faire plus, à sa grande surprise, la fenêtre s'ouvrit. Elle était simplement repoussée !

Mars s'étonna un instant de cet étrange concours de circonstances favorables, de cette absence de prudence chez le détective privé. Un instant seulement. La seconde suivante, il se glissait dans la maison de Grand-Duc.

Le bâtard est chez Grand-Duc, pensa Malvina. Elle avait parfaitement vu dans le rétroviseur Marc Vitral s'avancer, sauter le muret de pierre. Fait comme un rat, pensa encore Malvina. Il portait un sac à dos ! A tous les coups, le cahier de Grand-Duc était dedans. Tout se présentait bien. Malvina essaya de bouger un peu, de décoller sa tête de la portière, d'étendre mieux ses jambes. Sa nuque lui faisait mal à force d'être tordue à la hauteur du volant, mais elle s'en fichait. Elle voulait bien rester là des heures et porter une minerve le reste de ses jours, si c'était pour coincer Vitral à la sortie, ouvrir ce putain de cahier, arracher une à une ces pages bourrées de mensonges, comme on arrache les ongles d'un type pour le faire parler. Doigt par doigt. Tenir Vitral au bout de son flingue, le faire parler, lui aussi.

Elle improviserait. Elle inventerait, le moment venu, les règles d'un jeu délicieusement sadique.

L'odeur de cendres et de fumée prit immédiatement Marc à la gorge, comme si une cheminée avait fonctionné dans la maison pendant des heures sans que l'on ait aéré la pièce depuis. Marc toussa. Il se trouvait dans une petite remise, une sorte de débarras où étaient rangés des conserves et divers outils de jardinage ou de bricolage. Il poussa la porte, monta trois marches de béton, ouvrit une seconde porte. Elle donnait directement dans ce qui devait être le salon de Grand-Duc.

L'odeur de fumée se fit immédiatement plus intense. Marc toussa encore. Son regard fut attiré vers la grande cheminée, juste en face de lui. Une évidence s'imposait, on avait brûlé dans ce foyer des kilos de papiers. Il observa les boîtes archives vides sur le parquet. Grand-Duc avait visiblement fait le ménage, et récemment !

Avant que Marc ait eu le temps d'analyser davantage la situation, un bruit étrange lui glaça l'échine. Juste derrière lui, sur sa droite ; une sorte de claquement sourd produit par une succession de courtes secousses, comme le mécanisme grippé d'un jouet mécanique. Marc se retourna, aux aguets. Il découvrit avec stupeur l'immense vivarium dans lequel presque toutes les libellules gisaient sur le sol humide, inertes. Il s'approcha. Seule la plus grande, au thorax rouge et doré, voletait encore, péniblement. Comme si elle avait repéré une nouvelle présence dans la pièce, un secours possible, elle agitait faiblement ses ailes, les cognant aux parois de verre. Marc resta quelques instants sans réaction, fasciné par les mouvements désespérés de la libellule. Une libellule ! Prisonnière. Presque morte déjà, comme cette dizaine d'autres insectes. Sans plus réfléchir, Marc s'avança, saisit de ses deux mains le couvercle de verre qui fermait le vivarium. Il était assez lourd mais n'était que posé. Marc le souleva sans difficulté et le plaça contre le mur le plus proche. Immédiatement sensible à l'air frais, en quelques battements d'ailes, la libellule arlequin s'évada. Marc suivit des yeux son vol, d'abord un peu hésitant, puis rapidement majestueux. La libellule s'éleva un long moment dans la pièce, avant de se poser sur le lustre du salon.

Le cœur de Marc s'emballa, stupidement.

Il éprouvait une joie intense, presque puérile, d'avoir sauvé l'insecte rouge.

Sa libellule.

Jamais il n'aurait imaginé que Crédule Grand-Duc les collectionnait. Et pourquoi, pourquoi alors les avoir laissées ainsi agoniser ?

Marc inspecta plus en détail le bureau de Grand-Duc. Tout était impeccablement rangé, les crayons, le bloc-notes, la curieuse petite bouteille de vin, vide ; le verre. Il y avait dans ce décor quelque chose d'étrange : tout laissait croire que Grand-Duc avait voulu solder, avec ordre, tout ce qui touchait à cette affaire pour laquelle il avait été engagé. Les archives brûlées. Les insectes sacrifiés. Son testament, aussi, ce cahier vert qu'il portait dans son sac, que Grand-Duc avait terminé de rédiger la nuit des dix-huit ans de Lylie et qu'il lui avait ensuite offert.

La fin d'une vie, pour Grand-Duc. Méticuleusement organisée.

Que s'était-il passé, alors ? Pourquoi Grand-Duc n'était-il pas là ?

Marc ressentait dans cette maison une étrange impression d'urgence, de départ en catastrophe ; cette bouteille non rangée, par exemple ; cette vitre brisée, cette fenêtre simplement repoussée. Cette odeur, aussi. Pas celle de la fumée de cheminée, une autre, insidieusement dissimulée sous la première.

Quelque chose ne collait pas...

Le visage de Marc s'éclaira soudain. Il s'installa sur la chaise du bureau de Grand-Duc, ouvrit son sac à dos, sortit le cahier vert, fit tourner les feuilles, pour s'arrêter sur la dernière page noircie par l'écriture de Grand-Duc.

C'était si simple, au fond, de connaître les ultimes pensées de Grand-Duc : il suffisait de lire les derniers mots de sa confession... Comme un roman policier si agaçant qu'on ne résiste pas à l'envie de sauter des pages pour lire la fin, avec un léger sentiment de tricherie. Vite oublié.

Marc se concentra. La dernière page du cahier de Grand-Duc ne contenait qu'une vingtaine de lignes. L'écriture du détective était comme toujours, fine, régulière.

Voilà. Tout est dit.

Nous sommes le 29 septembre 1998, Il est minuit moins vingt. Tout est en place. Tout est terminé. Lylie va atteindre ses dix-huit ans dans quelques minutes. Je vais ranger mon stylo dans ce pot, en face de moi. Je vais m'installer derrière ce bureau, déplier L'Est républicain *du 23 décembre 1980, le journal de ce jour maudit, et calmement je vais me tirer une balle dans la tête. Mon sang se mêlera au papier jauni de ce journal. J'ai échoué...*

Je laisse simplement ce testament derrière moi. Pour Lylie. Pour qui voudra.

J'ai recensé dans ce cahier tous les indices, toutes les pistes, toutes les hypothèses. Dix-huit ans d'enquête. Tout est consigné dans cette centaine de pages. Si vous les avez lues avec attention, vous en savez autant que moi. Peut-être serez-vous plus perspicace ? Peut-être suivrez-vous une direction que j'ai négligée ? Peut-être trouverez-vous la clé, s'il en existe une ? Peut-être...

Pourquoi pas ?

Pour moi, c'est terminé.

Dire que je n'ai ni regrets ni remords serait exagéré, mais j'ai fait du mieux que je pouvais.

Marc relut lentement la dernière ligne, *j'ai fait du mieux que je pouvais*. Il resta un temps figé, cherchant à contrôler le sentiment intense de malaise qui montait en lui, puis remonta le fil de l'encre noire sur quelques dizaines de mots.

Je vais me tirer une balle dans la tête. Mon sang se mêlera au papier jauni de ce journal. J'ai échoué.

Marc releva les yeux.

Grand-Duc parlait de son suicide. Programmé.

Pourquoi, alors, n'y avait-il aucune trace de sang sur le bureau ? Pas de journal. Pas d'arme. Grand-Duc avait donc renoncé à son suicide, deux jours auparavant, entre vingt-trois heures quarante et minuit… Pourquoi ? Pourquoi tout préparer aussi précisément pour renoncer au dernier moment ?

Grand-Duc avait-il manqué de courage, tout simplement ? Ou bien était-il allé se tirer une balle dans la tête autre part, plus tard ? Ou bien avait-il menti dans ce journal… Sur son sacrifice ? Sur le reste ? Ou bien… Scénario fou ! Avait-il découvert quelque chose, avant minuit ? Une lueur, une idée, une dernière piste…

Marc relut, longuement, les dernières lignes du journal.

Grand-Duc ne laissait aucun indice. Une seule certitude : il n'était pas mort, une balle dans la tête, sur son bureau.

Marc referma le cahier et toussa encore. Il sentait toujours cette odeur insupportable, de plus en plus tenace. Un nouveau bruit mécanique, plus intense que précédemment, lui fit tourner la tête. Une petite dizaine de libellules, libérées de leur plafond de verre, sauvées par l'air frais, volaient dans le salon ; des vols brefs, encore malhabiles, d'une étagère à l'autre, d'une chaise à la table, d'un rideau à la tringle. Pas plus mortes que cela. Des bestioles sacrément plus résistantes qu'on ne pouvait le croire. Marc sourit, ses pensées s'envolèrent vers Lylie, sa libellule, la seule qu'il voulait vraiment sauver. A l'inverse, s'il le fallait, en refermant sur elle un couvercle de verre. Marc sentait que ses pensées s'embrouillaient. Ces insectes voltigeant tournaient devant ses yeux comme les mouches irréelles qui précèdent un vertige.

Il se leva. Il fallait qu'il bouge.

Nom de Dieu, d'où venait cette odeur ! ?

Il avança, marcha, quelques pas. Plus il s'approchait de la cuisine, plus elle semblait forte. La cuisine était propre, rangée, en ordre, jusqu'aux poubelles vidées… Mais l'odeur, sans aucun doute, sortait de ce placard haut et étroit, à côté de l'évier.

Marc ouvrit la porte, lentement.

Le cadavre tomba à ses pieds, presque instantanément, dans un bruit sourd.

Déjà rigide. Comme un mannequin de cire.

Marc recula, stupéfait, blême. Horrifié.

Le corps gisait devant lui. Une tache sombre, rouge, maculait sa chemise.

Crédule Grand-Duc.

Mort. Comme annoncé dans son journal.

Sauf qu'il arrive rarement qu'un type qui se tire une balle dans le cœur prenne ensuite le temps de dissimuler son arme, de nettoyer le sang versé et de s'enfermer dans un placard.

Marc fit un autre pas en arrière.

Crédule Grand-Duc ne s'était pas suicidé. Il avait été assassiné.

18

2 octobre 1998, 11 h 27

Malvina de Carville attrapa son téléphone, du bout des doigts, sans lever la tête, sans qu'aucun signe de présence humaine dans la voiture puisse être détecté à l'extérieur de la Rover Mini.

A peine une sonnerie.

— Il est là, murmura Malvina. Vitral est entré chez Grand-Duc.

— C'était à prévoir. Tu n'as pas laissé de traces ?

— Non, non, mamy. Ne t'inquiète pas. J'ai même nettoyé les cils, les cheveux et les bouts de peau du visage de Grand-Duc cramés dans la cheminée.

Elle ponctua sa tirade d'un rire aigu. Sa grand-mère la prenait toujours pour une idiote.

— Mamy ?

— Quoi ?

— Il risque de trouver le cadavre de Grand-Duc. Je l'ai caché mais il… il… Il sentait déjà super fort…

Elle perçut que sa grand-mère réfléchissait à l'autre bout du fil.

— Mamy ?

— Oui, répondit enfin Mathilde de Carville… Eh bien, s'il le trouve… tant pis. Ou tant mieux, après tout. Il est entré par effraction, des témoins l'auront vu dans la rue. Il va laisser ses empreintes partout… C'est ce qui pouvait t'arriver de mieux, non ?

Un frisson de plaisir parcourut Malvina. Sa grand-mère avait raison, comme toujours. Marc Vitral allait payer. Bien fait !

— Mamy ? Il porte un sac sur son dos. Je pense que le cahier de Grand-Duc est dedans. Tu crois que…

La voix de Mathilde de Carville se fit sèche :

— Non, Malvina, tu ne fais rien, tu le suis, c'est tout. Tu n'interviens pas dans la rue, en plein jour. Tu m'entends bien ?

— Oui, mamy, j'ai compris. Je te rappelle.

Malvina soupesa le Mauser sous le siège passager. Oui, sa grand-mère avait raison, presque toujours. Mais pas cette fois-ci…

Quelques libellules volaient autour du corps de Grand-Duc.

Un haut-le-cœur révulsa Marc. Un sentiment de panique le submergeait. Il fallait pourtant qu'il se contrôle. Il ne pouvait pas se permettre une crise d'agoraphobie, pas maintenant, pas ici…

Appeler la police ?

Marc réfléchit rapidement. Il était entré chez Grand-Duc par une vitre cassée, il avait laissé ses empreintes. Ce n'était pas une bonne idée. Surtout, les flics allaient le questionner, le retenir au commissariat du quartier, pendant des heures dans le meilleur des cas. Il ne pouvait pas se le permettre ! Pas en ce moment. Lylie avait besoin de lui. Tout de suite. Les flics étaient tout sauf une bonne idée.

Que faire ?

Son regard se posa sur le cadavre. Il n'y connaissait rien en matière d'autopsie médicale, mais il lui semblait évident que le meurtre était récent. La rigidité, l'odeur, tout lui laissait penser que le cadavre pourrissait là depuis seulement quelques heures. Marc repensa aux derniers mots de Grand-Duc sur son cahier. Son suicide annoncé. Quel rapport y avait-il avec ce crime ? Qu'avait-il fini par découvrir qui méritait qu'on le fasse taire à jamais ?

Marc marchait dans la pièce, à pas saccadés, éloigna d'un geste agacé de la main une libellule qui agitait bruyamment ses ailes sous son nez.

Rien ne coïncidait. Grand-Duc avait été tué il y avait de cela quelques heures, pas trois jours, pas le soir de l'anniversaire de Lylie. Le regard de Marc embrassa à nouveau le salon, le bureau, la cheminée, le vivarium.

Il vivait une scène surréaliste ! Les libellules, une à une, continuaient de se réveiller et prenaient de l'assurance. Elles volaient dans la pièce, se cognant aux fenêtres, attirées par le jour qui perçait les volets en flèches de lumière.

Marc marcha un peu dans la maison, visita les pièces par acquit de conscience. Il ne remarqua rien de suspect, mais sa recherche méthodique lui permit au moins de se calmer, de retrouver un souffle presque normal. Il avança jusqu'au vestibule. Immédiatement, le sang afflua à nouveau dans ses veines, comme le débit d'un fleuve dans les instants qui suivent un orage violent. Ses doigts, son cou, ses tempes rougirent. Le mur du vestibule était tapissé de photographies. Nazim Ozan, Lylie, le mont Terrible…

Il se figea devant un cliché en particulier : sa grand-mère ! Grand-Duc conservait dans l'entrée de sa maison une photographie de Nicole. Elle était beaucoup plus jeune qu'aujourd'hui, sur la photo, elle devait à peine avoir cinquante ans, elle posait devant la plage, à Dieppe. Le cœur de Marc battait à se rompre, mélange de colère et d'étonnement. Marc ne conservait de sa grand-mère que son image actuelle, une femme de soixante-cinq ans, fanée par les longues années de sacrifices. Il n'avait presque aucun souvenir de cette femme souriante, opulente, séduisante même.

Il détourna le regard, espérant calmer sa tension. Il suffoquait, il fallait qu'il sorte, vite. L'angoisse, l'agoraphobie… La crise, imminente. Il pensa confusément qu'avant de partir de chez Grand-Duc il aurait dû faire le tour, passer un chiffon sur tous les objets qu'il avait touchés, le couvercle du vivarium, la chaise du bureau, les clenches, la fenêtre… Il n'avait pas envie, pas le temps.

Il fallait fuir, quitter l'air putréfié de cette maison, retrouver la rue.

Qu'avait-il à craindre ? Ce n'était pas lui qui avait abattu Grand-Duc. Le détective était mort depuis plusieurs heures. Il était loin de la Butte-aux-Cailles, à ce moment-là.

Marc enjamba la fenêtre, happant déjà des bouffées d'air frais.

Oui, il avait mieux à faire que le ménage, il y avait urgence.

Retrouver Lylie, avant tout.

Téléphoner à sa grand-mère, aussi, à Dieppe. Comprendre. Découvrir pourquoi on avait assassiné Grand-Duc.

Sur cette dernière question, il avait son idée. Une idée qui était directement associée à sa prochaine destination.

Il était dehors, il marchait dans le jardin.

Il ne remarqua pas, derrière lui, par la fenêtre ouverte, l'envol des libellules vers l'horizon.

Malvina se recroquevilla encore un peu plus dans l'habitacle de la Rover Mini. Dans le rétroviseur extérieur, elle distinguait parfaitement la silhouette de Marc Vitral. Il se rapprochait. Ce connard, son sac sur le dos, ne se doutait de rien. La main de Malvina glissa sous le siège conducteur, tâtonna, attrapa le Mauser L110. Encore quelques mètres, il serait à sa portée. Elle lui planterait le canon en acier dans le bide, il n'aurait pas le choix, il lui remettrait son sac à la con et le testament de ce fumier de détective, planqué dedans.

Ensuite, elle verrait. Peut-être qu'elle se contenterait de lui exploser une couille. Ou les deux… Elle n'avait pas encore décidé.

On y était presque…

Plus que dix mètres.

Malvina redressa la tête, serrant le revolver. Au bout de la rue, quelques vieux causaient dans la boulangerie. Elle s'en foutait. Des gâteux, ils étaient trop loin, ils ne comprendraient rien. Elle tourna la tête, vers sa droite, vers le trottoir. On ne sait jamais. Elle étira encore un peu plus le cou.

La seconde suivante, elle se figea.

Trois mômes dans les trois, quatre ans lui tiraient la langue, hilares ! Leurs grosses têtes de morveux la regardaient à travers la vitre, comme si elle jouait à cache-cache, coincée entre le volant et le siège conducteur. *Coucou. On t'a vue…*

Une petite institutrice mignonne comme un cœur surgit, attrapa les trois loustics. Malvina se redressa cette fois-ci complètement.

Connards de morpions !

C'est toute la classe de maternelle qui défilait maintenant sur le trottoir, au moins trente gamins, pour se rendre à la cantine, au parc de jeu d'en face, ou n'importe où.

Marc Vitral, dans la seconde qui suivit, croisa poliment toute la classe de la moyenne section de l'école maternelle Sainte-Anne, accorda un sage sourire à l'institutrice et s'éloigna rapidement, perdu dans ses pensées, sans même laisser traîner son regard sur la Rover Mini garée le long du trottoir.

— Allô, mamy ? C'est Malvina. Je l'ai raté, mamy…

— Comment ça, tu l'as raté ? ! Marc Vitral ? Tu veux dire que tu as tiré sur lui…

— Non… Même pas, je n'ai pas eu le temps.

Malvina de Carville perçut le soupir de soulagement de sa grand-mère.

— D'accord, Malvina. Qu'est-ce qu'il fait, pour l'instant ?

— Il s'éloigne. Il repart. Vers le métro, je dirais. Tu veux que je le suive ?

— Ne bouge pas, Malvina…

— Mais…

Sa grand-mère était folle. Ne pas bouger ?

— … mais, mamy ? Et le cahier de Grand-Duc ?

— Ne bouge pas, je te dis !

— Mais…

Malvina savait qu'elle pouvait encore courir derrière lui, le Mauser au poing, le coincer dans le couloir du métro, lui arracher le sac, le balancer sous les rails…

— Rentre, Malvina. Rentre à la Roseraie. Ce sera mieux…

— Je peux encore l'avoir, mamy… Je t'assure…

La voix de sa grand-mère se fit à la fois douce et ferme, comme lorsque, le soir, penchée sur son lit, elle lui lisait des passages de la Bible.

— Malvina, écoute-moi. Vitral a sûrement lu le cahier de Grand-Duc. Sa première réaction a été très logique, il a foncé chez Grand-Duc. Il a dû trouver le cadavre du détective, forcément sa seconde réaction sera tout aussi prévisible…

Malvina ne suivait plus. Où sa grand-mère voulait-elle en venir ?

— Tu peux rentrer à la maison, Malvina. Marc Vitral va se rendre tout droit chez nous, à Coupvray, à la Roseraie.

Malvina pesta contre elle-même, contre sa stupidité.

Un petit point noir grossissait dans son rétroviseur, apparaissant, disparaissant, jouant avec ses nerfs. Après quelques dernières volutes, la jolie libellule rouge et or vint se poser sur le capot bleu de la Rover Mini.

19

2 octobre 1998, 11 h 31

Marc s'arrêta, le temps d'une pause. Il s'appuya contre la rampe chromée qui séparait en deux l'escalier abrupt descendant vers le boulevard Blanqui. L'acier froid lui glaça la main.

Marc avait son itinéraire en tête. Métro ligne 6. Changement à Nation. Puis ligne A4 du RER, direction Marne-la-Vallée. Sortie Val-d'Europe, une station avant le terminus. Dans une heure, au plus, il serait à Coupvray. Il n'aurait aucun mal à trouver l'adresse exacte des Carville, en téléphonant à Jennifer, sa collègue heureusement de garde ce jour, comme il l'avait fait pour celle de Grand-Duc.

Pas besoin de prévenir les Carville de son arrivée, à coup sûr il y aurait du monde pour répondre à ses questions, le grand-père dans son fauteuil roulant et la reine mère dans son château ne devaient pas quitter souvent la propriété… Même pour faire les courses… Ils payaient du monde pour cela. Pour cela aussi.

Marc sourit pour lui-même. Il allait leur faire la surprise ! Après tout, désormais, lui et les Carville possédaient le même but : prouver que Lylie n'était pas sa sœur, que le sang des Vitral ne coulait pas dans ses veines... Il y avait bien un terrain d'entente à trouver.

Un terrain d'entente...

Marc frissonna en repensant au cadavre de Grand-Duc.

Il attrapa son portable. Comme il se l'était promis, il lui fallait téléphoner à Dieppe.

Encore une fois il tomba sur un répondeur !

Depuis longtemps maintenant il appelait sa grand-mère par son prénom, « Nicole ». C'était sa façon personnelle de régler définitivement l'hésitation qui avait perturbé ses dix premières années : dire « maman » ou dire « mamy » ?

— Nicole ? C'est Marc. As-tu des nouvelles de Lylie ? Récentes, je veux dire, depuis ce matin neuf heures ? Rappelle-moi, c'est très important.

Il marqua une pause, reprit :

— Au fait, Nicole, même si je n'en ai aucun souvenir, tu étais très belle quand tu avais cinquante ans ! Je t'embrasse.

La main gauche de Marc se crispa sur le métal de la rampe froide, comme pour y coller sa paume et y laisser des lambeaux de chair lorsqu'il la lâcherait. Les doigts de son autre main dansèrent sur les touches du téléphone.

Sept sonneries.

— Lylie. Où es-tu, bordel ? Réponds ! Réponds-moi ! Ne pars pas. Je sors de chez Grand-Duc. Il ne s'est pas suicidé. Il est… Il a… Il a trouvé quelque chose, je peux trouver aussi. Je vais trouver. Appelle-moi. Marc.

Il s'engagea dans le métro. Les quais étaient presque vides à cette heure. Marc eut à peine le temps de perdre son regard de l'autre côté des rails, dans le paysage mystérieux d'une affiche géante invitant au tourisme dans les Emirats. La rame surgit dans les secondes qui suivirent et s'enlisa dans le sable d'or, juste devant le palais oriental, sous les étoiles des mille et une nuits.

Huit stations, entre Corvisart et Nation.

Journal de Crédule Grand-Duc

J'étais donc engagé pour une enquête longue de dix-huit ans ! Vous imaginez ? Dix-huit ans que cette histoire me colle aux neurones, comme une petite boule de cervelle rose, mâchée et remâchée, jusqu'à n'avoir plus aucune saveur. Méfiez-vous, vous qui lisez ces pages, que la petite boule de cervelle rose ne se colle pas à vos propres pensées, malaxée par votre imagination, étirée par votre logique. Sans fin.

Les premiers jours, les premiers mois de l'enquête furent terriblement excitants. Même si j'avais dix-huit ans devant moi, je me sentais habité par un sentiment d'urgence. Je m'étais avalé toutes les pièces du dossier d'instruction, des centaines de pages, en moins de quinze jours. Lors des deux premiers mois, j'ai interrogé plusieurs dizaines de témoins, les pompiers qui étaient intervenus sur le mont Terrible, tout le personnel médical du centre hospitalier de Belfort-Montbéliard, le docteur Morange, les proches des Carville, les proches des Vitral, les flics, le commissaire Vatelier, les avocats, Leguerne et les autres, les deux juges, Le Drian et Weber, et j'en passe…

Je ne dormais plus, je travaillais quinze heures par jour, je me réveillais et je me levais en pensant à l'affaire, comme si j'avais envie de régler cette histoire le plus vite possible, comme si j'avais envie de faire du zèle, vis-à-vis de ma patronne, pour qu'elle soit contente de moi, qu'elle m'assure son contrat à vie… Fidéliser la cliente, comme dirait un épicier.

En réalité, je ne calculais pas. Cette affaire me fascinait, j'étais persuadé que j'allais découvrir quelque chose de nouveau, un indice que tout le monde avait laissé filer. J'entassais les notes, les photos, les heures d'enregistrement… Un boulot de dingue… J'ignorais encore à l'époque que je construisais, méticuleusement, les fondations de ma névrose.

Après quelques semaines d'analyse de toutes les pièces du dossier, je me suis forgé une première conviction. A l'époque, je pensais que c'était une idée de génie.

La gourmette !

Cette satanée gourmette en or que devait porter Lyse-Rose de Carville dans l'avion, offerte par son grand-père. Le bijou qui avait fait basculer la certitude du juge Weber, le grain de sable dans la balance de la justice, l'arme fatale des Vitral et de maître Leguerne. J'avais acquis la certitude que cette arme fatale était une lame à double tranchant. Sans gourmette, tout poussait à croire que la miraculée était Emilie Vitral… Mais si le bébé éjecté de l'avion était Lyse-Rose, rien n'interdisait de penser que la fine gourmette ait pu se briser lors du choc. Partant de là, si l'on retrouvait la gourmette, quelque part autour de l'avion… Alors, tout s'inversait. Ce serait la preuve irréfutable que Lyse-Rose était la miraculée !

Je suis un patient, un maniaque, un obstiné. Je peux être obsessionnel dans le boulot, je vous assure. Même si les flics avaient ratissé les alentours de l'Airbus calciné, sur le mont Terrible, pendant des heures, j'ai tout recommencé. Armé d'une poêle à frire pour détecter les métaux, j'ai passé dix-sept jours sur le mont Terrible, fin août 1981, à ratisser la forêt, centimètre par centimètre… C'était la tempête, le soir du crash. La gourmette pouvait être tombée dans la neige, s'être enfoncée dans la terre boueuse… Un flic chargé d'une telle fouille, après l'accident, les doigts gelés, les pieds trempés, n'allait pas faire de zèle.

Moi si.

Pour rien !

Je vous fais grâce de l'inventaire des capsules de bière, des canettes, des pièces de monnaie, des déchets ordinaires que j'ai déterrés… Du coup, le type qui entretenait le mont Terrible pour le parc naturel du Haut-Jura m'avait à la bonne ! Grégory Morez. Un beau gosse mal rasé aux yeux de chien-loup, le visage bronzé et buriné comme s'il se tapait le Kilimandjaro tous les week-ends avant de rentrer chez lui… On a fini par sympathiser…

Trois sacs-poubelle d'ordures en tout genre redescendus du mont, mais pas la moindre gourmette !

Je n'étais pas vraiment déçu, à vrai dire. Je m'en doutais, et je vous l'ai dit, je suis du genre obstiné. J'obéissais juste aux ordres de Mathilde de Carville, ça m'allait bien, « ne négliger aucune piste », avancer pas à pas. Prendre le temps.

Ma véritable certitude était tout autre.

Si la gourmette était bien tombée quelque part à côté du bébé miraculé, la nuit du drame, quelqu'un pouvait fort bien l'avoir trouvée, un pompier, un flic, un infirmier, et l'avoir tout simplement fourrée dans sa poche… Ou bien un type du coin était revenu fouiller, une fois la carlingue refroidie… C'était un bijou en or massif, estimé à l'époque à exactement onze mille cinq cent soixante francs, la facture en faisait foi. Il y avait le poinçon de Tournaire, place Vendôme. Un tel objet pouvait susciter des convoitises. C'est un classique, les charognards qui se servent dans les débris d'un naufrage, surtout que personne ne pouvait se douter de l'importance qu'il prendrait, par la suite, ce foutu bijou…

Mon idée était très simple, basique, même : inonder la région de petites annonces. Forte récompense à celui qui nous rapporterait la fameuse breloque. Il fallait que la récompense dépasse largement la valeur du bien… En accord avec Mathilde de Carville, j'avais prévu d'augmenter progressivement la taille de l'appât. On avait commencé tranquillement à vingt mille francs… Une telle pêche demandait de la patience, du temps, du doigté, avant que le poisson morde. J'étais confiant… Si la gourmette avait été trouvée, si elle dormait dans un tiroir, cachée jalousement par un voleur d'occasion, comme Gollum conserve l'anneau de Frodon, un jour ou l'autre elle referait surface, un indice filtrerait.

J'avais raison. J'avais raison sur ce point, au moins.

L'autre grande occupation de mes six premiers mois d'enquête fut ce que j'appelle depuis mes vacances turques. J'ai dû passer au total près de trente mois en Turquie. La majorité pendant les cinq premières années.

J'étais flanqué de Nazim Ozan, il avait accepté tout de suite de me seconder dans l'enquête. A l'époque, il bossait à la commande sur des chantiers, plus ou moins au noir. Il approchait lui aussi des cinquante ans ; jouer les mercenaires dans les points chauds de la planète, cerné par des kamikazes fanatiques, ça ne le branchait plus trop. Et surtout, il avait rencontré l'amour. Il vivait à Paris avec une femme un peu grassouillette mais mignonne comme tout, d'origine turque comme lui, Ayla. Allez comprendre pourquoi, tous les deux étaient inséparables… Ayla était plutôt du genre maîtresse femme, jalouse comme un tigre, et je devais négocier pendant des heures à chaque fois que j'avais besoin d'emmener Nazim avec moi en Turquie. Une fois là-bas, il fallait qu'il téléphone tous les jours… Je crois qu'Ayla n'a jamais rien compris à cette histoire d'enquête, pire même, ne nous a jamais crus… Mais elle ne m'en a pas voulu, c'est même elle qui a insisté pour que je sois leur témoin de mariage, en juin 1985…

Malgré Ayla, je traînais le plus souvent Nazim avec moi en Turquie, où il me servait d'interprète. A Istanbul, je descendais toujours à l'hôtel Askoc, sur la Corne d'or, près du pont Galata. Nazim, lui, dormait chez des cousins d'Ayla, à Eyüp, dans la banlieue d'Istanbul. Il n'avait pas le choix ! On se retrouvait dans un bar, juste en face de l'hôtel, le café Dez Anj, sur l'Ayhan Isik Sokak. Nazim en profitait pour siffler raki sur raki et tentait de m'initier au narguilé.

Des vacances turques, je vous disais.

Pour rire ! Je dois vous avouer, je crois que j'ai toujours été un peu cynique en ce qui concerne les arts et traditions du monde, l'exotisme, le dépaysement, ce genre de clichés. Une sorte de racisme, si vous voulez, mais un racisme sans exclusive, pas vraiment ciblé, une sorte de scepticisme global sur le genre humain, sans doute hérité de mon ancien métier de mercenaire, d'éboueur chargé de vider les poubelles du monde ; d'épicier des poudrières, si vous préférez.

La vie turque commença à me sortir par les yeux, le nez et les oreilles au bout de moins d'une semaine. Le carillon incessant des minarets, la foire à tout permanente dans les rues, les femmes voilées, les putes, le thé, l'odeur d'épices, les taxis qui roulent comme des malades, les embouteillages continuels, jusque sur le Bosphore… Tout ! La moustache de Nazim était la seule chose que je supportais, au final.

Bon, je me doute que vous vous moquez de mon anthropologie de bazar. Ce n'est pas le sujet, vous avez raison. C'était simplement pour relativiser la dimension « vacances méditerranéennes » de l'affaire. Je me réfugiais dans le travail. Je ne vous mens pas. Les premiers mois au moins, avec Nazim, nous avons enquêté comme des fous ! Nous avons passé des heures à interroger les commerçants du Grand Bazar pour retrouver qui avait pu vendre les fameux habits portés par le bébé miraculé. Un body de coton, une robe blanche à fleurs orange, un pull de laine écru en jacquard… Vous imaginez ? Le Grand Bazar d'Istanbul, la plus grande galerie commerçante au monde, cinquante-huit rues intérieures, quatre mille boutiques… Presque tous les vendeurs baragouinaient l'anglais, le français, tentaient de se passer de la traduction de Nazim, s'adressaient directement à moi, comme si le drapeau tricolore était imprimé en filigrane sur mon front :

« Un bébé, mon frère ? Tu cherches des habits pour ton bébé ? J'ai tout ce que tu cherches. Fille ou garçon, ton trésor ? Dis-moi ton prix… »

Quatre mille boutiques, croyez-moi ! Le double ou le triple de vendeurs, repérant le pigeon occidental à cinquante mètres. Mais j'ai tenu bon. Jusqu'au bout. J'ai passé plus de dix jours à arpenter ce dédale commercial au plafond de mosaïque dorée. Au final, j'ai recensé dix-neuf boutiques qui vendaient le body de coton, la robe blanche et le pull de laine, les trois articles à la fois, exactement les mêmes… et aucun vendeur ne se souvenait d'avoir vendu les trois vêtements ensemble à une famille du genre occidental.

Peine perdue.

L'impasse au bout du dédale.

Restait alors à en savoir plus sur Lyse-Rose et sur ses parents, Alexandre et Véronique de Carville.

L'enquête officielle, pour l'identification de Lyse-Rose, ne reposait que sur deux points : la photographie de dos, reçue par les grands-parents Carville, et le témoignage de Malvina. Il nous fallait donc tout reprendre, en Turquie, sur la côte, dans leur résidence de Ceyhan. J'affichais un optimisme raisonnable. En trois mois de vie, la petite Lyse-Rose avait bien dû croiser du monde !

Rapidement, j'ai déchanté.

Alexandre et Véronique de Carville n'étaient apparemment pas très sociables, guère fans de bains de foule exotiques et de contacts fraternels avec la population indigène. Plutôt du genre à rester cloîtrés dans leur villa blanche avec vue sur la Méditerranée. Ils disposaient même d'une petite plage privée !

Enfin, c'était surtout Véronique qui entretenait le monastère. Alexandre travaillait à Istanbul presque toute la semaine. Certes, ils recevaient de temps en temps des amis, des collègues, des Français… Mais avant Lyse-Rose ! A la naissance du bébé, Véronique avait limité ces sauteries mondaines. Par recoupements divers, j'ai pu retrouver sept personnes, deux couples d'amis et trois clients de l'entreprise de Carville, qui furent invités dans la villa de Ceyhan après la naissance de Lyse-Rose. A chaque fois, Lyse-Rose dormait, et les invités ne se souvenaient que d'une petite boule de chair dépassant à peine de ses draps, qui se soulevaient à intervalles réguliers. Seul un client, un Néerlandais, avait vu Lyse-Rose réveillée… Quelques secondes. Véronique se retira pour lui donner le sein, elle n'allait pas le faire devant l'industriel hollandais, qui continua de siffler son raki dans le patio en signant ses contrats avec Alexandre. Le délicat directeur commercial de la filiale turque de Shell, que je finis par retrouver, me précisa qu'il serait tout aussi incapable de reconnaître le visage de Lyse-Rose que les nichons de sa mère…

A Bakirkoy, la maternité d'Istanbul où Véronique de Carville avait accouché, plus de trente bébés naissaient chaque semaine… C'était une clinique privée du dernier chic et on m'accueillit avec une obséquiosité remarquable. Le pédiatre, le seul qui avait suivi Lyse-Rose, l'avait examinée environ trois fois et me fit remarquer qu'il voyait défiler plus de vingt nouveau-nés par jour… Il me sortit d'un cahier les informations recensées à la naissance de Lyse-Rose. Le poids : trois kilos deux cent cinquante ; la taille : quarante-neuf centimètres.

L'enfant a-t-il pleuré ? Oui.

Avait-il les yeux ouverts ? Oui.

A part cela ? Rien.

Signes particuliers ? Néant.

L'impasse, encore !

Véronique de Carville devait s'emmerder royalement dans sa villa ! Du coup, elle avait un minimum de personnel à sa disposition. J'ai juste réussi à dénicher un jardinier, un peu âgé, un peu trop myope à mon goût, qui avait croisé Lyse-Rose sous les palmiers, en fin d'après-midi… bien à l'abri sous une épaisse moustiquaire ! Rien à en tirer qu'une vague description, encore moins fiable que les affirmations délirantes de Malvina.

Je ne vais pas ici vous faire le menu par le détail des témoignages foireux, flous, inexploitables, que j'ai accumulés au cours de ces mois. Ne négliger aucune piste, avait dit Mathilde de Carville. J'obéissais, fasciné ; après tout, il suffisait d'un témoignage, d'un seul, pour décrocher la timbale.

A l'aéroport Atatürk d'Istanbul, une hôtesse se souvenait, avant le départ de l'Airbus pour Paris, ce 22 décembre, avoir fait trois chatouilles sur le menton d'un bébé.

« Un seul bébé, pas deux ?

— Non, un seul. »

Du moins elle le croyait, elle n'était pas certaine. Ni du jour ni du vol. Un bébé au moins, ça oui, elle s'en souvenait…

Cette foutue hôtesse de l'air avait glissé un autre doute dans ma cervelle en vrac.

Un seul bébé dans l'avion ?

Après tout, qui pouvait savoir avec certitude qui était vraiment assis dans l'Airbus, ce soir-là ? On connaissait avec précision la liste des passagers, mais si l'un d'eux, au dernier moment, n'avait pas embarqué ? Un bébé, par exemple. Lyse-Rose, pourquoi pas ? Un retard, un empêchement de dernière minute, un coup de tête de sa mère, un enlèvement, un coup monté, n'importe quelle invention qui me permettrait de penser que Lyse-Rose n'était pas dans l'Airbus 5403, mais était encore vivante, quelque part en Turquie… Ou ailleurs !

Hypothèse complètement folle !

On pouvait même la retourner… N'était-ce pas étrange, au final, d'avoir si peu d'éléments tangibles sur Lyse-Rose, ce bébé de trois mois ? Si peu de témoignages, aucun ami pour la câliner, aucune nounou pour la serrer dans ses bras, aucune photo. Rien, ou presque. Comme si ce bébé n'avait jamais existé, ou plus précisément, comme si on avait voulu le cacher…

A force de tourner les éléments dans ma tête, je devenais complètement paranoïaque. Si Lyse-Rose n'avait pas pris l'avion, c'est peut-être qu'elle était morte, avant ! Un accident domestique ? Une maladie incurable à la naissance ? Un crime ? Alexandre et Véronique de Carville avaient emporté leur secret avec eux.

Seule Malvina savait, peut-être. Elle en était devenue folle.

Toutes ces hypothèses faisaient rire Nazim aux éclats lorsque je les échafaudais devant lui, au café Dez Anj. Il étouffait sa moustache dans son raki.

— Un crime ? Tu deviens complètement dingo, Crédoule !

Il me ramenait les pieds sur terre, entre deux bouffées de narguilé, il ne jurait que par des indices matériels, concrets. Du palpable.

— Après tout, Crédoule, elle n'est pas restée enfermée dans un cachot pendant trois mois, ta gamine, elle est bien sortie dans la rue, si ça se trouve, quelqu'un, un passant, un touriste, l'a vue, l'a prise en photo, l'a filmée, par hasard… On ne sait jamais.

— Tu veux dire quoi, exactement ?

— Je ne sais pas. Tu as du fric. Fais passer des petites annonces, un peu partout en Turquie, dans les journaux, avec la photo de la miraculée, celle publiée dans *L'Est républicain*. Tu verras bien.

Nazim avait raison ! C'était une idée de génie… On arrosa la presse turque d'annonces explicites, sur ce qu'on cherchait et sur ce qu'on offrait en échange, un véritable pactole en livres turques.

Le 27 mars 1982, je me souviendrai toujours de cette date, c'était tôt le matin, une lettre m'attendait dans mon casier à l'accueil de l'hôtel Askoc. Un type était venu directement la porter. La lettre était laconique, un nom, Unal Serkan. Un numéro de téléphone… Mais, surtout, la photocopie d'une photographie.

J'ai traversé l'Ayhan Isik Sokak comme un fou au milieu du flux de voitures. Nazim m'attendait déjà, au café Dez Anj.

— Un problème, Crédoule ?

Je fourrai la photo dans ses gros doigts poilus. Ses yeux se figèrent. Il fixa le cliché, comme moi quelques minutes plus tôt.

Une scène de plage.

Au premier plan, une fille brune, bronzée, parfaitement proportionnée, posait tout sourire dans un bikini pas trop sexy. Modèle turc. En arrière-plan, on reconnaissait les collines de Ceyhan et, dans leur écrin de verdure, les murs de la villa des Carville.

Entre les deux, sur la plage, quelques mètres derrière la fille en maillot, sur une couverture, à côté d'une femme dont on ne distinguait que les jambes, un bébé était allongé. Un bébé de quelques semaines.

Nazim en resta stupéfait. La photo faillit lui tomber des mains.

Ce bébé, c'était Lylie, la libellule, la miraculée du mont Terrible, sans aucun doute possible. Mêmes yeux, même visage…

Pascal et Stéphanie Vitral, lors de leur séjour en Turquie, ne s'étaient jamais rendus à Ceyhan, ne s'en étaient même jamais approchés à moins de deux cents kilomètres. Il n'y avait aucun doute possible, c'était la preuve, enfin. Nous avions gagné !

Le bébé miraculé dans la neige du mont Terrible était Lyse-Rose de Carville.

J'en aurais pleuré de joie. La grosse moustache de Nazim me souriait, rassurante, il avait compris, lui aussi. Heureux comme un gamin.

2 octobre 1998, 11 h 44

Une sonnerie, une seule. Presque inaudible dans le vacarme souterrain.

Pas celle d'un appel sur son téléphone portable, celle indiquant que quelqu'un avait laissé un message dans la boîte vocale. Un appel manqué.

Les doigts de Marc tremblèrent jusqu'à sa poche.

20

2 octobre 1998, 11 h 42

Ayla Ozan découpait mécaniquement la viande de mouton grillée qui tombait sur l'inox en fines lamelles. Ayla pensait à autre chose. Cela ne la retardait pas dans son travail, au contraire, elle était même plus efficace pour préparer les kebabs lorsqu'elle se perdait dans ses pensées que lorsqu'elle gaspillait son temps à discuter, à plaisanter avec les clients.

La file d'attente commençait à s'allonger, comme tous les jours avant midi. Sa petite boutique du boulevard Raspail possédait ses habitués.

Ayla ne le montrait pas, mais elle était inquiète. Terriblement inquiète. Depuis deux jours, Nazim ne lui avait donné aucune nouvelle. Cela ne lui ressemblait pas ! Le couteau-tondeuse continuait de faire pleuvoir la viande. Ayla s'imaginait passant l'appareil sur la nuque, le cou, les tempes de Nazim. Elle adorait jouer les coiffeuses pour son géant. La main d'Ayla tremblait un peu ; jamais elle ne tremblait lorsqu'elle rasait Nazim.

Avoir peur, Ayla, ce n'était pas son genre. Elle en avait vu d'autres lorsqu'elle avait fui la Turquie pour Paris avec son père, après le coup d'Etat du 12 septembre 1982. Son père à l'époque était l'un des principaux responsables du Demokratik Sol Parti, ils avaient échappé de peu aux militaires… Trente mille arrestations en quelques jours ! Presque toute sa famille s'était retrouvée derrière les barreaux.

Elle était arrivée à Paris sans bagages, sans amis, sans rien… Elle avait trente-huit ans, ne parlait quasiment pas le français, n'avait aucun diplôme.

Elle avait survécu ! On survit toujours, si on le veut vraiment.

Elle avait ouvert, boulevard Raspail, l'un des premiers kebabs de Paris. A l'époque, aucun Français n'avait envie de manger de la viande grillée, comme ça, à l'air libre, devant vous, au milieu des mouches et de la pollution de la ville. Elle servait les Turcs, les Grecs, les Libanais, les Yougoslaves… C'est ainsi qu'elle avait rencontré Nazim.

Il revenait tous les midis. Elle ne pouvait pas rater sa moustache ! Il avait mis près d'un an, trois cent six midis exactement, Ayla avait compté, avant de l'inviter à déjeuner… dans un restaurant turc, mais chic celui-là, rue d'Alésia. Depuis, ils ne s'étaient plus quittés, ou presque.

Mariés, pour la vie.

Ayla frissonna, malgré elle.

Plus quittés, ou presque.

Juste ces foutus séjours en Turquie, avec Grand-Duc, pour cette fichue histoire de gamine de riches morte dans un accident d'avion. Cette enquête privée de milliardaires. Elle attrapa trois kebabs enveloppés dans du papier d'aluminium brûlant et cria :

— Numéro onze ! Numéro douze ! Numéro treize !

Les clients levaient la main, comme à l'école, comme à la Sécu. Chacun leur ticket. Ayla n'avait pas quatre mains, elle ne pouvait pas aller plus vite. Elle jeta un sachet de frites surgelées dans l'huile bouillante.

Elle avait pourtant bien cru que c'était terminé, ces histoires. Avec son restaurant, enfin, si on pouvait appeler cela un restaurant, elle avait mis de l'argent de côté, petit à petit, midi après midi. Une belle petite somme, au bout du compte.

Elle n'avait plus l'âge, maintenant, de porter les sacs de viande, de se brûler les mains dans la friture. Elle rêvait de retourner en Turquie avec Nazim, retrouver sa famille, ses cousins. Elle en avait presque les moyens, elle avait fait et refait les comptes, elle avait repéré une petite maison à retaper, sur la côte, près d'Antioche, une affaire. Il faisait toujours beau, là-bas. Elle et Nazim avaient encore de longues années à vivre ! Les plus belles.

Qu'est-ce qu'il pouvait bien faire, cet âne ? Dans quel plan foireux s'était-il encore laissé entraîner par Grand-Duc ?

Trois nouveaux papiers aluminium. Elle les emballa comme des cadeaux d'argent.

Numéro quatorze. Numéro quinze. Numéro seize…

« Une dernière fois, lui avait dit Nazim. Une toute dernière fois ! » Il était à nouveau tout excité, lorsque Crédule l'avait appelé, deux jours auparavant. Nazim avait les yeux qui pétillaient, comme un gamin. Ayla l'aimait tant, quand il faisait ses yeux d'enfant. Il l'avait prise dans ses bras, soulevée comme une plume. Nazim était le seul à pouvoir le faire.

« On va être riches, Ayla. Juste une dernière affaire à régler et on va être riches ! »

Riches ? Ayla s'en fichait. Ils l'étaient déjà, presque assez pour la maison d'Antioche.

« Une dernière affaire ? Tu me promets ? »

Les mains d'Ayla tremblaient. Le couteau-tondeuse sur la viande déviait de sa course rectiligne, en faisait de la charpie, une bouillie immangeable....

Plus elle y songeait, plus tout ce qui se passait lui faisait peur. Ce silence. Cette absence soudaine de nouvelles. Même lorsqu'il partait en Turquie, Nazim appelait tous les jours. Et Crédule qui ne répondait pas non plus. Personne chez lui. Elle essayait d'appeler depuis deux jours. Oui, plus elle y pensait, moins elle arrivait à supporter les minutes qui défilaient. Elle ressentait comme un mauvais pressentiment. Sans ces derniers clients, elle aurait couru comme une folle, rue de la Butte-aux-Cailles, chez Grand-Duc. C'est ce qu'elle allait faire, dès qu'elle aurait fermé le kebab.

Numéro dix-sept. Numéro dix-huit...

Elle était consciente que son Nazim n'était pas un ange. Il lui avait même avoué des actes terribles, après toutes ces années, quand elle lui faisait l'amour, quand elle le laissait frotter sa moustache dans tous les replis de son corps, quand elle éclatait de rire, toute frissonnante parce qu'il chatouillait, de ses poils coquins, ses seins, ses cuisses, son sexe... Ensuite, quand il avait joui, il lui disait tout. Il ne pouvait pas s'en empêcher.

Il ne lui avait jamais rien caché. Elle connaissait les noms, les lieux, elle savait où Nazim cachait les preuves. Elle était son assurance-vie ! Une enquête de milliardaires… Mieux valait prendre ses précautions, lorsque l'argent tombe trop facilement, même pendant longtemps, il y a forcément un jour où l'on vous demande de rendre des comptes.

C'est aussi pour cela qu'elle voulait partir, à Antioche. Pour que Nazim laisse toutes ses histoires ici, à Paris.

Numéro dix-neuf.

Elle soupira. Non, Nazim n'était pas un enfant de chœur. Sans elle, il était incapable de faire les bons choix. De faire le tri. Entre le bien et le mal.

21

2 octobre 1998, 11 h 45

Le métro ralentit en arrivant à la station Place-d'Italie, crevant l'obscurité de mille étincelles artificielles. Marc attrapa le téléphone portable avec une fébrilité presque incontrôlable, le colla à son oreille.

« Marc, tu es incorrigible, je t'avais demandé de ne pas m'appeler, de ne pas chercher à me contacter, de ne pas chercher à me retrouver. Je te l'avais dit, j'ai pris une décision importante avant-hier. J'ai eu beaucoup de mal, j'ai hésité, mais je l'ai prise, seule. Tu ne comprendrais pas ce que je vais faire. Tu ne l'accepterais pas, plutôt. Je connais tes sentiments, Marc, tes bons sentiments. Ne le prends pas mal, au contraire, c'est un compliment de ma part, parler de "tes bons sentiments". Ton sens moral aussi. Ton dévouement. Je sais que tu serais prêt à tout accepter, à tout pardonner, si je te le demandais. Mais je ne veux pas te le demander. Je ne te mentais pas, dans ma lettre, Marc, quand je te parlais d'un voyage. Le grand départ est pour demain, le grand voyage sans retour. Nul ne peut l'arrêter maintenant… C'est comme ça. Prends soin de toi. Emilie. »

Marc se liquéfia en écoutant le message. Il faillit envoyer valser l'appareil au fond de la voiture. Le réseau ne passait que par intermittence sous terre. Une station sur deux, et encore.

Lylie l'avait appelé…

Pas de réseau ! Le comble ! Elle était tombée sur son répondeur !

Le téléphone glissait entre ses mains moites, comme un morceau de savon humide. Marc tremblait. Qu'avait voulu dire Lylie ?

« Le grand départ est pour demain… »

« Le grand voyage sans retour… »

« Nul ne peut l'arrêter maintenant… »

Et si ?

Marc avait du mal à envisager une telle hypothèse.

Aussi sombre, aussi macabre.

Pas Lylie !

Pourtant, plus il y pensait, plus ce qu'il devinait entre les lignes lui apparaissait clairement.

Le grand voyage sans retour…

Il en était sinistrement certain, maintenant.

L'avion miniature en jouet. La décision prise, le jour de ses dix-huit ans.

Tout concordait.

Lylie avait décidé d'en finir, avec ses doutes, ses obsessions, son passé.

Lylie avait décidé de mettre fin à ses jours.

Demain.

Lylie jeta dans la poubelle, près du lac, le kebab enveloppé dans du papier aluminium. Elle ne l'avait presque pas touché. Elle n'avait pas faim.

Elle marcha un peu, s'approchant de l'eau. Elle trouvait que le parc Montsouris, prétendument le plus grand de Paris, était surtout le plus sinistre. Au moins en octobre… Cette eau froide, morne et sale, ces arbres nus comme une armée de squelettes, cette vue imprenable sur l'avenue Reille et ses immeubles gris de toutes les hauteurs, comme une haie de béton mal taillée…

Les canards résidents avaient foutu le camp depuis longtemps, et les amants de pierre, immobiles, grelottant sur leur socle de marbre, donnaient l'impression de n'avoir qu'une envie : se rhabiller et mettre les bouts, eux aussi.

Lylie continua de longer l'allée du lac. C'est curieux, pensa-t-elle, comme les lieux peuvent se transformer selon votre humeur. Comme s'ils devinaient, d'instinct, ce que vous avez dans la tête et vous accompagnaient. Comme si les arbres avaient bien compris qu'elle allait mal, et se faisaient alors discrets, recroquevillés, perdant leurs feuilles par solidarité, par pitié pour elle. Comme si le soleil s'était caché lui aussi, par pudeur, honteux de briller sur un parc où errait une fille en larmes.

Lylie avait à nouveau coupé son téléphone. Quelques minutes auparavant, elle avait cédé, elle avait rappelé Marc, il lui avait laissé tant de messages, il devait être tellement inquiet, elle lui devait bien ça. Elle avait été soulagée, finalement, de tomber sur son répondeur. Elle n'avait pas eu à affronter ses questions. Comme si la plus moderne des technologies, ces ondes qui reliaient ces milliers de téléphones sans fil, avait elle aussi, d'instinct, perçu qu'elle ne la souhaitait pas vraiment, cette communication.

Lylie tourna vers l'allée de la Mire et se posa sur un banc. Des rires d'enfants, dans le petit parc de jeu, lui firent tourner la tête, malgré elle.

Deux enfants d'environ deux ans jouaient, sous la surveillance intermittente de leur mère, assise, les yeux fixés sur un livre de poche blanc et bleu.

Des jumelles. Les fillettes portaient le même pantalon écru, la même veste rouge boutonnée sur le devant, les mêmes Kickers aux pieds.

Impossible de les distinguer !

Pourtant, à chaque fois que leur mère relevait les yeux, elle lançait une recommandation précise : « Juliette, reste assise sur la balançoire », ou : « Anaïs, ne pousse pas ta sœur sur le tourniquet », « Juliette, prends ce toboggan dans le bon sens »...

Les fillettes allaient et venaient, passaient d'un jeu à l'autre, se donnaient la main, se séparaient, comme si elles en faisaient un jeu. Qui était qui ? Lylie suivait leur ballet des yeux comme on suit dans la rue les mains d'un joueur de bonneteau. A chaque fois, elle perdait, incapable au bout de quelques instants de deviner qui était Juliette, qui était Anaïs. Leur mère se contentait de relever la tête, un quart de seconde, et jamais ne se trompait : « Anaïs, ton lacet ! », « Juliette, viens là que je te mouche »...

Lylie, subjuguée, sentit une étrange émotion monter en elle, sans qu'elle puisse s'expliquer pourquoi.

Simplement en regardant ces fillettes semblables, identiques en tout point… Et pourtant, chacune d'entre elles savait qui elle était, Anaïs n'était pas Juliette, Juliette n'était pas Anaïs… Pas parce qu'elles se sentaient différentes. Non. Tout simplement parce que leur mère les distinguait, l'une de l'autre, connaissait leur prénom, sans jamais se tromper. Leur unique prénom.

Lylie resta à les regarder, longtemps. Enfin, la mère rangea son livre, se leva, appela :

— Juliette, sors de la cage à écureuils, Anaïs, descends de l'échelle de corde. On rentre, papa nous attend pour manger.

La mère posa doucement sa main sur son ventre arrondi. Elle était enceinte, de quelques mois.

Des jumeaux ?

Une autre petite fille ?

Lylie ferma les yeux. Elle voyait un bébé, un bébé de quelques mois, hurlant, seul au sommet du monde. Son cri se perdait dans l'immense forêt, dans l'ambiance ouatée de la neige qui tombait à gros flocons.

Lylie, bêtement, sans pouvoir se retenir, fondit en larmes.

22

2 octobre 1998, 11 h 48

Dugommier.

Daumesnil.

Toujours pas de réseau !

Marc restait sonné par le message de Lylie. Inquiet. Impuissant.

Quelle autre alternative avait-il que foncer en aveugle dans les entrailles de Paris, presque au hasard ? Et lire, encore, le cahier de Grand-Duc ?

Marc disposait encore de quelques minutes avant d'arriver à Nation.

Bel-Air.

Le métro freina, s'arrêta, vibra, s'élança, à nouveau. Aucun passager. Toujours aucun réseau !

Lire, lire encore.

Comprendre et retrouver Lylie.

A temps.

Léonce de Carville fut victime de sa première crise cardiaque pendant que j'étais en Turquie, le 23 mars 1982, seulement quelques jours avant qu'Unal Serkan ne dépose à mon hôtel la photographie de Lyse-Rose de Carville prise sur la plage de Ceyhan.

Aucun rapport, donc, entre les deux événements.

A vrai dire, l'infarctus de Léonce de Carville, je m'en fichais un peu. Je l'avais rencontré souvent, pour l'enquête. Je crois qu'il m'accordait autant d'importance qu'à un bibelot hors de prix que sa femme se serait offert. A vrai dire, je crois surtout qu'il ne supportait pas que sa femme ait pu prendre une telle initiative, m'engager, sans lui en parler. J'étais la preuve vivante de l'échec de sa stratégie de bulldozer. Il collaborait avec moi en traînant les pieds, en souriant, en me faisant parvenir les informations que je lui demandais par des secrétaires débordées. Vous comprenez pourquoi je n'ai pas fondu en larmes quand il est tombé raide sur la pelouse de la Roseraie. Après tout, c'était sa femme qui me faisait les chèques, pas lui !

D'accord, vous n'en avez rien à faire de mon cynisme. C'est la photo de la plage de Ceyhan qui vous intéresse ? Vous voulez connaître le fin mot de l'histoire ? OK, j'y viens, j'y viens…

Unal Serkan était une véritable anguille. Je l'avais joint plusieurs fois au téléphone, je lui avais déjà offert une fortune, deux cent cinquante mille livres turques, pour disposer de l'original de la photographie de la plage de Ceyhan, du négatif. L'affaire traînait déjà depuis une semaine. Je sentais bien que Serkan voulait gagner plus, voir jusqu'où pouvaient monter les enchères.

Le 7 avril, tôt le matin, il finit par me donner rendez-vous sur l'avenue Kennedy, au pied de Topkapi, face au Bosphore. C'était un petit type aux gestes brusques, avec un regard divergent, un œil louchant sur l'Europe et l'autre vers l'Asie. Nazim m'accompagnait pour traduire. Serkan voulait un acompte, cinquante mille livres, sans contrepartie, sinon, il vendait le cliché à quelqu'un d'autre.

A quelqu'un d'autre ? A qui ? Aux Vitral ? Il nous prenait pour des pigeons.

Je n'ai rien lâché, bien entendu. Sans le négatif, pas une livre turque. Lui non plus n'a rien concédé. On a failli en venir aux mains, là, juste devant la statue d'Atatürk. Nazim a dû nous séparer.

En rentrant à l'hôtel, j'avais un sentiment bizarre. Pas du tout comme si je venais de commettre une monumentale erreur, tout au contraire. Comme si je l'avais échappé belle. J'ai téléphoné en France pour qu'on m'envoie au plus vite tous les journaux, tous les magazines qui avaient publié des articles sur l'affaire du mont Terrible. J'ai tout reçu trois jours après, le 10 avril. Moins d'une heure plus tard, j'avais la réponse. L'espèce de vase bleu immonde sur ma table de nuit explosa contre le tapis vermeil pendu au mur de ma chambre.

Unal Serkan n'avait pas cherché bien loin ! Le *Paris Match* du 8 janvier 1981 avait publié une série de photographies de Lylie, dans son berceau, à la pouponnière de l'hôpital de Belfort-Montbéliard. Sur l'une d'elles, Lylie adoptait exactement la même pose que sur la photo de la plage, en Turquie, théoriquement prise un mois plus tôt. Penchée un peu sur le côté, souriante, la jambe droite repliée, le bras gauche sous sa tête ; une position identique, jusqu'à l'œil qui cligne et l'écartement des doigts.

La photo d'Unal Serkan était un faux, un faux grossier ! Le travail du faussaire n'avait pas été difficile, il avait simplement remplacé les draps du berceau par une serviette de plage de la même couleur et de la même texture. Pour le reste, une simple photo de sa copine avait dû faire l'affaire.

J'avais envie d'arracher tous les tapis aux murs de ma chambre, ces tapis turcs qu'on voulait nous vendre à chaque fois qu'on faisait un pas dehors dans cette putain de ville d'Istanbul. Nous vendre des tapis, ou de la viande grillée, ou toutes sortes d'objets, leur maison entière, posée en pièces détachées sur le trottoir, ou même vendre leurs gosses, leurs femmes, eux-mêmes, un bras, une jambe, un organe, un cœur… Putain de peuple d'épiciers !

J'ai tourné en rond deux heures dans la chambre. Je me suis calmé, progressivement ; je n'en voulais même plus à Unal Serkan, au final… C'était de bonne guerre, c'était bien joué, cela aurait pu marcher. Une arnaque à deux cent cinquante mille livres turques, pour un simple photomontage, je pouvais comprendre. Je ne l'ai jamais revu, cet Unal Serkan. J'avais d'autres urgences.

J'ai passé les semaines suivantes en Turquie à échafauder d'autres hypothèses. Au café Dez Anj, Nazim les trouvait toutes plus fumeuses les unes que les autres. Il avait raison. Le narguilé, sans doute. J'avais fini par y prendre goût, malgré moi, au trépidant rythme stambouliote. Narguilé, raki, et l'inévitable keyif, la pause thé servie sur un plateau d'argent, dans des gobelets de verre ouvragés qui vous brûlent le bout des doigts, entre deux questions folles.

— Nazim, et si Lyse-Rose n'était pas la fille d'Alexandre de Carville ?

— Et alors, soupira Nazim tout en soufflant sur son thé. Qu'est-ce que ça changerait, Crédoule ?

— Tout ! Imagine que, pour une raison ou une autre, Alexandre de Carville ne soit pas le père de Lyse-Rose… que Véronique ait eu un amant… Un amant aux yeux bleus… Ça inverserait les probabilités en termes de génétique, de couleur des pupilles, de toutes les ressemblances que l'on recherche… Tu ne crois pas ?

— Un amant, Crédoule ?

Nazim posa sur moi un regard brun coquin et amusé, celui qui devait faire craquer sa petite Ayla.

On prétend que pour les détectives privés, les affaires d'adultères, c'est la corvée, l'alimentaire, la lie du métier… Foutaises ! Si l'on veut être sincère, entrer par effraction dans la vie sexuelle des clients, cela reste l'un des bons côtés du métier…

Je n'eus aucun mal à découvrir qu'Alexandre de Carville n'était pas un modèle de vertu. C'est un euphémisme. Je m'en doutais un peu… Quand on a le pouvoir, le fric, la jeunesse, dans une ville où la pratique du harem est multimillénaire, avec une femme qui garde les enfants à cinq cents kilomètres de votre lieu de travail… J'ai réussi au fil du temps à mettre au jour une demi-douzaine d'aventures extra-conjugales du bel Alexandre. De façon étrange, les femmes ont tendance à avouer assez facilement leurs aventures avec un amant décédé… et plus encore quand la femme de l'amant est morte, elle aussi…

Bizarre, les sentiments.

Alexandre de Carville faisait dans le classique, la secrétaire sautée sur son bureau de verre au siège de l'entreprise à Istanbul, dans le quartier de Yenikapı ; j'ai vu les deux, le bureau de verre et la secrétaire. Elégants et froids. Il avait aussi retrouvé la jeunesse pendant trois mois avec une Stambouliote incendiaire, à peine majeure, qui se baladait dans le quartier de Galata avec une jupe au ras des fesses et le nombril à l'air, sous le regard inquisiteur des femmes voilées de noir. Elle le traînait de boîte en boîte. Je l'ai retrouvée, elle est mariée. Deux enfants. Pas encore le voile, mais plus de minijupe. Je passe sur les aventures de hammam, les danses du ventre, avec des quasi-professionnelles de l'amour, souvent accompagné de clients, d'ailleurs. D'après mes recherches, son amante la plus fidèle fut Pauline Colbert, une Française, genre working girl, célibataire, responsable des ventes chez Total, qui selon ses propres dires avait été la dernière à faire l'amour à Alexandre de Carville, le 22 décembre 1982, soit le jour même du départ de la famille dans l'Airbus 5403… Visiblement, avoir fait jouir, plusieurs fois, me précisa-t-elle, un type qui allait finir calciné dans un avion moins de vingt-quatre heures plus tard l'excitait terriblement, a posteriori. Elle m'avoua sans aucune pudeur qu'Alexandre était un super coup et qu'elle avait été jusqu'à lui tailler une pipe dans le sérail de Topkapı à la barbe des gardiens du palais. La fille avait un visage quelconque posé sur un corps assez bandant. J'ai même perçu qu'en insistant un peu elle aurait bien ajouté un détective privé à son tableau de chasse. Sur le coup, je ne me suis pas senti l'âme d'un faisan.

D'où une première question : Véronique de Carville était-elle au courant des frasques de son mari ?

Difficile de penser le contraire ! Une seconde question s'imposait alors, la principale : lui rendait-elle la pareille ? Je n'en ai trouvé aucune preuve. Tout semblait montrer que Véronique était passablement déprimée, vivant presque toujours seule, avec ses filles, Malvina, puis Lyse-Rose... Elle recevait peu, je vous l'ai dit... J'ai essayé de repérer dans son entourage des candidats au titre d'amant officiel et de père potentiel de Lyse-Rose. Il y avait bien le fils du jardinier, un gamin beau comme un Dieu qui bêchait torse nu sous les persiennes de Véronique, gentil, le genre à pouvoir faire fantasmer une Occidentale déprimée, lectrice troublée de *L'Amant de Lady Chatterley*, mais le gamin ne m'a rien avoué, et en plus il possédait une paire d'yeux noirs intenses qui ne m'arrangeait pas d'un point de vue génétique...

Je me suis concentré sur la recherche d'yeux bleus dans les parages de la villa des Carville à Ceyhan. Ils étaient rares. J'en ai trouvé trois, dont un possible, moyennement crédible, un bel Allemand à catogan qui louait des pédalos dans les environs. J'ai pris des photos du type, je guette depuis les ressemblances futures avec Lylie, au fil des années. Au jeu des sept ressemblances, rien d'évident pour l'instant. Tant mieux ! Je ne me voyais pas expliquer à Mathilde de Carville qu'elle m'avait payé une fortune toutes ces années pour que je lui apprenne qu'effectivement Lyse-Rose avait bien survécu au crash… mais n'était pas leur petite-fille, pas une de Carville, mais la fille d'un loueur de pédalos teuton !

Pendant ce temps-là, en France, le prix de la gourmette dans les petites annonces était passé à quarante-cinq mille francs et aucun poisson n'avait encore mordu, pas même un canular à la turque. Pas facile à falsifier, il faut bien le dire, une gourmette en or massif poinçonnée chez Tournaire…

Dans la série « ne négliger aucune piste », je continuais d'emmerder Nazim, entre deux bouffées et trois gorgées brûlantes :

— Nazim, et si le crash de l'Airbus 5403 n'était pas dû au hasard ?

C'était un midi, le café Dez Anj était bondé de Turcs encravatés sifflant leur raki pendant l'heure de la prière. Nazim sursauta, faillit renverser le plateau que le serveur apportait.

— Tu cherches quoi, là, Crédoule ?

— Eh bien… Quand on y repense, on n'a jamais complètement élucidé les causes de l'accident sur le mont Terrible. La tempête de neige, l'incompétence du pilote, tout cela a bon dos, tu ne trouves pas ? Pourquoi ne pas imaginer autre chose ?

— Je te fais confiance… Précise…

— Un attentat, par exemple. Un attentat terroriste !

La moustache de Nazim vibra.

— Contre qui ? Les Carville ?

— Pourquoi pas ? Un attentat visant leur famille, Alexandre, l'héritier unique… Mon raisonnement n'est pas complètement stupide. Alexandre travaillait sur un projet à haut risque, le pipeline Bakou-Tbilissi-Ceyhan, qui passe en plein milieu du Kurdistan. Alexandre négociait directement avec le gouvernement turc pendant que le PKK multipliait ses attentats sur tout le territoire…

Nazim éclata de rire.

— Les Kurdes ! Ben voyons ! Vous voyez des terroristes partout, vous, en Occident… Les Kurdes ! Une bande de paysans qui…

— Nazim, je suis sérieux. Le Parti des travailleurs du Kurdistan n'a pas apprécié, mais alors pas du tout, de voir l'or noir passer sous son nez sans s'arrêter sur son territoire. Ils devaient encore moins apprécier l'hypothèse d'une invasion du Kurdistan par les bulldozers de Carville, encadrés de chars de l'armée turque…

— D'accord, Crédoule, mais de là à aller faire sauter un Airbus avec le fils Carville à l'intérieur… D'ailleurs, au final, cela changerait quoi, un attentat contre les Carville ?

— Pourquoi pas une histoire d'espionnage tordue ? Lyse-Rose enlevée avant le départ de l'Airbus, ou des sosies qui prennent l'avion à la place des Carville, mis au courant du projet d'attentat…

Nazim explosa encore de rire, me donna une grande tape dans le dos et commanda deux autres rakis. Nous passâmes la nuit à regarder passer les bateaux sur la Corne d'Or et à parler à n'en plus finir de l'affaire. C'étaient de loin les plus beaux moments de cette enquête, quand j'y repense. Les premiers mois. En Turquie. Mes meilleurs souvenirs. Ensuite, à partir de l'été 1982, les séjours en Turquie se sont espacés.

Le 7 novembre 1982, j'étais pourtant encore en Turquie, depuis quinze jours. J'ai appris la nouvelle trois jours après, par Nazim. Mathilde de Carville n'avait même pas eu le tact de me prévenir. Pierre et Nicole Vitral avaient été victimes d'un accident, au Tréport, un peu avant l'aube, dans la nuit du samedi au dimanche. Pierre ne s'était jamais réveillé. Nicole luttait encore entre la vie et la mort.

L'hypothèse de l'accident, vue d'Istanbul, était difficile à croire.

Déformation professionnelle ou conviction intime ? Dans ma chambre de l'hôtel Askoc, j'ai eu brusquement la frousse, une frousse terrible, brutale. Pour la première fois, je me rendais compte que continuer de travailler sur cette affaire, pour les Carville, pendant des années de ma vie, c'était perdre ces années… ainsi que toutes celles qui me resteraient ensuite.

J'ai continué, pourtant.

2 octobre 1998, 11 h 52

Nation.

Marc leva les yeux. Son dos perlait de sueur.

C'est ici qu'il devait changer pour attraper le RER.

Marc se retrouva sur le quai, le cahier à la main, essoufflé, hagard. Il se déplaça vers le banc en face de lui, referma le cahier et ouvrit son sac. Sonné.

Le 7 novembre 1982…

Cette date était restée imprimée dans sa mémoire. Il l'avait si souvent lue pendant toutes ces années, gravée sur la tombe de son grand-père, parce qu'il n'avait rien d'autre à faire pendant que sa grand-mère pleurait. Elle se rendait tous les jours au cimetière. Les jours où il n'avait pas d'école, Marc suivait, poussant le landau où dormait Lylie. C'était loin, il fallait monter une très longue côte, Nicole toussait à n'en plus finir.

Le 7 novembre 1982…

Marc marcha un peu au hasard dans le couloir du métro, recherchant la ligne A parmi les directions qui s'entrecroisaient dans l'immense station. Petit à petit, il reprenait son souffle, réfléchissait. Le plan du RER défilait dans sa tête. Direction Vincennes, Noisy-le-Grand, Bussy-Saint-Georges…

Il ralentit le pas, il ne fallait pas qu'il aille trop vite, qu'il se laisse entraîner par la spirale des événements, le cahier de Grand-Duc et ses révélations, le meurtre du détective, la disparition de Lylie. L'accident de ses grands-parents.

L'air qui se glissait dans les longs couloirs glaçait son dos trempé.

Il n'était pas stupide, il ne devait pas ainsi se jeter dans la gueule du loup. Pas sans prendre ses précautions, en tout cas. Le plan du métro défila à nouveau dans sa tête. Marc esquissa un sourire. Oui, il était beaucoup plus intelligent de se diriger en sens inverse, direction La Défense. Une seule station de plus. Quelques minutes de perdues, à peine, suffisantes pour mettre à l'abri ce qu'il avait appris.

Moins de deux minutes plus tard, Marc se retrouvait dans la cohue de la gare de Lyon. Il se laissa porter par le tourbillon de voyageurs dans les couloirs interminables. D'immenses images défilaient, pour vanter les prochains films à l'affiche. *L'Homme qui murmurait à l'oreille des chevaux*, *Il faut sauver le soldat Ryan*...

Les derniers livres, les concerts.

Marc tourna à peine la tête.

Une affiche sombre annonçait *Charlélie Couture en concert au Bataclan*.

Ses pensées s'envolèrent vers Lylie.

> *Oh, libellule !*
> *Toi t'as les ailes fragiles,*
> *Moi, moi j'ai la carlingue froissée...*

Marc sortit son téléphone. Il captait du réseau, enfin. Il composa le numéro de Lylie.

Sept sonneries. Comme d'habitude.

Le répondeur.

— Lylie, attends, attends-moi. Ne fais pas de conneries ! Rappelle-moi. Je suis sur la piste. Je vais trouver.

Trouver quoi ?

Ne pas hésiter, avancer.

Marc arriva au départ des grandes lignes. Les TGV orange étaient alignés comme sur la ligne de départ d'un sprint de cinq cents kilomètres vers le sud. Les consignes se situaient un peu sur la droite, derrière le point presse. Marc ouvrit une lourde porte d'acier et enfonça son Eastpack à l'intérieur du cube gris. Il n'allait pas se rendre à la Roseraie, chez les Carville, avec dans les mains le cahier de Grand-Duc. C'était à Lylie que Grand-Duc l'avait confié, et pas aux grands-parents Carville, il y avait forcément une raison à cela. Il allait rencontrer les Carville, discuter, négocier. Ensuite, il aviserait...

Il fallait entrer un code. Cinq chiffres. Marc tapa sans réfléchir : *7 11 82*.

La consigne claqua dans un bruit sec. Marc souffla. Un kiosque vendait des sandwichs et des boissons, il fit la queue deux minutes et acheta un jambon-beurre et une bouteille d'eau.

Il avait pris la bonne décision. Se séparer, temporairement, de ce cahier, même s'il brûlait d'envie de lire la suite. La version de Grand-Duc. Sur l'accident du 7 novembre 1982.

Marc avait quatre ans à l'époque, juste de vagues souvenirs. Les mots du cahier de Grand-Duc étaient pourtant explicites.

« L'hypothèse de l'accident, vue d'Istanbul, était difficile à croire. Déformation professionnelle ou conviction intime ? »

Marc voulait savoir !

Tant pis.

Il fit brusquement demi-tour, retourna à la consigne, tapa le code.

7 11 82.

Marc fouilla avec nervosité le sac, sortit le cahier. Les pages défilèrent. Marc survolait les lignes.

C'était perdre ces années... ainsi que toutes celles qui me resteraient ensuite. Pourtant, j'ai continué.

C'était là.

Marc fit glisser quelques pages entre ses doigts, puis, d'un geste sec, les arracha au cahier. Cinq feuilles, celles qui suivaient la page où il avait arrêté sa lecture. L'accident de ses grands-parents, cette nuit-là, au Tréport, raconté par Grand-Duc.

Marc plia les feuillets en quatre, les glissa dans la poche arrière de son jean, referma la porte de la consigne, puis s'enfonça à nouveau dans le dédale des couloirs de la gare de Lyon.

23

2 octobre 1998, 11 h 55

Nicole Vitral marchait lentement sur le trottoir de la rue de la Barre. Arrivée au croisement de l'école Sévigné, elle s'arrêta et toussa. Une vilaine toux grasse. Il lui restait toute la rue de Montigny à monter, jusqu'au cimetière de Janval. Plus d'un kilomètre. Elle s'en fichait, elle prenait son temps. Depuis qu'elle était à la retraite, elle n'avait plus que ça à faire, ou presque, son pèlerinage quotidien sur la tombe de son mari, puis prendre le pain chez Ghislaine en redescendant, une viande tous les deux jours, et rentrer au Pollet. Ses jambes ne la portaient plus si bien qu'autrefois.

Nicole attaqua avec courage le bas de la rue de Montigny, la partie la plus abrupte. Juste après le tournant de la piscine, un camion de la mairie la doubla, puis se gara devant elle, à cheval sur le trottoir.

La face joviale de Sébastien, le conseiller municipal, apparut par la portière.

— On monte au gymnase, madame Vitral ! On vous dépose devant le cimetière en passant ?

Sébastien, à la mairie, faisait partie des petits jeunes, un quadra, comme ils disent maintenant, mais communiste quand même, et fier de l'être. Nicole Vitral l'avait vu grandir. Un type bien, militant, une tête de mule, mais une tête de mule bien posée sur les épaules. Malgré ce qu'en disait tout le monde à la télé, avec des gars comme ça, le Parti avait encore de beaux jours devant lui. Ils allaient la garder, la mairie de Dieppe, lors des prochaines municipales. Sûr !

Nicole Vitral ne se fit pas prier, elle monta à l'avant du camion. Sébastien était accompagné de Titi, un employé municipal, Nicole l'avait vu grandir, lui aussi. Il n'avait pas inventé l'eau chaude, ce qui aurait été rudement utile sur la plage de Dieppe, mais il n'avait pas son pareil pour entretenir les parterres de fleurs, et il contribuait largement à la prospérité des bars de la ville. Ça compte, à Dieppe, le petit commerce.

— Toujours en forme, à ce que je vois, madame Vitral !

— Pas tant que ça… Va falloir faire venir le bus au cimetière, Sébastien, pour toutes les vieilles veuves comme moi…

Le conseiller municipal sourit.

— Ouais… C'est une idée, ça. On va le mettre dans le programme ! Et Marc, ça va toujours, à Paris ?

— Oui, oui. Toujours…

Nicole ne put s'empêcher de basculer dans ses pensées, de se remémorer les derniers mots de Marc, sur son répondeur, ce matin, avant qu'elle sorte. Que lui dire ? Que lui répondre ? Bien entendu, elle savait où se trouvait Emilie, bien entendu, elle avait deviné l'acte irréparable qu'elle allait commettre. Pendant toutes ces années, elle avait tellement prié pour que cela n'arrive pas. Peine perdue. Saloperie de destin.

La voix stridente de Titi la sortit de sa torpeur. Il empestait déjà le calva.

— Ce Marco… Toujours à jouer les toutous devant son Emilie ? Maintenant, il revient même plus à Dieppe le dimanche pour jouer au rugby avec l'équipe… Remarquez, Nicole, même si c'est votre petit-fils, c'est pas une grosse perte, il avait plutôt les mains carrées. Les mains carrées, c'est pas facile, hein, avec un ballon ovale…

Titi explosa d'un rire gras.

— Ta gueule, Titi, coupa Sébastien.

— C'est pas grave, sourit Nicole.

Elle tourna la tête. A l'arrière du camion, des centaines de petites feuilles de papier étaient empilées dans des cartons.

— Toujours sur le pont, Sébastien ?

— Toujours ! Chirac a beau avoir dissous la droite avec l'Assemblée, le changement, hein, on l'attend toujours… Même avec des camarades dans le gouvernement !

— C'est quoi ?

— Des tracts pour sauver le port de commerce… Ils veulent faire sauter les lignes avec l'Afrique de l'Ouest, les dernières que Le Havre ou Anvers n'ont pas récupérées. Les bananes, les ananas… Vous voyez le genre. Si on perd le marché, que le port crève, je ne vous fais pas un dessin... On manifeste à Rouen, devant la préfecture, samedi prochain.

Titi donna un coup de coude dans les côtes de Nicole.

— Eh ouais, même si on perd les bananes et les ananas, on garde la pêche, pas vrai ?

Sébastien soupira. Nicole le regarda d'un air compréhensif.

— Tu m'en donneras, des tracts, si tu veux... Passe au Pollet en déposer un carton. Je te promets rien pour la manif, samedi, mais je te ferai le porte-à-porte dans la semaine. J'aime bien ça, et puis y a encore un peu de monde dans Dieppe qui me connaît. Qui m'écoute, même...

Titi sauta presque sur son siège.

— Ça c'est vrai, Nicole ! J'adorais vous regarder quand vous passiez à la télé, à l'époque. J'avais quinze ans. C'était trop quand vous cachiez tout le temps vos nénés et qu'on les voyait quand même !

Sébastien donna un brusque coup de volant, d'énervement.

— T'es trop con, Titi...

— Bah quoi ? fit Titi, étonné. Y a rien de mal. Nicole va quand même pas penser que je la drague, à son âge... C'est juste un compliment comme ça. Pour le plaisir.

Nicole posa doucement sa main sur le bras de Titi.

— Et en plus t'as raison, Titi, ça me fait plaisir.

Pendant le court moment de silence qui suivit, Nicole ne put s'empêcher de repenser à Emilie. Nicole aurait tant aimé être avec elle, à ses côtés. Sans chercher à la faire changer d'avis, non, simplement pour être là. Nicole n'ignorait pas qu'ensuite c'en serait fini de son innocence. Le goût de la mort poursuivrait Emilie, pour toujours. Le souvenir. Le remords.

Le camion pila.

— Terminus, dit Sébastien. Station cimetière. Je vous amène le carton de tracts ce soir ?

— Si tu veux, oui.

— Ça nous dépannera bien. Vraiment. Vous… vous devriez vous présenter sur notre liste…

— C'est Pierre. C'est Pierre qui devait le faire. C'était prévu. En 1983.

Sébastien se tut, gêné.

— Je me souviens, articula-t-il. Ça a été une sacrée perte… Putain. Quelle connerie ! Au fait…

Il hésita :

— Le… le camion, le Citroën, vous l'avez toujours ?

Nicole prit un sourire résigné :

— Oui. Il fallait bien continuer à bosser. Et puis il y avait Emilie et Marc.

— Les meilleures frites de la côte d'Albâtre, glissa Titi, vous pouvez me croire, Nicole, j'allais pas seulement au camion pour mater vos nichons !

Sébastien éclata de rire, malgré lui. Nicole afficha également un sourire nostalgique. Ses yeux bleus pétillaient encore.

— Il est toujours dans le jardin, le camion. Y a plus personne pour me demander de le déplacer pour jouer dans la cour, maintenant. Il rouille tranquillement dehors…

Nicole ouvrit la portière.

— Bon, je vous laisse travailler !

Titi l'aida à descendre. Ils la suivirent des yeux, quelques instants, sur le parking désert.

Nicole poussa la grille de fer, perdue à nouveau dans ses pensées.

Marc allait rappeler. Bientôt. Venir à Dieppe, peut-être. Qu'allait-elle lui dire ? Devait-elle laisser une chance à leur histoire impossible ? Emilie et Marc…

Elle devait prendre une décision. Parler ou se taire. Il y avait urgence, elle en était consciente, elle devait choisir avant ce soir.

Nicole referma derrière elle la porte du cimetière.

Elle allait demander conseil à Pierre. Pierre prenait toujours les justes décisions.

24

2 octobre 1998, 12 h 32

Un fragile rayon de soleil salua Marc lorsqu'il sortit du RER, station Val-d'Europe, place d'Ariane. C'était la première fois que Marc mettait les pieds dans la ville nouvelle, inaugurée quelques mois plus tôt. L'immense place ronde le stupéfia. Il s'attendait à découvrir une ville nouvelle moderne, high-tech, dans le style de Cergy ou Evry… Il se retrouvait au centre d'une place haussmannienne, copie conforme de celle des premiers arrondissements parisiens, sauf que la place n'avait pas cent ans, mais moins de cent jours ! Du neuf imitant du vieux. Plutôt bien, d'ailleurs.

Devant lui, au-dessus des gouttières et des gargouilles en toc, s'élevaient des grues. *Arlington Business Park*, indiquait un panneau. Les tours de verre inachevées du quartier d'affaires dépassaient déjà de plusieurs dizaines de mètres la vieille place de pacotille. Marc tourna la tête : au loin, derrière la rocade, il distinguait les sommets de Disneyland, le clocher du château de la Belle au bois dormant, les pierres rouges du train de la mine, le dôme de Space Mountain…

Une vision surréaliste !

C'est sans doute ce qu'avaient souhaité les urbanistes, pensa Marc.

Une bribe de conversation au Pollet, chez Nicole, lui revint en mémoire. C'était un soir, il y avait quelques mois de cela, après un reportage du journal télévisé sur la ville nouvelle orchestrée par le consortium Disney, à l'occasion de l'inauguration du centre commercial. Nicole avait pesté dans la cuisine :

« Déjà, je ne comprends pas qu'on puisse emmener des gamins chez Disney pour enrichir ce rat capitaliste de Mickey ! Mais si maintenant, en plus, on leur file des terrains pour construire des villes chez nous ! »

Lylie débarrassait la table. Comme toujours, elle en connaissait plus qu'eux.

« C'est aussi une utopie, mamy. Sais-tu que Walt Disney lui-même avait rêvé en Floride d'une ville idéale, Celebration, sans voitures, sans ségrégation, sous un dôme pour contrôler le climat ? Mais il est mort avant et le projet a été dénaturé par ses héritiers… Val-d'Europe est la seconde ville au monde construite par Disney. La seule en Europe, la plus jeune ville de France, vingt mille habitants…

— Tu parles d'une utopie ! avait commenté Nicole. Des pavillons à trois millions ! Un golf. Des écoles privées… »

Lylie n'avait rien répondu. Marc se doutait qu'elle aurait aimé argumenter sur le concept de la ville, l'urbanisme, les espaces verts, les défis architecturaux, la gestion douce des déplacements dans la commune. Mais Lylie s'était tue, comme toujours. Elle avait souri en saisissant un torchon pour aider Nicole. Elle s'était contentée d'en reparler à Marc, le soir, brièvement. Tous savaient que les Carville habitaient Coupvray, l'un des jolis petits villages voisins du Val-de-Marne, dont la tradition si française avait parfaitement été intégrée dans le projet américain de Val-d'Europe, faisant plus encore flamber les prix de l'immobilier. Tradition et modernité.

Marc marchait. Le quartier avait été pensé pour les piétons, rien à redire sur ce plan-là. Coupvray était à peine à deux kilomètres. Il parvint place de Toscane. Il sourit à la vision de la fontaine sculptée, des terrasses et des cafés couleur terre de Sienne. Il n'était jamais allé en Italie, mais c'était bien ainsi qu'il s'imaginait une place florentine ou romaine idéale, même en plein hiver. Pour un peu, il se serait attendu à apercevoir la Belle et le Clochard occupés à déguster des spaghettis à une table. Il continua d'avancer d'un bon pas. Même si la ville avait été pensée pour les piétons, ils étaient plutôt rares. Marc traversait à présent le quartier du golf. La mode était ici aux cottages anglais. Bow-windows, bois verts et pourpres, fers forgés. Marc avait le sentiment d'avoir traversé une Europe de carte postale en moins de deux kilomètres.

Des petits pavillons plus classiques, quoique cossus, lui indiquèrent qu'il approchait de Coupvray. Il observa une série de panneaux plus familiers :

mairie, école, salle des fêtes, bibliothèque, musée de la maison natale de Louis Braille. Jennifer lui avait fourni l'adresse des Carville, chemin des Chauds-Soleils, une impasse en bordure de la commune, au milieu du bois de Coupvray. Coupvray s'était développée dans un méandre de la Marne, enserrée au sein d'un écrin de forêts préservées. Le canal de Meaux à Chalifert formait une sorte de frontière pour la commune, traçant une ligne droite pour raccourcir le cours de la Marne. Il ajoutait un pittoresque supplémentaire à ce coin de paradis bucolique, à quelques kilomètres de la capitale. Trois pêcheurs étaient assis sur le muret de pierre surplombant le canal. *Ecluse de Lesches*, lut Marc sur un panneau brun. Il ne résista pas plus longtemps. L'endroit lui sembla idéal pour faire une pause, s'asseoir, sortir de la poche de son jean les cinq pages arrachées au cahier de Grand-Duc.

Marc n'avait pas eu le courage de les lire dans le RER bruyant, au contact d'inconnus lorgnant par-dessus ses épaules.

Pas cette partie de l'histoire. La sienne.

Il avait retardé l'échéance. Il vérifia son téléphone. Aucun message de sa grand-mère. Aucun message de Lylie.

Il n'avait plus d'excuses. Il déplia les cinq feuilles.

Journal de Crédule Grand-Duc

Ce dimanche-là, le 7 novembre 1982, j'avais passé le week-end à Antalya, sur la Méditerranée, la Riviera turque, trois cents jours de soleil par an, chez un haut fonctionnaire du ministère de l'Intérieur turc qui me recevait dans sa résidence secondaire ; des semaines que je lui courais après, je voulais encore vérifier si personne n'avait rien vu dans l'aéroport Atatürk d'Istanbul, le 22 décembre. On ne sait jamais, une caméra de surveillance, un incident quelconque ; l'aéroport était truffé de militaires, à l'époque, l'un d'eux avait pu remarquer quelque chose, je cherchais à faire passer un bref questionnaire dans les casernes, et bien entendu on me prenait pour un dingue. De guerre lasse, le haut fonctionnaire en question avait fini par m'inviter, un week-end où il recevait chez lui tout le gratin de la sécurité nationale turque. Pour une fois Nazim n'était pas là, Ayla avait insisté pour qu'il rentre, elle était tombée malade, je crois me souvenir... Ça ne m'arrangeait pas, au contraire, j'avais galéré tout le week-end sans interprète à expliquer ce que je voulais, surtout que les autres étaient là pour se la couler douce au soleil avec leurs femmes... Pas convaincus du tout du caractère prioritaire de mes demandes. Moi non plus, d'ailleurs. De moins en moins.

J'ai appris l'accident du Tréport trois jours plus tard, à l'hôtel Askoc. C'est Nazim qui m'avait prévenu. Depuis, j'ai beaucoup discuté avec Nicole Vitral. Elle m'a expliqué tous les détails. Ce week-end de novembre 1982, comme tous les ans, les trois villes sœurs normandes et picardes, Le Tréport, Eu et Mers-les-Bains, organisaient leur fête de la mer, une sorte de carnaval de Dunkerque en plus timide, version normande. Moules-frites à volonté, promenades en bateau, défilés dans la rue… Un monde fou, sorti d'on ne sait où… Pierre et Nicole Vitral participaient à la fête du Tréport tous les ans, tout comme ils essayaient de suivre toutes les autres manifestations des ports de la Manche, de Dunkerque au Havre. En dehors de l'été, c'était surtout grâce à ces week-ends festifs qu'ils parvenaient à joindre les deux bouts. Ils confiaient Marc et Emilie aux voisins et partaient pour une nuit avec le Citroën de type H orange et rouge. Ils garaient le camion dans les endroits stratégiques, le plus près possible de la mer, ouvraient le comptoir, la bâche coupe-vent si besoin, et commençaient moins d'une heure après à servir frites, crêpes, gaufres et autres chichis… Généralement, ils travaillaient jusque tard dans la nuit… Malgré le climat, les fêtes dans le Nord se terminaient souvent à l'aube. Pour ne pas perdre de temps et d'argent, Pierre et Nicole refermaient alors le camion, étalaient un matelas entre le four à gaz et les frigos, il y avait juste la place, et dormaient là, quelques heures, avant de reprendre le service le dimanche. C'était spartiate, mais en un week-end ils gagnaient davantage qu'en dix jours habituels.

Le dimanche 7 novembre 1982, Pierre et Nicole Vitral refermèrent le camion vers trois heures du matin. Ils ne le rouvrirent jamais. C'est un type qui promenait son chien sur la digue du Tréport qui donna l'alerte. L'odeur de gaz se sentait jusqu'en dehors du camion, malgré les embruns. Enfin, l'odeur du mercaptan plutôt, le produit à base de soufre qu'on ajoute au butane, car cette saloperie de gaz naturel est inodore et incolore. Les pompiers firent sauter la porte du camion par l'arrière d'un coup de hache et découvrirent les deux corps inanimés. Le butane s'était échappé depuis cinq heures au moins, dans un espace confiné de neuf mètres carrés. Pierre Vitral ne respirait plus. Les pompiers n'essayèrent même pas de le ranimer, ils savaient reconnaître les symptômes de la mort. Nicole Vitral vivait encore. Elle fut transportée d'urgence à Abbeville. Les médecins n'annoncèrent qu'elle était définitivement sauvée que quinze heures plus tard, les poumons rongés pour le restant de ses jours.

L'enquête ne traîna pas. L'un des tuyaux de gaz des quatre fours était percé. L'accident était aussi stupide que prévisible. Les assurances furent fidèles à leur réputation de profonde humanité : dormir dans le camion, coincés entre les bouteilles de butane et les fours encore chauds, était selon elles pure folie ; l'installation était vétuste, certes autorisée par les services sanitaires, mais les experts dénichèrent d'autres vices... Bref, les assurances n'eurent aucun mal à trouver toutes les excuses pour ne rien rembourser à Nicole Vitral.

Il ne lui restait que le camion... Un tuyau de plastique et une porte arrière à changer... Et deux gosses à élever.

C'est peut-être cela qui m'a rapproché des Vitral. La pitié. Oui, on peut appeler ça ainsi. La pitié. Il n'y a pas de honte à cela.

La pitié. Et le soupçon, aussi.

Lorsque Nazim m'appela pour me raconter ce qui s'était passé au Tréport, ma première réaction fut de ne pas croire à la thèse de l'accident. D'accord, le destin est comme les gamins dans la cour de récré, il s'acharne sur les plus faibles. Mais il y a des limites ! Dans les semaines qui ont suivi, j'ai rencontré les avocats des Carville, certains, pas spécialement fiers, ont craché le morceau. Avant son second infarctus, Léonce de Carville avait fait plancher ses avocats sur une question purement technique : « Et si les époux Vitral venaient à disparaître, que se passerait-il ? La petite Lylie restait-elle une Vitral que l'on placerait dans un foyer, ou un recours était-il possible ? Dans ce contexte nouveau, quelles étaient les chances que la petite soit confiée aux Carville ? »

La question était aussi morbide qu'épineuse. Les avocats n'étaient pas franchement d'accord entre eux, mais l'idée générale était que si les Vitral venaient à disparaître, et si la petite Lylie avait moins de deux ans, un nouveau jugement était possible. « Simple hypothèse technique », précisaient-ils, mais on pourrait jouer à la fois sur le doute concernant l'identité et sur l'intérêt supérieur de l'enfant… Quitte à chercher une famille d'accueil à la jeune orpheline, autant la rendre aux Carville !

Je vous livre ça en vrac. Faites-en ce que vous voulez.

Si Mathilde de Carville était assez folle pour engager un détective privé pendant dix-huit ans, son mari, moins patient, pouvait bien avoir eu l'idée, de son côté, d'engager un tueur. Percer un tuyau de gaz dans un camion qui ne ferme qu'à moitié devait être à la portée du moindre type sans scrupules. Je n'ai jamais cru que Mathilde de Carville ait pu être au courant, encore moins avoir manigancé une telle entreprise. Rien que sa religion devait le lui interdire. Léonce de Carville, par contre, en était tout à fait capable. La seconde crise cardiaque le brisa, vingt-trois jours plus tard. On pourrait y voir un rapport de cause à effet. Nicole Vitral avait survécu. Peut-être avait-il sur la conscience la mort de Pierre Vitral. Pour rien. Lyse-Rose était définitivement morte…

Voilà, vous en savez autant que moi. Le légume qu'est devenu Léonce de Carville conservera pour toujours son secret.

Le doute doit-il lui bénéficier ?

Sacrée question !

2 octobre 1998, 12 h 40

Marc regarda le fragile soleil d'automne se laisser à nouveau cerner par des nuages en bandes bien organisées.

Le doute…

Il n'avait que quatre ans au moment de l'accident, Marc ne se souvenait de presque rien, si ce n'est de l'infinie tristesse des grandes personnes autour de lui ; et lui qui n'avait qu'un seul but, qu'un seul réflexe, protéger Lylie, lui serrer très fort la main, ne pas la quitter, ne pas la laisser.

Sa grand-mère ne lui avait jamais donné beaucoup de précisions. Il comprenait. On ne reparle pas de ces choses-là. L'exposé de Grand-Duc était beaucoup plus clair que toutes les bribes d'informations qu'il avait pu glaner au fil des années.

Marc observa les trois pêcheurs en face de lui, plutôt jeunes, immobiles, presque endormis. Quel intérêt pouvaient-ils trouver à attendre des heures un poisson qui ne mord jamais ? Peut-être simplement attendaient-ils la fin du monde, dans ce coin de paradis.

Le doute…

Ce coin de paradis où résidait le diable ?

Marc cherchait à puiser au plus profond de sa mémoire. Sans percevoir exactement pourquoi, le récit de Grand-Duc avait déclenché en lui comme une alerte. Un détail troublant, une anomalie…

Quelque chose ne collait pas !

Marc essaya de se concentrer davantage, mais il était de plus en plus persuadé que ce détail était inscrit dans sa mémoire mécanique, quelque chose qu'il avait appris par cœur, qu'il connaissait, mais qui ne reviendrait que s'il tenait un bout du fil, un point de départ, un mot.

Il chercha encore, sans succès. Il était simplement certain que ce détail était sagement rangé, dans sa chambre, dans ses affaires, rue Pocholle, au Pollet, à Dieppe. Qu'en fouillant il trouverait…

Etait-ce urgent ? Quel rapport avec le reste ? Le grand voyage sans retour de Lylie.

Dieppe n'était qu'à deux heures de train… Il fallait aussi qu'il parle à Nicole.

Cela attendrait.

De sa main fébrile, il tourna la feuille déchirée et lut la dernière page.

25

Journal de Crédule Grand-Duc

Un mois après le drame du Tréport, Nicole Vitral servait à nouveau les clients dans sa friterie ambulante. Elle n'avait pas le choix. Beaucoup trouvèrent curieux, morbide même, qu'elle continue de travailler dans ce cercueil sur roues, dans ce piège de tôle et de gaz qui avait emporté son mari, endormi définitivement sur ce plancher qu'elle continuait à fouler toute la journée.

Nicole répondait, avec le sourire : « On continue bien de vivre dans les maisons où nos proches se sont éteints. On continue de dormir dans les mêmes lits, on déjeune dans les assiettes où ils mangeaient, dans les verres où ils buvaient… les objets ne sont pas responsables. Le camion pas plus qu'un autre. »

J'ai compris des années plus tard qu'au fond d'elle Nicole aimait ce travail, servir les clients dans le Citroën de type H, sur le front de mer de Dieppe, comme elle l'avait fait pendant des années avec Pierre, même si la fumée de la friture et le mélange d'odeurs dans l'espace confiné lui déchiraient toujours plus les poumons, la faisant tousser à n'en plus finir. Pierre s'était endormi dans ce camion, il n'en était jamais vraiment sorti, et Nicole, désormais seule, l'était moins dans son magasin ambulant que n'importe où ailleurs. A l'exception du cimetière de Janval, peut-être.

Je me suis rapproché de Nicole, de ses petits-enfants, à peu près à ce moment-là, vers le milieu de l'année 1983. Je l'ai rencontrée pour la première fois en avril, un matin, Marc était à l'école et Lylie dormait.

Nicole me barra le pas de sa porte. Je commençai timidement :

— Crédule Grand-Duc. Détective privé, je... j'enquête sur...

— Je sais qui vous êtes, monsieur Grand-Duc, des mois que vous fouillez dans le coin... Les nouvelles vont vite par ici, vous savez...

— Hum... Bien... Au moins, nous allons gagner du temps... Mathilde de Carville m'a engagé pour reprendre de zéro toute l'enquête, toute l'affaire du crash du mont Terrible...

— J'espère au moins qu'elle vous paie bien pour ça...

— Il n'y a pas à se plaindre, c'est plutôt confortable...

— Combien ?

Les yeux de Nicole Vitral vibraient. Elle jouait au chat et à la souris avec moi. Pourquoi mentir ?

— Cent mille francs. Par an.

— Vous auriez pu obtenir plus, beaucoup plus…

Nicole Vitral portait un pull assez fin, gris-bleu, très échancré. Le col en « V » descendait dans sa gorge. J'étais terriblement troublé. Elle continua, sans bouger d'un pouce :

— Et qu'est-ce que vous attendez de moi ?

— Pouvoir approcher Lylie, l'observer, lui parler. La regarder grandir…

— Rien que ça…

Je sentais bien que les négociations seraient longues. Je ne savais plus où poser mes yeux, dans l'éclat des siens ou sur sa poitrine. Nicole Vitral tira machinalement son pull vers le haut.

— Voyez-vous, je n'ai rien à cacher. Contrairement à ce que vous devez penser, moi aussi, connaître la vérité m'intéresse… Vous avez trouvé quelque chose ?

J'hésitai. Reprenais-je l'avantage ? Pas pour longtemps, le pull retombait déjà.

— J'ai suivi beaucoup de pistes, des impasses pour la plupart, mais j'ai aussi découvert quelques détails troublants…

Nicole Vitral sembla hésiter. Ses yeux embrassèrent la rue Pocholle.

— Mathilde de Carville vous a fait signer quelque chose comme une clause de confidentialité ? D'exclusivité des résultats ?

— Rien de tout ça. Elle me paie juste pour découvrir une preuve.

— Une preuve ? Rien que cela. Je n'ai pas les moyens de payer… mais Mathilde de Carville sait être généreuse pour deux.

Elle sourit et remonta à nouveau son pull.

— Donnant-donnant ? Entrez prendre un café, vous allez me raconter tout ça en attendant que Lylie se réveille.

Nicole Vitral m'avait fait confiance. Allez comprendre pourquoi !

Je n'ignorais pas que je jouais un jeu dangereux : si jamais je découvrais quelque chose, ma position entre les deux veuves, ou presque, ne serait pas facile à tenir, même si je parvenais à rester neutre… Et c'était de moins en moins le cas ! Entre la simplicité de la famille Vitral et le dédain des Carville, il n'y avait pas photo. Léonce de Carville avait de l'eau à la place des muscles, Malvina de la vapeur à la place du cerveau et Mathilde un glaçon à la place du cœur. J'étais leur salarié, leur chien dévoué, mais, sans conteste, ma sympathie allait aux Vitral.

Marc et Lylie étaient des gosses adorables. J'avais pris l'habitude de venir les voir assez souvent, au moins à chaque anniversaire de Lylie. Je me rendais parfois à Dieppe avec Nazim. Il leur faisait peur avec sa grosse moustache, mais, surtout, Nicole me fascinait par son énergie, son humour, son obstination à élever elle-même Marc et Lylie. Elle avait tenu bon, elle n'avait pas touché à un centime de la cagnotte de Lylie sur son compte en banque, la fortune versée par Mathilde de Carville.

Nicole était déterminée et fidèle. Un petit bout de femme incroyable. Les mois, les années passèrent ainsi.

Moi aussi, j'étais fidèle à mon pèlerinage. Il est temps d'en parler. C'est important, vous n'imaginez pas encore à quel point. Tous les ans, aux alentours du 22 décembre, je retournais sur le mont Terrible. Je dormais dans un gîte proche, à Clairbief, au bord du Doubs, et je passais du temps là-haut, sur le lieu même du crash. Je restais chaque année au moins quelques heures, à marcher, penser, relire des notes que j'avais prises.

Comme si le lieu allait finir par me livrer son secret…

J'y allais toujours seul, sans Nazim.

Je connaissais désormais chaque chemin, chaque pierre, chaque sapin. Je sentais qu'il fallait que j'apprivoise ce coin de montagne sauvage, qu'il fallait que je prenne le temps de l'écouter, au-delà du traumatisme. Comme avec les Vitral, finalement.

Vous n'allez sans doute pas me croire. Mais cela a fonctionné ! La montagne m'a fait confiance. Trois ans après, exactement. Trois pèlerinages plus tard, en décembre 1986. Elle m'a révélé son secret, son secret de loin le plus troublant en dix-huit ans d'enquête.

Ce 22 décembre 1986, un orage aussi violent que soudain m'avait surpris, en fin d'après-midi, tout en haut du mont. Pour redescendre, il m'aurait fallu marcher au moins deux heures sous la pluie et les éclairs. J'ai cherché à trouver un refuge, n'importe quoi, au hasard. Les arbres replantés sur le site du crash étaient bien incapables de me protéger.

J'ai marché en aveugle, pendant un ou deux kilomètres. Jusqu'à me retrouver nez à nez avec la plus incroyable des découvertes. J'étais trempé. Tout d'abord j'ai cru à un mauvais rêve, une sorte d'hallucination. Je continuai à progresser dans la boue, l'image de plus en plus nette, bien réelle devant moi.

La pluie drue ne comptait plus. Mon cœur battait à se rompre. J'avançai hagard jusqu'à la

⁂

Marc pesta de dépit.

La feuille arrachée s'achevait sur cette dernière ligne.

J'avançai hagard jusqu'à la

Il donna un coup de pied énervé dans les graviers devant lui. Les pêcheurs levèrent la tête, surpris, le regard réprobateur. La suite de la phrase se trouvait sur la page suivante du cahier, à une heure de RER, dans le coffre blindé d'une consigne de la gare de Lyon dont lui seul connaissait le code.

Marc fourra les feuilles dans sa poche et se leva, furieux contre lui-même, furieux contre le style alambiqué de Grand-Duc qui ne pouvait pas écrire les choses simplement et qui prenait un malin plaisir à raconter son enquête comme on structure un roman policier…

Il franchit le canal par un petit pont. Les rues de Coupvray étaient calmes. Dans l'ombre de Disney City, le charmant village avait quelque chose d'artificiel, comme si lui aussi était bâti en carton-pâte. Un décor. Le chemin des Chauds-Soleils était la première rue à droite, en arrivant dans le village. Un chemin plus qu'une rue, assurément, sombre, s'enfonçant dans la forêt. Marc s'avança avec méfiance. Qui étaient les Carville, au fond ? Des victimes du destin, comme lui ? La véritable famille de Lylie, comme il l'espérait ? Mais aussi les commanditaires du meurtre de son grand-père ?

Ennemis ? Alliés ? Les deux à la fois ?

Marc se força à respirer lentement.

Il ne fallait pas qu'il hésite. La crise d'agoraphobie pouvait survenir à n'importe quel moment, pourquoi pas ici, dans ce silence, sous cette verdure…

Quelques voitures étaient garées dans l'impasse, plutôt haut de gamme. Mercedes. Saab. Audi. Des grosses cylindrées, à l'exception d'un modèle plus petit. Une Rover Mini. Bleue. Marc s'immobilisa, comme si une alerte s'était brusquement déclenchée en lui.

Il avait déjà croisé cette voiture, il n'y avait pas si longtemps !

Où ?

Il ne devait pas être très difficile de s'en souvenir, Marc avait passé presque toute la journée sous terre dans le métro. La seule fois qu'il avait mis le nez dehors, c'était ici, à Coupvray, et…

Chez Grand-Duc !

Une main se posa sur son épaule.

Un tube métallique s'enfonça dans le bas de son dos. Une arme à feu, sans aucun doute.

Une voix, stridente, ajouta encore un peu à l'horreur du moment :

— Tu cherches quelque chose, connard ?

26

2 octobre 1998, 12 h 50

Curieusement, Marc ne ressentait aucun symptôme de crise. Ni essoufflement ni palpitations. Il percevait simplement que son pouls s'accélérait.

Ne pas paniquer.

Se retourner.

Le chemin des Chauds-Soleils était désespérément désert. Les hauts arbres des propriétés projetaient leur ombre mouvante sur le gravier gris clair. Marc fit très lentement volte-face et leva ostensiblement les mains pour bien montrer qu'il n'avait aucune intention de résistance.

— Joue pas au plus malin, Vitral.

Marc plissa les yeux. Devant lui se tenait une gamine d'environ un mètre cinquante, quarante kilos maximum, habillée comme si elle sortait d'un pensionnat de jeunes filles… Sauf que la gamine avait le visage d'une fille de trente ans.

Malvina de Carville !

Marc ne l'avait jamais rencontrée, ni même vue en photographie, mais ce ne pouvait être qu'elle. Elle le tenait en joue, agrippée à son revolver, une étrange fureur dans les yeux. Le cerveau de Marc cherchait à analyser à toute vitesse les éléments qui se succédaient. La Rover Mini bleue, garée à quelques mètres dans le chemin des Chauds-Soleils, et rue de la Butte-aux-Cailles une heure plus tôt, était donc la voiture de Malvina de Carville. Cette fille se trouvait chez Grand-Duc, il y avait de cela quelques heures… Avec un revolver.

C'était elle qui avait abattu Crédule Grand-Duc. C'était son tour, maintenant.

Malvina le dévisageait, le scrutait de la tête aux pieds.

— Qu'est-ce que tu viens foutre là, Vitral ?

Il y avait dans l'intonation de Malvina quelque chose de presque comique, comme le cri aigu d'un roquet inoffensif qui aboie derrière le grillage d'un pavillon. Marc ne devait pas s'y fier, il en était conscient. Cette fille était capable de tout, comme vous mettre une balle entre les deux yeux en éclatant de rire. Pourtant, malgré toute logique, Marc n'arrivait pas à prendre au sérieux ce petit bout de femme démodé. Etrangement, il ne sentait toujours pas monter en lui le moindre symptôme d'agoraphobie, de peur, de panique.

— Bouge pas, Vitral. Bouge pas, je te dis.

Marc avança d'un demi-mètre, sans baisser les bras, esquissa un sourire.

— Arrête de me regarder comme ça ! cria Malvina en reculant. Tu m'impressionnes pas avec tes grands airs. Je connais tout sur toi. Je sais même que tu couches avec ta sœur… C'est pas dégueulasse, ça, baiser sa sœur ?

Marc ne put s'empêcher de sourire, une nouvelle fois. Ces insultes sonnaient faux dans la bouche de Malvina, comme les jurons des gamins du centre aéré de Dieppe qu'il laissait glisser sur lui, des mots trop gros pour des gamins de huit ans, dissimulant mal une timidité combattue par l'excès.

— Si je me place de ton point de vue, je coucherais plutôt avec la tienne…

Malvina fut surprise de la repartie. Son esprit semblait fonctionner comme un ordinateur auquel il manque de la mémoire vive. Enfin, elle trouva la réponse :

— Tu as raison, c'est ma sœur que tu baises, parce qu'elle est trop belle, trop belle pour être une crasseuse de Vitral. Mais Lyse-Rose n'aura pas longtemps besoin d'un pouilleux comme toi, maintenant qu'elle a dix-huit ans…

Les invectives de Malvina continuaient de glisser sur Marc sans l'atteindre. Trop caricaturales sans doute. Irréelles. Il n'avait même pas envie de se défendre, de lui répondre que non, il ne baisait pas avec Lylie. Marc commença à marcher dans l'allée sans davantage se soucier de Malvina, se forçant à ne laisser paraître aucune hésitation. La fille pointa plus fermement son Mauser.

— Bouge pas, je te dis.

Marc continua d'avancer, sans se retourner.

— Désolé, je ne suis pas venu pour toi. Je dois voir ta grand-mère. Tu m'excuses. C'est bien cette maison, la Roseraie ?

— T'avances encore, je te bute. T'as pas compris ?

Marc fit comme s'il n'avait pas entendu, continuant de tourner le dos à Malvina. Faisait-il le bon choix ? Devait-il se fier à son instinct, cette absence de symptôme de crise ? N'allait-il pas se retrouver, comme Grand-Duc, abattu par cette folle ? Une balle dans le cœur. Des gouttes de sueur commençaient à perler dans le bas de son dos. Il se posta devant l'immense portail de la Roseraie.

— Tu fais quoi, là ? Je vais te buter, je te dis !

Malvina trottina comme une gamine excitée dans un square et se planta devant Marc, continuant de braquer le Mauser sur lui. Une nouvelle fois, elle observa Marc avec attention, de la tête aux pieds.

— Tu cherches quelque chose ? fit Marc en essayant de doser l'ironie de son intonation.

— T'es venu comme ça, sans sac ? T'es sûr que t'as rien de planqué sur toi ? Sous ton blouson ?

— Tu veux que je me déshabille, là, devant toi ? C'est ça ?

— Garde les mains en l'air, je te dis !

— Tu veux le faire toi-même ? Me fouiller avec tes petites mains ?

Malvina hésitait. Marc se demanda s'il n'était pas allé trop loin. La fille semblait à bout de nerfs, son doigt se raidissait sur la détente du Mauser ; un doigt qui portait une bague d'argent, ornée d'une magnifique pierre marron translucide, la couleur de ses yeux, en plus lumineux. Malvina continuait de détailler son anatomie. Sans aucun doute, elle recherchait le cahier de Grand-Duc, il avait été bien inspiré de prendre ses précautions.

Il se força à enfoncer le clou :

— Désolé, Malvina, je préfère ta petite sœur.

Il avança sans attendre la réaction de Malvina et appuya sur l'interphone, le doigt tremblant, désormais incapable d'observer ce que faisait cette folle dans son dos.

— Connard, je vais te…

Une voix féminine dans l'interphone interrompit Malvina :

— Oui ?

— Marc Vitral. Je suis venu pour parler à Mathilde de Carville.

— Entrez.

Le portail s'ouvrit. Malvina hésita, maintenant comme embarrassée avec son arme. Elle la pointa sur Marc.

— T'as compris ? Alors, qu'est-ce que t'attends ? Entre, on te dit !

Marc était prévenu, il se doutait qu'il allait pénétrer dans une propriété somptueuse, l'une des plus fastueuses de ce quartier de nantis, mais il fut tout de même impressionné par l'immensité du parc arboré, la variété des essences, même en automne, les parterres de fleurs, les rosiers impeccablement taillés. Sur quelle surface le domaine pouvait-il s'étendre ? Dix mille mètres carrés ? Quinze mille ? Il avança dans l'allée de gravillons roses, toujours flanqué de son garde du corps d'un mètre cinquante.

— Cela t'épate, hein, Vitral, tout ce terrain ! La Roseraie ! Le plus grand parc de Coupvray. Du second étage, tu as une vue sur tout le méandre de la Marne. Tu t'en rends compte, Vitral, que vous avez privé Lyse-Rose de tout ça ?

Marc réprima une envie de gifler cette peste. A force de lancer ses flèches empoisonnées à l'aveuglette, quelques-unes finissaient par atteindre leur cible. Marc ne pouvait s'empêcher de comparer le parc de la Roseraie à son jardin de la rue Pocholle. Cinq mètres sur trois. Lorsque le Citroën était garé, il n'y avait plus de jardin du tout. Au loin, dans le parc, près de la serre, un écureuil passa, jetant des regards apeurés aux visiteurs.

— Maintenant que tu as compris, j'espère au moins que tu as des remords !

Des remords ?

Les éclats de rire de Lylie résonnaient encore aux oreilles de Marc. Des cris d'enfants joyeux, aussitôt que Nicole sortait le camion pour aller travailler sur le front de mer de Dieppe et que Lylie et lui se précipitaient pour une partie de marelle ou de raquette dans le jardinet. Plus vaste que n'importe quelle Roseraie à l'aune de leurs yeux d'enfants.

Trois marches. Malvina passa devant, sans lâcher son Mauser, ouvrit la porte massive en bois.

Marc suivit.

Etait-il fou d'entrer ainsi, de son plein gré ? Il avait agi seul. Personne n'était au courant de sa visite. Malvina lui indiqua un grand couloir, ils gravirent à nouveau trois marches. Des tableaux de paysages champêtres étaient accrochés aux murs du corridor ;

des manteaux de fourrure pendaient à des patères de fer forgé. Un miroir ovale au fond du couloir offrait une illusion supplémentaire de profondeur.

Le canon du Mauser désigna la première porte à droite, une lourde porte ornée de moulures rouges. Ils entrèrent.

Marc découvrit un grand salon. La plupart des meubles, canapés, armoires, étaient recouverts de draps blancs sans doute destinés à les protéger de l'usure du temps lorsqu'on ne recevait pas. Une bibliothèque, ouverte, occupant tout le mur, lui faisait face. Dans le coin opposé, la pièce était coupée par un piano à queue, blanc laqué. Un Petrof, une des marques les plus luxueuses, Marc connaissait les tarifs.

Mathilde de Carville se tenait devant lui, droite, grande, raide, avec pour seule fantaisie la croix pendue à son cou et quelques traces de boue incongrues sur le bas de sa robe. Léonce de Carville dormait à côté. Indifférent. Un plaid sur les genoux, quelques feuilles jaunes coincées entre ses bras. La veuve noire et le paralytique, une scène digne d'un mauvais film d'horreur.

Mathilde de Carville ne bougea pas. Elle se contenta de lui lancer un sourire étrange.

— Marc Vitral, quelle visite surprenante… Si je pensais qu'un jour vous viendriez ici…

— J'étais loin de le penser moi-même…

Le sourire s'élargit encore un peu. Malvina s'éloigna, alla se poster près du piano.

— Range-moi ton arme, Malvina.

— Mais, mamy…

Le regard de Mathilde de Carville ne souffrait aucune discussion. Malvina posa ostensiblement l'arme sur le piano. Elle n'attendait visiblement qu'une chose, la saisir et pouvoir s'en servir.

Le regard de Marc, lui, restait obsédé par le piano. Forcément, il y avait un piano chez les Carville. Même sans être jamais venu, il l'aurait deviné. Cela faisait partie de l'ordre des choses. Aucun membre de la famille Vitral n'avait l'âme mélomane. Ni ses parents, ni ses grands-parents n'avaient dans leur vie approché un instrument de musique. Même les disques étaient rares, au Pollet. Comme par enchantement, Lylie, dès ses premiers mois de vie passés rue Pocholle, fut subjuguée par les sons, toutes sortes de sons ; à l'école maternelle, les jouets musicaux la fascinaient ; son inscription à l'école de musique, dès quatre ans, apparut comme une suite logique et presque gratuite ; son professeur ne tarissait pas d'éloges sur Lylie, Marc s'en souvenait, avec fierté.

— C'est une belle pièce, n'est-ce pas ? fit Mathilde de Carville. Il est authentique. Commandé par mon père en 1934. Vous me surprenez, Marc. Vous vous intéressez au piano ?

Marc ne répondit pas, perdu dans ses pensées. Lorsque Lylie eut huit ans, les professeurs de musique commencèrent à insister. Lylie était l'une de leurs meilleures élèves, la plus passionnée. Elle pratiquait tous les instruments avec bonheur, mais surtout le piano. Il fallait qu'elle s'entraîne davantage, pas seulement quelques heures pendant les cours, elle devait faire ses gammes, tous les jours, chez elle. L'argument du manque de place fut vite balayé par les professeurs de musique de Dieppe, on faisait d'excellents pianos, presque plats, pour appartement. Restait l'argument du coût. Le moindre piano de qualité, même d'occasion, représentait plusieurs mois de salaire de Nicole. Impensable. Lylie n'avait pas protesté, lorsque Nicole lui avait expliqué que c'était au-dessus de leurs moyens…

Une sorte de crissement fit sursauter Marc. Malvina, derrière lui, faisait glisser le Mauser sur le bois du Petrof.

— Laisse cette arme, s'il te plaît, Malvina ! ordonna la voix calme de Mathilde de Carville. Moi aussi, Marc, je jouais… Du moins quand j'étais jeune. Assez mal, d'ailleurs. Mon fils Alexandre était beaucoup plus doué que moi… Mais vous n'êtes pas venu ici pour parler musique classique, je suppose…

Aucun des mots prononcés par Mathilde de Carville n'était gratuit, Marc en avait conscience.

— Vous avez raison… commença-t-il. Je vais aller droit au but. Je suis venu vous parler de l'enquête de Crédule Grand-Duc. Je ne vais rien vous cacher, il m'a confié son cahier, toutes ses notes depuis dix-huit ans. Enfin, il l'a confié à…

Marc hésita et se reprit aussitôt :

— … il l'a confié à Lylie, qui a insisté pour que je le lise, ce matin.

— Mais vous êtes venu les mains vides ? coupa Mathilde de Carville. Vous êtes prudent, Marc. Vous vous méfiez. A tort. En ce qui concerne ce cahier, je n'ai jamais exigé la moindre exclusivité de la part de Crédule Grand-Duc. Au final, c'est une bonne chose que Lylie sache. Les doutes valent mieux que de fausses certitudes. Pour ma part, je pense connaître assez précisément le contenu de ce cahier. Grand-Duc était un employé loyal.

Marc observa le visage défiguré de Malvina dans le reflet du bois ciré du Petrof avant de prendre la parole, forçant l'étonnement :

— « Etait » ?

Mathilde répondit, avec une ironie non dissimulée :

— Oui, « était ». Grand-Duc fut à mes ordres pendant dix-huit ans… Mais il est libre depuis trois jours…

Marc pesta. Sous ses airs supérieurs, Mathilde de Carville cherchait à le manipuler ! Elle était au courant, bien entendu, de la mort de Grand-Duc. Assassiné par sa petite-fille. Peut-être sur son ordre… Les mains de Marc s'agitaient, malgré lui. Que faisait-il ici ? Entre cette vieille sorcière aigrie et cette folle qui n'attendait qu'un ordre d'elle pour l'abattre. Sans parler de ce vieillard inerte dans son fauteuil roulant. Une vision de cauchemar. Que pouvait-il espérer, s'il ne mettait pas les pieds dans le plat, le plat refroidi depuis toutes ces années ?

Marc s'avança de quelques pas, comme pour se donner de l'assurance. Les doigts de Malvina se crispèrent sur le Mauser. Il n'avait pas le choix, il n'avait rien à perdre, il devait se lancer.

— D'accord. Arrêtons tout ce cirque. Je vais jouer franc jeu ! Depuis dix-huit ans, nos deux familles sont cramponnées à leurs certitudes. Les Carville prétendent que c'est Lyse-Rose qui a survécu. Les Vitral assurent que c'est Emilie. C'est aussi ce que le juge a dit.

Marc souffla, cherchant les bons mots.

— Madame de Carville, au cours de ces années, j'ai grandi auprès de Lylie et j'ai acquis une certitude.

Marc hésita encore, continua :

— Madame de Carville, Lylie n'est pas ma sœur ! Vous m'entendez bien ? Nous n'avons aucun lien de sang en commun… C'est Lyse-Rose qui a survécu, le soir du crash.

Le Mauser, en glissant sur le piano, fit un bruit sec. Les yeux de Malvina brillaient de surprise, de ravissement, comme si, brusquement, Marc était devenu un allié. Un espion qui enlevait son masque et révélait son identité.

Un des leurs !

A l'inverse, Mathilde de Carville demeura parfaitement immobile, marqua un long silence, puis prononça simplement quelques mots :

— Malvina, va promener ton papy dans le parc.

— Mais, mamy…

Les larmes montaient aux yeux de la jeune fille.

— Fais ce que je te dis, Malvina. Prends Léonce avec toi et va le promener dans le parc.

— Mais…

Cette fois-ci, Malvina ne retenait plus ses larmes. Elle sortit, poussant le fauteuil roulant dans lequel son grand-père, immobile, continuait de dormir.

27

2 octobre 1998, 12 h 55

Lylie tanguait dangereusement. Ce tabouret de bar aux pieds étroits avait dû être spécialement conçu pour basculer lorsque la personne assise dessus voulait vider le verre de trop.

Ça ne va pas tarder, pensa Lylie.

Un truc à breveter, ce tabouret branlant.

Elle porta le petit verre de gin à ses lèvres. Ça ne la brûlait plus, maintenant. Elle ne sentait plus rien, juste le roulis du tabouret.

Elle était la seule femme dans ce bar, le Barramundi, rue de Lappe. Le genre de bar où l'on ne va pas seule, même en journée, ou alors parce qu'on a une idée bien précise en tête. Les types du bar avaient beau faire semblant de ne pas s'intéresser à elle, de continuer à descendre leurs bières, leurs ballons de blanc aligoté, de gratter bruyamment des grilles de la Française des jeux, de fixer le téléviseur qui retransmettait du sport en boucle… elle sentait leurs regards insistants sur ses cuisses nues, ses jambes relevées le long du tabouret, leurs yeux remonter dans son dos, jusqu'à sa nuque…

Oublier…

Lylie vida le verre de gin d'un coup et se tourna vers le barman, un type placide avec une seule touffe de cheveux, grise et frisée, sur le dessus du crâne.

— Qu'est-ce que vous avez d'autre à me proposer ?

Elle avait déjà testé la vodka et la tequila. Pour l'instant, elle préférait la vodka, de loin. Mais elle n'était qu'au début de son apprentissage, elle n'avait jamais bu une goutte d'alcool avant ses dix-huit ans. Juste une flûte de champagne, trois jours auparavant. Elle rattrapait le temps perdu.

— Je crois que cela va aller comme cela, mademoiselle. Vous avez déjà pas mal bu, non ?

Qu'est-ce qu'il lui voulait, ce type chauve avec sa mèche à la con, il n'avait pas compris qu'elle était majeure depuis trois jours ? Lylie pensa lui coller sa carte d'identité devant le nez, mais cet enfoiré de serveur lui tournait déjà le dos, sans même la regarder.

Un homme en costume gris et cravate molle se tenait à deux mètres d'elle, au comptoir, noyé dans un verre contenant un fond de liquide marron. Il était le seul dans le bar à ne l'avoir pas déshabillée du regard. Lylie se pencha vers lui, en équilibre sur le tabouret bancal, s'accrochant au comptoir.

— Vous buvez quoi, vous ?

La cravate molle se redressa un peu.

— Classique. Un scotch…

— Je veux ça aussi ! Garçon, je veux ça !

Le serveur, toujours aussi calme, fronça le sourcil droit :

— Vous êtes sûre, mademoiselle ?

— Laisse, Jean-Charles, fit la cravate, c'est pour moi.

Jean-Charles fronça à nouveau le sourcil, le gauche cette fois-ci. Ce type devait avoir un sacré entraînement.

— Un dernier, alors ? J'veux pas d'emmerdes…

Avec une technique d'équilibre sur tabouret beaucoup mieux maîtrisée que celle de Lylie, le buveur de scotch, sans descendre de son perchoir, vint se coller à elle. Pas pour la consoler, loin de là ; tout au contraire ; ce type à la dérive ne devait survivre qu'à travers des conversations entre naufragés, des histoires de tempêtes, de survie, de bouteilles à la mer…

— Et vous ? Comment en êtes-vous arrivée là ? Mademoiselle…

— Libellule. Mademoiselle Libellule !

Le type semblait tout juste commencer à s'apercevoir que la fille qui l'avait abordé possédait un corps de mannequin longiligne, et que tout le bar observait leur manège, comme au théâtre.

— C'est joli… ça… Libellule. Moi, c'est Richard… Je suis prof de collège, à Boieldieu, dans le vingtième, donc vous devinez que…

Lylie le poussa du bras pour attraper le verre de scotch. Elle trempa ses lèvres et grimaça. Décidément, rien ne valait la vodka ! Richard comprit qu'elle se fichait de ses soucis académiques et changea de sujet :

— Une belle fille comme vous… Vous n'avez pas l'air d'une professionnelle. Comment c'est possible ? Etre là ? Quand on est si jolie ?

Lylie pencha vers Richard le tabouret, qui résista par miracle.

— Viens là, toi.

Brusquement, Lylie attrapa sa cravate, tirant la tête avec, et approcha l'oreille du prof contre sa bouche :

— Je vais te dire, la cravate. En vrai, je ne suis pas jolie. C'est un déguisement que je porte.

Richard prit une mine ahurie.

— Hein ?

— Mes jambes… Mes seins… Ma bouche… Ma peau… Tout ce que tout le monde mate, veut toucher, dans la rue, partout… Eh bien, c'est juste un déguisement, un truc de latex, comme en portent les plongeurs.

— Tu… tu ?

— Je te mens pas. Tout le monde me croit belle, mais en réalité je suis un monstre en dedans !

— Tu…

— T'es bouché ou quoi ? Je t'explique que je suis comme les lézards… J'ai plusieurs peaux. Tu vois, comme les monstres de la série *V*, à la télé, ceux qui ressemblent à des êtres humains mais qui sont immondes sous leur peau. Surtout leur chef, la fille, un reptile gluant dans le corps d'un super canon. Je suis comme elle, comme ces lézards qui bouffent des souris vivantes. Ça y est, tu vois ce que je veux dire ?

— Heu, pas trop. Tu sais, les séries télé, moi je suis prof de…

Une traction sur la cravate lui coupa net le son.

— Je vais te dire autre chose, la cravate, de pire encore. Je ne suis pas toute seule, on est deux, à l'intérieur de la combinaison. Deux dans le même corps, tu le crois, ça ?

— Ben, heu... je dirais que...

— Chut... Dis rien, ça vaut mieux... Va falloir que j'y aille. Dans quelques minutes... Tu sais où ? Faut que j'aille faire un truc moche. Un truc dont je n'ai vraiment pas envie. Je me dégoûte. Et pourtant, faut que je le fasse...

Richard se cramponna à l'épaule de Lylie, c'était ça ou basculer. Il laissa traîner le bras contre le sein de Lylie et bafouilla, en approchant ses lèvres de celles de la fille :

— Pourquoi ? On n'est jamais obligé de rien. Si je t'aidais... à retirer ton déguisement, pour vous voir dedans. Toi et ta copine...

Richard s'enhardissait. Toujours tenu par la cravate, il n'avait pas une grande marge de manœuvre, mais sa main droite glissa sous la jupe noire. Lylie ne broncha pas.

— C'est trop tard, je te dis... Tu peux plus rien pour moi, personne ne peut plus rien. Tu vois, là, je vais aller tuer quelqu'un qui n'y est pour rien, qui n'a rien demandé... Parce que c'est comme ça...

— D'accord, d'accord... Mais on a encore le temps. Quelques minutes. Faut que tu me montres ta deuxième peau, avant... Si tu veux que je te croie...

La main droite remonta plus haut sur la cuisse, la main gauche se posa sur la poitrine de Lylie. Le serveur réagit immédiatement, les deux sourcils en accent circonflexe. Il posa avec violence un verre sur le comptoir.

— Mollo, Richard. Mollo avec la gamine. Vire tes pattes, t'as déjà assez d'emmerdes comme ça, non ?

Richard hésita. La cravate se tendit, lui tordant le cou.

— Dis, tu m'écoutes ? Je te dis que je vais tuer un innocent !

Lylie se pencha encore. Cette fois-ci, le tabouret ne résista pas. Elle s'effondra d'un coup. Lylie avait lâché la cravate en tombant, mais Richard n'en avait pas moins une large marque rouge de strangulation autour du cou.

Comme un pendu miraculé, pas rancunier, il se leva pour aider Lylie.

— Me touche pas ! hurla-t-elle. Vire tes sales pattes ! Casse-toi !

28

2 octobre 1998, 13 h 11

Mathilde de Carville tira doucement le double rideau et observa par la fenêtre si sa petite-fille exécutait ses ordres. Marc regarda dans la même direction, il s'arrêta un instant sur la main ridée puis, à travers les fines mailles du tulle blanc qui tombait devant la vitre, ses yeux embrassèrent le vaste parc vert et ocre. La Roseraie semblait baigner dans l'ambiance ouatée d'un mauvais film de genre : décor bourgeois, flou désuet et tons pastel. Malvina passa au loin, sur l'allée de gravier rose, poussant nerveusement son grand-père. La tête de l'infirme avait dû lentement glisser sur le chemin chaotique, son cou se tordre progressivement : ses yeux fixes s'ouvraient béants vers le ciel blanc, ou vers la cime des arbres peut-être, vers le vol lent des dernières feuilles rousses du grand érable. Pas une fois Malvina ne se pencha vers son grand-père pour le redresser.

Mathilde attendit quelques secondes. Malvina et Léonce de Carville s'éloignaient le long des rosiers en direction de la serre et du belvédère sur la Marne. Lentement, elle referma le double rideau. La pièce fut à nouveau baignée d'une légère pénombre où luisaient les silhouettes blanches et immobiles des meubles recouverts de draps ; et la laque immaculée du Petrof, bien entendu. Mathilde de Carville se retourna vers Marc.

— Marc… Vous permettez que je vous appelle Marc ? Mon âge me l'autorise, je pense. Puisque vous êtes venu, j'aimerais vous poser une question. Une simple question. Lorsque vous avez revu Lylie, ces jours derniers, depuis qu'elle est majeure, Lylie portait-elle un bijou ? Une bague ?

Marc s'était rapproché du piano. Ses doigts couraient sur le clavier, sans appuyer sur les touches.

Pourquoi mentir ?

— Oui, elle la portait… Une bague. Un saphir clair…

Aucun sourire ne s'afficha sur le visage de Mathilde de Carville. Aucune manifestation de triomphe. Aucune jubilation. Marc trouva cela étrange. Elle réagissait comme un flic qui n'ose pas accepter les aveux d'un truand.

La main de Marc glissa sur le piano. Le Mauser était toujours posé sur le bois blanc, à quatre-vingts centimètres de ses doigts. Par la fenêtre, Marc chercha à repérer à nouveau Malvina dans le parc, mais le rideau tiré ne lui dévoilait qu'un trait de lumière pâle.

— Elle est folle, fit soudain la voix calme de Mathilde de Carville. Ma petite-fille est devenue presque folle. Vous vous en êtes rendu compte, je présume ?

Marc ne répondit rien, Mathilde continua :

— Et vous, Marc qu'en pensez-vous ?

Rien, Marc attendait.

— De la folie, Marc. Je vous parle de la folie… Qu'en pensez-vous ?

Les doigts de Marc dansaient sur les touches d'ivoire pour éviter que leur tremblement soit trop perceptible.

— Je vous parle, Marc, insista la voix glaciale de Mathilde de Carville. Je parle de vous. Tout comme Malvina, votre petit cerveau d'enfant a dû affronter le doute. Qu'est-il arrivé à votre petite sœur ? Vivante ? Morte ? Vous en êtes-vous mieux sorti que Malvina, au final ?

Marc leva la tête, sans prononcer un mot.

— Quelle torture, n'est-ce pas, Marc ? Toutes ces années. Ne pas savoir quel sentiment vous éprouvez pour la fille que vous aimez le plus au monde. S'agit-il d'un chaste amour fraternel ? Ou s'agit-il d'un brûlant amour charnel ? Comment grandir, avec ce doute ?

Le ton avait changé. Sa voix se faisait plus forte, menaçante. Mathilde de Carville s'avança vers le piano.

— Pour vivre, pour survivre, on s'arrange avec ses sentiments, n'est-ce pas, Marc ? Toutes ces années d'enfance, le petit Marc recherche l'affection de la petite Emilie, adorable petite sœur… puis le petit Marc grandit… Pourquoi ne pas profiter du doute, l'occasion est trop belle, non ? Enterrer la petite Emilie et tomber amoureux de Lyse-Rose, la belle et riche héritière des Carville ?

Les doigts de Mathilde de Carville se rapprochaient du revolver, sa voix montait encore en puissance :

— J'ai souffert, Marc. Mon Dieu que j'ai souffert. J'ai expié, toutes ces années, j'ignore quelle faute, mais je l'ai expiée tout de même. Ma revanche possède un goût amer, Marc, croyez-moi.

Marc toussa. Aucun autre son ne parvenait à sortir de sa gorge. Mathilde se tenait maintenant debout à moins d'un mètre devant lui. De quelle revanche parlait-elle ?

Soudain, Mathilde de Carville se détourna. La vieille femme se dirigea vers la bibliothèque, dans le coin opposé de la pièce. Son ombre recouvrit d'un éphémère voile gris le Petrof. Elle attrapa sans hésiter un livre épais dont Marc ne put lire le titre, l'ouvrit et saisit une enveloppe bleu lavande. Mathilde de Carville avança à nouveau dans la pièce.

— Grand-Duc s'était rapproché de vous, Marc, il était même devenu un ami de la famille Vitral. Mais ne soyez pas dupe, il restait mon employé, il me faisait son rapport, presque toutes les semaines… Du moins les premières années. Au bout de cinq années d'enquête, il n'y avait pratiquement plus aucune piste à creuser. Au bout de huit ans, il n'en restait strictement aucune.

L'image du cadavre de Grand-Duc passa furtivement devant les yeux de Marc. Mathilde posa l'enveloppe bleue sur le piano, juste à côté du revolver.

— Strictement aucune, sauf une. La dernière, la seule. Nous étions en 1988…

Mathilde se retourna encore. Cette femme ne s'arrêtait donc jamais de se déplacer ?

— Marc, nous avons le temps, puis-je vous proposer quelque chose à boire ?

Marc hésita, surpris. Tout ce qu'il vivait, découvrait, depuis qu'il était arrivé à la Roseraie, lui semblait préparé, calculé, comme si sa venue était attendue : cette pièce lugubre, mal éclairée. Le piano blanc, le Mauser posé dessus. La disparition de Malvina et de Léonce de Carville, dans le jardin, ou ailleurs, le rideau dissimulait tout ce qui se passait à l'extérieur.

— Ou… oui, bafouilla Marc malgré lui. Pourquoi pas ?

— Une infusion ? J'ai d'excellents mélanges aromatiques que je cultive moi-même.

Marc hocha la tête. Mathilde de Carville s'absenta de longues minutes, laissant Marc seul, juste à côté de l'enveloppe bleue, du Mauser. C'était voulu, bien évidemment. De la douce torture. La revanche de Mathilde. Marc se forçait à respirer lentement, guettant les premiers signes de crise d'agoraphobie. S'il n'avait curieusement éprouvé aucun sentiment de danger devant ce petit monstre armé de Malvina, la mise en scène de la vieille Carville provoquait en lui une émotion inverse. Il commençait à ressentir le picotement familier du sang se ruant vers ses jambes, ses bras, ses mains.

Mathilde revint, les bras chargés d'un petit plateau, de deux tasses, une infusion dans chaque. Elle versa l'eau chaude, tendit une soucoupe à Marc.

— Buvez, Marc…

Marc hésita. Mathilde lui lança un sourire franc.

— Je ne vais pas vous empoisonner !

Il trempa ses lèvres. C'était bouillant.

— Marc, fit Mathilde de Carville, je ne vais pas vous faire souffrir plus longtemps.

Marc but une gorgée. Le goût lui plut. Cette vieille sorcière cultivait donc elle-même ses herbes folles dans son immense jardin secret.

— Au début de cette décennie, continua Mathilde de Carville, vous le savez aussi bien que moi, il est devenu possible de connaître la vérité… Un simple test ADN ! C'était infaillible. Les laboratoires anglais, moyennant beaucoup d'argent, un peu de salive ou de sang, vous donnaient des résultats en quelques jours. J'ai encore attendu quelques années avant de prendre la décision. La religion catholique ne fait pas forcément bon ménage avec la génétique, vous comprenez, Marc. J'ai longtemps hésité. J'ai pris ma décision il y a trois ans, lorsque Lylie en avait quinze. C'était l'ultime mission de Grand-Duc, en quelque sorte. Grand-Duc s'est chargé de tout. Il avait des relations dans la police scientifique française, je lui ai fourni l'argent. Une telle démarche n'avait rien de légal. Il a récupéré un échantillon de sang de Lylie, le jour de son anniversaire. Je lui ai donné le mien, celui de mon mari, celui de Malvina. C'était si simple de savoir.

Marc sentait ses jambes se dérober sous lui. Il but encore une gorgée de tisane. Le goût au fur et à mesure de l'ingestion en devenait de plus en plus acide. Il se souvenait, bien entendu, du jour des quinze ans de Lylie, Crédule Grand-Duc était invité, comme chaque année, il lui avait offert un soliflore en verre. Le soliflore était si fin, ébréché peut-être, qu'il s'était brisé dès que Lylie l'avait pris entre ses doigts. Lylie s'était coupée à l'index. Grand-Duc était désolé. Il avait ramassé les morceaux de verre, bafouillant des excuses…

Grand-Duc avouait-il son double jeu dans les prochaines pages de son cahier ? Il vérifierait. Sa gorge le brûlait.

Pour l'instant, il n'avait qu'une envie, attraper cette enveloppe bleue, l'ouvrir, lire.

Mathilde de Carville lui lança un nouveau sourire étrange.

— Marc, les résultats sont là, dans cette enveloppe. Je les connais depuis trois ans maintenant. Je suis la seule. Vous m'avez rendu service en venant, Marc. Vous allez prendre cette enveloppe.

Marc se brûla le palais d'une dernière gorgée. Il saisit, les doigts tremblants, l'enveloppe bleu lavande. Le visage de Mathilde de Carville grimaça, triomphant.

— Mais vous n'allez pas l'ouvrir, Marc ! Vous allez apporter cette enveloppe à Nicole Vitral. C'est une affaire entre elle et moi, depuis des années maintenant. Si quelqu'un d'autre doit connaître la vérité, aujourd'hui, c'est elle.

Un long silence enveloppa la pièce, comme un givre matinal glaçant les draps. Marc glissa lentement l'enveloppe bleue dans sa poche.

— Qu'est-ce qui vous prouve que je ne vais pas l'ouvrir aussitôt sorti d'ici ?

— Vous êtes un petit garçon sage, non ? Obéissant. Vous ne trahiriez pas votre grand-mère ? C'est à elle que je destine ce courrier…

— Ce sont vos règles… Qu'est-ce qui m'oblige à les suivre ?

— Vous les suivrez, Marc, bien entendu. Parce que vous êtes persuadé de déjà connaître la réponse contenue dans cette enveloppe.

Marc étouffait. Sa gorge et son estomac le brûlaient. Mathilde de Carville insista :

— Qu'avez-vous à craindre, Marc ? N'est-ce pas ce que vous souhaitiez ? Lyse-Rose a survécu, Emilie est morte. Seule Nicole aura un peu de peine, certes, mais le bonheur de son petit-fils la consolera, non ?

Marc sentait monter en lui la crise d'agoraphobie, il ne parvenait pas à contrôler sa respiration, comme si l'infusion bouillante lui dévorait le ventre. Mathilde de Carville éclata d'un terrifiant rire forcé.

— Vous espérez quoi, au juste, Marc ? Epouser Lylie ? Qu'elle prenne à sa majorité le nom de Lyse-Rose de Carville ? Devenir mon petit-fils ? Un mariage en blanc, à Notre-Dame ? Mon mari aura beaucoup de mal à conduire sa petite-fille jusqu'à l'autel, mais on s'arrangera. Et ensuite ? Vous viendrez avec Lyse-Rose prendre le café le dimanche, jouer aux échecs dans le parc en regardant couler la Marne, pendant que je parle gaufres et frites avec votre grand-mère ? Quelle pitié, Marc. Quel gâchis…

Marc essaya d'attraper sa tasse, elle lui tomba des mains et se brisa sur le tapis, éclaboussant les pieds du piano.

— Donnez cette enveloppe à votre grand-mère, Marc. Si elle le souhaite, elle vous fera lire ensuite le résultat de ce test ADN. Dites-lui aussi que je ne regrette rien, surtout pas l'argent que j'ai versé. Je suis en paix avec moi-même.

Les yeux de Marc se brouillaient. Le sang dans ses artères irriguait son corps tel un oléoduc en flammes. Ses jambes ne parvenaient plus à le porter, comme deux tours rongées par un incendie. Ses mains se crispèrent sur le clavier du Petrof. Elles ralentirent au dernier moment sa chute, dans un sinistre cri de notes désaccordées.

29

2 octobre 1998, 13 h 15

Ayla Ozan se tenait debout devant le 21 de la rue de la Butte-aux-Cailles. Elle tentait, en se hissant sur la pointe des pieds, de voir le plus loin possible dans le jardin. Rien ne bougeait. Les volets vert clair étaient désespérément clos ! Ayla sonna, plusieurs fois, longtemps. Personne !

Elle finit par se retourner, marcha dans la rue, cherchant un indice quelconque. Elle était venue souvent chez Crédule Grand-Duc, elle préparait à manger pendant que Crédule et Nazim travaillaient sur l'affaire, discutaient, jusque tard dans la nuit. Elle les écoutait, un peu, puis finissait toujours par s'endormir avant eux, dans le canapé, enveloppée par la chaleur de la cheminée, en comptant les libellules dans le vivarium. Bercée par la voix de ses deux hommes, l'homme de sa vie et son meilleur ami. Où pouvaient-ils bien être passés ? Personne chez Crédule, aucun signe de vie de Nazim depuis deux jours. Quelque chose ne tournait pas rond.

Ayla passa devant un bar, le Temps des Cerises. Elle hésita à entrer pour se renseigner, Crédule venait parfois prendre son café ici. Elle s'arrêta, consciente que sa démarche n'était pas très naturelle. Avant de quitter le kebab, boulevard Raspail, Ayla avait attrapé un grand couteau de cuisine, le plus affûté, elle l'avait enveloppé dans un sac plastique et l'avait glissé le long de sa jambe, sous son pantalon large. Il était trop long, il ne rentrait pas dans son sac à dos. Une arme de fortune, au cas où… Elle n'arrivait pas à évacuer ce terrible sentiment de danger.

Ayla embrassa d'un regard la rue de la Butte-aux-Cailles. Il y avait un peu de monde. Des mères et des enfants. Des clients dans la boulangerie.

Soudain, elle se figea.

Son cœur explosa sous son long manteau d'hiver.

La BMW X3 noire de Crédule était garée le long du trottoir, à cinquante mètres de chez lui. Aucune trace par contre de la Xantia bleue de Nazim. Nazim s'était rendu chez Crédule ; s'ils avaient quitté ensemble la maison de la Butte-aux-Cailles, pour quelle foutue raison avaient-ils préféré prendre la Xantia sale et cabossée plutôt que la BMW ? Surtout ce vieux maniaque de Crédule.

Ayla arpenta les alentours. La rue Samson, le passage Boiton, la rue Jean-Marie-Jégo, la rue Alphand, à pas lents, traînant comme elle pouvait sa jambe raide à cause de la lame du couteau. Elle se disait que le sac plastique pouvait céder à n'importe quel moment, que l'acier allait lui rentrer dans la jambe, qu'elle allait s'effondrer, là, dans la rue, comme une sotte…

— Vous cherchez quelque chose ?

Un type avec un chien la dévisageait, le genre de voisin à ne pas trop aimer les étrangers qui traînent dans le quartier. Surtout une Turque tournant autour des voitures garées là.

— Je… je suis une amie de Crédule Grand-Duc. Il habite au 21 rue de la Butte-aux-Cailles. La petite maison, avant le Temps des Cerises. Il n'est pas là, mais sa voiture est garée près de chez lui. Une BMW noire. Vous… vous n'auriez pas vu une autre voiture ? Une Xantia. Bleue…

Le type la regarda comme s'il appartenait aux services de l'immigration du ministère de l'Intérieur chargés de délivrer des cartes de séjour dans le quartier. Il consulta son chien.

— Le pare-chocs cabossé ? Un pot-pourri de fleurs croché au rétroviseur ? Un drapeau turc collé sur le pare-brise ? C'est ça, non ?

Le type marqua un silence d'autosatisfaction pendant qu'Ayla reprenait espoir et acquiesçait en se fendant de son plus beau sourire, même si l'homme semblait davantage faire confiance à l'instinct de son chien qu'au charme ottoman. Pour l'instant, le bâtard marron clair se collait affectueusement aux jambes d'Ayla.

— La Xantia est restée garée dans le quartier ces derniers jours, finit par lâcher l'homme, mais elle n'est plus là depuis hier… C'est certain, vous ne la trouverez pas. Pas la peine de s'attarder.

Le couteau sur sa cuisse faisait souffrir Ayla, et la truffe de ce crétin de chien contre sa jambe allait bien finir fendue en deux, façon viande à kebab. Elle se baissa pour éloigner le bâtard tout en essayant de modifier sa position. Le type la regarda, plus méfiant encore. C'était un sale con mais il pouvait lui être utile. Ayla distribua un sourire au facho et une caresse au chien. Pas de jaloux.

— Et… vous m'avez l'air de bien connaître le quartier… Vous n'avez pas vu quelque chose de nouveau, ces derniers jours, ces dernières heures… Quelqu'un de nouveau par exemple ? Une autre voiture qui ne serait pas du quartier ?

Le type la dévisagea, étonné de son audace. Il tira instinctivement sur la laisse. Ayla continua. Elle n'avait rien à perdre.

— Un étranger, vous voyez…

Il hésita encore, mais ne put résister au plaisir de se rendre utile :

— Je vois ce que vous voulez dire…

Il regarda son chien, comme pour lui faire partager sa jubilation :

— Une Rover Mini, bleue, assez neuve. La propriétaire a traîné dans le quartier presque toute la matinée, une fille avec une tête de vieille sur un corps de fillette. Bizarre. Louche, avec un regard de faux jeton… C'est ce que vous cherchez ?

Le visage d'Ayla Ozan avait brusquement blanchi. Bien entendu, elle avait compris de qui parlait ce type. Nazim lui avait souvent décrit Malvina de Carville, son physique hors normes, ses caprices, cette voiture, cette Rover Mini, offerte par sa grand-mère richissime… Nazim lui avait également souvent dit que cette fille était devenue complètement cinglée depuis l'accident d'avion.

Folle et dangereuse.

Ayla paniqua.

— Bien… Oui. Mer… merci…

Que pouvait-elle faire, maintenant ? Foncer à la police ? Lancer un avis de recherche ? On lui poserait des questions. Elle devrait révéler alors tout ce qu'elle savait, sur l'affaire, sur les Carville, sur Nazim… Il n'était disparu que depuis deux jours. Parler, c'était le livrer aux flics. Jamais Nazim ne le lui pardonnerait…

Le type au chien s'éloignait, tout en continuant de la regarder en biais. Non, elle devait s'en sortir seule. Elle en connaissait suffisamment, sur les Carville. Elle n'avait oublié aucune des confidences de Nazim sur l'oreiller, lorsqu'il s'effondrait sur le dos après avoir joui. Le facho et son chien marron disparurent à l'angle de la rue Samson. Ayla était agitée d'un étrange frisson, mélange d'angoisse et d'excitation. Elle repensait au corps de Nazim, à la caresse sur sa peau de la moustache de son gros géant. Elle avait tellement envie de se blottir dans ses bras. De danser devant lui, d'agiter son petit ventre rond sous son nez pour l'exciter, pour qu'il l'embrasse, goulûment.

Ayla se pencha et serra le couteau froid sur sa jambe. Elle n'avait qu'une piste. Malvina de Carville ! Ayla était seule, mais elle n'était pas stupide. Les Carville habitaient dans la banlieue Est, près de Marne-la-Vallée. Elle trouverait bien. Elle partageait depuis vingt ans le lit d'un détective privé. Elle parviendrait à se débrouiller.

30

2 octobre 1998, 13 h 17

Marc avançait dans le couloir sombre. Mathilde de Carville lui avait juste ouvert la porte, sans le raccompagner, le laissant seul avec ses doutes. La crise d'agoraphobie s'éloignait, petit à petit, sa respiration reprenait un rythme normal. L'effet brûlant de l'infusion s'estompait également, comme si tout son corps se trouvait progressivement mieux ventilé. Marc aperçut sa figure hagarde dans le grand miroir ovale au fond du couloir. Il ne s'attarda pas.

Juste trois marches à descendre. Pousser la lourde porte de chêne. Fuir, le plus vite possible.

Les jambes de Marc le portaient à peine. Ses pensées se bousculaient. Devait-il ouvrir cette enveloppe bleue, lire le résultat de ce test ADN ? Ou bien patienter de longues heures, attendre d'être à Dieppe ? Mathilde de Carville cherchait peut-être à le piéger…

Une marche, deux marches, trois marches.

L'air frais lui explosa au visage, Marc aspira de longues bouffées salvatrices tout en cherchant à organiser ses pensées. Devant lui, pas une ombre ne bougeait dans le parc de la Roseraie. Le domaine lui faisait penser à l'ambiance morbide du parc d'une maison de retraite ; ou d'un asile de fous.

Marc marcha vers le portail. Sur sa gauche, derrière l'érable roux, il aperçut Léonce de Carville. L'infirme dormait seul, la tête tombée sur son épaule, abandonné par Malvina au milieu de la pelouse.

Les graviers roses bruissaient sous ses pas.

Marc essaya de mettre de l'ordre dans ses idées. Il devait gérer trois urgences, toutes liées à un crime, d'une façon ou d'une autre. Le meurtre de Grand-Duc tout d'abord, quelques heures plus tôt. Tout portait à croire que c'était Malvina de Carville qui l'avait abattu. Le meurtre de son grand-père, ensuite, car c'était bien un meurtre, cette asphyxie dans le camion, au Tréport, il y avait de cela quinze ans. Marc devait se rappeler d'un détail discordant dans le récit de Grand-Duc, ce souvenir rangé quelque part dans sa chambre d'enfance, à Dieppe. Lylie, enfin. Le voyage sans retour dont elle parlait. Une fuite ? Une vengeance ? Un suicide programmé ?

Ces trois drames étaient-ils liés ? Oui, sans aucun doute. En résoudre un, c'était résoudre les deux autres.

Le gravier bruissa à nouveau. Dans le dos de Marc.

— Tu vas où, Vitral ?

Malvina !

Marc se retourna.

— Je me tire. Ta grand-mère m'a gentiment raconté tout ce que je voulais apprendre…

— Tu parles ! Tu n'as rien appris du tout. Malgré ses grands airs, mamy, elle radote.

Marc soupira.

— Il n'y a que moi qui connaisse la vérité, continua Malvina. J'étais là-bas en Turquie. Tous les autres sont morts dans l'avion sur le mont Terrible. Pas moi. J'ai pris l'avion d'avant. Suis-moi, Vitral !

Marc regarda Malvina, incrédule.

— Suis-moi, je te dis ! Regarde, je n'ai même plus de flingue. T'as dit tout à l'heure que c'est Lyse-Rose qui était vivante, que c'est Emilie Vitral qui avait cramé dans l'avion, il y a dix-huit ans ? Alors suis-moi !

Marc ne bougeait pas.

— Allez, Vitral, viens avec moi. Ça va t'intéresser, je te dis !

Pourquoi pas, après tout.

Excitée comme une gamine, Malvina remonta l'allée, ouvrit à nouveau la porte de chêne, traversa le couloir, puis monta l'escalier de merisier. Marc la suivait, intrigué. Arrivée au premier étage, Malvina se retourna, posa un doigt devant sa bouche, chuchotant presque :

— A droite, c'est ma chambre. Te fais pas d'illusions, je te la montre pas. A gauche, par contre, c'est celle de Lyse-Rose. Suis-moi…

Marc avança. Une nouvelle fois, en présence de Malvina, il ne ressentait aucun symptôme de danger, aucune annonce de crise.

Malvina poussa la porte.

Marc découvrit, stupéfait, une adorable chambre de petite fille. Rien ne manquait. Le petit lit profond, rose, recouvert de peluches ; les rideaux avec de grandes girafes imprimées, dont le cou touchait le plafond et les pieds le plancher ; une serviette éponge orange posée sur une table à langer en chêne ; une armoire décorée de fleurs aux tons pastel ; sur une étagère, des boîtes musicales, une veilleuse, d'autres peluches, un éléphant bleu, un tigre, un lapin gris et blanc ; au sol, un immense tapis d'éveil, encombré d'autres jouets, des hochets, un petit éléphant, des clowns en chiffon…

Marc n'avait qu'une envie, pressante, incontrôlable : sortir de cette maison de fous, mais ses jambes ne répondaient plus, comme si la voix de Malvina s'enroulait autour d'elles tel un fil d'ange invisible.

— Mamy a décoré cette chambre d'enfant il y a dix-huit ans, pour le retour de Turquie de Lyse-Rose. Depuis, on a continué à l'entretenir, au cas où Lyse-Rose reviendrait. Tu comprends. Elle pouvait arriver n'importe quand !

Malvina se précipita avec agilité à l'intérieur de la chambre, enjambant les jouets. Elle ouvrit l'armoire. Les étagères débordaient d'habits, de robes de toutes tailles, de chapeaux, d'adorables petites chaussures.. Un minuscule bonnet rose doublé de fourrure tomba sur le sol.

Malvina se retourna vers Marc, espiègle, continuant de parler à voix basse, passionnée comme une fillette qui raconte l'histoire de sa maison de poupée à une grande personne :

— Maintenant, c'est moi qui range, qui fais le ménage. Je suis sûre que si je la laissais faire, mamy mettrait tout à la poubelle. Tu te rends compte, tout mettre à la poubelle ? Tu peux comprendre, toi. Je sais bien que Lyse-Rose est grande, maintenant, mais tout de même, quand elle va revenir, découvrir sa chambre, ses jouets, ses habits, ça lui fera quelque chose, hein ?

Marc recula un peu, sans toutefois sortir de la chambre. Un flot de sentiments contradictoires le submergeait.

— Dis, Vitral, tu regardes ? Tu entres ? Tu y tiens, oui ou non, à Lyse-Rose ?

Marc progressa d'un pas, malgré lui.

— Regarde. Il y a même ses cadeaux !

Marc sentit son malaise augmenter, si c'était encore possible. Il avait mis les pieds dans un mauvais conte de fées, il conversait avec la serial killeuse du rayon jouets d'une grande surface pour enfants.

— Tu vois, Vitral, ce sont tous ses cadeaux d'anniversaire, depuis que Lyse-Rose a un an. De Noël, aussi.

Malvina désigna à Marc des paquets emballés de toutes tailles, éparpillés dans la pièce, parfois empilés.

— Je pourrais tous te les citer par cœur. Le plus gros paquet, là, dans le lit, c'était le cadeau pour son premier Noël. On avait été le chercher avec mamy, juste avant Noël, la veille de l'accident d'avion, aux Galeries Lafayette, j'avais six ans à l'époque, je me rappelle encore des automates dans les vitrines…

Elle s'approcha de Marc et lui murmura à l'oreille :

— Tu devines ce que c'est ?

Marc secoua la tête, partagé entre l'émotion et l'horreur.

— C'est un nounours, un immense nounours, plus gros qu'elle, orange et marron. Il s'appelle Banjo.

C'est moi qui ai trouvé le nom. Banjo. C'est son copain depuis toujours, il l'attend, tu vois. Bouge pas, je vais te le présenter…

Marc passa la main devant ses yeux. Cette petite conne de Malvina allait finir par le faire pleurer avec ses délires. Malvina ouvrit avec délicatesse le grand carton et en extirpa un énorme ours en peluche au regard rêveur. Une fortune de tendresse. Malvina posa Banjo sur le lit, le cala entre deux coussins roses.

— Salut, Banjo ! fit-elle, enjouée. Je vais te faire une confidence, tu ne vas bientôt plus être seul, le grand jour approche. Tu ne vas pas me croire. Lyse-Rose va revenir !

La chambre de la Belle au bois dormant, pensa Marc. Des peluches empaillées, des habits raidis dans l'attente du retour de l'enfant mort. Le musée de l'absence.

— Ensuite, continua Malvina, dans les autres paquets, je ne te les fais pas tous, il y a des poupées, bien sûr, des gros livres, je sais qu'elle adore lire. Pour ses dix ans, dans le carton, là-bas, c'est un violon. Je ne sais pas si c'était une bonne idée, mais le piano, on l'avait déjà. Après, c'était plus dur de choisir, ce sont les plus petits paquets. Il y a des bijoux, pour ses treize ans, là-bas. Une montre, aussi. Des disques, mais eux, ils doivent être un peu démodés maintenant, non ? Britney Spears, Ricky Martin, Larusso, tout ça… tu vois le genre. Le gros paquet, là, pour ses seize ans, c'est une minichaîne hi-fi. Et puis le dernier, pour ses dix-huit ans, l'enveloppe… Tu ne devines pas ?

Marc secoua encore la tête, incapable de prononcer le moindre mot.

— Un voyage ! Une pochette, tout compris, dans une agence rue de Rivoli. Tu crois que c'est une bonne idée ? Tu crois que Lyse-Rose osera encore reprendre l'avion ?

Une tempête agitait le cerveau de Marc : étrangler cette folle, ici, l'étouffer dans ces peluches, pour qu'elle se taise, pour qu'elle arrête !

Malvina se pendit presque au cou de Marc.

— Je vais t'avouer… Mon cadeau préféré, ça reste le premier, le nounours, Banjo. Il est trop beau, hein ? Je vais te dire, au début, Banjo, je l'aimais tellement que j'étais un peu jalouse, je voulais le garder pour moi, mais mamy n'était pas d'accord. Elle avait raison, remarque. Je suis certaine que Lyse-Rose l'adorera, elle aussi… Toi, tu en penses quoi ?

Marc regardait Malvina, cherchant quelle attitude adopter. Le lit d'enfant aux draps rose clair avait la forme et la couleur d'une pierre tombale de granit ! Une tombe d'enfant. Cette chambre était un caveau, ces cadeaux, accumulés année après année, des offrandes à un martyr. Dieu avait eu pitié de tant de détresse, il avait fini par ressusciter l'enfant mort !

— Tu ne dis rien, hein, Vitral. T'es drôlement épaté ! Ça doit te faire chier, hein, maintenant, de te rendre compte de tout ce que Lyse-Rose a raté. J'imagine même pas les merdes qu'elle devait recevoir à Noël, chez toi !

Au moins la gifler. Lui faire mal, physiquement, une fois, puis fuir.

Marc se retint.

— Tiens, Vitral, approche, que je te montre. Un dernier truc…

Marc se préparait au pire. Malvina avança jusqu'à l'armoire, ouvrit un tiroir et sortit un livre de tissu rose, orné de fleurs et de pompons.

— Le livre de naissance de Lyse-Rose, susurra Malvina. Tiens, tu peux le regarder, mais tu fais gaffe.

Marc, à contrecœur, prit le livre de naissance, l'ouvrit, tourna les pages. Ses mains tremblaient.

Une folie de plus.

MON PRÉNOM : *Lyse-Rose*

MES AUTRES PRÉNOMS : *Véronique, Mathilde, Malvina*

MON PAPA : *Alexandre*

MA MAMAN : *Véronique*

JE SUIS NÉE LE : *le 27 septembre 1980, à Istanbul, en Turquie*

Suivaient ensuite d'autres détails, plus macabres les uns que les autres…

MA MAISON : une photo de la Roseraie.

MA CHAMBRE : un dessin de la pièce dans laquelle Marc se trouvait, un dessin d'enfant, sans doute réalisé par Malvina quand elle était enfant.

MA PELUCHE PRÉFÉRÉE SE NOMME : *Banjo*

MA MEILLEURE AMIE EST : *ma sœur, Malvina*

Marc tournait les pages, éberlué. Il découvrait le fantôme d'une vie fantasmée, d'une présence avortée.

MA MAIN : une empreinte de main, à la peinture, de qui ?

Ma couleur préférée : *le bleu*
Ce que j'adore faire : *écouter de la musique*

Les pages valsaient sous les doigts de Marc.

Mon premier anniversaire : une photographie de Lylie avait été découpée dans un magazine, *Paris Match* ou un autre, puis collée grossièrement au milieu de la famille Carville, qui déjeunait autour d'une table sur laquelle un gâteau avec des bougies, lui aussi découpé dans un journal, était posé.

Mes premières vacances : la même photo de Lylie était collée dans un champ, au milieu de gentianes en fleur, dans un décor de montagne. Malvina posait à côté dans le pré, radieuse. Elle avait huit ans et les tiges lui montaient jusqu'à la taille.

Marc s'arrêta, incapable d'aller plus loin, des frissons le parcouraient de la nuque jusqu'au crâne. Malvina dut s'en apercevoir. Elle lui arracha des mains le livre de naissance.

— C'est bon, t'as vu ? Je le range !

Mathilde de Carville, par la fenêtre du salon, regarda Marc s'éloigner à grands pas dans l'allée.

Il courait, pour ainsi dire.

Cette petite garce de Malvina n'avait pas pu résister, il avait fallu qu'elle lui montre la chambre, les jouets, et le reste. Elle en avait oublié son grand-père, au milieu de la pelouse, comme une poussette qu'on laisse en plan, un vulgaire jouet qu'on laisse traîner au fond du jardin en automne et qu'on retrouve rouillé et moisi au printemps.

— Bien fait pour lui ! siffla Mathilde de Carville pour elle-même.

Elle vit Marc près du portail de la Roseraie. Elle sourit. Il se précipitait chez sa grand-mère, à Dieppe, trop pressé d'ouvrir l'enveloppe, trop peureux pour désobéir. Il n'allait pas être déçu, quand il lirait les résultats du test ADN, le pauvre petit Marc.

Marc ouvrit le portail, disparut de sa vue, mangé par le feuillage des arbres du bois de Coupvray et des propriétés voisines.

Mathilde faisait les cent pas dans la pièce silencieuse, pensive. Elle n'avait pas tout dit à Marc Vitral. Elle n'avait pas parlé de cet appel de Grand-Duc, de son ultime découverte, le soir de l'anniversaire, ce coup de téléphone qui changeait tout. Grand-Duc prétendait avoir découvert la vérité. Une vérité différente… Simplement en se penchant sur un journal vieux de dix-huit ans !

Le doigt de Mathilde de Carville effleura une touche blanche du clavier du piano.

Grand-Duc avait-il bluffé ?

Elle aurait la réponse bientôt. Elle avait commandé à la secrétaire de direction, au siège de la compagnie de Carville, une photocopie de *L'Est républicain* du 23 décembre 1980. Elle l'aurait sans doute dans la soirée, si cette secrétaire était un minimum dégourdie. Elle avait demandé qu'on la lui fasse directement parvenir par porteur. Elle avait été claire, la fille n'avait pas bronché. Elle n'avait plus qu'à attendre quelques heures. A ce moment-là, elle saurait si Grand-Duc lui avait menti, si tout était vraiment terminé.

Mathilde de Carville s'assit sur le tabouret devant le piano, posa les mains à plat, devant elle. Elle n'avait pas joué depuis des années. Le piano était muet, inutile, infirme, comme tout le reste dans cette maison.

Oui, dans quelques heures, tout serait terminé.

Trois notes aiguës déchirèrent le silence. *Do. Fa. Sol.*

Tout serait terminé, excepté pour Malvina.

Quel que soit le contenu de ce journal, quel que soit ce que Grand-Duc avait découvert, ce que Marc Vitral lirait dans ce cahier ou dans cette enveloppe bleue, Lyse-Rose continuerait de vivre, toujours, dans l'imagination maladive de sa sœur, Malvina. Elle vivrait comme vit une poupée dans le regard d'une petite fille. Sauf que cette petite fille dissimulait un Mauser L110 dans sa poussette et qu'elle était capable de tuer tous ceux qui, sur son chemin, lui diraient que dans son landau elle ne promenait qu'un jouet mort, un cadavre de plastique froid.

31

2 octobre 1998, 13 h 29

Marc marchait à pas rapides dans le chemin des Chauds-Soleils. Il se fit la réflexion qu'il avait dû être baptisé ainsi avant que les arbres du bois de Coupvray ne poussent. Dans l'instant, « ombres froides » qualifierait plus exactement l'impasse bourgeoise et verdoyante. Marc retrouva avec soulagement le bourg de Coupvray, son clocher d'église gris, son panneau triangulaire, *ÉCOLE RALENTIR*, les indications brunes, *Groupe scolaire Francis-et-Odette-Teisseyre* ou *Gymnase David-Douillet*, et surtout le timide rayon de lumière qui s'obstinait à percer le ciel de coton.

Il ralentit l'allure, saisit son téléphone portable, écouta sa messagerie. Toujours aucun message. Ni de Lylie ni de Nicole.

Sans cesser de marcher, il appela Lylie. Il pesta contre ces fichues sept sonneries !

— Lylie. C'est Marc. Il faut qu'on se parle, le plus vite possible. Rappelle-moi. Je sors de chez les Carville. Oui. Tu as bien entendu. De chez les

Carville. C'est important, Lylie. Ne prends aucune décision sans m'avoir parlé. Je tiens tellement à toi. Marc.

Il raccrocha tout en murmurant pour lui-même, les lèvres presque jointes :

— Qu'elle rappelle, par pitié, qu'elle rappelle…

Marc continua de progresser rapidement, il parvint à l'écluse de Lesches. Les pêcheurs n'avaient pas bougé d'un fil. L'eau du canal s'écoulait toujours avec paresse. Marc fit défiler les numéros enregistrés sur son téléphone portable.

Nicole.

Après une sonnerie et demie, une voix fêlée, familière, lui répondit :

— Allô ?

Marc souffla de soulagement.

— Nicole, c'est Marc, tu as eu mon message ?

— Oui, oui… Je reviens juste du cimetière de Janval. J'allais t'appeler. Pour répondre à tes questions, mon grand, je ne vais rien t'apprendre, tu as sans doute revu Emilie après moi, à Paris. Tu vois, je…

— Nicole, je suis à Coupvray… Je sors de chez les Carville.

Silence. Orphée ressortant de l'enfer. Sans Eurydice.

Marc devait continuer. Tête baissée.

— Nicole… Mathilde de Carville m'a donné une enveloppe pour toi. Une… une analyse de la police scientifique qui remonte à 1995. Un test ADN. Grand-Duc a volé du sang de Lylie.

La voix cassée de Nicole résonna dans l'écouteur, suppliante :

— Marc, tu ne vas pas les croire. Pas après que…

Marc la coupa :

— C'est à toi de l'ouvrir, Nicole. C'est ce qu'elle m'a dit.

Un nouveau long silence ponctua leur conversation. Marc entendait simplement le souffle rauque de Nicole.

— Marc, tu as l'enveloppe. Sur toi ?

— Oui.

— Décris-la-moi…

Marc, sans comprendre où sa grand-mère voulait en venir, obtempéra :

— Eh bien, c'est une enveloppe de taille standard. Bleu clair. Un peu lavande. Comme les courriers des hôpitaux, des laboratoires…

— L'as-tu ouverte ?

— Non ! Je t'assure, Nicole. Je…

— Ne l'ouvre surtout pas, Marc ! Mathilde de Carville a raison, sur ce point au moins. Ne l'ouvre pas. Il faut que tu viennes à Dieppe. Aller chez les Carville était la pire des folies. Maintenant, il faut que tu viennes au Pollet, le plus rapidement possible.

Nicole toussa. Parler semblait difficile pour elle. Elle toussa à nouveau, pour s'éclaircir la voix cette fois.

— Marc, les choses ne sont jamais aussi simples qu'on le pense. Ne crois rien de ce que les Carville ont pu te dire. Ils ne savent pas tout, loin de là. Viens vite. J'espère seulement qu'il ne sera pas trop tard.

Marc eut l'impression d'être subitement plongé dans un bloc de glace, asphyxié dans l'eau morne du canal, irrémédiablement entraîné vers le fond.

— Trop tard pour quoi, Nicole ? Trop tard pour qui ?

— Ne perds plus de temps, Marc. Je t'attends.

— Nicole…

Elle avait raccroché.

Derrière un pylône de béton, à l'écart de la foule de la gare de Lyon, Marc consultait les horaires sur un indicateur de papier qu'il conservait toujours dans son portefeuille.

Paris-Rouen : 16 h 11 – 17 h 29
Rouen-Dieppe : 17 h 38 – 18 h 24

Il avait plus d'une heure devant lui avant d'attraper son train à Saint-Lazare. Il aurait ainsi tout le temps de finir de lire le cahier de Grand-Duc avant d'arriver à Dieppe. Tout en marchant en direction du métro, porté par le flux de voyageurs, Marc tenta de se remémorer les derniers mots lus sur les pages arrachées. Le détective se trouvait sur le mont Terrible, en pèlerinage, comme chaque année. Il avait été surpris par l'orage. Il avait cherché un abri… Et puis…

Le métro surgit sur le quai. Une jeune musicienne monta devant Marc tout en lui lançant un sourire radieux. Elle portait sur son dos une guitare dont le haut de l'étui dépassait de son crâne comme le tube noir de la coiffe d'une Bigoudène en deuil. Marc affecta cette indifférence blasée commune aux citadins troglodytes des couloirs souterrains des grandes capitales. Il s'installa au fond de la voiture, s'appuya contre la vitre et se concentra sur le récit de Grand-Duc, d'abord les ultimes lignes de la dernière des pages déchirées, puis la suite du cahier.

Journal de Crédule Grand-Duc

La pluie drue ne comptait plus. Mon cœur battait à se rompre. J'avançai hagard jusqu'à la cabane, juste devant moi. Une simple cabane de berger, presque abandonnée, dont le toit en ruine me fournirait tout de même un abri suffisant. Mais ce n'était pas la cabane qui avait attiré mon regard, c'était le petit monticule de pierres, juste à côté : quelques cailloux entassés, trente centimètres sur cinquante. Une petite croix en bois était plantée devant. Au pied de la croix, dans un pot de terre, une plante, un jasmin d'hiver jaune, pas même fané.

Vous imaginez mon trouble. Je me trouvais face à une tombe, une tombe minuscule !

Je me raisonnai. Un berger avait sans doute enterré ici son chien. Ou un mouton, ou une chèvre, ou n'importe quel autre animal. Quoi d'autre ?

La pluie continuait de tomber, je m'étais réfugié dans la cabane, mais les gouttes s'infiltraient par le toit percé, je devais me tenir collé contre le mur de bois. Je ne pouvais m'empêcher de penser que la tombe, à côté de la cabane, battue par l'orage, avait certes la taille d'un petit animal… mais également celle… d'un nourrisson humain.

Dans l'immédiat, je laissai passer l'orage et examinai la cabane. Elle n'était pas meublée, mais une sorte de long tronc pouvait servir de lit de fortune. Une couverture grise et trouée, roulée en boule, était posée sur le côté. Des traces sombres de cendres, dans une sorte de cavité creusée dans la terre, indiquaient qu'un feu avait dû être improvisé ici, plusieurs jours auparavant, plusieurs semaines peut-être. Le sol jonché de détritus, de canettes de bière, de mégots, plus ou moins anciens, fournissait une autre preuve que la cabane devait servir de squat, ou que des adolescents du coin venaient parfois y passer la soirée. L'odeur, mélange de terre et de pisse, était à la limite du supportable.

L'orage ne s'éloigna qu'une longue heure plus tard. Il faisait déjà nuit, mais j'étais devenu prévoyant depuis toutes ces années de pèlerinage en montagne. J'étais armé d'une lampe torche. Je sortis de la cabane et, les pieds dans la boue, braquai la lampe sur la tombe. Quelques gouttes continuaient de tomber. J'avançai, méfiant : étaient-elles les dernières avant le répit ou les premières d'une nouvelle averse ? Le halo lumineux balaya l'obscurité. La croix était composée de deux simples branches attachées ensemble. Le lien, une ficelle de corde, semblait peu usé. Un an ou deux, tout au plus ?

Je dirigeai le rayon de lumière vers la plante. Je ne m'y connaissais pas trop, mais il y avait peu de chance que le jasmin d'hiver soit une plante vivace, surtout par cette température. Quelqu'un avait donc déposé le pot devant la tombe peu de temps auparavant, quelques mois au maximum.

Il m'était difficile d'aller plus loin, ce soir-là, en pleine nuit. Les arbres s'égouttaient en perles froides. La température baissait rapidement maintenant. Il me fallait bien deux heures pour descendre du mont Terrible, peut-être davantage, à la simple lueur de ma torche. Néanmoins, je demeurai là... Vous commencez à me connaître ! Je remuai des pierres, çà et là, pour tenter de voir ce que pouvait dissimuler ce monticule. Rien, apparemment, seulement de la terre. Ou alors, il aurait fallu revenir avec une pelle, fouiller, je n'allais pas creuser avec mes mains...

Vous vous en doutez, n'est-ce pas, je ne renonçai pas pour autant, je soulevai les pierres, une à une, d'une main, l'autre éclairant péniblement mon travail. Au bout de dix minutes, je changeai de main. J'avais l'impression d'être un voleur de sépultures, une sorte de mort vivant cherchant à enrôler un cadavre dans sa secte, si possible par un soir d'orage. Un chien, une chèvre, un nouveau-né... Peu importe.

Je ne trouvai rien, à part des pierres et de la terre mouillée. Je reposai les pierres en aveugle.

Ce soir-là, lorsque je parvins à ma BMW, il était plus de minuit et je mis encore plus d'une heure pour atteindre le gîte de Monique Genevez, sur les bords du Doubs, à vingt kilomètres-heure ; la tempête avait redoublé, il tombait une sorte de neige fondue collante. J'étais trempé, transi, boueux. Les doigts en sang. J'ai traîné pendant dix jours le rhume que j'avais contracté ce soir-là... Tout cela pour quelques pierres. La tombe d'un chien ! Un chien que je n'avais même pas réussi à déterrer. Cette histoire d'enquête me rendait dingue. Avant de m'endormir, pour me calmer, je m'enfilai trois verres de vin de paille de la mère Genevez.

Le lendemain, je suis retourné voir l'ingénieur des Eaux et Forêts employé par le parc naturel, Grégory Morez, ce type à la carrure de bûcheron, beau comme s'il sortait d'un film de Hollywood tourné dans les Rocheuses. Il sillonnait le mont Terrible et les environs dans son 4 × 4 depuis des années, a priori il devait bien connaître la cabane et la tombe.

Morez parut à la fois surpris de ma question, et déçu de n'avoir pas de réponse satisfaisante à me donner. Oui, il connaissait la cabane, elle servait de temps à autre de squat ou de refuge à des ados, à qui il faisait comme il le pouvait la chasse. Quant à la tombe, il n'avait jamais fait attention, mais il s'agissait sans doute d'un chien. C'était courant, dans le Jura, dans les montagnes, d'enterrer les chiens sous un tas de pierres. Des cairns. Des balises le long des sentiers.

J'hésitai à remonter sur le mont Terrible armé d'une pelle, pour fouiller la tombe. Il faisait ce jour-là un temps encore plus exécrable que la veille, quelques degrés en moins et toujours cette pluie mélangée de neige. Deux à trois heures de marche pour quoi ? J'avais déjà gratté plusieurs longues minutes le sol de cette tombe, la nuit précédente.

Quel rapport pouvait-il y avoir entre cette cabane, ce tas de pierres et mon enquête ?

Aucun, bien entendu.

Finalement, j'ai pris un café à Indevillers, le bled le plus proche, et j'ai attendu une demi-heure que le temps se lève. En pure perte. La neige s'est mise à tomber franchement sur la ligne de crête en fin de matinée. Je suis directement retourné à Paris.

Une nouvelle impasse dans mon enquête, pensais-je, une nouvelle piste qui aurait fait hurler de rire Nazim si je lui en avais parlé.

Vous imaginez, déterrer un chien !

Je ne le savais pas encore, mais ce jour-là, le 23 décembre 1986, j'ai commis une erreur. La seule peut-être, en dix-huit ans d'enquête, mais, mon Dieu, quelle erreur ! Je pourrais me trouver toutes les excuses du monde. La neige, le froid, la fatigue, la malchance, les sarcasmes de Nazim, mais à quoi bon. Moi Crédule Grand-Duc, le méticuleux, le têtu, j'ai renoncé ce matin-là, j'ai manqué de courage, je ne suis pas allé jusqu'au bout de la piste. Une seule fois, je vous l'assure. La seule aussi qu'il ne fallait pas laisser filer…

Mais j'anticipe, une fois de plus. Pardonnez-moi. Nous étions donc en 1986, le cours de la gourmette était monté à soixante mille francs. Toujours aucun client à l'horizon… Je continuais mon enquête avec obstination, en essayant de repousser les premiers signes de lassitude par une planification méthodique de mes investigations… Je fis un long séjour au Québec, pour rencontrer les grands-parents maternels de Lyse-Rose, les Bernier, à Chicoutimi, pour rien…

Me rapprocher des Vitral était l'une des options de ma planification méthodique. Pas la plus désagréable, d'ailleurs. Lylie avait presque six ans, Marc huit. Je passai le 21 juin 1986 avec eux… Il faisait terriblement chaud. C'était une des premières fêtes de la musique, Lylie avait joué deux morceaux au piano avec l'orchestre de Dieppe, sur un kiosque monté pour l'occasion sur le front de mer, devant la piscine. Lylie, radieuse dans sa jolie robe verte, avec ses cheveux blonds bouclés, était la plus jeune du groupe, et de loin ! Nous avions ensuite grignoté à la friterie ambulante de Nicole. C'était un soir de grande foule. Nicole Vitral m'apparut plus rayonnante que jamais, si fière de sa petite-fille sur l'estrade. Si belle aussi, presque heureuse, le temps d'une sonate de Chopin. Je ne la quittais pas des yeux, elle ne s'en apercevait pas, le regard happé vers la scène où Lylie triomphait. Sa blouse tachée ne vint pas une fois dissimuler la courbe de ses seins sous son fin corsage.

Un peu plus tard, on était installés dans l'herbe, Lylie dévorait une crêpe, assise sur mes genoux. Elle m'avait demandé mon prénom.

« Crédule !

— Crédule la Bascule ! »

Elle m'avait immédiatement baptisé ainsi, pour une soirée. Crédule-la-Bascule. S'en souvient-elle encore ? De détective privé, ex-mercenaire, j'étais devenu balançoire pour fillette.

Marc, de son côté, voulait rentrer chez lui au Pollet, impasse Pocholle. Tout de suite ! C'était le quart de finale de la Coupe du monde. France-Brésil... Marc n'avait pas eu besoin d'insister, je ne voulais pas non plus rater le match, et au fond de moi le regarder avec Marc me faisait plaisir. Nicole avait accepté que je ramène le garçon au Pollet pendant qu'elle restait sur la plage avec Lylie.

Incroyable soirée...

On s'est jetés dans les bras l'un de l'autre, Marc et moi, quand Platini a égalisé, juste avant la mi-temps, après que Stopyra eut discrètement piétiné le gardien brésilien ; le pétit Marc m'a serré très fort la cuisse lorsque Joël Bats a détourné le penalty de Socrates, à un quart d'heure de la fin, main opposée, un chef-d'œuvre ; nous avons hurlé ensemble, quand ce salaud d'arbitre n'a pas sifflé la faute sur Bellone, en pleine surface, pendant les prolongations… Et quand Luis Fernandez a rentré le dernier tir au but, on est sortis ensemble, dans l'impasse Pocholle, entraînés dans une fiesta avec les voisins comme je n'en avais jamais connu.

1986.

Crédule-la-Bascule.

La France en demie contre les Teutons !

Ça n'avait plus grand-chose à voir avec l'enquête, je le reconnais…

Mais restait-il grand-chose à voir ?

En 1986, déjà, je ne le croyais plus trop…

32

2 octobre 1998, 13 h 41

De son poste d'observation, Ayla Ozan dominait toute la propriété de la Roseraie. Elle s'était installée dans le bois de Coupvray. Après le chemin des Chauds-Soleils, elle avait discrètement suivi un sentier qui montait entre les arbres. De là, dissimulée derrière un tronc, elle ne pouvait rien rater des allées et venues chez les Carville.

Pour l'instant, rien ne bougeait dans la propriété, pas même le vieux Carville, sous son arbre, au milieu de la pelouse, comme une sorte de sculpture moderne au milieu d'un parc public. Il ne manquait plus que du lierre grimpant le long de ses jambes et du lichen sur les roues du fauteuil.

Ayla avait inspecté les environs, les rues, les chemins. Aucune trace de la Xantia bleue ! Par contre, elle n'avait eu aucun mal à repérer la Rover Mini de Malvina de Carville, garée presque devant la Roseraie. La voiture garée rue de la Butte-aux-Cailles, quelques heures auparavant.

Ni Crédule ni Nazim n'étaient donc ici. Elle hésitait sur l'attitude à adopter. Attendre ici, malgré tout ? Au cas où... Sonner chez les Carville, entrer ? Trouver cette Malvina de Carville, la faire parler, d'une façon ou d'une autre, lui demander ce qu'elle faisait devant chez Grand-Duc ? Lui demander surtout si elle avait croisé Nazim ?

Ayla sentait toujours le froid de la lame de son grand couteau de cuisine contre sa jambe. Oh oui, elle aurait bien aimé s'offrir un petit tête-à-tête avec cette Malvina. Le matelas de feuilles mortes crissait doucement sous ses semelles. Elle se raisonna. Contacter les Carville était la dernière chose à faire !

La bonne solution, elle l'avait tournée et retournée dans sa tête, était de se rendre à la police. De leur dire le plus simplement du monde que son mari, Nazim Ozan, n'avait pas donné de nouvelles depuis deux jours. Lancer un avis de recherche, les flics peuvent faire cela. Peut-être qu'il n'était pas trop tard. Peut-être que les flics ne poseraient pas de questions, après tout. Et s'ils en posaient, et si elle sentait que cela pouvait aider à retrouver Nazim, alors oui, sans hésitation, elle raconterait aux flics tout ce qu'elle savait.

Son témoignage aiderait Nazim, au final. Il n'était pas le seul coupable, elle le dirait aux flics. Ils comprendraient. Nazim aussi comprendrait. Tout ce qui importait, maintenant, c'était de le retrouver.

Ayla regarda à nouveau vers la Roseraie. Ce qu'elle aurait voulu, c'est que la fille sorte, la Malvina. Elle l'aurait coincée, lui aurait mis le couteau sous la gorge, lui aurait expliqué que si elle ne parlait pas elle la découperait en lamelles façon viande de kebab. La fille aurait craché le morceau. Elle était folle, pas suicidaire.

Mais Ayla ne décelait toujours aucune trace de cette fille, juste sa voiture…

Elle hésita. Elle attendait déjà là depuis une heure.

Tant pis. Il fallait repartir, elle devait parler aux flics.

Ayla se leva.

Le coup de feu lui explosa dans les oreilles.

D'instinct, Ayla plongea dans les feuilles. Elle eut l'impression de tomber sur un épais tapis. Elle souffla. Elle n'était pas touchée. Elle estima que le coup avait été tiré à moins de cinquante mètres d'elle.

L'avait-on visée, ou bien avait-elle simplement paniqué ? Des chasseurs ? Il devait y en avoir un paquet, dans cette forêt, dans cette banlieue chic, peut-être même de la chasse à courre.

Que faire ?

Crier. Hurler : « Hé, je suis là »…

Prévenir les chasseurs ?

Prévenir le tueur, peut-être…

Ou bien ramper, tenter de rejoindre le chemin, quelques centaines de mètres plus bas. Là, elle serait en sécurité, près des maisons.

Ayla ne fit rien, attendit, guettant le moindre bruit dans la forêt. L'adrénaline qui montait en elle lui rappelait le moment où elle avait fui la Turquie des généraux, avec son père, cachée dans le faux plancher d'un camion, pendant des heures. Elle se souvenait encore du bruit des bottes sur les lattes, à la frontière, et elle quelques centimètres en dessous, sa bouche bâillonnée par la main de son père.

Tous ses sens étaient en éveil.

A présent, aucun autre bruit ne traversait la forêt. Juste le vent, dans les arbres, les feuilles.

Elle attendit de longues minutes, qui lui parurent des heures.

Rien. Une forêt calme. Paisible.

Doucement, elle se leva, scrutant les ombres dans les arbres, le vent dans les feuilles.

Personne.

Elle était à nouveau seule dans cette forêt. Sans doute avait-elle entendu une balle perdue. L'écho sous les arbres avait dû amplifier la détonation, le coup de feu avait pu être tiré loin d'elle, à l'autre bout de la forêt. Décidément, elle était trop nerveuse, il fallait à tout prix qu'elle se rende au poste de police, le plus rapidement possible maintenant.

Elle fit un pas, lentement, méfiante malgré tout. Elle appuya sa main contre l'arbre le plus proche.

La balle était fichée dans le tronc.

La main d'Ayla se crispa sur l'écorce. Subitement glacée.

On l'avait bel et bien visée…

Ayla entendit la détonation à peine un dixième de seconde avant de sentir son épaule exploser sous l'impact. Elle s'effondra. Sa clavicule se déchira une seconde fois en heurtant violemment la terre. Ayla hurla sans retenue, sous le coup de la douleur. Elle roula sur le ventre, incapable de se tourner. Tout le haut de son corps refusait de lui obéir, ankylosé, paralysé par la souffrance. Ayla essaya vainement de se redresser par la seule force de son bras valide. Comme un enfant de quelques mois tombé sur le ventre.

Ses jambes s'agitèrent, ses pieds cherchèrent un appui, pour ramper, s'éloigner. Ils ne trouvèrent qu'une couche de feuilles jaunies qui volaient sous ses gestes désespérés. Comme si elle cherchait à nager dans une piscine de plumes.

La douleur la clouait au sol. Il fallait pourtant qu'elle s'éloigne.

Elle entendit les pas s'approcher. Le bruit sinistre des feuilles écrasées, de plus en plus net.

Puis plus rien.

Il était là. C'était fini.

Ayla ne souffrait plus. Elle sentait juste le lit de feuilles mortes lui caresser la figure, le cou, les bras. Elle voulait mourir avec cette sensation, cette caresse. Ce n'étaient plus les feuilles qui agaçaient son corps dénudé, c'était la moustache de Nazim. Sa grosse moustache, tendre, douce, impudique. Ses pensées s'envolèrent vers la maison d'Antioche, celle qu'elle devait acheter avec Nazim, en Turquie, leur maison, leur pays, ce pays qu'elle avait fui dans les bras de son père, c'était il y a si longtemps…

Le bruit d'un revolver que l'on arme rompit sèchement le silence. Ayla fit un dernier effort pour se retourner, pour le voir.

Connaître son assassin.

Elle poussa de son bras valide.

Cette dernière volonté ne lui fut pas accordée.

Dans l'instant qui suivit, la balle lui traversa la nuque.

33

2 octobre 1998, 14 h 40

Concorde. Changement.

Marc rangea machinalement le cahier dans le sac. La fille souriante avec la guitare sur le dos descendit aussi. Ils marchèrent côte à côte dans le couloir, se touchant presque, gênés, comme lorsqu'on se retrouve dans l'intimité d'un ascenseur avec un inconnu.

Sur le sol froid du couloir, une femme recroquevillée sur elle-même semblait prier un quelconque dieu des Enfers. Pas d'enfant, pas d'animal, pas de musique, pas de carton déchiré, ni message ni explication, juste un visage invisible enfoui entre deux genoux et une assiette blanche. Vide. La foule se détournait de la mendiante, l'évitait, l'enjambait. Sans même réfléchir, sans même ralentir, Marc glissa une pièce de sa poche dans la soucoupe. La fille à la guitare tourna vers lui un regard surpris, le genre de regard signifiant que Marc venait à ses yeux de passer brusquement du statut de jeune-con-pressé-qui-fait-la-gueule-dans-le-métro à celui de garçon-beaucoup-plus-intéressant-qu'il-n'en-a-l'air-mais-qui-hélas-ne-remarque-rien…

Quelques mètres plus loin, le couloir se scindait en deux. Marc tourna à droite, ligne 12, direction porte de la Chapelle, toujours perdu dans ses pensées. La fille à la guitare s'engagea à gauche, ligne 7, direction La Courneuve, ralentissant juste un peu pour regarder s'éloigner ce joli grand blond mélancolique.

Madeleine.

On s'approchait de l'une des gares les plus fréquentées de Paris. Ce n'était pas l'heure de pointe, mais presque. La foule sur les quais et dans les voitures se densifia brusquement. Impossible de lire dans ces conditions.

Saint-Lazare.

La voiture se vida à une vitesse vertigineuse. Marc regardait toujours avec étonnement la course des voyageurs dans les couloirs de la gare Saint-Lazare : ces gens qui sprintaient, bousculant les moins rapides, négligeant les escalators bondés pour gravir quatre à quatre les escaliers délaissés, accélérant encore dès qu'un tunnel long et rectiligne le permettait… Ces gens entamaient-ils cette course contre la montre à cause d'une urgence exceptionnelle, ou bien couraient-ils ainsi tous les jours, matin et soir, tout simplement par habitude, comme d'autres font leur jogging sous les platanes ?

Il avait lu il y a peu l'histoire de ce type, l'un des plus grands violonistes au monde, un nom russe qu'il n'avait pas retenu, qui un beau jour, pendant plusieurs heures, s'était installé pour jouer dans un hall de métro. Sans affiche, sans annonce officielle, il s'était juste planté anonymement dans le couloir et avait sorti son violon. Alors que tous les soirs il remplissait les salles du monde entier, alors que les places pour obtenir le privilège de l'écouter s'arrachaient à des centaines de francs, ce jour-là, personne ou presque dans le couloir du métro ne s'arrêta pour l'écouter. Tous ces types cravatés n'avaient même pas ralenti en passant devant lui et avaient couru vers leur train, et peut-être le soir même, ou le week-end, avaient-ils couru, encore, pour arriver dans les temps au concert d'un musicien réputé qu'il ne fallait rater à aucun prix.

Marc, pour la première fois depuis le début de la journée, s'offrit un peu de répit. Il marcha tranquillement jusqu'à la salle des pas perdus. Des milliers de personnes attendaient dans l'immense hall de gare, debout, immobiles, les yeux au ciel, telle une foule attendant devant la scène l'entrée d'une rock star planétaire. Sauf que les voyageurs ne fixaient pas les spotlights mais les écrans lumineux indiquant le quai des trains, ou plutôt ne l'indiquant pas assez tôt, et les voyageurs s'entassaient, plus serrés à chaque minute.

Le Corail Paris-Rouen faisait partie des trains dont les quais n'étaient pas encore annoncés. Marc traversa tout le hall, se faufilant au milieu de la forêt de navetteurs pétrifiés, et s'installa à la terrasse du buffet de la gare. Il commanda un jus d'orange à un serveur agité qui l'encaissa tout de suite, comme si le jeune homme allait fuir, le verre à la main… Marc attrapa son téléphone. Son répit n'avait été qu'éphémère, il jura, un

« Bordel de merde ! » qui se perdit dans le brouhaha de la gare.

Lylie avait appelé !

Evidemment, l'appel était parvenu pendant qu'il était sous terre, à croire que Lylie le suivait, pas à pas, dans Paris, et attendait qu'il s'enfonce dans les couloirs souterrains pour lui laisser des messages… Sans lui parler !

Marc jongla avec les touches. Il porta le téléphone jusqu'à son oreille pour écouter le message. Il était à peine audible, Lylie chuchotait plus qu'elle ne parlait :

« Marc, c'est Emilie. Mon Dieu, qu'es-tu allé faire chez les Carville ? Fais-moi confiance, Marc. Demain, tout sera terminé. Je t'expliquerai, alors. Je t'expliquerai tout. Si tu m'aimes autant que tu le dis, tu me pardonneras. Emilie. »

Marc demeura un instant immobile, le téléphone toujours collé à son oreille.

Faire confiance…

Pardonner…

Attendre ? !

Jamais de la vie ! Lylie lui dissimulait quelque chose, tout allait se jouer dans les heures qui venaient, ce fameux voyage sans retour que lui seul pouvait empêcher. Marc joua sur les touches et écouta à nouveau le message de Lylie. Un détail l'intriguait.

« Marc, c'est Emilie… » Il appuya l'écouteur sur son oreille droite et se boucha l'autre avec un doigt. Il avait besoin d'entendre distinctement, ce qui se révéla particulièrement compliqué dans cette gare bondée.

« Tu me pardonneras. Emilie. »

Marc joua à nouveau sur les touches et écouta une troisième fois le message. Il ne s'intéressait plus aux paroles de Lylie mais à ce qu'il entendait derrière. Le son était un peu lointain, un peu sourd, mais à la troisième audition il était presque sûr de lui. Par précaution, il écouta toutefois une dernière fois le message : derrière la voix de Lylie, il entendait distinctement le bruit de plusieurs sirènes d'ambulances.

Marc rangea le téléphone dans sa poche et but la moitié de son jus d'orange tout en essayant de réfléchir. Il ne voyait que deux explications possibles. Soit Lylie se trouvait à proximité du lieu d'un accident, dans la rue ou ailleurs. Soit elle se trouvait… devant un hôpital, ou une clinique ! Dans tous les cas, il s'agissait d'un indice, le premier !

Marc vida son verre et continua de raisonner. Rechercher le lieu où venait de se produire un accident dans Paris était stupide, le lieu de l'accident, un carrefour, un coin de rue, serait dégagé rapidement, Lylie n'allait pas rester sur place, il serait impossible de la retrouver ainsi. Par contre, si on retenait l'hypothèse d'un hôpital… On se retrouvait sans doute face à plusieurs dizaines d'adresses dans Paris… Mais c'était sa seule piste…

Marc reposa son verre vide sur la table d'aluminium. Le serveur se précipita pour débarrasser, comme pour signifier à Marc que le temps de stationnement dans le bar était limité. Marc ne réagit pas, une autre question le hantait : pourquoi un hôpital ? Que venait y faire Lylie ? La première image qui lui vint fut celle de Lylie blessée. On l'emmenait en urgence au bloc opératoire, un essaim d'infirmiers en blouse autour d'elle…

Le grand voyage. Elle avait tenté de se suicider ! Elle n'avait pas attendu le lendemain.

Que faire ?

Le cœur de Marc battait à se rompre.

Appeler toutes les cliniques, tous les hôpitaux de Paris ?

Pourquoi pas, après tout ?

Marc téléphona pour la troisième fois de la journée à Jennifer, sa collègue de France Telecom. Elle lui transmit avec empressement, par interminables séries de dix-huit SMS, la liste des numéros de téléphone qu'il souhaitait : cent cinquante-huit cliniques et hôpitaux dans Paris intra-muros…

Rien que ça !

Pendant plus d'une demi-heure, Marc joua les standardistes. Avec toujours le même rituel :

« Bonjour, madame, une jeune fille du nom d'Emilie Vitral a-t-elle été admise chez vous aujourd'hui ?… Non, je ne sais pas dans quel service… Les urgences, peut-être ? »

Chaque appel prenait entre quelques secondes et quelques minutes. La réponse était toujours la même, à quelques variantes près : « Non, monsieur, nous n'avons personne de ce nom. Vous êtes bien certain de son identité ? » Marc s'arrêta au vingtième numéro de la liste. Téléphoner aux cent cinquante-huit adresses allait lui prendre un temps infini. Il avait conscience de perdre de précieuses heures à la poursuite d'un indice bien mince : quelques sirènes d'ambulances… Elles auraient aussi bien pu passer en trombe dans n'importe quelle rue au moment où Lylie l'appelait…

Le serveur était déjà venu trois fois lui demander s'il souhaitait autre chose. Marc avait recommandé un jus d'orange, sans conviction, juste pour le faire patienter. Il n'y avait pas touché. Etait-ce ce qu'avait ressenti Crédule Grand-Duc toutes ces années ? Suivre jusqu'à l'obsession une direction qu'on sait fausse dès le départ ? S'accrocher à la flamme d'une allumette un soir de tempête ?

Marc leva les yeux vers le panneau d'affichage des trains au départ. Toujours rien d'indiqué pour le Rouen-Paris. Tout allait trop vite, pensa-t-il, beaucoup trop vite. Ces bruits de sirènes… Cette enveloppe bleue dans sa poche qu'après tout il n'avait qu'à ouvrir, en dépit des recommandations de Mathilde de Carville et de la promesse faite à Nicole… Et ce cahier, ces confidences de Grand-Duc, ce mauvais suspense qu'il entretenait… Et qui l'avait piégé.

Marc vida d'un trait son second jus d'orange. Le serveur se précipita, armé d'un torchon pour essuyer la table, esquissant presque un sourire de soulagement. Comme pour le narguer, Marc sortit le cahier vert.

Journal de Crédule Grand-Duc

En 1987, la gourmette avait atteint la somme de soixante-quinze mille francs. Vous imaginez ? Une fortune à l'époque, même pour un bijou de chez Tournaire. Mon enquête, elle, devenait franchement morose… Aucune piste nouvelle, je me contentais de labourer les anciennes, de lire et de relire, dix fois, les mêmes dossiers.

J'effectuai quelques séjours en Turquie, pour la forme. L'hôtel Askoc, la Corne d'Or, les marchands de tapis, le crépuscule sur le Bosphore, tout le « Lylie's Mystery Tour » ; suivez le guide. Je revisitai le Québec également, Chicoutimi, chez les Bernier, une fois, par moins quinze degrés ! Pour rien.

J'étais retourné à Dieppe, aussi. Deux fois, je crois, dont une avec Nazim. Ce sont les bons souvenirs, ceux-là. Je les raconte un peu pour ça. Un peu aussi parce qu'il est important que vous compreniez, pour Lylie. Sa psychologie, je veux dire. Son environnement, le déterminisme, l'acquis et l'inné, toutes ces foutaises. Je vous donne les détails pour que vous puissiez juger par vous-mêmes. C'est important, si vous voulez vous faire votre propre opinion.

C'était en mars 1987. Il faisait un temps terrible. D'après ce que nous avait dit Nicole Vitral, la pluie et le vent à plus de soixante kilomètres-heure sur Dieppe n'avaient pas cessé depuis quinze jours. Il n'y avait pas un chat sur le front de mer. Nicole toussait à chaque fin de phrase. Ses poumons la torturaient au moindre effort.

Nazim était heureux. Il aimait bien venir à Dieppe. Il aimait bien la pluie. Il aimait bien Marc, aussi, même si le gosse avait un peu peur de lui. Nazim n'avait pas de gosses, pas plus que moi. Mais lui avait une femme, au moins ! La belle Ayla, avec ses formes aussi rondes que ses kebabs. Nazim, forcément, supportait l'équipe turque de football. Marc se moquait de lui : quelques années auparavant, l'équipe de Turquie, pendant les éliminatoires de la Coupe du monde 86, avait perdu 8-0 contre l'Angleterre ! « Un score de baby-foot », rigolait Marc.

Nazim voulut montrer à Marc qu'il n'était pas rancunier, il lui avait rapporté un maillot de Dündar Siz, l'ailier gauche de Galatasaray, le quartier « gaulois » d'Istanbul... Le nom de Dündar Siz ne vous dit sûrement rien. Essayez de le traduire en français... Vous y êtes ? Didier Six... Le joueur français avait dû prendre la nationalité turque, pour pouvoir emmener Galatasaray au titre de champion, l'année suivante. Didier Six... Comment peut-on avoir pour idole Didier Six ! Un type qui a fait toute sa vie la même feinte, faux départ sur l'aile et crochet intérieur... Un type qui surtout a tiré dans les bras du gardien son penalty à Séville en 1982, en demi-finale de la Coupe du monde, contre l'Allemagne. Il jouait à Stuttgart, à l'époque, ce vendu... On en a fusillé pour moins que ça !

Et voilà que Nazim, cinq ans plus tard, ne trouvait rien de mieux que de ramener à Marc un maillot de Dündar Siz ! Le maillot d'un traître vivant en exil sous un faux nom ! Bel exemple pour la jeunesse. Marc, jeune et naïf, enfila le maillot sans se poser de questions. Normal, il n'avait pas connu 82, la nuit de Séville, le traumatisme d'une génération entière...

La petite Emilie, elle, s'en fichait. Ce jour de mars 1987, elle bravait le vent et la pluie. Elle avait enfilé un ciré mauve fluo, avec une capuche qui lui bouffait le visage, d'où seuls des cheveux blonds dépassaient. Elle portait des bottes de la même couleur et sautait dans les flaques du caniveau de la rue Pocholle. Elle courait après les chats ! Nicole, presque émue aux larmes, m'avait expliqué pourquoi.

Emilie avait sept ans, six mois de CP, savait lire, et dévorait déjà les *Contes du chat perché*, de Marcel Aymé. Les contes rouges. Delphine et Marinette, les animaux de la ferme qui parlent…

« Les *Contes du chat perché !* me disait Nicole, me prenant à témoin. A sept ans ! En CP ! Crédule, vous vous rendez compte ? »

Il devait y avoir moins de vingt bouquins dans leur petite maison de pêcheurs, et celui-ci était le seul livre pour enfants. Quel rapport avec les chats du quartier, me direz-vous ? J'y viens. Emilie avait adoré l'histoire du chat de la ferme qui, pour emmerder le monde, passait tous les jours lors de sa toilette sa patte derrière son oreille, attirant immanquablement la pluie pour le lendemain. Des semaines de déluge par la seule faute de l'humeur du chat et de son mauvais caractère, jusqu'à ce que les fermiers décident de se débarrasser du chat… et que Delphine et Marinette le sauvent in extremis. Déduction logique pour Emilie, si le déluge s'était abattu sur Dieppe depuis quinze jours, pluie, vent, grêle et galets volants, c'était la faute des chats du quartier, qui devaient eux aussi passer leur patte derrière leur oreille. Une seule solution s'imposait : convaincre les chats du quartier de se laver autrement. Tous les chats du Pollet. Vous imaginez, un quartier de pêcheurs ! Emilie passait des heures à les approcher, les apprivoiser, leur expliquer doucement qu'à cause d'eux sa grand-mère Nicole ne pouvait pas travailler.

Qu'eux aussi, qui aimaient tant le soleil, ne pouvaient pas sortir dehors pour se faire dorer sur le goudron.

Emilie avait essayé de m'entraîner, ainsi que Nazim, dehors sous la pluie, pour attraper les chats. Pour leur faire peur ! Il y en avait qui ne l'écoutaient pas. Les sauvages, surtout.

« Allez, viens, Crédule-la-Bascule ! »

« Allez, suis-moi, Moustache ! »

Elle nous tirait de sa petite main. Les gouttes coulaient encore le long de son ciré. Nazim éclatait d'un gros rire, mais restait au sec devant un café. Moi aussi. Seul Marc, du haut de ses huit ans, finissait par céder, par sortir, sous la pluie battante. Le maillot turc de Didier Six, trop grand, enfilé par-dessus son manteau marron. Trempé, presque transparent.

Aussi transparent que Dündar Siz, isolé sur l'aile gauche au Parc des Princes.

Je vous lasse peut-être avec mes souvenirs dégoulinants. Je comprends. C'est l'enquête qui vous intéresse… Rien que l'enquête. J'y viens, j'y viens. Je n'avais pas renoncé, malgré tout. Vous verrez, vous n'allez pas être déçus. Le 22 décembre 1987, comme chaque année, je me rendis à mon pèlerinage du mont Terrible. J'arrivai le soir sur les bords du Doubs pour poser mes bagages. J'avais déjà mes habitudes de vieux garçon. La patronne, Monique Genevez, une femme un peu forte et adorable, à l'accent franc-comtois si marqué qu'il me rappelait presque celui des Québécois, me réservait toujours la même chambre, la 12, avec vue sur le mont Terrible, et me faisait mûrir un bon mois à l'avance la cancoillotte qu'elle me servait avec un vin d'Arbois. L'enquête s'enlisait, je creusais ma névrose, déjà... J'avais bien droit à quelques compensations.

Ce jour-là, donc, Monique, qui me guettait au bout du chemin, ne me laissa même pas le temps de garer ma voiture :

— Monsieur Grand-Duc, il y a quelqu'un pour vous !

Je la regardai, stupéfait. Elle insista :

— Il est là depuis deux heures. Il a téléphoné plusieurs fois le mois dernier, il voulait vous voir, je lui ai dit que vous arriveriez comme tous les ans, le 22 décembre dans l'après-midi... Je crois que c'est rapport à votre enquête.

Monique avait gloussé devant moi comme Miss Moneypenny face à James Bond. Etonné, excité, j'entrai rapidement dans le salon. Un homme, la cinquantaine entretenue, portant un long manteau d'hiver sombre, m'attendait en lisant des prospectus sur la région. Il se leva vers moi.

— Augustin Pelletier. Cela fait des mois que je souhaite vous rencontrer, monsieur Grand-Duc. Je suis tombé par hasard sur vos petites annonces, dans *L'Est républicain*. Je pensais que toute l'enquête sur l'accident du mont Terrible était bouclée depuis longtemps... Mais, apparemment, vous cherchez encore. Vous allez peut-être pouvoir m'aider...

C'était plutôt le contraire que j'attendais. De l'aide de sa part, mais bon... Augustin Pelletier m'avait l'air d'un homme équilibré, le genre cadre d'entreprise, décidé, au sens des responsabilités précis. Pas un affabulateur.

Je m'installai à côté de lui, dans le hall du gîte. De la baie vitrée, on pouvait admirer toute la ligne de crête, dont le mont Terrible, pas encore enneigé cette année.

— Je vais faire mon possible, monsieur Pelletier. Vous me surprenez…

— C'est une vieille histoire, monsieur Grand-Duc. Je vais aller au plus court. Je suis à la recherche de mon frère, Georges, Georges Pelletier. Il a disparu, depuis des années maintenant. La dernière trace que j'ai de lui remonte à décembre 1980. A cette époque, il vivait en ermite sur le mont Terrible, dans une petite cabane, pas très loin de l'endroit où s'est produit le crash de l'Airbus.

34

2 octobre 1998, 15 h 09

Marc leva les yeux. Les lettres lumineuses du panneau d'affichage se mélangèrent comme les lettres d'un jeu de Scrabble électronique.

Paris-Caen. Quai 23.

Une bonne partie de la foule, jusqu'alors immobile dans la salle des pas perdus, se précipita vers l'étroit quai 23, comme autant de grains colorés entraînés dans le goulot d'un sablier. Marc avait appris qu'on pouvait caser plus de mille personnes dans un train. La population moyenne d'un chef-lieu de canton… Pas étonnant, alors, cette foule dans la salle des pas perdus : deux ou trois trains annoncés en retard et c'était plusieurs milliers de voyageurs debout sur les quais…

Comme ceux du Paris-Rouen, dont la voie n'était toujours pas indiquée. Marc regarda son téléphone, il fallait qu'il continue ses appels aux cliniques, suivre sa seule piste pour retrouver Lylie, aussi infime soit-elle. Sa main hésita entre le téléphone et le cahier vert, mais la curiosité fut la plus forte. Il pouvait bien se donner quelques minutes, lire encore quelques pages. Grand-Duc avait-il réellement trouvé un témoin du crash du mont Terrible ?

Journal de Crédule Grand-Duc

Les nuages venaient de Suisse. C'était plutôt rare. Après des années d'expérience, je commençais à maîtriser la climatologie locale du Haut-Jura.

— Georges est mon petit frère, expliqua Augustin Pelletier. Il a toujours été plus fragile que moi. Une personnalité compliquée. On était très différents. Quand il a commencé à fuguer de la maison, à Besançon, il n'avait pas quatorze ans. Il traînait avec les bandes du quartier. Les policiers le ramenaient à mes parents. A la fin, Georges a été placé deux ans en établissement spécialisé, rien n'y a fait.

Je tapotai avec mes mains sur les accoudoirs de mon fauteuil. Où l'Augustin voulait-il en venir ?

— J'arrive à l'épisode du mont Terrible, monsieur Grand-Duc, fit Augustin, qui avait dû percevoir mon impatience. N'ayez crainte. A seize ans, Georges a définitivement quitté la maison. Je ne vous fais pas un dessin. Il dormait dans la rue. Alcool. Drogue. Il dealait aussi, un peu. Rien de bien méchant. Il était tout simplement devenu clodo. On dit SDF, maintenant. Il était connu sur Besançon, avec quelques autres. Mes parents ont renoncé. Moi aussi, à l'époque j'avais un travail, une femme qui ne voulait plus entendre parler de lui, vous pouvez imaginer ce que c'est, hein, monsieur Grand-Duc ? Pas facile d'inviter un junky au réveillon de Noël…

Mes doigts continuaient de danser sur les accoudoirs, mais Augustin ne les regardait plus, ou faisait semblant.

— Je gérais, comme je pouvais, continua-t-il. Je conservais une espèce de lien indirect, par les services sociaux, par la police aussi. Georges ne voulait pas d'aide. A chaque fois que j'avais tendu la main, j'avais pris une claque, enfin tout comme, si vous voyez ce que je veux dire…

Je voyais. Et je m'en foutais. Je le montrai. Abrège, Augustin.

— J'y suis, monsieur Grand-Duc. Nous gardions toujours quelques nouvelles de Georges, avec des périodes plus ou moins longues où il disparaissait. Un ou deux ans au plus. En mai 1980, j'ai perdu définitivement sa trace. Georges avait alors quarante-deux ans, il en paraissait au moins quinze de plus. Plus aucune nouvelle depuis huit ans.

Je n'y tenais plus. Les nuages blancs, suisses, s'accrochaient à la ligne de crête, jouant à cache-cache avec le mont Terrible.

— Monsieur Pelletier… Quel est le rapport avec moi ? Quel est le rapport avec le 23 décembre, avec l'accident ?

— J'y suis. J'y suis. J'étais terriblement inquiet. Vous ne pouvez pas imaginer. Aucune nouvelle. J'ai fait mon enquête auprès des autres SDF de Besançon. Ce n'était pas facile… Mais bon, je vous passe les détails, ils ont fini par me lâcher que Georges était parti se mettre au vert. Il en avait marre du trottoir. Il y avait surtout pas mal de types à Besançon qui cherchaient à le coincer. Des mauvais deals, si vous voyez. Des types de la police aussi, hein, vous voyez ?

Je voyais…

— Ils m'ont dit que la dernière fois qu'il avait donné des nouvelles, il vivait dans une cabane, en pleine nature, dans la montagne, à la frontière suisse. Le mont Terrible, ça s'appelait. On en avait beaucoup parlé à l'époque, à cause de l'accident… Voilà, c'est la dernière fois que j'ai entendu parler de mon frère. C'était il y a près de sept ans, maintenant. J'ai fouillé pendant des mois. Sans succès. Depuis, j'ai plus ou moins abandonné les recherches, et l'espoir de le revoir un jour, aussi. Ça n'a pas traumatisé ma femme, vous vous en doutez. Mais quand j'ai lu vos annonces, sept ans après, ça m'a fait un choc ! Je me suis dit : Pourquoi pas ? Si quelqu'un continue de chercher à comprendre ce qui s'est passé là-haut, cette nuit-là, peut-être qu'indirectement il aurait pu tomber sur la trace de mon frère…

Augustin avait terminé sa tirade ! Mes mains s'accrochaient aux accoudoirs du fauteuil comme un capitaine à la barre de son trois-mâts. Mes yeux recherchèrent l'horizon lointain à travers la vitre, les cimes arrondies, là-haut, maintenant perdues dans le brouillard. Et si ce Georges dormait dans la fameuse cabane, cette nuit du 22-23 décembre 1980 ? Et si ce Georges était ce que je n'avais jamais espéré, jamais même recherché, en sept ans d'enquête ?

Un témoin !

Un témoin direct de la catastrophe. Et si Georges avait été le premier sur la scène du drame ? Et si

Georges l'avait trouvée, le premier, à côté du bébé miraculé, la fameuse gourmette de Lyse-Rose ? Et si Georges avait creusé cette tombe ?

Les questions me vinrent spontanément :

— Georges possédait-il un chien ?

Augustin afficha une mine ahurie.

« Remets-toi, Augustin, faillis-je lui glisser. Ça fait sept ans que je bosse sur l'affaire ! »

— Heu… oui. Un bâtard, marron et court sur pattes. Pourquoi ?

Je prenais déjà des notes au dos d'un prospectus posé devant moi.

— Et il fumait quoi, comme cigarettes je veux dire, votre frère ?

— Des gitanes, je crois… Sans certitude.

— Il chaussait du combien ?

— Je dirais 43 ou 44.

— Il buvait quoi, comme marque de bière ?

— Comme bière ? Alors là… Aucune idée… Vraiment…

Augustin semblait ne plus suivre. Il arrêta le jeu :

— Mais… monsieur Grand-Duc, pourquoi toutes ces questions ? Vous avez retrouvé Georges ? Mort ? C'est ça ? Vous avez retrouvé son corps ?…

On se calme, Augustin !

Monique Genevez, impeccable dans son rôle d'hôtesse, nous apporta du thé et des gâteaux secs, genre spéculoos, mais en version jurassienne, plus épais et plus longs. Augustin n'y toucha pas. Tout en grignotant pour deux, je lui racontai tout, ma découverte, l'année précédente. La cabane, les mégots, la tombe… Augustin Pelletier fut presque déçu, je n'avais découvert aucune trace concrète de son frère... Je le rassurai tout en trempant mes biscuits dans le thé bouillant. Je ne pouvais pas lui affirmer que j'allais retrouver son frère Georges, encore moins que j'allais le retrouver vivant, mais je lui assurai que j'allais y consacrer toute mon énergie dans les mois suivants. Je ne mentais pas. J'allais le serrer de près, mon seul témoin potentiel ! Augustin avait bien fait de se taper le voyage depuis Besançon, il avait gagné un détective privé, à temps plein, sur la trace de son frère, tous frais payés par Mathilde de Carville. Et pas le moins borné. Il me laissa sa carte. Il était responsable clientèle à la Société générale à Besançon. Je lui promis encore une fois de faire tout mon possible.

Cette nuit-là, je ne dormis que quelques heures. Un peu à cause de l'excitation, beaucoup à cause de la bouteille de vin d'Arbois que j'avais bue pour fêter la nouvelle la veille au soir, suivie de quelques godets de vin de paille pour bien marquer le coup. Ma logeuse en avait un excellent.

Le lendemain matin, dès l'aube, je partis, équipé jusqu'aux épaules. Pelles, râteaux, tamis... J'étais décidé à jouer les pilleurs de tombes pour vérifier que c'était bien le bâtard marron court sur pattes de Georges qui était enterré à côté de la cabane. Je portais également des sacs étanches et des éprouvettes, le dernier cri de la police scientifique, pour y fourrer les mégots, les capsules de la cabane, vérifier l'identité des derniers occupants. J'en avais dans le sac à dos pour près de quinze kilos. Quand je passai devant la

Maison du Parc naturel régional du Haut-Jura, après le méandre du Doubs, Grégory Morez, l'ingénieur, me fit un signe de la main. Il s'amusa de mon harnachement :

— Si tu veux te faire un huit mille mètres, c'est pas par là…

Grégory… En dehors de quelques rares visites de groupes scolaires, l'ingénieur devait pratiquement passer toute sa journée à draguer les stagiaires à l'accueil. C'est du moins l'impression qu'il donnait. Ce salopard semblait embellir année après année, avec sa crinière qui virait poivre et sel, pendant que les stagiaires, elles, avaient exactement le même âge à chaque rentrée. Il laissa en plan une petite blonde jolie comme un cœur qui le couvait de ses grands yeux et me lança :

— Allez, Crédule, j'ai pitié, je te monte en 4 × 4. Tu devras te taper à pince les derniers kilomètres, mais le plus dur sera fait. Julie, je reviens dans vingt minutes, tu ne bouges pas si tu veux connaître la suite de ce qui m'est arrivé cette nuit-là sur le Spitzberg…

L'ingénieur me déposa lorsque le chemin de terre prit fin, me fit un clin d'œil et retourna baratiner sa blonde. Je l'avais questionné en route, il n'avait jamais entendu parler de ce Georges Pelletier. Logique, tout cela remontait à plus de sept ans…

Tout en marchant, je tentais d'organiser mes souvenirs vieux d'un an, la pluie froide, la lumière de la torche, les pierres entassées sur la tombe. Je retrouvai sans difficulté la cabane. J'étais en sueur. Le temps n'avait rien à voir avec celui de l'année précédente. Un beau soleil d'hiver inondait le sommet et faisait dorer la cime des sapins, comme une sorte d'été indien se retirant au rythme suisse. Tout juste si les primevères, les jonquilles et les gentianes ne pointaient pas.

L'excitation me gagnait, comme lors de ma première planque. Cela ne m'était pas arrivé depuis très longtemps, dans cette enquête. Je commençai par la cabane. Rien ne semblait avoir bougé. Il y avait d'ailleurs toutes les chances que personne d'autre que moi ne soit entré dans ce refuge du bout du monde depuis l'année précédente. Minutieux, muni de gants, je recueillis divers échantillons des détritus jonchant le sol. Je grattai un peu pour déterrer divers objets enfoncés dans la terre meuble.

Mégots, capsules, papiers gras.

Tout cela pourrait servir, peut-être, pour retrouver la trace de Georges Pelletier, même s'il avait sans doute quitté les lieux depuis un bon bout de temps.

Je sortis de la cabane. Le plus difficile m'attendait. La tombe. Je m'avançai devant les pierres amoncelées. La petite croix de bois était toujours plantée. A son pied, le jasmin dans son pot était fané. Personne n'était donc revenu fleurir la tombe pendant l'année. Pourquoi ? Pourquoi l'avoir fleurie toutes les années précédentes et pas cette année-ci ? Il faisait très chaud, j'avais retiré mon pull pour me retrouver en chemise et je suais tout de même. Le vent frais du matin se contentait du minimum, il soufflait au sommet des grands pins. Comme dans la chanson.

Je me penchai devant le rectangle de pierres.

Un détail étrange m'alerta. Une impression bizarre, tenace : les pierres n'étaient pas ordonnées de la même façon que la dernière fois ! On les avait déplacées.

Je tentai de me raisonner. Comment pouvais-je posséder une telle certitude ? J'avais observé ces cailloux un an auparavant, de nuit, sous la pluie, je les avais remués au petit bonheur, à la lumière de ma torche…

N'empêche. Ce n'était pas qu'une impression. Quelqu'un était revenu ! J'avais depuis un an gravé dans ma mémoire des repères, la forme même des pierres, leur volume, leur équilibre, une image précise, même nocturne. Sans me vanter, je suis assez doué pour cela, je possède une mémoire visuelle quasi infaillible.

Croyez-moi sur parole, tout avait été bousculé !

Tant pis. Je n'allais pas trouver la réponse à mes questions sans me salir les mains. Je commençai à soulever les pierres avec une infinie précaution. Cela me prit une bonne demi-heure. Le soleil radieux évitait à la scène de devenir trop macabre. Je m'arrêtai plusieurs fois pour boire.

Lorsque le dernier caillou fut jeté de côté, je continuai à la pelle, avec délicatesse. Tout cela pour quoi ? pensais-je. Pour déterrer un cadavre de chien ! Qu'est-ce que je pouvais espérer d'autre ? Un bébé enterré en haut du mont Terrible ?

Je creusai donc, pendant presque une heure. Le soleil s'était déplacé vers l'ouest et l'ombre bienfaitrice des pins s'étendait désormais sur la tombe profanée. Le trou que j'avais dégagé était profond, plus d'un mètre. J'avais enlevé la croix, creusé en dessous aussi. Je continuai encore une demi-heure, obstiné.

Au final… rien !

Même pas un os de chien, de chèvre ou de lapin.

Rien, vous dis-je !

Ce mausolée de pierre, cette croix, cette plante fanée n'étaient érigés que sur un sous-sol de terre vierge. Je m'effondrai, épuisé, anéanti. J'avais dépensé une telle énergie, sans aucun résultat. Je bus tout en réfléchissant. Ma chemise était maculée de boue. Dans l'ombre, en sueur, j'avais maintenant un peu froid. Je fis quelques pas pour me réchauffer tout en continuant de réfléchir, parlant tout seul, faisant la conversation aux sapins… Soudain, je me mis à sourire de ma stupidité !

Non ! Bien entendu, je n'avais pas creusé pour rien. Le pire pour moi, pour mon enquête, aurait été au contraire de trouver un cadavre d'animal enterré. Voilà ce qui aurait terminé en cul-de-sac toute cette histoire de tombe. Si j'avais déterré les os du bâtard de Georges, qu'aurais-je fait, ensuite ? Rapporter les restes du chien de son frère à Augustin ?

Mais une sépulture vide ! C'était presque inespéré, à bien y penser. Ce trou béant m'ouvrait toutes les possibilités. Je m'épongeai le front puis sortis le sandwich au comté que Monique m'avait préparé. Il n'y avait au fond que deux explications possibles…

On pouvait tout d'abord penser qu'il s'agissait d'une tombe symbolique, comme ces croix qu'on fleurit et ces bouquets qu'on dépose le long des nationales, dans les virages, à l'endroit même où un proche s'est tué dans un accident de la route. Cela se tenait…

La famille d'une des victimes de l'Airbus 5403 Istanbul-Paris pouvait avoir eu envie d'effectuer un tel geste. De venir ici, en pèlerinage. D'improviser une tombe, vide, faute de cadavre… N'importe laquelle des familles des cent soixante-huit victimes pouvait avoir réagi ainsi. Mais alors, pourquoi ici, à deux kilomètres, et pas sur le lieu même du drame ? Pourquoi creuser cette tombe, rectangulaire, juste de la taille de celle d'un nourrisson ? Il n'y avait que deux nourrissons dans l'Airbus… Qui avait planté la croix, ramassé les pierres, arrosé le jasmin jaune toutes ces années ? Un membre de la famille Vitral ? De la famille Carville ? Lequel ? Quand ? Pourquoi ?

Restait la seconde hypothèse. Il y avait bien un squelette sous les pierres. Quelqu'un, tous les ans, venait rendre hommage à cet être disparu, fleurir sa tombe, discrètement, secrètement. Mais cette année, en revenant, cette mystérieuse personne avait constaté que la tombe avait été fouillée. Le secret était éventé, ou risquait de l'être. En suivant une telle logique, cette personne n'avait alors qu'une seule solution : vider la tombe ! Déplacer les pierres, déterrer le squelette, replacer les pierres…

Car les pierres avaient été déplacées, j'en avais la certitude.

Cette seconde hypothèse laissait autant de questions ouvertes que la première. Pourquoi mettre en scène un tel rituel, prendre de telles précautions ? Pour un cadavre de chien ? Quel fou pouvait agir ainsi ? Georges Pelletier ?

Ça ne tenait pas debout !

Je m'épongeai encore le front. J'étais serein, calme. De nouvelles questions, un quelconque rebondissement, c'est au fond tout ce que j'attendais dans cette enquête. J'avais tout mon temps pour tester chacune de mes hypothèses. Je fouillai dans mon sac et sortis le tamis que j'avais pris soin d'emporter. Un tamis de bois et de nylon, du genre de ceux dont se servent encore les chercheurs d'or dans les rivières ou dans le sable. J'allais le passer au peigne fin, ce tas de terre ! S'il restait le moindre bout d'os, de chien, de nourrisson ou de diplodocus, je le trouverais.

J'y passai plus de cinq heures, sans exagérer. Un archéologue n'aurait pas eu ma patience.

La récompense à mon obstination ne me fut offerte qu'au milieu de l'après-midi. Je les méritais bien, après tout, mes cent mille francs annuels. Dans mon tamis, une fois le moindre caillou écarté du bout de l'index, une fois toute la terre transformée en poussière, brillait, sous le soleil, une minuscule boucle dorée.

La maille d'un bijou.

Un ovale d'à peine un millimètre sur deux.

En or.

⁂

— Tu veux ma photo, connard ?

Marc leva les yeux, encore perdu au sommet du mont Terrible, comme expulsé brusquement d'un rêve. Le brouhaha de la gare contrastait avec le silence de la forêt de pins où sa lecture l'avait emporté.

Comme une bonne partie des voyageurs de la salle des pas perdus, il se retourna vers ce cri de démente. Il ne s'agissait que d'un incident de gare banal : une fille hystérique insultait son voisin… Les voyageurs haussèrent les épaules et se désintéressèrent de la scène… Tous sauf Marc.

Marc avait reconnu la voix féminine… Le rêve se transformait en cauchemar. A une trentaine de mètres, devant un guichet automatique, Malvina de Carville invectivait un type derrière elle ; l'homme la dépassait d'au moins trois têtes. Aucun doute. Pas de hasard, juste la folie qui s'entêtait.

Elle l'avait suivi.

35

2 octobre 1998, 15 h 21

La moto s'arrêta chemin des Chauds-Soleils, juste devant la Roseraie. Le motard descendit prestement, ôta son casque, ébouriffa ses longs cheveux corbeau et appuya sur l'interphone.

— Oui ?

— Un colis pour madame de Carville. Courrier spécial. C'est urgent, apparemment. Je viens directement du siège.

— Elle n'est pas disponible actuellement. Glissez l'enveloppe dans la boîte…

— Je dois la lui remettre en mains propres.

— Pas tout de suite alors. Il est impossible de la déranger avant plusieurs minutes. Vous pouvez attendre ?

Le motard soupira :

— Pas trop, non. Vous êtes qui ?

— Linda, l'infirmière…

— Ça ira, fit le coursier après une courte hésitation. Je vous fais confiance. Vous donnerez l'enveloppe à madame de Carville ?

— Je crois que j'en serai capable…

Le motard partit dans un petit rire :

— Dites-moi, Linda… C'est le bordel, chez vous ! Ambulances, pompiers, flics. J'ai eu un mal fou à passer la Marne. Ils ont cerné un tueur en série ou quoi ?

— Presque ! Ils viennent de trouver le corps d'une femme dans la forêt de Coupvray, juste au-dessus de la maison. Abattue, d'après ce que j'ai compris. Ils ne savent pas encore si c'est la balle perdue d'un chasseur ou un meurtre. Vous vous rendez compte ? Un meurtre. A Coupvray !

— Au moins, ça met de l'animation dans le quartier…

Linda récupéra la grande enveloppe de papier kraft. Elle hésita à appeler Mathilde de Carville. Elle jardinait dans sa serre. Madame de Carville détestait qu'on la dérange lorsqu'elle s'occupait de ses fleurs. Sa verrière, c'était devenu sa chapelle. Son jardinage, c'était sa communion, un instant sacré que Linda n'avait aucune envie de profaner. Tant pis. L'enveloppe attendrait le retour de la patronne. Linda la posa à côté du téléphone, sur le secrétaire de l'entrée.

Elle ne voulait pas laisser Léonce de Carville trop longtemps seul. Elle ne voulait pas se mettre en retard surtout, elle avait encore sa toilette à faire, le pyjama à enfiler, le repas à donner, les perfusions à brancher… Si elle se débrouillait bien, elle pouvait être tranquille vers dix-huit heures. Léonce de Carville serait propre, nourri, couché. Linda pourrait rentrer chez elle. Récupérer son bébé, profiter un peu de lui…

Elle s'approcha de Léonce de Carville et poussa le fauteuil roulant jusque dans la salle de bains. C'était le moment qu'elle détestait le plus. Allonger le vieil homme sur la table. Aussi pratique que de porter un matelas. Lorsqu'elle y fut parvenue, Linda souffla et appuya sur le bouton élévateur. Le corps se hissa à l'horizontale jusqu'à la hauteur de sa ceinture. Toute la salle de bains était automatisée, équipée du matériel dernier cri, le même que dans n'importe quel hôpital. Mieux, même. Rien à dire de ce côté-là. Elle pouvait bosser. Mathilde de Carville mettait les moyens.

Linda commença à déshabiller l'infirme.

Lorsqu'elle le bousculait, pour le déboutonner, pour lui passer les mains dans les manches, Linda avait presque l'impression que le vieil homme réagissait, comme s'il se prêtait au jeu, comme s'il l'aidait. Trois jours plus tôt, Linda avait même cru que Léonce de Carville lui avait souri. Volontairement. Elle savait bien que c'était impossible. C'était du moins ce que disaient les médecins. L'infirme était incapable de reconnaître un visage, une voix, un son, de se souvenir de ses gestes, d'une journée sur l'autre. Alors, l'aider à passer son bras dans le trou de sa manche…

Linda tira le pantalon de toile le long des jambes flasques du vieil homme. Puis le slip, souillé. Quelques feuilles d'érable collées au tissu tombèrent sur le tapis de bain.

Et s'ils se trompaient ! pensa Linda.

Depuis maintenant près de six ans qu'elle s'occupait des soins de Léonce, deux heures le matin et trois dans l'après-midi, elle aimait se persuader qu'il n'était pas qu'un tube digestif qu'on pousse dans un fauteuil comme on promène des courses dans un Caddie.

Linda fit couler l'eau tiède ; puis mousser le gant au savon. Elle commençait toujours la toilette par les organes génitaux, puis la partie inférieure du corps. Linda était maman depuis sept mois maintenant. Un petit Hugo. Elle était capable de différencier un vrai sourire d'un sourire gastrique ; de différencier un regard qui comprend d'un regard perdu derrière un voile.

Le gant remontait le long de la jambe gauche. Au fond, Linda aimait bien Léonce, même si tout le monde le détestait, dans cette maison sinistre. Sa femme. Sa propre petite-fille, cette peste de Malvina. On lui avait dit tant de mal à propos de Léonce de Carville. Qu'il avait été un patron tyrannique, capable de foutre à la porte des centaines d'ouvriers d'un coup, au Venezuela, au Nigeria, en Turquie. Un type sans scrupules. Un dur. Et après ? Elle s'en fichait. Depuis six ans, pour elle, Léonce de Carville n'était qu'un mannequin de caoutchouc. Un vieillard sans défense. Un pauvre être fragile qui n'avait plus qu'elle pour le protéger, le soigner, lui prêter un peu d'attention, de tendresse. Comme son bébé !

Ils se comprenaient, tous les deux. Le vieil homme et l'infirmière. Cinq heures par jour. Aucun médecin au monde ne pouvait percevoir ce lien. Encore moins Mathilde et Malvina de Carville. Oui, Léonce de Carville pouvait encore communiquer. A sa façon…

Une porte claqua !

La main gantée de Linda s'arrêta brusquement sur le ventre mou du vieillard. C'était la porte d'entrée. Linda pensait pourtant l'avoir fermée. Elle posa le gant, fit quelques pas jusque dans le hall.

Personne. Juste un courant d'air. Ce n'était pas rare, la Roseraie était une immense bâtisse de plus de dix chambres et vingt pièces dans laquelle il y avait toujours au moins une porte ou une fenêtre ouverte. Linda retourna dans la salle de bains. Léonce attendait. Nu. Il avait besoin d'elle. Tout comme son petit Hugo, il ne fallait pas le laisser seul.

Linda commit une erreur. Perdue dans ses pensées entre Hugo et Léonce, elle ne fit pas attention à un détail. Elle ne regarda pas sur le secrétaire, à côté de la porte d'entrée.

L'enveloppe de papier kraft n'y était plus.

Linda souffla à nouveau. Elle avait terminé la toilette de Léonce de Carville, l'avait habillé d'un pantalon et d'une chemise de pyjama propres, comme chaque jour. Elle se refusait à lui mettre une couche pour adulte, comme on en utilisait même dans les cliniques les plus coûteuses. Tant pis, elle changeait le pyjama et les draps tous les matins.

Linda hissa l'infirme dans le lit médicalisé de sa chambre, juste à côté de la salle de bains. On avait dû percer une nouvelle porte pour que le fauteuil roulant puisse passer. Le lit aussi était ce qui se faisait de mieux sur le marché, entièrement commandé électriquement. Rien à dire. Côté médical, Léonce de Carville était mieux ici que dans la chambre d'un mouroir pour personnes âgées, dans ces résidences où l'on entasse les vieux comme dans une fosse commune. Léonce de Carville, au moins, aurait le droit de mourir dans le luxe. Seul, mais dans le luxe. Mathilde de Carville dormait à l'étage depuis des années.

Linda attrapa l'oreiller de plumes sur le lit et le posa sur la chaise la plus proche. Elle glissait ce gros oreiller blanc dans le dos de Léonce de Carville pour le redresser sur son lit et le caler lorsqu'elle lui donnait la becquée. Linda regarda sa montre. Elle servirait le dîner dans moins d'une heure maintenant.

Elle s'assura une dernière fois que le tronc du vieil homme était bien sanglé au lit médical. L'infirme avait maintenant les yeux grands ouverts, fixes, comme toujours après sa toilette, juste quelques clignements de paupières. Linda avait entendu parler de ce type paraplégique qui avait écrit un livre simplement en dictant les lettres, les mots, les phrases, en clignant des paupières. Incroyable ! Et si pour son Léonce c'était la même chose ? Et si, malgré le discours des médecins, son cerveau continuait de tourner, à l'intérieur ? Prisonnier d'une carapace de coton. Et si Léonce de Carville avait quelque chose à lui dire ? A raconter ? Simplement, elle ne comprenait pas son mode de communication. Qu'avait-il dans la tête, ce vieil homme ? Linda avait appris que Léonce de Carville avait été un type extraordinaire. Un patron. Un des plus grands. Parti de rien, il avait bâti une richesse considérable, des usines dans le monde entier. Il avait commandé un empire. Il avait été le pharaon à la tête d'une immense pyramide. C'est à elle que revenait le devoir d'entretenir son souvenir momifié, d'embaumer son corps. C'est sans doute pour cela, pour ce pouvoir, qu'on l'avait tant détesté. Par jalousie. Les faibles se vengeaient de lui maintenant qu'il ne pouvait plus se défendre. Des faibles qui lui devaient tout, pourtant. Ce domaine, la Roseraie, par exemple.

Linda posa sur la table de chevet de Léonce de Carville un petit écouteur, comme ceux que l'on utilise pour entendre les pleurs d'un bébé d'une pièce à l'autre. Elle plaçait toujours l'autre dans la cuisine pendant qu'elle préparait à manger. Ainsi, elle se sentait tranquillisée. Un peu ridicule, aussi. Que pouvait-il arriver à l'infirme pendant qu'elle était dans la cuisine ?

Linda, en sortant, jeta un dernier coup d'œil au vieil homme, les yeux toujours grands ouverts.

Un génie parti de rien. Revenu au point de départ.

L'ombre se glissa silencieusement dans le dos de Linda, se dissimula entre le mur et l'escalier. Linda aurait pu la voir si elle avait tourné la tête, juste un quart de cou. La jeune femme alla droit à la cuisine.

Linda tenait à préparer elle-même le repas de Léonce de Carville. Sa bouillie. Elle se faisait un devoir d'utiliser des produits frais. Des légumes, du jambon, plus d'une dizaine d'ingrédients qu'elle achetait au marché de Marne-la-Vallée, qu'elle épluchait, découpait et mixait. Léonce de Carville en recrachait la moitié, chiait le reste, mais Linda ne cédait pas sur ses principes. Depuis un mois, en plus, elle faisait coup double. Elle faisait trop de bouillie pour Léonce et en gardait la moitié pour Hugo ! A l'heure où elle rentrait chez elle, c'était l'idéal. Même menu pour le vieux Léonce et bébé Hugo. Linda était une fille organisée. Elle n'avait rien dit à Mathilde de Carville, mais la vieille bique n'allait pas l'emmerder pour deux poireaux, trois pommes de terre et une tranche de jambon !

Linda posa l'écouteur de bébé à côté du mixer et commença à éplucher les deux carottes devant elle.

Elle aimait ce moment de silence. Il la rassurait.

L'ombre passa devant la porte de la cuisine et poussa celle de la chambre de Léonce de Carville. Elle entra dans la pièce, avec précaution. Linda n'avait rien entendu, rien vu.

Le regard de l'infirme fixa la silhouette qui s'avançait. Les yeux grands ouverts. Pétrifiés de peur, comme s'il avait compris son intention. L'ombre hésita. Ce regard braqué sur elle semblait irréel. Menaçant, presque. L'hésitation ne dura qu'une brève seconde. L'ombre avança. Elle n'éprouvait aucune pitié pour ce corps inerte allongé face à elle. Seulement de la haine et du mépris.

L'ombre approcha encore, déterminée. Elle avait repéré l'oreiller posé à côté du lit. L'ombre sourit. C'était la solution idéale. Rapide. Silencieuse. L'ombre se dirigea vers la chaise. Le regard de l'infirme ne l'avait pas suivie, il fixait toujours, exorbité, la porte ouverte. L'ombre se sentait un peu plus rassurée. Sa peur n'était qu'une illusion. L'infirme ne l'avait pas reconnue, ne reconnaissait plus rien, d'ailleurs. Sous ses pieds, le parquet craqua légèrement.

La pointe du couteau de Linda resta en l'air. L'infirmière avait entendu un bruit, distinctement, dans la chambre de Léonce. Un craquement ! Machinalement, sans même reposer le couteau sur la table de cuisine, Linda sortit dans le hall et se dirigea vers la chambre de l'infirme. Ce n'était tout de même pas le vieux qui s'était levé !

Malgré elle, elle pressa le manche du couteau de cuisine dans sa paume. Cet après-midi prenait un tour étrange. Tout d'abord, ce crime, dans la forêt. Les flics partout. Ce coursier ensuite, cette enveloppe. Cette porte qui claque, tout à l'heure. Ce craquement dans la chambre d'un impotent, maintenant.

Linda tendit le bras. Le couteau balaya l'espace devant elle. Son bras tremblait. Cette maison lui avait toujours fait peur, comme les manoirs hantés dans les films. *Psychose* et le reste. Linda évitait d'y penser, d'habitude, mais elle avait toujours ressenti ce malaise. Ses jambes avaient du mal à la porter. Elle frissonnait.

Linda pointa encore devant elle la lame et entra dans la chambre. Le regard de Léonce de Carville la fixa. Vide. Vide, comme le reste de la pièce. Personne ! Linda évacua la tension d'un rire nerveux. Cette maison et cette famille de détraqués la rendraient folle. Elle en venait à se promener un couteau de cuisine à la main pour un parquet qui grince ! Il fallait qu'elle trouve autre chose, un autre emploi, ça ne manquait pas, les familles fortunées, au bord de la Marne. Tant pis pour le vieux Carville. Elle oublierait cette curieuse tendresse qu'elle éprouvait pour lui... Elle avait Hugo, maintenant.

Le couteau retomba le long de sa jambe. Linda songea qu'elle devait se reconcentrer, terminer la bouillie du vieillard et du bébé. Puis foutre le camp. Elle marcha à pas plus fermes dans le hall.

L'ombre entendit avec soulagement le bruit du mixer dans la cuisine. Quelques minutes auparavant, elle avait été imprudente. Impatiente. Cette fois-ci, l'infirmière dans la cuisine ne l'entendrait pas. L'ombre ouvrit avec précaution la porte du salon où elle s'était réfugiée, celle au piano blanc. Les mains saisirent l'oreiller de plumes sur la chaise. Deux pas de plus. Le tissu de soie épousa la forme du visage de Léonce de Carville. Pas un geste. Pas une réaction. C'était si facile. Trop facile, même. Combien de temps fallait-il attendre pour étouffer un paraplégique ? Il était impossible de se fier à un quelconque signe, au renoncement d'un corps convulsé qui brusquement cesse de se battre. Devait-elle attendre une minute ? Deux ? Trois ? Une éternité.

L'ombre ne compta pas. Comment faire ? Elle attendit, simplement. Le plus longtemps possible.

Soudain, l'impensable se produisit. L'impossible, selon les médecins. Le bras de Léonce de Carville se raidit. Brusquement. Etait-ce l'ultime réaction d'un corps qui meurt ? Une défense désespérée ? L'ombre ne relâcha pas son étreinte. Le bras gauche de Léonce de Carville était comme saisi de spasmes. Il balaya la table de chevet. Le verre et la carafe d'eau posés sur le napperon au crochet explosèrent sur le parquet.

Linda hurla !

Cette fois-ci, ce n'était pas une hallucination, elle avait entendu un bruit de verre brisé dans la chambre. Devenait-elle folle ? Elle s'arma à nouveau du couteau de cuisine et se précipita. Sans même réfléchir. Elle pénétra en trombe dans la chambre.

Du verre brisé à ses pieds.

De l'eau, un peu poisseuse.

Personne d'autre.

Personne à part Léonce de Carville, les yeux toujours ouverts, presque ovales. Fous. La bouche tordue. Livide. Comme un masque de *Scream*.

Pas un souffle. Mort.

Linda savait reconnaître la mort. La sentir. Près de dix ans qu'elle travaillait auprès des vieux.

Mort.

Etouffé.

L'oreiller était encore sur le lit, à ses pieds.

Dans l'instant Linda ne ressentit aucune tristesse pour l'homme sans vie en face d'elle, aucune pitié pour cet infirme qu'elle avait pris en affection. Dans l'instant, le seul sentiment qu'elle éprouva, la seule émotion qui écrasait toutes les autres, ce fut la peur.

Une frousse immense, qui lui glaçait la nuque. Une envie de fuir la Roseraie en hurlant.

Quitter à tout prix ce palais de déments.

36

2 octobre 1998, 15 h 22

Dans le hall de la gare Saint-Lazare, Malvina de Carville se calma aussi vite qu'elle s'était énervée. Elle s'éloigna en grondant de la file d'attente du guichet. Le géant qu'elle avait agressé se retourna en haussant les épaules et plus personne ne prêta attention à ce petit bout de femme hystérique.

Plus personne, à l'exception de Marc.

Ainsi, Malvina de Carville l'avait suivi ! Marc sentait une irrépressible colère monter en lui. Cette folle avait donc décidé de lui filer le train jusqu'à Dieppe. Sauf que pour l'instant il avait l'avantage, il se trouvait dans un lieu public. La foule le protégeait. Autant en profiter…

Marc se leva d'un bond. Il rangea le cahier de Crédule Grand-Duc dans son sac à dos. Sans attendre de réponse, il fourra le sac dans les bras du serveur du bar de la gare.

— Vous pouvez me garder ça quelques minutes… Je reviens. Faites attention, c'est précieux. Il… il y a tous mes cours de l'année.

Médusé, le serveur serra le sac contre sa poitrine. Marc s'éloignait déjà. Malvina se tenait quelques dizaines de mètres plus loin. Elle semblait hésiter entre la file impressionnante des guichets de la gare, les caisses automatiques, ou peut-être ne pas prendre de billet du tout. Elle lui tournait le dos. L'occasion était inespérée.

Marc se faufila entre les passants encombrés de bagages et fondit sur elle. Il éprouvait un besoin animal d'évacuer la pression. Sa main se posa sur l'épaule de Malvina, se referma sur le pull de laine et fit presque décoller du sol la jeune femme. Marc faisait trente centimètres de plus que Malvina et le double de son poids. Il la traîna sans ménagement sur quelques mètres, à proximité d'un distributeur automatique de boissons fraîches et de sandwichs sous cellophane, un peu à l'abri de la foule.

Malvina afficha un sourire à peine surpris.

— Tu ne peux plus te passer de moi, Vitral ?

La poigne de Marc déforma encore un peu plus le pull.

— Qu'est-ce que tu fous là ?

— Devine…

La main de Marc se rapprocha du cou de Malvina. Un petit cou de rien du tout. Il en aurait fait le tour d'une seule main. Marc se serra encore davantage contre Malvina. Personne autour d'eux ne prêtait attention à eux, on devait les prendre pour un couple s'étreignant avant la séparation du départ.

— Tu m'as suivi ? Comment tu savais que je viendrais à Saint-Lazare ?

— Trop dur, joli cœur… Trop dur… Où le petit Vitral pouvait-il se sauver en courant ? Dans les jupes de sa mémé, forcément.

— OK… T'es la plus maligne. Je te préviens, si je te revois dans le même train que moi, je te balance par la portière.

Marc accentua la pression. Le col du pull tendu laissait une marque rouge sur le cou de Malvina.

— Tu as compris ?

Malvina commençait à avoir du mal à respirer. Pourtant, elle affichait encore un mélange de sourire et de grimace. Marc reposa la question, sans lâcher sa prise :

— Tu as compris ?

Malvina suffoquait. Marc se demandait jusqu'où il pourrait aller. Combien de temps il pourrait serrer cette gorge. Malvina avait tout d'un punching-ball à cogner. Il ne ressentait aucun symptôme d'agoraphobie dans cette foule, tout au contraire, il éprouvait une sorte de toute-puissance, de haine aveugle. Jusqu'où pouvait-elle l'entraîner ?

Il n'eut pas plus longtemps à se poser la question. Il sentit le canon d'acier s'immiscer entre ses jambes, appuyer contre sa braguette. Instinctivement, il relâcha son étreinte.

— Reste collé à moi, Vitral, murmura Malvina dans son oreille, qu'on nous prenne pour des amoureux, qu'on ne voie pas le Mauser que j'ai pointé sur tes couilles. Mais vire tout de suite tes pattes de mon cou.

Le regard de Marc se perdit dans l'immensité du hall de gare. Personne ne prêtait attention à eux. Un grand frère et sa petite sœur. Enlacés. C'était presque la vérité, au fond. La voix aiguë de Malvina siffla :

— T'as pas ton sac ?

— Non, tu vois. Tu veux encore que je me foute à poil… Ici, devant tout le monde…

Marc essayait de gagner du temps. Maladroitement. Il pesta intérieurement contre sa stupidité. Il savait pourtant que cette folle était armée.

— Te désaper ici ? Pourquoi pas, Vitral ? T'es plutôt mignon dans ton genre. Un peu con, mais mignon. Et en plus t'es obligé de faire ce que je veux.

Des gouttes de sueur perlaient dans le cou de Marc. Pendant que le Mauser maintenait la pression sur son entrejambe, la main gauche de Malvina glissa sur sa jambe. Remonta. Il tressaillit. Le canon recula de quelques centimètres et les doigts de Malvina s'insinuèrent sous les plis de la braguette de son jean. Malvina se serra plus encore contre Marc, accentuant le contact de sa main.

— Si tu bouges, je tire.

Marc repensa au cadavre de Grand-Duc. Une balle en plein cœur. Ce n'était pas du bluff. Cette folle était vraiment capable de l'abattre en pleine gare, devant des centaines de témoins. Malvina continua :

— Tu ne bandes pas, Vitral ? Je ne te plais pas ?

Marc était en panne de sarcasmes. Les doigts de la fille rampaient sur lui comme les pattes lisses d'un reptile. Malvina lui caressait le sexe. Maladroitement, trop fort malgré sa main de fillette. La voix siffla à nouveau :

— Alors, tu ne bandes pas ? Tu n'y arrives pas ? Tu préfères ma sœur, peut-être ?

Marc respira pour se calmer. Il avait envie de tenter le tout pour le tout, d'attraper cette dingue par les épaules et de l'envoyer valser. Peut-être n'oserait-elle pas tirer. Il n'en fit rien, pourtant. Ne dit rien non plus.

— T'es devenu muet, Vitral ? T'as plus rien à dire ? Va pas dire qu'elle te fait pas bander, ma sœur ! Hésite pas, je suis pas jalouse. Pas du tout, tu vois. Je sais bien qu'elle est belle, aussi belle que moi je suis laide. On fait une moyenne, toutes les deux. La belle et la bête. Le vilain petit canard !

La main de Malvina descendait, caressait les testicules de Marc. Les malaxait plutôt, gauchement, comme si c'était la première fois qu'elle touchait les parties génitales d'un homme.

— T'arrives pas à bander, hein ? Je vais te dire pourquoi je suis pas jalouse. Tu devines pas ?

Malvina apprenait vite. Ses doigts de fillette se faisaient plus doux, glissaient sur son sexe, s'insinuaient entre ses jambes. Marc se sentait sali, violé. Tant pis, il n'avait pas le choix, il devait la repousser. L'exploser contre le mur de la gare. Comme si Malvina lisait dans ses pensées, le canon se planta sur ses testicules. La douleur s'accentua.

— Tu ne comprends pas, hein ? Je vais te dire, si je suis un monstre, c'est pas la faute à Lyse-Rose. Pas du tout. C'est la tienne. C'est la faute aux Vitral. C'est vous qui m'avez volé ma sœur… Qu'est-ce que t'as à dire contre ça ? « Refus de croissance », ils ont dit, les médecins. J'étais aussi jolie que Lyse-Rose avant. J'aurais été aussi jolie qu'elle. Aussi grande. Aussi bandante, hein. Mais j'ai refusé de grandir ! Les Vitral m'avaient pris la petite sœur pour laquelle je serais devenue jolie. On se serait coiffées, maquillées, déguisées. Toutes les deux. On aurait choisi des fringues ensemble. Des garçons, aussi. Mais tu m'as volé tout ça, Vitral ! Pour qui tu voudrais que je sois belle, hein ? Pour qui ?

Marc transpirait maintenant à grosses gouttes. Malvina relâcha un peu la pression de ses doigts sur son sexe. Elle souffla à son oreille :

— Tu as baisé avec ma sœur, hein ? Dis-le.

Que dire ? Malvina attendait-elle une réponse, d'ailleurs ? Marc tremblait. Les passants les frôlaient, indifférents. Personne dans cette gare ne semblait trouver étrange leur accouplement.

Les doigts de la fille reprirent leur jeu malsain.

— T'es un beau gosse, Vitral. Tu dois te taper des filles. Des tas de filles. Pourquoi t'as besoin de ma sœur en plus ? T'es un pervers, c'est ça ?

Le canon du Mauser se pressa encore plus fort contre son sexe.

— Si tu n'arrives pas à bander, je te crève, Vitral. Lyse-Rose va revenir, maintenant. Revenir chez nous ; chez elle. C'est fini, le délire. Cette petite pute d'Emilie est morte dans l'avion, même toi tu l'as dit, tout à l'heure. Tu me prendras pas ma petite sœur une deuxième fois…

Tant pis, ne plus réfléchir. S'il ne pouvait pas bouger, Marc pouvait au moins agir, reprendre l'avantage, provoquer Malvina. Il verrait bien. Il se força à parler, d'une voix assurée et ironique :

— Tu te cherches une petite sœur, c'est bien ça ?

Il n'avait pas dit un mot depuis longtemps. Malvina fut surprise, elle relâcha un peu son étreinte.

— Crois-moi, Malvina, des petites sœurs, ce n'est pas ce qui te manque. Des petits frères non plus. Tu dois en avoir un paquet, du côté du Bosphore. Ton papa Alexandre a dû laisser quelques petits souvenirs en Turquie, avant de partir en fumée, si tu vois ce que je veux dire. Il n'avait pas de problèmes de bandaison, ton papa…

Le canon du Mauser ne le touchait plus. Malvina se liquéfiait. Marc continua :

— Tu n'étais pas si petite, tu dois te souvenir, les poufiasses que ton papa baisait à Istanbul. Dans son bureau. Partout. Ta mère qui pleurait. Qui baisait, elle aussi, avec des types qui remplaçaient ton père, des types aux yeux bleus…

Malvina se ratatinait. Marc insista :

— Si ça se trouve, Lyse-Rose n'est même pas ta sœur !

Malvina hurla. Tout le monde dut se retourner dans le hall de la gare Saint-Lazare. La petite main reptilienne se referma brutalement sur les parties génitales de Marc, de toutes ses forces.

Marc s'effondra, foudroyé de douleur. Le Mauser disparut dans la poche de Malvina et la fille s'éloigna à petits pas parmi la foule ; une anguille dans une forêt d'algues.

Marc se tenait à genoux. Muet. Soufflant. Souffrant atrocement.

Des passants se précipitèrent vers lui pour lui porter secours.

Enfin.

37

2 octobre 1998, 16 h 13

Marc traversait le cinquième wagon. Il ne trouvait toujours pas de place assise. Il maudissait ces trains Paris-Rouen, surtout ceux du vendredi soir. La SNCF devait vendre deux fois plus de billets que de places assises.

Son entrejambe le faisait encore souffrir, même si la douleur s'atténuait lentement. Il était resté assis par terre près d'une dizaine de minutes dans le hall de la gare. Des passants attentionnés l'avaient encerclé :

« Ça va ? Elle ne vous a pas raté, hein ? »

Mi-inquiets, mi-amusés. Comment réagir face à un type plié en deux parce qu'une fille qu'il tenait dans ses bras vient de lui broyer les couilles ? Pas facile de choisir, entre la pitié et la rigolade.

Marc avait récupéré son sac auprès du serveur de bar de la gare et avait foncé vers le quai du train Paris-Rouen, enfin affiché, du moins aussi vite qu'il pouvait. Chaque étirement de jambe le faisait souffrir.

Au septième wagon, Marc abandonna. Il tomba sur les marches, entre les deux étages du train Corail. Il n'était pas le seul. Une mère de famille et ses trois enfants, un cadre absorbé par un rapport d'étude, une ado assoupie occupaient déjà l'escalier. La position était inconfortable mais cela valait mieux que de rester debout. Il était sans doute interdit de s'installer ainsi dans le passage, mais étant donné l'affluence du train de grande banlieue du vendredi soir, il était certain qu'aucun contrôleur n'oserait se pointer.

Il cala son sac à dos entre ses jambes. Il attrapa une nouvelle fois son téléphone. Pas de message.

Il composa le numéro de Lylie.

Sept sonneries, comme toujours.

— Lylie… C'est Marc ! Je t'en prie, réponds ! Où es-tu ? J'ai écouté ton dernier message. J'ai entendu les ambulances, derrière ta voix. Je deviens fou. Je suis en train de téléphoner à tous les hôpitaux et cliniques de Paris. Appelle-moi. Je t'en prie.

Marc pesta. Il fit défiler sur sa messagerie la série de SMS de Jennifer contenant les téléphones des hôpitaux et cliniques de Paris. Il en avait contacté plus d'une vingtaine, pour l'instant. Les principaux. Il lui fallait continuer. Il se donna une demi-heure avant de reprendre la lecture du journal de Grand-Duc.

C'était partout la même histoire :

« Bonjour, madame, une jeune fille du nom d'Emilie Vitral a-t-elle été internée chez vous aujourd'hui ?… Non, je ne sais pas dans quel service… Les urgences, peut-être… »

Le train faisait un vacarme infernal. Marc avait beaucoup de mal à entendre ce que les secrétaires lui répondaient. Toujours la même chose, de toute façon.

Aucune Emilie Vitral dans leur registre.

Au bout de trente minutes, il avait contacté vingt-deux nouveaux hôpitaux. Il gagnait en efficacité ce qu'il perdait en amabilité. Il contactait maintenant des cliniques privées, des cabinets spécialisés. Des boîtes médicales où il sentait bien qu'il n'avait aucune chance de trouver Lylie.

Tout ceci était sans espoir. Il poursuivait une chimère, il ne retrouverait pas Lylie ainsi… Pas avant demain.

Il fallait qu'il réfléchisse, qu'il trouve la façon de replacer toutes les pièces du puzzle dans l'ordre. Il devait finir de lire le cahier de Grand-Duc, tout d'abord. Il en aurait largement le temps avant d'arriver à Dieppe. Il restait au plus une trentaine de pages.

Marc enfouit le téléphone portable dans sa veste et sortit les feuilles de papier arrachées du journal de Grand-Duc de la poche de son jean. Le verso de la dernière feuille était vierge. Marc attrapa un stylo dans son sac et nota, nerveusement, en lettres majuscules :

OÙ EST LYLIE ?

Puis, en dessous, d'une petite écriture serrée :

Dans un hôpital ? Voyage sans retour ?

Il souligna les trois derniers mots et aligna trois points d'interrogation :

Suicide ?
Meurtre ?
Vengeance ?

Sans analyser pourquoi, Marc souligna le mot « vengeance ». Il continua à écrire :

QUI A TUÉ CRÉDULE GRAND-DUC ?

Puis, en minuscules :

Malvina de Carville

Marc suça de longues secondes son stylo, puis ajouta un point d'interrogation derrière « *Malvina* ». Le Corail vibrait, mais Marc avait l'habitude de travailler dans le train ou dans le métro. Il parvenait à se relire, c'était l'essentiel.

Il écrivit la suite, fébrilement :

Pourquoi Grand-Duc ne s'est-il pas tiré une balle dans la tête, il y a trois jours ?
Qu'a-t-il découvert, ce soir-là, juste avant minuit ?
Qu'a-t-il découvert de nouveau ?
Au point qu'on le tue pour cela ?

L'ACCIDENT DE MON GRAND-PÈRE.
QUEL EST LE DÉTAIL MANQUANT ?

Le stylo glissa. Les lignes d'écriture de Marc ressemblaient aux vagues d'une mer démontée.

Fouiller ma chambre, à Dieppe. Prendre le temps. Me souvenir.

Marc relut son texte. Il s'amusa à compter les points d'interrogation. Douze au total ! Et il n'avait pas terminé. Il sentait dans la poche de sa veste le poids de l'enveloppe bleue que lui avait confiée Mathilde de Carville. Le stylo continua sa course :

TEST ADN. LA SOLUTION ?

Ouvrir l'enveloppe ?

Avancer dans la résolution du problème en profanant le secret ?

Non. Cela n'avancerait à rien. Marc savait ce que contenait l'enveloppe. Lylie n'était pas sa sœur. Lylie était la petite-fille de Mathilde de Carville. La sœur de cette folle de Malvina. Tout le confirmait. L'avancée de l'enquête de Grand-Duc… Jusqu'à la bague, le saphir clair, que portait Lylie. Ses sentiments aussi, depuis toujours…

PARLER À NICOLE

Marc ajouta un dernier point d'interrogation, pour faire bonne mesure. Quinze !

Le train arriverait à Dieppe à dix-huit heures vingt-quatre.

Il avait moins de trois heures à attendre, maintenant.

Le train s'arrêta à Mantes-la-Jolie. Un bon tiers des voyageurs descendit. Des places assises se libérèrent. Marc se leva et s'installa dans le compartiment du bas, côté vitre. Son entrejambe le faisait encore souffrir, mais moins maintenant qu'il était installé les jambes allongées. Malvina n'était plus dans les parages, c'était toujours ça de pris, même si rien ne pouvait lui certifier que cette dingue n'était pas montée dans le même train que lui. Elle s'était fondue dans la foule de la gare Saint-Lazare… Marc soupira. Il sortit le cahier de Grand-Duc et se replongea dans la lecture.

Journal de Crédule Grand-Duc

Le minuscule maillon d'or partit, méticuleusement protégé dans un petit sachet plastique, à Rosny-sous-Bois, dans le meilleur laboratoire scientifique criminel de France, tout comme d'ailleurs les mégots de cigarette et capsules de bière récupérés dans la cabane du mont Terrible. J'avais conservé quelques relations avec des flics. J'avais les moyens de payer, aussi. Il n'y avait rien d'illégal dans tout cela, ou pas vraiment. Juste une enquête parallèle pas tout à fait officielle, mais une enquête tout de même.

Les résultats tombèrent huit jours plus tard. La maille de deux millimètres trouvée dans la tombe de la cabane était bien en or. C'était la seule et unique certitude. Il était impossible de déterminer à partir d'un si petit échantillon si la maille provenait d'une gourmette de bébé, d'une chaînette, d'un bracelet, d'un pendentif… Ou même de la médaille d'un chien !

Impossible de savoir si le tout avait été forgé par Tournaire, place Vendôme, ou chez n'importe quel autre bijoutier d'une bourgade de province franc-comtoise.

La maille d'un bijou en or… Voilà qui compliquait encore l'affaire. Pourquoi cet échantillon avait-il été enterré dans cette tombe, sous ce petit mausolée de pierre ? Un échantillon de quoi ? Enterré par qui ?

Mystère sur toute la ligne !

Le cours de la gourmette, via les petites annonces, était monté à soixante-quinze mille francs. Une telle somme frisait le ridicule… surtout pour une gourmette à laquelle, dans l'idéal, il aurait manqué une maille. Une somme virtuelle, de toute façon. J'avais perdu depuis longtemps l'espoir qu'un quidam se manifeste.

Pourtant… Je l'ignorais alors, mais le fil de la ligne n'allait pas tarder à se tendre. Et il y aurait un poisson au bout. Un gros poisson. Enfin, « n'allait pas tarder »… Tout est relatif. Le poisson n'allait mordre que deux ans plus tard. Mais ne soyez pas trop impatients, j'y viendrai. Bientôt. Côté suspense, je crois que vous n'avez pas à vous plaindre : une année interminable pour moi se résume pour vous à quelques pages à lire.

Les échantillons de mégots et de divers débris recueillis dans la cabane du mont Terrible ne furent pas plus loquaces. Après sept ans, c'était à parier. Depuis le séjour de Georges Pelletier, en 1980, des générations de squatteurs ou d'amoureux du dimanche avaient dû se succéder dans la cabane…

On revenait au point de départ, je n'avais pas le choix, il me fallait retrouver Georges Pelletier. J'ai passé des nuits entières à me faire accepter par les paumés de Besançon. Besançon by night, cela peut faire sourire... Cela peut sembler presque folklorique, les poivrots d'une ville de province, une poignée de gars tout au plus, pas bien méchants, bien connus des services de police. Les pochetrons du coin. Presque sympas.

Ne vous y fiez pas ! Je peux vous dire que faire la cloche à Besançon impose le respect. Imaginez-vous vivre sous un carton, été comme hiver, dans la ville la plus froide de France ! Là-bas, pas de métro. Hall de gare fermé la nuit.

Je n'ai passé qu'une dizaine de jours avec eux, entre janvier et mars 1988, et j'ai cru que j'allais crever de froid. Je revenais gelé au petit matin et je passais trois heures en apnée dans un bain bouillant. Vous me croyez maintenant, je ne le volais pas, même après huit ans d'enquête, le pognon de la grand-mère Carville.

Tout ça pour quoi ? Je vous laisse juges.

Les ex-compagnons de rue et de came de Georges Pelletier, toute la fine fleur de la société nocturne bisontine, me confirmèrent que Georges Pelletier était réapparu après le 23 décembre 1980. Bien vivant, descendu de sa montagne, pas plus écrasé que cela par un Airbus qu'il aurait pris sur le coin de la gueule. Pas de gourmette non plus autour du poignet. Toujours aussi silencieux. Il est resté six mois sur Besançon et a recommencé ses conneries. Trafic de drogue. Fauche. Puis il a foutu le camp sur Paris avant que les flics ne le coincent. Ou son frère Augustin. D'après ses potes de trottoir, Georges craignait moins les keufs que les leçons de morale du frangin.

J'ajouterai juste un détail, un dernier. Georges Pelletier n'était pas redescendu de la montagne avec son chien. Un bon point… Mais Augustin se trompait, son chien n'était pas un petit gabarit. C'était un malinois. Un mâle. Version XXL, d'après ses potes. Impossible à caser dans la tombe de la cabane. A moins de le découper en morceaux, mais pourquoi découper son chien en morceaux ? Pourquoi ne pas creuser un trou plus grand ? Un putain de mystère de plus autour de cette foutue tombe !

Vous vous en doutez, je n'abdiquai pas. Il ne me restait plus qu'à retrouver la trace de Georges dans la jungle des dingues et des paumés du Grand Paris. Nazim avait dû s'y coller, lui aussi. Trois nouveaux mois d'enquête, à plein temps. Petites annonces. Lobbying en tout genre auprès des flics, des services sociaux des mairies, des foyers. Retape dans la rue, la nuit, avec la lampe de poche braquée sur la photo de Georges, tout sourire devant le sapin de Noël, chez Augustin. La photo la plus récente que le frangin ait dénichée…

Du boulot de pro. Méticuleux. Pas à pas. Les bas-fonds, un métier de privé, comme je l'aimais, finalement. Mathilde de Carville avait raison. Pour trouver la solution, il fallait du temps et de l'argent. Les deux. Je vous passe les détails. Avec Nazim, on a fini par remonter la piste de Georges Pelletier jusqu'à un nommé Pedro Ramos. J'ai rencontré ce Pedro Ramos en juin 1989, à la foire du Trône, devant le Tagada. Oui, vous avez bien lu, devant le Tagada !

— Georges a bossé pour moi deux saisons, expliqua Pedro, tout en surveillant d'un regard en coin son manège.

Des adolescents et adolescentes hystériques payaient cinq francs la place pour se faire tanner la peau des fesses pendant deux minutes trente sur un plateau tournant. Le Tagada était une version collective des balançoires tape-cul des squares.

— Je lui ai pas demandé son CV, expliqua Pedro d'un sourire entendu. J'ai compris qu'il voulait prendre le large. Il était pas fainéant. Du moment qu'il était clean quand il venait bosser. Le reste, je m'en foutais.

— Vous l'avez vu quand, la dernière fois ? ai-je demandé.

Pedro ne prit même pas le temps de réfléchir. Il fit juste signe de s'activer, d'un geste de la main, à une gamine de rose vêtue qui tenait la caisse. Sa tête changeait de couleur au gré des néons.

— Automne 1983. Mi-novembre, exactement. Après la foire Saint-Romain, la dernière foire de la saison, sur les quais de Rouen. On a tout remballé, mis en hivernage et basta. A la saison prochaine. Pelletier savait où me trouver. Il ne s'est jamais pointé, la saison d'après. Je l'ai pas pleuré. Ni cherché. C'est fréquent, chez nous, les saisonniers. Déjà, deux saisons, c'est beau. Il n'est pas revenu, ni l'année suivante ni jamais par la suite.

L'impasse...

J'ai continué à questionner un peu Pedro Ramos, pour la forme. Je n'ai rien pu lui tirer d'autre. La piste s'arrêtait sur les quais de Rouen. Pas si loin de Dieppe, à y réfléchir, pas si loin des Vitral…

Quel rapport ? Aucun, sans doute.

Les mois qui ont suivi, j'ai changé de registre. J'ai fait les foires. Les Tagada et les autres conneries !

Ça, Nazim aimait bien, plus que les bas-fonds… Parfois, il y allait avec sa petite Ayla, le week-end. *Open foire*… C'est la mère Carville qui remboursait le grand huit, les trains fantômes et les pommes d'amour. Ça nous a pris un putain de temps avant d'avoir du neuf. Des années…

De temps en temps, pour me changer les idées, je retournais à Dieppe.

38

2 octobre 1998, 16 h 19

— Je te dis que c'est un mariage !

Les petites mains de Judith s'agrippaient au grillage de la cour de l'école maternelle.

— Mais non, patate ! C'est pas un mariage ! Tu vois bien qu'ils sont tous en noir. C'est quelqu'un qu'est mort…

Le cortège s'éloignait lentement dans la rue. Judith ne croyait pas trop à ce que lui racontait sa copine Sarah. Sarah racontait toujours des histoires pour se rendre intéressante. Quand les gens se promenaient bien habillés dans la rue, en rangs comme pour aller à la cantine, quand ils sortaient de l'église, quand les cloches sonnaient… C'était cela un mariage, elle savait bien. Elle en avait déjà fait plein. Deux au moins, plus tous ceux quand elle était trop petite pour s'en souvenir.

— Je te crois pas, Sarah !

Sarah secoua le grillage d'énervement.

— C'est quelqu'un qu'est mort, je te dis ! Ils vont aller le mettre dans un trou. Ils ont fait pareil avec ma grand-mère…

— Je te crois pas !

— D'accord. Alors, elle est où ta mariée ?

— On l'a ratée, elle est déjà passée, c'est tout !

— Tu parles ! On est vendredi, d'abord ! On se marie pas un jour d'école. Mais quand on est mort, c'est pas pareil, on peut pas choisir le jour.

Judith devait bien reconnaître que sa copine avait raison. En plus, elle insistait :

— Et puis, à un mariage, les gens sont pas aussi vieux. Tu vois bien, là ils sont tous vieux.

— Non, pas tous !

— Si…

— Non ! Regarde. Là. Madame ! Madame !

Lylie sortit brusquement de sa torpeur.

Elle découvrit avec surprise deux adorables petites filles de cinq ans, emmitouflées dans des manteaux de laine de couleurs vives et les cheveux cachés sous deux bonnets péruviens.

— Madame, madame, c'est un mariage ou c'est un mort ?

Lylie sourit malgré elle. Elle trouvait bouleversant le contraste entre les cris joyeux de la cour d'école et le silence du cortège funèbre de cet enterrement anonyme. Lylie s'accroupit pour se retrouver à la hauteur des fillettes.

— C'est un enterrement, répondit-elle d'une voix douce.

— Ah, tu vois ! triompha Sarah.

Judith grimaça. Trois autres gamines vinrent se scotcher au grillage. Sur le trottoir, Lylie devenait l'attraction de la classe, comme un poney derrière un barbelé.

— C'était qui, la morte ? continua Sarah.

— Je ne la connaissais pas, fit Lylie. Je ne fais que passer. Je ne suis pas de la famille. Je viens du grand bâtiment blanc, juste en face. Il faut que j'y retourne, d'ailleurs.

— Si tu la connaissais pas, pourquoi t'es triste, alors ? insista Judith.

Lylie ne put masquer sa surprise. Elle se rapprocha encore de la petite fille. De minuscules taches de rousseur perlaient sur ses joues rouges.

— Qu'est-ce qui te fait dire que je suis triste ?

— Ben, t'as les yeux tout rouges. Et faut être super triste pour préférer suivre une morte que tu ne connais pas plutôt que d'aller, je sais pas, rentrer dans des magasins, jouer dans un parc, regarder un film...

Quinze paires d'yeux, à peine visibles entre bonnets, cagoules et écharpes, scrutaient désormais Lylie.

— Tu as deviné, murmura Lylie en se penchant vers l'oreille de Judith. Mais il ne faut le dire à personne. Tu t'appelles comment ?

— Judith. Judith Potier. Je suis en grande section maternelle. Et toi, tu t'appelles comment ?

— Je ne sais pas...

Judith se pinça les lèvres, comme si elle venait de poser une question trop indiscrète. Elle demeura un instant pensive. C'était sans doute la première fois qu'elle croisait quelqu'un qui ne portait pas de nom. Elle tenta de sourire à l'inconnue, comme lorsqu'elle essayait de réconcilier deux copines qui se disputaient.

— C'est pour ça que tu es triste, alors ?

39

2 octobre 1998, 16 h 39

Le Corail s'arrêta à Vernon. Marc regarda disparaître les voyageurs qui venaient de descendre. Pas de retrouvailles sur les quais, d'embrassades émouvantes, pas de cris de joie, juste quelques dizaines de travailleurs pressés de rentrer chez eux. Lorsque le train redémarra, le quai était déjà désert et les voitures garées sur le petit parking de l'autre côté des rails bouchonnaient à la sortie.

Le soleil n'avait pas encore complètement disparu derrière les coteaux de la Seine. Pour éviter le contre-jour et lire confortablement le cahier de Grand-Duc posé sur la tablette grise, Marc tira vers lui le rideau. Le détective allait passer le cap des dix ans d'enquête… Désormais, les souvenirs de Marc ne se limitaient plus à de vagues impressions, un écho lointain, mais formaient une version précise des événements. Une version personnelle des faits, à confronter avec celle de Grand-Duc.

A la rentrée scolaire 1991, Emilie Vitral s'apprêtait à entrer au collège. Je ne vous ai pas beaucoup parlé d'Emilie, jusqu'à présent. C'est important pourtant de vous faire comprendre comment Emilie a grandi, toutes ces années, jusqu'à ce que Nicole Vitral cède, jusqu'à ce que Mathilde de Carville triomphe. A sa façon.

Emilie allait avoir onze ans, donc…

Emilie m'a toujours bien aimé, je crois. C'était réciproque. Ça devait être mon côté un peu bourru, solitaire. Les gosses aiment bien écouter les adultes qui parlent peu. Ils doivent partager avec eux la même pudeur.

Pour elle, j'étais Crédule-la-Bascule.

Je crois que je fascinais Marc, aussi. Pas seulement à cause de mes inépuisables connaissances footballistiques. Surtout, je crois, parce que détective privé, devant un gamin, ça en jette. Comme un type sorti tout droit de la télé. Un MacGyver, un Mike Hammer… Un Magnum, sans les dobermans, avec la BM à la place de la Ferrari… J'en rajoutais un peu. J'aimais bien. Ça faisait rire Nicole Vitral, mes histoires inventées. Et du coin de l'œil je regardais Emilie grandir…

Secrètement, j'espérais une ressemblance. Qu'un matin elle bascule définitivement, d'un côté ou de l'autre. Physiquement. Vitral ou Carville. Qu'elle prenne le sourire de Marc, les tics du grand-père

Carville. Que sais-je ? Une certitude, n'importe laquelle.

Rien. Elle continuait de pencher du côté Vitral. Les yeux, surtout. Sans plus…

Et pour le reste, tout se corsait. Nicole Vitral fit tout pour le cacher, au moins au début, mais c'était tellement flagrant. Dans la rue Pocholle, Emilie semblait tombée d'une soucoupe volante plus que d'un Airbus. Emilie adorait l'école. Première dans toutes ses classes, du CP au CM2, pendant que Marc s'en tirait honnêtement, sans plus, travaillant avec conscience, sagement, sans goût particulier. Emilie aimait la musique. Emilie aimait les arts. Emilie aimait les livres. Emilie dévorait tout. Chez les Vitral, il y avait des disques, des livres, des tableaux, en quantité raisonnable, presque par nécessité, pas par besoin. Comme on a dans son garage un vélo ou des boules de pétanque. Au cas où…

Emilie, elle, grandissait différente, cela crevait les yeux. Elle demeurait adorable, adorante et adorée, mais elle étouffait. Elle écumait le bibliobus qui s'arrêtait sur le parking de la gare de Dieppe tous les mardis soir. Elle harcelait de questions sa grand-mère, troublée. Les *Contes du chat perché* dès le CP et le reste ensuite. Roald Dahl. Igor Stravinski. Rudyard Kipling. Serge Prokofiev. Autant de noms compliqués dont Nicole n'avait jamais entendu parler.

Une telle exception, dans une famille, cela arrive. C'est ce que je me disais, pour me convaincre. La fleur qui pousse au milieu des ronces. L'autodidacte de l'école républicaine. Le rêve américain version hexagonale, le jeune surdoué qui gravit seul tous les échelons, sans appuis, sans filet, du certificat d'études à Normale Sup ; qui tire sa force, sa hargne, de ses origines modestes. Parti de loin, de si bas, fier à jamais de ses origines. Cette prison domestique originelle est pour toujours sa différence parmi les « fils de... », les bien-nés des premiers arrondissements parisiens, les clones du lycée Henri-IV, sa sève qui l'a fait pousser plus haut. Son étendard. Il devient cela, le porte-étendard des siens. Des siens qui sont plus fiers encore. Le petit qui a réussi. Est-ce pour cela qu'ils font tant d'enfants, les pauvres ? Pour multiplier les chances de tomber sur le numéro gagnant ?

Bon, j'arrête là mon couplet à deux balles sur le déterminisme social. Je voulais simplement vous expliquer comment Emilie fleurissait dans le quartier du Pollet. La petite qui irait loin... Protégée des siens. Protégée par Nicole aussi, bien entendu. Sauf qu'il faut vous imaginer le doute lancinant qui fissurait son admiration.

Nicole avait-elle le droit d'être fière de sa petite-fille ? La sienne ? Sept ans, dix ans plus tard, l'ombre du drame planait toujours. Si la petite était Emilie Vitral, sa petite-fille, sa chair et son sang, alors oui, quelle chance, quelle gloire, quel miracle, cette enfant au destin tout tracé ! Mais si la petite était Lyse-Rose de Carville... Mise par erreur en pension, loin de chez elle, égarée dans un autre monde... Bridée.

Objectivement, en regardant Emilie évoluer dans son quartier de pêcheurs dieppois, je ne pouvais m'empêcher de penser qu'elle ressemblait à un E.T.

tombé aux Etats-Unis, à un Tarzan oublié dans la jungle, à un Gulliver chez les Lilliputiens.

« C'est normal, me glissait parfois Nicole. Une enfant élevée par sa grand-mère. Seule. Il y a forcément un décalage. »

Elle avait raison. En partie.

A onze ans, à la fin de l'école primaire, Emilie exigea. Enfin, non, Emilie n'exigeait rien. Emilie déclara vouloir aller voir plus loin que le bout de son vélo. Passer de l'autre côté des falaises. Découvrir d'autres lieux. D'autres loisirs, aussi. La musique, surtout. Continuer le piano. Pas seulement parce qu'elle était douée ou parce que ses professeurs la poussaient. Non. Simplement parce qu'elle en avait envie. Plus qu'envie, même. Besoin.

L'enjeu était simple. Emilie ne pouvait continuer à progresser que si elle possédait un piano chez elle. Pour jouer, tous les jours, plusieurs heures. Emilie était persuasive à sa façon. Elle avait pris les mesures dans le salon. Un piano droit entrait, en poussant un peu la télé dans le coin, le canapé sur le côté. Il entrait, il faisait joli, on pouvait mettre le vase dessus, même, et le cendrier en cristal de la vallée de la Bresle.

Restait le prix.

Trente mille francs premier prix. Mettons vingt mille, d'occasion.

Nicole Vitral s'entendit dire :

— Un piano ! Ma pauvre petite, j'ai déjà du mal à t'habiller. J'ai dû travailler tous les dimanches de mai et de juin pour qu'on parte une semaine à Saint-Quay et j'ignore encore comment je vais payer tes affaires pour le collège. Déjà, il y a tes cours de musique. Ils ne sont plus gratuits depuis tes dix ans. Alors, ma pauvre petite, un piano…

Emilie ne protesta pas. Elle comprenait. A onze ans, elle possédait déjà une sorte de maturité presque incongrue. Elle paraissait comprendre, du moins. Elle se réfugia dans sa chambre. Sa chambre, qui était aussi celle de Marc. Nicole entendit à travers la cloison un air de flûte. Son seul instrument. Une flûte en plastique, celle de Marc, pour le collège. Nicole reconnut le tube du moment, la chanson de Goldman, *Leidenstadt*.

Le cœur fendu en deux.

Quand Marc rentra du stade, il trouva sa grand-mère en pleurs, effondrée sur le canapé. Marc avait treize ans. Il ignorait comment réagir. Il entendait juste Emilie jouer de sa flûte. C'était joli. Triste, aussi.

Nicole invita Marc sur le canapé, le prit dans ses bras, le serra fort.

— Il ne faudra pas être jaloux d'Emilie. Tu comprends. Jamais.

Evidemment, pensa Marc. Comment aurait-il pu en être autrement ?

— Il faudra que tu continues à vivre avec elle comme avant, qu'Emilie reste toujours ta petite sœur…

Bien sûr. Où voulait-elle en venir ?

— Même si je fais des différences. Tu es un grand garçon maintenant, Marc. Tu peux comprendre.

Des différences. Quelles différences ?

Nicole se leva, doucement. Marc aussi. Le sourire était revenu. Un faux sourire, au moins. Elle fit signe à Marc d'attraper l'autre côté du canapé.

— Aide-moi à le pousser, Marc. J'en suis pas sûre, moi, qu'on puisse caser un piano ici !

L'achat du piano, neuf, comptant, un Hartmann-Milonga, dans le plus grand magasin spécialisé de Rouen, entama à peine l'argent placé sur le compte en banque d'Emilie.

Emilie avait raison, il rentrait entre le canapé et la télé. En tassant bien.

Tout s'enchaîna, ensuite. Les stages à Paris, tout d'abord. Quelques jours. Les séjours, ensuite. Mi-stage, mi-concert, mi-tournée, à l'étranger. Londres. Amsterdam. Prague… Puis les achats de disques. Les livres aussi. Pourquoi priver Emilie de livres ? Puis les habits. Pourquoi priver Emilie de mode ? C'est humain. Emilie avait le droit au meilleur. Elle le méritait. Nicole ne se sentait plus le droit de négliger le moindre détail pour son avenir ; de ne pas tout miser. Au cas où…

Vous comprenez maintenant la stratégie de Mathilde de Carville. Dès le départ, elle avait conscience de ce qu'elle faisait. Le compte en banque ouvert pour Emilie, c'était un œuf de serpent déposé dans un coffre, qui avait éclos, grossi, petit à petit, pendant des années sous la maison des Vitral, pour sortir enfin, prêt à les étouffer.

Entre Emilie et Marc, le fossé se creusait. Le fossé matériel, j'entends. Pour le reste, j'y viendrai plus tard… Emilie pouvait désormais demander tout ce qu'elle voulait, du plus futile de ses caprices au plus coûteux de ses vœux. Rien n'était trop cher pour elle. Marc, lui, devait se contenter d'ersatz. Les habits du voisin. Le vélo de son grand-père. Les chaussures de rugby de copains plus vieux.

Au début, Emilie avait insisté, elle voulait payer pour Marc aussi. Après tout, on le lui avait expliqué, c'était son argent ! Nicole Vitral n'avait pas cédé. C'était pour elle une question d'honneur, un engagement moral avec Mathilde de Carville.

Une ligne rouge impossible à franchir.

Pas un centime des Carville pour son petit-fils.

Cela peut paraître étrange, je vous le concède. Mais qui peut deviner comment il aurait réagi à la place de Nicole Vitral ? Oui, je vous le répète, Mathilde de Carville savait ce qu'elle faisait, ce soir de mai 1981, en venant offrir ce serpent endormi à Nicole Vitral.

La bague de saphir clair en gage.

Contre toute attente, il y a une morale à cette histoire. Autant que je pus le constater, l'œuvre du serpent avorta. Marc n'était pas jaloux. Ne le fut jamais. Pas même pour obéir à sa grand-mère. Naturellement. Il se réjouissait simplement du bonheur d'Emilie. J'y reviendrai… En détail, je vous le promets.

Autre miracle, plus curieux encore peut-être, à travers toute cette fontaine de guimauve, de cadeaux sucrés et de vie dorée, Emilie ne se transforma pas en bonbon rose gluant… En une sorte de Nelly Olson regardant d'un air dégoûté la vie simple des Ingalls.

Elle demeura tout aussi vive, simple, sans mépris pour le salon tassé, les maisons collées de la rue Pocholle, la mer grise et les galets trop durs sous ses pieds nus.

Emilie grandissait. Elle possédait toujours les yeux bleus des Vitral et les goûts raffinés des Carville. La gentillesse des Vitral… et le fric des Carville.

Allez vous y retrouver.

⁂

Marc releva la tête. Emu aux larmes.

Le Corail lancé à toute vitesse traversait les étangs de Poses. Des péniches chargées de sable remontaient la Seine en sens inverse. Marc revoyait tout. La flûte. Le canapé. Le piano. Emilie devant, jouant Chopin, Berlioz, Debussy. Il n'y connaissait rien mais il trouvait cela émouvant. Emilie, les cheveux noués, assise, le dos droit, les mains, les doigts sans cesse en mouvement. Le piano était muet maintenant. Poussiéreux. Toujours dans le salon à Dieppe. Marc se souvenait des tenues de Lylie, aussi. Comment les oublier ? Ses robes, ses jupes. De plus en plus belles, au fil des ans. Achetées pour lui, rien que pour lui.

Comment aurait-il pu être jaloux ?

Personne n'avait compris. Ni Grand-Duc, ni Nicole, ni aucun autre adulte. Encore moins Mathilde de Carville.

Le train s'arrêta à Val-de-Reuil, la gare dans les champs que la ville nouvelle n'avait jamais rejointe. Marc hésita. Il restait à peine quinze minutes avant Rouen. Il sortit son téléphone portable, il pouvait essayer de téléphoner à quelques nouvelles cliniques.

Pour la forme... Il composa trois numéros. Sans succès. Personne au nom d'Emilie Vitral n'avait été pris en charge dans ces établissements. Tant pis. Marc n'y mettait plus trop de conviction. Il avait surtout envie de finir la lecture du cahier de Grand-Duc.

Son adolescence racontée par le détective.

Quelque chose comme votre journal intime rédigé par un étranger.

40

2 octobre 1998, 16 h 48

Nicole Vitral marcha lentement vers la criée, tout au bout du port de pêche de Dieppe. Elle s'approcha près de l'étal.

— Gilbert, t'as quoi, aujourd'hui ? Pas trop cher ?

Le poissonnier répondit sans hésiter :

— Des soles. Direct du bateau de cette nuit. Je t'en mets une ?

— Deux !

L'œil de Gilbert, de profil, s'arrondit comme celui d'un de ses poissons morts.

— Deux ? T'as quelqu'un pour le dîner ? C'est Emilie ? C'est Marc ? Ou c'est un amoureux ?

Connard !

— C'est Marc, idiot ! précisa Nicole.

— OK, je te mets une belle pièce alors. Il va comment, Marc ?

Nicole répondit évasivement. Des banalités. Perdue dans ses pensées. Paya.

— Merci, Gilbert. Cette semaine, je passerai te laisser des tracts de la mairie, pour le port. Tout est écrit dessus.

Le poissonnier soupira.

— Encore leurs conneries. A la mairie, ils feraient mieux de s'occuper des commerçants plutôt que des dockers. Crois-moi, c'est nous qui crèverons les premiers, avant les pêcheurs même…

Nicole s'éloignait déjà. Gilbert Letondeur était le meilleur poissonnier de Dieppe, mais aussi un crétin rangé dans le camp des armateurs et de la Chambre de commerce et d'industrie de Dieppe. Bref, un type qui votait à droite… Nicole admettait que sa vision des choses était un peu réductrice, mais elle voyait la ville de Dieppe comme cela. Deux camps opposés. Malgré son camion sur le front de mer, jamais elle ne s'était rangée dans celui des commerçants.

Une traîtresse !

Doublement traîtresse. Elle mangeait le poisson du camp d'en face.

Nicole continua vers le front de mer. Elle apprécia le temps sec. Le vent régulier. Elle goûta aussi l'agitation sur la pelouse. On finissait d'installer quelques dizaines de petits chapiteaux blancs, tous jumeaux, alignés, coiffés des drapeaux multicolores représentant les Etats du monde entier. Comme tous les deux ans, pendant dix jours, Dieppe vivait au rythme du Festival international de cerf-volant.

Le ciel était déjà encombré de losanges bariolés, d'immenses cercles immobiles, de triangles décrivant des courbes serrées. Très haut dans le ciel, on découvrait un dragon chinois, un masque inca, un chat bleu gigantesque, un cercle évidé dans lequel tournait à toute vitesse une girouette. Autant de constellations imaginaires et colorées.

Nicole Vitral avança, la tête en l'air, un peu nostalgique. Elle ne pouvait s'empêcher de repenser aux précédentes éditions du festival. Dieppe avait été la première des stations balnéaires, à la fin des années soixante-dix, à se lancer dans le festival de cerf-volant. Depuis, ce genre de manifestation avait été copié sur toutes les grandes plages de sable ventées du nord de l'Europe.

Nicole avait vécu avec Pierre les trois premiers festivals, en 1980 et 1982. Deux fois dix jours de souvenirs. Festifs. Lucratifs, aussi. Leur friterie ambulante, sur le front de mer, était déjà une institution à l'époque. Lors de la première édition, leur belle-fille, Stéphanie, était enceinte, presque à terme. Elle avait tout de même passé le week-end à les aider. Comme elle pouvait. Pierre et Pascal, père et mari attentionnés, s'étaient efforcés de la convaincre de rester assise sur une chaise, de lui faire comprendre que ce n'était surtout pas le moment d'accoucher, ce week-end-là ! Finalement, Emilie était née quelques jours plus tard, le 30 septembre, comme si elle avait pris soin d'attendre…

Survint le drame de l'Airbus… Puis le jugement. Pierre Vitral connut un second festival, en 1982, avant de s'endormir pour ne jamais se réveiller, le 7 novembre, au Tréport. Le festival rythmait la vie de Nicole, comme un symbole macabre : la vie et la mort ne tenaient qu'à un fil, au gré du vent. Nicole continua pourtant de garer son camion sur le front de mer, pendant les dix jours de fête, sans Pierre pour l'aider. Elle n'avait pas le choix, le festival restait sa plus grosse recette, une fois tous les deux ans.

Marc et Emilie étaient trop jeunes pour se souvenir. Le festival, pour eux, n'était qu'un gigantesque carnaval attendu des semaines durant. Marc ne se débrouillait pas mal, les fils à la main, pour épater sa petite sœur. Un voisin lui avait offert un cerf-volant en forme d'insecte géant, rouge et or, avec une très longue queue enrubannée et des ailes en papier vitrail transparent. Bien entendu, Marc avait baptisé son cerf-volant « Libellule » ; parce qu'on appelait encore parfois Emilie ainsi. Des connards. Des commerçants de Dieppe, par exemple.

Emilie, elle, fonçait tête baissée. Elle courait de stand en stand, parcourant tous les pays du monde. Pérou. Chine. Plateaux éthiopiens. Mongolie. Equateur. Yémen. Québec. Le cerf-volant comme un fil tendu entre tous les enfants de la planète : juste un peu de vent, rien besoin d'autre.

L'art d'apprivoiser le ciel, juste pour rire.

Toujours plus haut. Sans passagers, sans voyageurs. Sans crash.

Nicole, après 1980, n'avait plus jamais regardé le ciel comme avant. La petite Emilie avalait des kilomètres. Japon. Mali. Colombie. Elle revenait en courant au Citroën de type H, les yeux pétillants. Toutes les tribus du monde se donnaient rendez-vous sur sa pelouse.

« Tu as vu, mamy ? Tu as vu, mamy ? »

Nicole quitta le front de mer. Bouleversée. Emilie, cette année, pour la première fois de sa vie, manquerait les cerfs-volants de Dieppe.

Elle entra dans la boulangerie. Elle redoutait d'avoir à affronter le même cirque qu'avec le poissonnier. Elle avait raison.

— Une baguette, Nicole ?

— Une baguette. Et tu me mets un Salammbô avec.

— Vrai ? Un Salammbô ? Marc est de retour ?

Un Salammbô. Le gâteau préféré de Marc. Quand il avait dix ans, du moins. Nicole se savait ridicule de continuer à vouloir satisfaire ainsi son grand garçon avec les envies de son enfance. Mais après tout ça lui faisait plaisir, et Marc était un garçon poli.

Nicole regarda sa montre. Son petit-fils serait là dans deux heures. Elle longea à pas lents le port de plaisance, vers le pont transbordeur qui séparait le quartier du Pollet du reste de Dieppe. Une île au cœur de la ville.

Malgré elle, elle repensait à son dialogue téléphonique avec Marc. L'enveloppe bleue de Mathilde de Carville. Le test ADN confié à son petit-fils. L'interdiction d'ouvrir le cadeau pour sa mamy.

La garce !

Nicole dut stopper sa marche. Le pont transbordeur se levait, laissait passer un paquebot pas bien gros, pavillon nigérian. Il en restait encore quelques-uns. Bananes ? Ananas ? Bois exotique ?

Qu'est-ce qu'elle croyait, la Carville ? Qu'elle avait le monopole de la clairvoyance ? Qu'elle était la seule à avoir pensé au test ADN ? Que Crédule Grand-Duc était à sa solde ? Qu'il avait ponctionné une goutte de sang à Emilie comme ça, tranquillement, sans que sa grand-mère réagisse ?

La file de voitures s'allongeait devant le pont. Nicole toussa grassement dans l'odeur mêlée de marée et de gaz d'échappement. Elle n'avait pas tout compris, la Carville ! Grand-Duc n'était pas un tel salaud. Il n'avait pas fait de jalouses. Il avait commandé deux tests ADN. Deux enveloppes bleues. Une pour chaque grand-mère.

Nicole tourna la tête. Un cerf-volant géant, le dragon chinois, dépassait la cime des immeubles du front de mer. Elle sourit. Dans le second tiroir de sa commode, sous clé, elle avait rangé l'enveloppe bleue confiée par Grand-Duc. Le résultat du test de comparaison de son propre sang avec celui d'Emilie, qui confirmerait celui reçu par Mathilde de Carville, que Marc lui apportait, bien sagement.

Le pont transbordeur se baissa enfin. Les voitures piaffaient. Nicole toussa à nouveau.

Nicole avait ouvert l'enveloppe en 1995. Elle avait la réponse, elle aussi, depuis trois ans maintenant.

Il fallait qu'elle en parle à Marc. Il le fallait, bien entendu. Dès ce soir. Elle pouvait encore sauver une vie. Après, ce serait trop tard. Elle aurait dû le faire avant, bien sûr. Facile à dire.

Une telle réponse.

Une délivrance ?

Peut-être…

A condition d'accepter de tout perdre.

41

2 octobre 1998, 17 h 11

Le train Corail longeait la côte des Deux-Amants, traversa sans ralentir le pont ferroviaire du Manoir-sur-Seine, dépassa la gare de Pont-de-l'Arche. Marc ne ressentait même pas le froid de la vitre contre son front. Il s'était contenté d'allumer la veilleuse au-dessus de sa tête.

Journal de Crédule Grand-Duc

Les premières années de la décennie 90 furent comme des années mortes. De nouveaux séjours en Turquie, au Canada ; Corne d'Or et Chicoutimi, je vous épargne les cartes postales nostalgiques. Sans oublier mes pèlerinages annuels au mont Terrible. Nazim resta en planque près de la cabane des journées entières. Pour rien !

Strictement rien de neuf. Ce fut le début de ma déprime. Du moins, s'il fallait trouver une date, je dirais ça. Entre 1990 et 1992. La fin des illusions.

C'était l'impasse aussi, côté Georges Pelletier. Evaporé, le SDF. Happé par je ne sais quel manège, Tagada ou train fantôme. Le cours de la gourmette ne grimpait plus. Bloqué à soixante-quinze mille francs.

A quoi bon aller plus haut ? Je vivais une retraite dorée, ou presque.

Je n'avais pas travaillé sur l'affaire depuis près de trois semaines lorsque je reçus le coup de téléphone de Zoran Radjic. Les annonces, *75 000 francs la gourmette*, continuaient de passer dans une dizaine de journaux, toutes les semaines, payées à l'avance par virement automatique.

— Crédule Grand-Duc ?

— Oui…

— Zoran Radjic. J'ai lu votre annonce, à propos d'une prime pour une gourmette en or perdue. Je pense avoir des informations à vous fournir.

Vous imaginez ma réaction ? J'étais méfiant, échaudé par un faussaire turc, des années plus tôt, dans une autre vie.

— Vous savez où se trouve la gourmette ?

— Oui… Je le crois…

Excité, malgré tout. *Crédule*. On ne se refait pas !

On se rencontra deux heures plus tard, dans un bar, l'Espadon, rue Gay-Lussac. On avait tous les deux commandé une bière. Zoran Radjic avait tout du petit escroc de quartier, de l'arnaqueur du coin, à lui donner le diable sans barguigner. Avec une telle figure de fouine, le regard fuyant, les cheveux aussi, vers l'arrière, plaqués, c'en était à se demander comment il pouvait faire la moindre affaire.

Etait-il possible que ce soit ce type qui m'amène la preuve, la seule preuve utile ? Une gourmette ramassée sur le mont Terrible, douze ans auparavant… Tout le reste pouvait partir à la poubelle, la couleur des yeux, le goût pour le piano, la tombe à côté de la cabane… Il me suffirait de tenir ce foutu bijou entre mes doigts et j'emporterais la mise sur toute la ligne : le bébé miraculé éjecté de l'avion s'appellerait Lyse-Rose de Carville.

— Alors ? fis-je, désireux d'en dire le moins possible.

— J'ai lu votre annonce, hier. Je ne lis pas souvent les journaux. Ça a fait « tilt »…

Zoran jouait avec sa chevalière. *ZR* en majuscules. En argent. Qui porte encore ce genre de truc ?

— Et…

Le laisser venir.

— Ça remonte à loin. Presque dix ans. 1983 ou 1984, je dirais. C'est un type mal en point qui me l'a montrée. Je vais pas vous le cacher. A l'époque, je dépannais un peu les gens dans la merde.

J'étais tombé sur un bon Samaritain…

— Bon, je vais pas vous le cacher non plus : je refilais de la drogue, un peu aussi. Enfin, « je refilais »… Je vendais. Le type était vraiment en manque. Je le connaissais un peu. Il zonait depuis un bout de temps dans le quartier. Il n'avait plus de cash, plus rien. Il voulait m'échanger sa dose contre un bijou. Une gourmette. Un truc en or, à ce qu'il disait. Pas banal, hein ?

Le Samaritain s'amusait avec sa bague, comme si de rien n'était. Comme s'il ne se rendait pas compte qu'il jouait avec mes nerfs. Ou bien, c'était un vrai malin, un pro, il me faisait mariner. Son truc, c'était peut-être d'avoir tellement l'air d'un escroc, pas finaud, repérable du premier coup, qu'à se croire plus malin que lui on finissait par ne plus se méfier.

Ne pas tomber dans le piège, si c'en était un. Le laisser venir, encore.

— Je pense que le nom du type vous intéresse, hein ?

Et là, le contrer :

— Le nom du type, je le connais. C'est des preuves que je recherche. Mieux même, la gourmette. Les soixante-quinze mille francs, c'est pour la gourmette. Pour le reste, on négocie.

La chevalière disparut dans la main droite du Samaritain. Il serra fort sa paume.

— OK. Je veux bien jouer. On parle peut-être pas du même mec, après tout. Combien pour le nom ?

Banco. La chevalière venait de réapparaître dans la main gauche du yougo. Comment il faisait ça, ce con ?

— Dix mille francs, fis-je. Pour le nom. Si c'est le bon…

— Je ne marche pas. Comment je sais si tu ne m'arnaques pas ? Je te donne le nom, t'as qu'à me dire que ce n'est pas celui que tu attends et tu te casses. Je suis marron.

Pas si con, le yougo.

— OK, fis-je. T'as un stylo ?

— Ouais…

— J'écris le nom sous le carton de ma bière. Tu fais pareil. Si c'est le même nom, t'as gagné dix mille francs. Et on continue…

Le Samaritain eut un sourire de gamin. La chevalière était repassée dans la main droite.

— Je marche. J'adore ce genre de jeu.

On se pencha tous les deux sur nos cartons de bière, cachant comme on pouvait ce qu'on écrivait derrière notre main gauche. Des gamins jouant au baccalauréat.

Dix mille francs la partie, tout de même.

On souleva nos cartons ensemble.

Georges Pelletier.

Sur les deux.

Un frisson m'électrisa de la nuque à la chute des reins. On parlait bien du même type ! C'est bien mon Georges Pelletier qui avait proposé une gourmette à cet escroc. Tout collait.

Attention, Crédule ! me souffla une petite voix intérieure. Ne t'emballe pas. T'as remué ciel et boue dans les bas-fonds de Paris depuis cinq ans pour retrouver Pelletier. La rumeur court vite, dans les ruelles. Le moins informé de tous les indics de la capitale doit être au courant du nom du type que tu cherches. Faire le lien avec la petite annonce à soixante-quinze mille francs est à la portée du premier Samaritain venu…

— OK, fis-je, t'as gagné dix mille francs. Rien que du légal, je te rassure. Je te fais un chèque… Je te laisse même mon carton en souvenir. Dédicacé au nom de Georges…

L'autre fit un peu la grimace. Un chèque ? Il n'était sans doute pas habitué à ce genre de règlement.

— Tu l'as vue, la gourmette ?

— Ouais… Combien pour l'info ?

— Dix mille si ça vaut le coup, fis-je. T'as des détails ?

— Faut voir. Tu veux savoir quoi ?

Ce type qui jouait avec sa bague (main gauche, maintenant) avait peut-être un petit talent de magicien de quartier, mais j'avais une dernière carte dans la main. Moi aussi, les années m'avaient appris la ruse.

— Si t'as vraiment vu la gourmette, la bonne, tu dois te douter de ce que je veux savoir !

Le yougo me regarda avec un sourire niais. Impossible de repérer s'il bluffait ou non ; s'il se foutait de ma gueule, me pigeonnait, ou s'il était le témoin, le seul, l'ultime, de mon enquête.

— Dix mille francs de plus, tu dis ? Pour la preuve ? Je peux te faire confiance ?

— Je suis réglo. Si t'es renseigné, on a dû te le confirmer…

Les mains du Samaritain s'agitèrent. Il rata son coup. La chevalière tomba sur la table. Il était nerveux. Ou il voulait me le faire croire, ce gros malin… J'attrapai le carton sous ma bière, mon stylo. J'écrivis.

Lise-Rose. 27 septembre 1980.

Exactement comme sur l'annonce.

Je glissai le carton vers lui.

— Il y avait bien marqué ça sur la gourmette, tu confirmes ?

Le yougo se frotta les mains. La chevalière était revenue à sa place initiale, enfilée à son doigt.

— La date de naissance, tu m'excuseras, aucune idée. C'était il y a des années, et même à l'époque je ne me souviens plus si j'avais fait gaffe. Le prénom, par contre, c'est le bon…

Enculé ! pensais-je. Encore un enculé de profiteur…

— … sauf, continua le yougo sur le même ton, sauf que si je me souviens bien, ce n'était pas la même orthographe. Lyse était écrit avec un « y », pas un « i ».

Une nouvelle décharge électrique hérissa mon dos. Radjic n'était pas tombé dans le piège de l'annonce ! La fausse orthographe du prénom, pour coincer un éventuel faussaire.

Contrôle-toi, bordel, pensai-je.

— OK. T'as tout bon. T'as gagné dix mille francs de plus. Et la gourmette, finalement, tu l'as échangée à Pelletier, pour lui rendre service ?

Crédule, je sais… Cela aurait été trop beau.

— Si j'avais su à l'époque qu'elle valait soixante-quinze briques… Tu penses. Mais non, il a dû se brosser, Pelletier, avec sa breloque à la con qu'il me tenait sous le nez. Pas de troc. Pas de came. Du cash, c'est tout.

Il me fixa avec ironie.

— Ou un chèque, éventuellement…

Merde !

— Pelletier est reparti avec son bijou, alors ?

— Ouais…

— Tu l'as revu, ensuite ?

— Jamais. A mon avis, vu l'état dans lequel il était, il n'a pas dû faire de vieux os…

Remerde !

Je fis le chèque. Sans remords. Mathilde de Carville n'était pas à vingt mille francs près. Même si le doute subsistait. Mon piège, le « i » transformé en « y », n'était pas difficile à repérer pour un escroc un peu prudent, les noms « Lyse-Rose de Carville » et « Emilie Vitral » avaient fait l'objet d'un paquet d'articles de journaux, à l'époque. Zoran le Samaritain pouvait très bien avoir gagné vingt mille francs avec un peu de jugeote et d'aplomb.

Ses mains vives attrapèrent le chèque qu'il examina avec attention. Finalement satisfait, il se leva. Me tendit la main, celle avec la chevalière.

— Merci. Tiens. Un dernier détail. Cadeau de la maison.

La chair de poule me picora le corps.

— Quel détail ?

— Je me souviens, maintenant. Si j'ai pas accepté le troc de Pelletier, c'est aussi que la gourmette était cassée. La chaîne, je veux dire. Il manquait une ou deux mailles.

Les tables et les chaises du bar se mirent à tourner autour de moi. Mon Dieu ! Personne. Personne, hormis Nazim et moi, ne pouvait connaître ce détail.

42

2 octobre 1998, 17 h 29

Pour une fois, le train Paris-Rouen était ponctuel. Il s'immobilisa sur le quai à dix-sept heures trente très exactement. Le Rouen-Dieppe partait dans huit minutes. La correspondance était calculée au plus juste, mais lorsque le Corail avait du retard, tous les autres trains régionaux patientaient sagement jusqu'à l'arrivée de leur grand frère de la capitale. Depuis qu'il étudiait à Paris, Marc avait effectué des dizaines de fois ce changement. Huit minutes, c'était plus qu'il n'en fallait. Après avoir refermé à regret le cahier de Grand-Duc, il se dirigea rapidement vers la boutique qui vendait divers sandwichs. Une seule personne patientait devant lui. Marc acheta une tarte aux pommes et une bouteille de San Pellegrino. Nicole allait sans doute lui préparer ce soir un festin dont elle avait le secret, mais ça n'empêchait pas Marc d'avoir depuis longtemps digéré le jambon-beurre avalé dans le RER.

Le train express régional pour Dieppe était presque vide. Après la cohue du Paris-Rouen, le contraste était saisissant. Marc s'installa près de la fenêtre, comme à son habitude. Il n'y avait que deux autres passagers dans le wagon. Un adolescent, le baladeur vissé aux oreilles, et un grand type qui dormait, occupant deux sièges et dépassant quand même.

Marc ouvrit la tablette grise devant lui, posa le sac dessus, puis sortit de son Eastpack le journal de Grand-Duc. Il restait tout au plus vingt pages à lire, Ensuite, il ferait le point. Il repensa aux messages de Lylie, il disposait d'une soirée et d'une nuit pour tout résoudre.

Sur le quai, un chef de gare siffla nerveusement.

Marc tourna la tête par réflexe. Il s'immobilisa, le front figé contre la vitre, comme assommé.

C'était elle !

La frêle silhouette lança un regard mauvais au chef de gare, murmura quelques insultes entre ses dents et sauta dans le train presque en marche.

Malvina de Carville.

Marc demeura de longues minutes à scruter les portes coulissantes des deux plateformes qui commandaient l'entrée dans le compartiment. En pure perte. Malvina devait se cacher quelque part dans le train, mais Marc n'avait aucune envie de lui courir après. Il n'allait pas se laisser coincer comme un gamin deux fois de suite. Pour l'instant, il lui restait vingt pages à lire.

Ensuite, il s'occuperait de la folle.

Je quittai Zoran Radjic, à l'Espadon, habité d'une quasi-certitude : ce petit escroc de bazar m'avait dit la vérité ! Plus j'y pensais, plus tout s'enchaînait logiquement. Georges Pelletier, squattant dans sa cabane, avait été un témoin direct du crash du mont Terrible, le 23 décembre 1980. Il avait été le premier à se trouver sur le lieu du drame. Il s'était trouvé nez à nez avec le bébé miraculé. Il avait ramassé la gourmette en or, avant qu'arrivent les secours, comme un misérable prédateur en manque.

Vous me suivez ? Le bébé miraculé, éjecté de l'avion, était donc Lyse-Rose de Carville… C'était une quasi-certitude, désormais. Et c'était là tout le problème, d'ailleurs, ce « quasi »… Car, malgré les apparences, Zoran Radjic pouvait très bien avoir imaginé toute l'affaire, en pro de l'arnaque qu'il était. Il avait eu des années pour la peaufiner… On en revenait au point de départ : il n'existait que des présomptions, de fortes présomptions certes, mais seulement des présomptions. Aucune certitude définitive…

Des présomptions… des soupçons… des évidences… des faisceaux de convergences… Appelez cela comme vous voulez. Après tout, je vous ai tout raconté, vous en connaissez maintenant autant que moi sur l'affaire. Débrouillez-vous !

Pour être tout à fait honnête, il n'y a qu'une chose dont je ne vous ai pas encore parlé. Un sentiment d'ailleurs, plus qu'une chose. C'est tellement plus compliqué à expliquer, un sentiment, bien davantage que de décrire une exploration sur le mont Terrible ou de retranscrire une conversation avec un témoin. Pour tout vous dire, j'en étais arrivé au point de penser que toutes les preuves accumulées, la gourmette, la tombe, les habits du Grand Bazar, ne valaient pas mieux qu'un tas de vieux objets à foutre à la poubelle. Idem pour la couleur des yeux ou le don pour la musique.

La vérité était ailleurs, la vérité reposait sur un sentiment. Sur une relation, plus précisément.

Marc et Emilie.

C'est le moment, je crois, d'aborder leur étrange relation. Ils n'y pouvaient rien, les pauvres enfants. La vie avait décidé pour eux.

Malgré toute sa bonne volonté, Nicole était trop loin. Trop loin d'eux, je veux dire, trop éloignée de Marc et d'Emilie. Le travail, jours, nuits et week-ends. Le quotidien. La différence d'âge. Pas de maman pour élever Marc et Emilie. Pas de papa. Plus de papy. Logiquement, Emilie et Marc se sont rapprochés. Deux têtes blondes. Deux faces d'ange, à poser dans des pubs. Et pourtant, ils étaient si différents…

Allez, je me lance. Je sais que Lylie et Marc liront ces lignes. Je vais essayer d'être à la hauteur. Je ne serai plus là, de toute façon, pour affronter leur appréciation.

Marc… Des yeux bleu ciel, comme perdus vers les horizons lointains, comme tournés vers l'âge d'or de la piraterie dieppoise. Des yeux d'attrape-sirène. Et pourtant, Marc était un faux rêveur. Il aimait simplement sa maison, son quartier, ses potes, sa grand-mère… et surtout Emilie.

Marc aimait ce qu'il connaissait, tout simplement, d'un amour qui s'accumulait avec le temps, avec une immense générosité, une générosité… domestique. Marc le discret. Marc le timide. Marc le muet, presque.

L'idole des midinettes, pourtant, si tant est que l'on peut qualifier de midinettes les lycéennes de Dieppe. L'idole indifférente. Marc n'avait pas d'autre ambition, depuis le jour où je l'ai connu, où j'ai commencé à l'observer, tel un enquêteur minutieux, que se dévouer pour Emilie, être à la fois son frère, son père, son grand-père. Tout ce qui lui manquait. Son paravent. Son paratonnerre. Son parapluie.

Son paradis, à lui.

La petite Emilie le lui rendait bien. Elle éclaboussait de vie tout ce qu'elle croisait. Belle comme tout, c'est-à-dire comme rien de ce qui l'entourait, les usines qui fermaient, les murs de brique et de silex, les caniveaux. Belle comme tout le reste, le coucher de soleil sur la plage de Dieppe, l'automne dans la forêt d'Arques. Un arc-en-ciel sur les falaises.

Comme un papillon égaré. Une libellule, si vous insistez…

Emilie multipliait la surface habitable de la petite maison des Vitral par deux, par dix, simplement en la gonflant de musique, de mélodies de Chopin ou de Satie, en la faisant s'envoler haut, au-dessus des falaises, comme une baudruche de bonheur, puis en la faisant exploser d'un éclat de rire.

Quand elle était triste, elle se soignait en musique.

Un insecte égaré.

Différente seulement. Pas fière. Seule. Et encore, pas toujours. Emilie n'hésitait pas non plus à hurler dans les tribunes à chaque plaquage boueux de Marc dans le stade Maurice-Thoumyre. A enfiler les baskets pour s'avaler en courant sa dizaine de kilomètres, six valleuses et cinq cents mètres de dénivelé. Dieppe-Pourville-Varengeville-Puys.

Un gros soleil de cité. Qui me faisait fondre, moi aussi, quand elle était gamine.

Crédule-la-Bascule.

Elle avait trop failli perdre la vie à trois mois pour en laisser se gaspiller une miette. Et puis, elle aussi, elle était si fière de son Marc. Son ange gardien. Son ange blond…

Marc et Emilie surent très tôt qu'ils n'étaient pas frère et sœur. Pas vraiment, au moins. Pas comme les autres. Le secret jalousement gardé par Nicole Vitral explosa dès la cour de récréation de la classe maternelle. Les parents parlent, les enfants répètent. Déforment.

Les enfants de l'école Paul-Langevin inventèrent un jeu : courir autour d'Emilie, bras grands ouverts, tête baissée, en imitant le bruit d'un réacteur ; en mimant, en tournant sur eux-mêmes, l'avion qui part en toupie, et qui se scratche, à quelques centimètres d'elle. C'était cela, le jeu favori de la cour de l'école Paul-Langevin : terminer allongé sur le goudron, sous le préau, en singeant la mort.

Autour d'Emilie, Marc jouait les pilotes de chasse, inlassablement. Du haut de ses centimètres supplémentaires, tel un King Kong perché sur son dôme, il broyait les avions-crétins qui passaient à sa portée. Jusqu'à la punition. Et tout recommençait.

Marc et Emilie ne furent jamais réellement frère et sœur. Ils grandirent dans le doute.

« Oh, les amoureux ! » se moquaient les moins cruels, dans la cour de récré.

Oui, ils s'aimaient. Cela crevait les yeux. Mais de quel amour ?

Je pense que Marc a dû commencer à se poser la question vers dix ans. Depuis sa naissance, enfin, depuis la catastrophe, lui et Emilie dormaient dans la même chambre. Lui en bas et Emilie au-dessus, dans le lit superposé. Nicole les aida comme elle put : Marc garda pour lui seul la petite chambre qu'il partageait avec sa sœur et Emilie se tassa dans la chambre de sa grand-mère.

Nicole faisait avec les moyens du bord. Elle fit bien, presque toujours.

Quel amour ? disais-je.

Je l'avoue, j'ai tenté d'aller plus loin. Je les ai espionnés, comme le plus ignoble des paparazzis. J'ai collé un téléobjectif dans les mains de Nazim. Au cas où…

Pour rien. Les sentiments n'impriment pas les pellicules.

Quel amour ?

Eux seuls possèdent la réponse. Et encore…

Moi non…

Même la science ne m'a pas aidé.

C'était un peu plus tard.

Lylie avait quinze ans…

Le test ADN… Ce putain de test ADN.

Je n'allais pas y couper. Je me doutais bien que Mathilde de Carville finirait par me le demander, finirait par foutre sa bioéthique au panier, souhaiterait faire parler les gènes, malgré Dieu, malgré sa foi. Elle voulait savoir. C'était humain. C'est déjà un miracle qu'elle ait résisté aussi longtemps.

Pour ma part, je n'étais pas fier. J'avais surtout la trouille. Mettez-vous à ma place, mes quinze ans d'enquête ne faisaient pas le poids face à trois gouttes de sang dans une éprouvette.

Quelle pitié ! Saloperie de science !

⁂

Les mots de Grand-Duc dansaient sous les yeux de Marc.

« Quel amour ? Eux seuls possèdent la réponse. Et encore… »

Les ondulations du pays de Caux défilaient devant ses yeux. Les lignes à haute tension aussi, celles des centrales nucléaires dont on suivait la direction jusqu'à Dieppe.

« Quel amour ? »

Qu'avait-il pu comprendre, ce vieux détective avec son misérable espionnage au téléobjectif ? Qui pouvait comprendre ?

« Oh, les amoureux… »

Les cris d'enfants résonnaient encore dans les oreilles de Marc. Comme ce bruit de réacteur mal imité par ces morveux.

« Oh, les amoureux… »

Lylie, où es-tu ?

Marc n'avait plus envie d'appeler une quelconque nouvelle clinique. Une de plus. Peine perdue.

« Oh, les amoureux… »

Qui était au courant, à part eux ? Qui connaissait leur secret ?

Personne. Cela, ni Grand-Duc ni personne d'autre ne l'avait raconté dans un cahier.

Il n'y avait pas deux mois de cela.

Le 16 août.

Lylie n'avait pas encore dix-huit ans.

Marc ferma les yeux.

Il n'y avait pas deux mois de cela.

43

16 août 1998, 18 h 00

Une folie, pensait Marc. Courir en plein mois d'août ! C'était la fin d'après-midi, il faisait encore près de trente degrés. Une canicule normande, exceptionnelle !

Lylie n'en démordait pas. Elle laçait ses baskets, accroupie sur le pas de la porte de la rue Pocholle, comme si des ailes la démangeaient. Marc soupira. A contrecœur, il envoya valser ses espadrilles et alla chercher ses chaussures de sport. La voix joyeuse de Lylie carillonna :

— En route, fainéant !

Elle avait noué ses cheveux blonds en queue de cheval, avec un petit chouchou bleu ciel. Marc adorait quand Lylie avait les cheveux tirés en arrière. Cela agrandissait son visage, son front. Cela lui donnait une grâce presque princière. Lylie avait achevé ses préparatifs. Elle sautillait devant la porte. Impatiente.

— Dépêche-toi !

— C'est bon…

Depuis que Lylie avait eu dix-huit en sport au bac, option cross, elle avait pris goût au jogging. Elle avait couru tout le printemps, cinq heures d'entraînement hebdo et abdos, avec Marc pour coach.

Celui-ci s'énervait, ne trouvait pas sa basket gauche.

— Si tu n'as pas envie de venir…

— Si… si.

Lylie attrapa une bouteille d'eau minérale et rejeta sa tête en arrière pour boire au goulot. Un mince filet d'eau coula sur ses lèvres, son menton, son cou. Marc détourna le regard. Troublé. Une nouvelle fois.

— Derrière les seaux. Ta basket, je veux dire…

— Merci…

Marc laça à son tour sa chaussure, maladroitement. Lylie avait enfilé une combinaison de sport Sergio Tacchini. Mauve et blanc. Le genre combinaison de championne olympique de triathlon. Une fortune, pour quelques bouts de tissu élastique. Un short moulant comme une seconde peau. Un haut qui aplatissait trop les seins de Lylie, mais qui dévoilait par contre intégralement son ventre plat, la chute de ses reins, le grain de sa peau, à peine bronzée.

— Bon ! On y va ?

Marc bougea malgré lui.

Un mauvais pressentiment ? La chaleur lourde de ce 16 août ? L'absence de vent ? Le ton de Lylie ? Enjoué ? Surjoué ?

Les premières foulées sont toujours les plus dures. Ils traversèrent le Pollet, passèrent le pont transbordeur, longèrent la digue de béton sur le front de mer puis attaquèrent la montée, sèche, jusqu'au château-musée.

Lylie courait toujours devant. Marc calait sa foulée sur la sienne. Ils passèrent devant le golf, puis le lycée Ango et son architecture futuriste, au pied des falaises. Lylie, malicieuse, agita la main en direction du lycée, en signe d'au revoir.

Ils suivaient maintenant un bon kilomètre de plat jusqu'à Pourville. La foulée pouvait s'allonger. Soudain, au détour d'un tournant, le panorama explosa. La valleuse de Pourville, superbe sous le soleil. Lylie accéléra encore dans la descente. Sur la digue, les touristes aux terrasses, sur la plage, se retournèrent sur son passage. Surtout les hommes, subjugués par l'apparition fugitive de cette fille blonde, élancée, dans sa combinaison moulante. Hypnotisés par le mouvement régulier de ses longues jambes nues, comme le mouvement perpétuel du battant de cuivre d'une horloge. Marc adoptait une attitude de bodyguard. Regard de mouche à trois cent soixante degrés. Pour un peu, tout en courant, il aurait mis la main sur l'épaule de Lylie.

Il était habitué aux regards concupiscents des hommes sur Lylie, mais cela ne l'empêchait pas d'être jaloux. Les cinq cents mètres de plage de Pourville furent vite avalés, ils entamaient déjà la montée de Varengeville, la plus abrupte, la plus abritée des vents d'ouest… Le versant où se cachaient les plus belles villas, en raison à la fois de la vue et du climat… Près de cent mètres de dénivelé !

Lylie peinait un peu. Marc suivait, sans problème. Il fixait la vallée sauvage de la Scie, au loin. Il évitait surtout de poser trop longtemps son regard devant lui. Juste devant. Les fesses de Lylie s'agitaient à la hauteur de ses yeux, ondulantes, sautantes, vivantes.

Troublante. Lylie se rendait-elle compte ? Un dernier virage et la côte s'acheva, enfin. Marc accéléra, se hissa à la hauteur de Lylie. Ils coururent de front. Lylie tourna sa tête vers Marc. Souriante. Radieuse.

Si belle.

Une émotion montait en Marc. Pas nouvelle. Oh non ! Mais plus intense, plus puissante que jamais. La route était plate, ou presque, sur quatre ou cinq kilomètres, jusqu'au cimetière marin de Varengeville, leur but. Varengeville était la commune la plus boisée de la côte d'Albâtre et l'ombre fut la bienvenue. Ils doublèrent le manoir d'Ango, le parc floral des Moutiers, courant toujours de front, au mépris des voitures derrière eux qui peinaient à les doubler.

A deux cents mètres de l'arrivée, Lylie fit mine de sprinter. Marc lui laissa cinq mètres d'avance. Il n'aurait pas dû... La sueur coulait dans le dos nu de Lylie. Les gouttes glissaient jusque dans le bas de ses reins. Peau et perles. Comme une source joyeuse dans laquelle Marc n'avait qu'une envie : plonger sa bouche.

Se calmer. Surtout, se calmer.

Marc accéléra, doubla Lylie en riant, ralentit juste pour arriver sur la même ligne qu'elle. Lylie s'écroula sur la pelouse, épuisée. Marc détourna une nouvelle fois les yeux du corps étendu, offert au soleil.

Il marcha, poussa le portail du cimetière marin. Lylie le rejoignit, quelques secondes plus tard. Ils n'étaient pas seuls, loin de là. Une bonne vingtaine de touristes circulaient dans le minuscule cimetière, cherchaient la tombe de Georges Braque, son vitrail dans l'église, posaient devant le somptueux panorama. Dieppe. Criel. Le Tréport. Tout le littoral jusqu'à la falaise morte, à Ault, en Picardie.

Combien de couples d'amoureux rêvaient de se marier ici ? Dans cette adorable église de grès suspendue dans un écrin de verdure, entre ciel et mer.

Marc lui-même... En rêvait-il ?

Il chassa ces pensées stupides.

— On y retourne ?

Il avait appris que la falaise reculait plus encore ici qu'ailleurs. Tout était pourri, en dessous. La craie était gorgée d'eau. Friable. Un jour ou l'autre, tout basculerait à la mer. L'église. Les tombes. Le calvaire de grès.

Tout. A l'eau, puis balayé en deux jours par la marée.

Lylie avait bu une gorgée à même le robinet à l'entrée du cimetière et était déjà repartie.

Marc suivit, docile.

Le flux continu de voitures de touristes défilait en face. Le bord de la route étroite étant délimité par un talus planté méticuleusement entretenu, il devenait impossible de courir de front cette fois. Marc devait emboîter le pas de Lylie, se résoudre à contempler devant lui ce dos trempé de sueur, ces fesses galbées, cette nuque de velours piquetée de duvet blond.

Il ne le fallait pas, pourtant.

Pourquoi ?

Pourquoi ? hurlait une voix dans son crâne.

Ne plus rien regarder. Se concentrer uniquement sur son rythme cardiaque, ses foulées. N'être plus qu'une mécanique sans émotion.

Ils redescendaient déjà sur Pourville. Les manoirs de la Belle Epoque se succédaient, rivalisant de fantaisie baroque. Brusquement, Lylie tourna sur la gauche en direction de la gorge du Petit Ailly, une petite plage au bout d'une valleuse presque secrète, connue surtout des habitués… Sans doute nombreux, tout de même, en ce 16 août. Marc se hissa encore à la hauteur de Lylie.

— On va où ?

Le regard de Lylie pétilla.

— Caprice ! Qui m'aime me suive !

Elle tourna encore. A droite. Plein bois. Il n'y avait plus de chemin, désormais, juste une petite forêt de saules. Deux cents mètres à peine plus loin, ils sortirent du bois. Ils doublèrent une petite mare sur leur droite. Ils avaient dû pénétrer dans une ferme. Lylie continua dans le champ, à découvert. A grandes foulées.

Ils descendaient maintenant vers la mer en suivant une pente assez raide. Lylie poursuivait sa course. Au-dessus d'eux, dans le pré, des vaches les fixaient. Mi-étonnées, mi-apeurées.

Aucun fermier, par contre. Lylie longeait une clôture électrifiée. Visiblement, elle connaissait. Marc fit un effort de concentration, les topoguides du sentier littoral GR 21, qu'il avait si souvent arpenté, défilèrent dans sa tête. Ils avaient obliqué au nord de la gorge du Petit Ailly. De mémoire, ils avaient donc dû traverser la ferme du Pin-Brûlé, puis celle de Mordal. Marc n'avait désormais plus de doute sur leur destination : le port de Mordal, dont il ne connaissait l'existence que par les cartes. Il s'agissait d'une de ces petites criques inaccessibles aux touristes, cachées des autres accès à la mer. Une plage privée seulement réservée au paysan propriétaire des lieux, qui sans doute n'y trempait jamais ses bottes.

Sur les vingt derniers mètres avant d'accéder à la mer, la valleuse s'était effondrée. L'argile affleurait et coulait en langues ocre vers la mer. Ils devaient franchir un trou de dix mètres, pas très difficile à escalader, et qui présentait l'avantage de rendre la plage totalement invisible depuis le champ.

Lylie glissa sur l'argile. Ses longues jambes et sa peau Sergio Tacchini se teignirent de boue rouge. Elle se tint debout sur les galets. Fière. Victorieuse.

Marc avait suivi, sans difficulté. La mer commençait légèrement à descendre, dégageant trois bons mètres de sable derrière les galets.

Lylie fit glisser le chouchou bleu dans ses cheveux. Ils tombèrent en cascade d'or. Marc frissonna.

— Un coup de tête ! fit Lylie avec une moue charmante, comme pour se faire pardonner. On en pique une ?

Marc ne répondit pas. Dépassé. Inquiet. Toujours ce mauvais pressentiment.

— Allez, continua Lylie. Je suis trempée de sueur ! Pour une fois qu'il fait beau. C'est la plus belle journée de l'été !

Lylie avait raison. D'un point de vue strictement météorologique, du moins.

L'eau calme. La chaleur. Le sable. Le silence.

Leur intimité.

Comment résister ?

Lylie, de toute façon, n'attendit pas la réponse de Marc. Les deux baskets valsèrent dans les galets. La jeune fille plongea dans l'eau. Son costume de triathlète était aussi adapté pour la course que pour la natation. Marc portait un tee-shirt ample aux couleurs du Stade toulousain et un long caleçon de toile. Le tee-shirt rejoignit les baskets sur les galets. Le caleçon serait trempé. Tant pis.

Ils nagèrent près d'une heure. Sagement.

Marc commençait à reprendre ses esprits. Le corps de Lylie se perdait dans l'eau grise de la Manche. Ils alternaient brasse et crawl, côte à côte, complices, heureux.

Lylie avait raison, comme toujours. Elle avait cédé à un caprice délicieux.

Qu'est-ce qu'il s'était imaginé ?

Un piège ?

C'était son esprit pervers qui l'avait fantasmé…

Une gerbe d'eau inonda ses pensées. Lylie éclata de rire et éclaboussa Marc une seconde fois. Il répondit. Lylie protesta pour la forme, laissa Marc repartir, puis, d'un souple mouvement de reins, grimpa sur son dos et lui enfonça la tête sous l'eau. Marc ne résista pas, même si Lylie ne faisait pas le poids.

Marc reprit sa respiration en recrachant de l'eau salée. Lylie avait pris deux mètres d'avance, riant aux éclats.

— Nooon…

Marc rattrapa d'abord Lylie par un pied. Elle protesta sans conviction :

— C'est pas du jeu !

Il la tira vers lui. Il avait tant joué ainsi avec Lylie lorsqu'ils étaient enfants, dans la même eau savonneuse d'une baignoire minuscule. La main ferme du garçon saisit la taille de Lylie. Légère comme une plume. Le latex tendu moulant les fesses de Lylie se colla au torse de Marc.

— Tu triches…

Lylie riait toujours.

Marc remonta la main, attrapa un bras, une épaule. Poussa, doucement, juste pour que Lylie coule, quelques centimètres, sans lui faire mal. Marc se servit de son poids pour faire appui. Il sortait de l'eau pendant que Lylie s'y enfonçait. La poitrine de Lylie se pressa sur le ventre de Marc, descendit encore. Les épaules, puis le visage de la jeune fille, les yeux clos par crainte du sel, frôlèrent son torse.

Un mètre supplémentaire sous l'eau.

Le visage de Lylie se colla au tissu trempé du caleçon de Marc. Sa bouche toucha le sexe du garçon, par accident, presque.

Marc bandait.

Terriblement.

Comment pouvait-il en être autrement ?

Au loin, sur la mer d'huile, un ferry quittait le port de Dieppe, direction Newhaven. Quelques triangles blancs s'agitaient dans son sillage, des mouettes sans doute, ou des petits voiliers, il était difficile de les distinguer à cette distance.

Lylie et Marc ne disaient rien. Ils nagèrent doucement vers la plage. Le sable était presque sec. Lylie s'allongea sur le ventre.

— Je me sèche un peu, avant de repartir ?

Les seuls mots qu'elle ait prononcés, d'une voix gênée. Une nouvelle voix, comme si elle avait mué. Une voix d'adulte. Marc resta assis, recroquevillé, les bras enroulés autour de ses genoux pliés, fixant l'horizon.

Combien de temps cela dura-t-il ? Quelques minutes ? Des heures ?

Le ferry avait disparu depuis longtemps à l'horizon, vers l'Angleterre, et les mouettes, ou les voiliers, étaient rentrées au port. La mer semblait aussi vide qu'un désert.

Lylie se leva soudain. Silencieuse. Marc ne distinguait que son ombre sur le sable. La jeune fille croisa ses bras et d'un seul geste fit glisser par-dessus sa tête le haut de sa combinaison. Elle posa avec délicatesse le maillot sur le sable, bien à plat, comme pour le faire sécher. Lorsqu'elle se pencha, Marc n'eut pas besoin de tourner la tête pour voir se détacher sur le sable le profil de deux seins. Petits et fermes. En ombre chinoise, tels ceux d'une geisha.

Comme si cela ne suffisait pas…

Lylie descendit les mains le long de sa taille. L'ombre ondulait, presque comme si elle dansait. Le tissu glissa d'abord lentement, millimètre par millimètre. Sa seconde peau se détachait. Oui, la jeune fille muait. Le tissu tomba dans le sable.

Comme une peau morte. Flasque. Inutile.

Marc contemplait l'ombre noire, immobile, pigmentée de millions de grains clairs. L'ombre était la même, strictement semblable que les instants précédents. Même taille, mêmes jambes, mêmes cuisses. La silhouette était identique, avec ou sans seconde peau.

Et pourtant.

Lylie retourna s'allonger. Toujours sur le ventre.

Marc attendit des heures. Des minutes.

Personne ne vint à son secours, ni voile à l'horizon, ni touriste égaré, ni fermier courroucé.

Lylie sentit la main chaude de Marc se poser sur le bas de son dos. Le sable collé rendait sa paume un peu râpeuse. Elle frissonna et se retourna.

A qui d'autre pouvait-elle offrir ses dix-huit ans ?

***

Marc ouvrit les yeux. Il était couvert de sueur. Par la fenêtre du train, une série interminable de pylônes à haute tension lui fonçaient sur la gueule.

Il esquissa un mouvement de recul, malgré lui.

Etait-il un monstre ?

Marc sentait les vingt grammes de l'enveloppe bleue du laboratoire peser dans sa veste. Le test ADN.

Etaient-ils des monstres ?

L'ouvrir. Savoir. Avoir la preuve…

La porte du wagon s'ouvrit et Malvina de Carville entra.

44

2 octobre 1998, 17 h 49

L'eau brûlante tombait en pluie sur le corps nu de Lylie. Lylie fermait les yeux sous le jet, cherchant à retrouver un minimum de sérénité. De calme, au moins. Sa main aveugle pressa la poire molle de savon antiseptique. Elle se frotta le corps, jusqu'à l'hystérie : les seins, le ventre, le pubis. La crème blanche dégoulinait, laiteuse, jusqu'à ses pieds. Lylie se rinça, longtemps. Elle s'efforçait d'être propre, autant que cela était possible. La façade, au moins. Sauver les apparences.

Elle finit par sortir, enroulée dans une grande serviette blanche. Les cheveux mouillés gouttaient sur le tissu-éponge. Lylie essuya la glace embuée d'un revers de main. Son reflet flou l'effraya, comme si le visage d'une inconnue avait remplacé le sien. La chimère du miroir disparut à nouveau dans la buée. Lylie se brossa les dents, fort, trop fort, jusqu'à s'en faire saigner.

Elle s'était vidée, tout à l'heure, dans la rue, au carrefour de l'avenue de Choisy. Elle avait répandu sur le trottoir ses entrailles en fusion. La vodka, le scotch, la tequila… Un jeune flic l'avait ramassée, à quatre pattes, au bord du caniveau. Il lui avait tendu un Kleenex. Elle s'était essuyée, toujours pliée en deux, pendant qu'une mère de famille faisait rouler la poussette de son bébé dans sa gerbe. Le flic aurait pu l'embarquer. Il l'aurait fait, si elle ne l'avait pas regardé avec des yeux de biche, des yeux mouillés.

« C'est la première fois, monsieur l'agent. »

C'était passé. De justesse.

Elle s'était vidée une seconde fois. Une demi-heure plus tôt, dans la chambre, au pied du lit. Elle n'avait plus rien à rendre, à part ses tripes. Ça lui avait fait un mal de chien.

Lylie sortit de la salle de bains.

La fille allongée sur l'autre lit, dans la chambre, attendait visiblement son retour avec impatience.

— Elles sont venues tout nettoyer pendant que tu prenais ta douche…

La fille n'avait pas seize ans, des cheveux rouges coupés en brosse et des dents déjà jaunies.

— T'as de la chance, en un sens, continua la fille, moi je garde tout. J'ai l'impression de me pourrir de l'intérieur, des fois. Je donnerais mon cul pour pouvoir gerber.

Lylie avait tout sauf envie de faire la conversation. Dents-Jaunes s'en foutait. Elle cherchait une oreille disponible, rien de plus.

— C'est la deuxième fois que je suis là, continua-t-elle. Je suis une récidiviste ! Alors ils font la gueule ! Trois heures de morale, hier. Ils me font mariner, les enculés.

Lylie s'éloigna, resta debout, regarda par la fenêtre. Dents-Jaunes finit par se vexer.

— Fais pas ta fière. Tu verras, tu y passeras, toi aussi.

Sur le parking, Lylie observait le manège des ambulances. Elle avait tourné près d'une heure dans la rue avant d'entrer. Elle était allée jusqu'à suivre l'enterrement d'une inconnue, juste en face. Lylie apercevait distinctement le clocher de l'église Saint-Hippolyte, mais la cour de la petite école maternelle, juste à côté, était masquée par les immeubles haussmanniens. Le bruit des véhicules sur le boulevard couvrait les cris des enfants. A moins qu'ils ne soient rentrés en classe, ou chez eux. Lylie n'avait plus qu'une vague idée de l'heure. Son esprit n'était qu'une bouillie, son corps un supplice. Qu'est-ce qu'elle faisait là ? Comment allait-elle tenir le coup, toutes ces heures ?

— J'étais comme toi, la première fois...

Ferme-la ! hurla intérieurement Lylie.

Lylie avait laissé son téléphone dans sa poche, sur le portemanteau, dans la salle de bains. Coupé. Elle n'avait pourtant qu'une envie, qu'une irrésistible envie : appeler Marc ! Qu'il vienne. Qu'il la prenne dans ses bras, qu'il la protège, comme toujours, comme dans la cour d'école, qu'il éloigne les salauds.

Qu'il soit là, tout simplement.

Il suffisait de décrocher le téléphone. Marc arriverait à temps. Où qu'il soit.

Dents-Jaunes ne lâchait pas son os :

— T'as pas à avoir de remords, tu sais. Tu t'en fous, de ce qu'ils peuvent penser, tous ces cons. Ils vont chercher à te faire culpabiliser. Tu les emmerdes !

— Merci, articula Lylie malgré elle.

Elle ne pouvait donner plus. Elle fixait le grand cèdre, devant elle, cherchant un oiseau, une marque de vie quelconque. Vainement.

Non, Marc ne viendrait pas. Elle ne l'appellerait pas. Ni Marc ni personne d'autre ne pourrait retrouver sa trace. L'anonymat, c'était le minimum qu'on pouvait exiger ici. Non, elle n'appellerait pas. Malgré son envie tenace, malgré son ventre déchiré, malgré cette bile qui remontait encore, il fallait laisser Marc à l'écart.

Jusqu'à demain, au moins.

Lylie se retourna vers Dents-Jaunes. Il y avait au moins une chose que cette fille pouvait faire pour elle. Lylie esquissa une sorte de sourire.

— T'as bien une clope pour moi…

Lylie n'obtint jamais la réponse. La porte s'ouvrit. Une infirmière au physique de gardienne de prison fit un pas dans la chambre.

— Mademoiselle Emilie Vitral ?

— Oui ?

— C'est l'heure. Le psychiatre va vous recevoir.

45

2 octobre 1998, 17 h 57

Malvina de Carville dévisagea Marc de son inimitable sourire de petite fille perverse de bonne famille ; une tueuse en série imaginée par la comtesse de Ségur. Elle s'assit dans le premier siège du wagon, à l'opposé de l'emplacement occupé par Marc.

Face à lui.

Le monotone paysage du pays de Caux défilait par les fenêtres.

Marc n'esquissa aucun geste. Malvina devait bien entendu avoir son Mauser à portée de main. Le plus raisonnable était d'attendre. Dans l'instant, Marc souhaitait avant tout terminer ce cahier de Grand-Duc. Il ne lui restait plus que cinq pages à lire.

Il retint un frisson. L'image troublante de Lylie sur la plage de Morval lui revint. Suivie de la liste des hôpitaux. Il ne devait pas se disperser. Il devait lire ces dernières pages tout en gardant un œil sur Malvina… Et saisir la première occasion qui se présenterait pour désarmer cette folle.

Je vous vois venir. Vous avez compté les pages restantes ! Vous commencez à paniquer. Vous réclamez la solution. Je vous avais prévenus pourtant, il ne fallait pas vous attendre à une happy end, à un coup de théâtre final, au doigt d'Hercule Poirot désignant le véritable coupable à la toute dernière ligne… Je sais, ce n'est plus ma psychologie de bazar qui vous intéresse. Vous en avez soupé. Terminés, les méthodes de papa Grand-Duc, les interminables états d'âme et les indices insaisissables ; vous avez écouté poliment mon récit, mais maintenant une seule chose vous intéresse, au fond : le test ADN ! La Science avec un grand S. Le miracle de la génétique. Rassurez-vous, je vais y venir, à ce fameux test ADN. Pas de panique. Ce fut le cadeau d'anniversaire de Lylie : trois gouttes de sang pour ses quinze ans.

Pardonnez-moi, mais avant ça il reste à régler quelques derniers petits détails… Nazim et moi, nous continuions de traquer avec obstination le fameux Georges Pelletier, SDF camé se promenant peut-être avec dans la poche une gourmette à soixante-quinze mille francs…

C'est Nazim qui a fini par retrouver Georges, presque par hasard. Depuis plusieurs mois, on essayait de dresser l'inventaire de tous les clochards et autres paumés de la rue retrouvés morts, accidentellement ou non. Ce jour-là, c'était un matin de brouillard de juillet 1993, Nazim a présenté la photo à un îlotier du Havre, dans le quartier des Neiges, une banlieue bizarre coincée entre les entrepôts du port. Le type s'en souvenait vaguement. On a ensuite exhumé des archives, il y avait un dossier au commissariat.

Le 23 janvier 1991, un inconnu avait été retrouvé noyé dans le bassin aux pétroles. Les températures descendaient au-dessous de zéro depuis une semaine, le type n'avait pas dû survivre plus de cinq minutes dans l'eau glacée, même s'il avait plus de deux grammes d'alcool dans le sang. On n'avait retrouvé aucune pièce d'identité sur lui, mais les flics avaient pris un cliché du cadavre. Aucun doute, c'était bien Georges Pelletier, étendu sur sa couverture trouée. Rien dans les mains, rien dans les poches. Ni testament, ni laisse de chien… ni gourmette.

Le mur du fond de l'impasse.

J'ai prévenu moi-même le frère, Augustin, qui sembla presque soulagé. Sa quête personnelle prenait fin. Il pouvait tourner la page. Pas moi.

Ce salopard de Georges Pelletier s'était envolé dans l'hiver avec son secret. Qu'est-ce qu'il avait foutu, ce soir-là, sur le mont Terrible ? Qu'avait-il vu ?

⁂

Malvina fermait les yeux !

Les ondulations du pays de Caux semblaient la bercer.

Pas habituée aux longs voyages, la gamine, pensa Marc.

Il alternait la lecture du cahier de Grand-Duc et la surveillance de Malvina de Carville, au bout du compartiment. Depuis de longues minutes, Malvina luttait contre le sommeil ; elle s'assoupissait un bref instant, puis se réveillait, brusquement, le regard aux aguets, cherchant Marc. Cette fois-ci, les yeux de Malvina étaient clos depuis plus de trente secondes.

Marc se décida. Il se leva sans bruit, avança à pas de loup. Moins de vingt mètres le séparaient de la fille. Il ne fallait pas que Malvina ouvre les yeux, pas tout de suite…

Marc avait déjà parcouru dix bons mètres. La tête de Malvina était toujours inclinée, immobile, sur le côté du siège bleu et jaune, affichant le sourire presque angélique d'une fillette épuisée de s'être trop amusée. Marc continua d'avancer. Il se revoyait gamin, au centre aéré de Dieppe, jouant au « roi du silence » : il devait, sans se faire toucher par les griffes d'un dragon aveugle, un gosse quelconque aux yeux bandés, délivrer sa princesse attachée sur une chaise. Lylie, bien entendu.

Plus que cinq mètres. Le train vira légèrement sur la droite. La tête de Malvina bascula de quelques centimètres, s'immobilisa à nouveau. Marc se statufia, cessant même de respirer.

Malvina ouvrit les yeux. Droit sur lui. Deux billes sombres tirées d'une fronde.

La fille n'eut pas le temps d'esquisser le moindre geste, dans la seconde qui suivit les quatre-vingts kilos de Marc s'abattirent sur elle. Il avait plongé, sans réfléchir, se fiant à son instinct de trois-quarts aile. Sa main droite bâillonna la bouche de Malvina, pendant que de sa seule main gauche il lui coinçait les deux bras. Malvina dut se contenter de rouler des yeux ronds et d'agiter frénétiquement les pieds. Dans le wagon, les deux autres passagers, l'ado aux écouteurs et le type endormi, n'avaient pas bronché.

Marc poussa Malvina vers la fenêtre tout en la maintenant fermement. Un vieux sac à main de grand-mère en faux crocodile vert était posé à côté d'elle. Marc avait en tête un plan, simple : récupérer le flingue. Après, on pourrait discuter…

Il maintint sa main droite en bâillon, pesa plus encore de son corps sur Malvina pour lui interdire tout mouvement et fouilla le sac de sa main gauche.

Quelques secondes suffirent. Il extirpa du sac le Mauser L110. Les yeux de Malvina le fusillèrent. Marc pointa le revolver puis ôta lentement sa main de la bouche de la jeune femme.

— Tu avais envie de visiter Dieppe ?

Malvina grimaça.

— Ouais. Je suis une dingue de cerfs-volants. Il paraît que Dieppe, ce week-end, c'est La Mecque…

— T'as réponse à tout, hein ?

— Ça dépend des questions. Qu'est-ce que tu fais si je hurle ?

— Je te bute…

— Tu ferais pas ça ? Tu toucherais pas à ta belle-sœur chérie ?

— Va savoir… Je suis un Vitral. Un méchant…

Malvina soupira. Elle n'avait visiblement aucune envie d'attirer l'attention sur eux.

— Tu es au courant que c'est le dernier train du soir, Malvina ? Tu comptes dormir à Dieppe ?

— Va savoir… Je suis une Carville, tu sais. J'ai de la thune…

— Thune ou pas, je te préviens, si ma grand-mère Nicole te croise, tu finiras découpée en morceaux puis bouffée par les mouettes…

— Ça s'arrête quand, ton humour à deux balles ?

Marc se redressa de quelques centimètres. L'assurance de cette fille l'agaçait. Il devait arracher cette morgue sur ses lèvres. Il devait la faire craquer, pour qu'elle parle ! Comme une gamine caractérielle à laquelle on tient tête, que l'on agresse avec ses propres armes et qui finit par s'effondrer. La main libre de Marc se posa sur la cuisse de Malvina. La fille eut un mouvement de recul. Son crâne heurta la vitre.

— Tu voulais qu'on t'héberge, hein… Tu comptais dormir dans ma chambre, c'est ça ?

La main remontait. Vengeance mesquine. Marc s'en foutait.

— Désolé, ma belle, mais ce soir je suis indisposé des couilles, si tu vois ce que je veux dire…

— Si t'arrêtes pas, je vais hurler…

La main de Marc se posa sur le pull mauve de Malvina, juste sous ses seins.

— Tu sais que tu serais pas trop moche, si tu te fringuais correctement.

— Vire tes pattes…

Le timbre de la voix de Malvina semblait se fissurer, comme un mur de béton qui se lézarde. Marc insista :

— Plus sexy, je veux dire. Tu serais presque bien roulée. De jolis petits seins…

La main de Marc se posa sur l'une des deux petites bosses qui enflaient la partie supérieure du pull. Il sentit le cœur de Malvina qui s'emballait.

— Et puis, t'as les moyens de t'en payer des gros. Non ?

Le cœur accélérait encore. Les doigts de Malvina se crispèrent sur le bras droit de Marc : dix moignons inoffensifs, incapables de le griffer. Rongés jusqu'au sang.

Marc se pencha. Sa bouche souffla dans le cou de Malvina. Il sentit le corps de la fille se raidir pendant de longues secondes, les doigts se serrer convulsivement, son corps maigre se transformer en un tronc d'arbre mort. Puis Malvina céda, brusquement, comme si son squelette avait fondu d'un coup.

Marc repoussa sa main et siffla dans son oreille :

— Ne me touche plus jamais, Malvina ! Tu as compris ? Plus jamais.

La porte du wagon s'ouvrit brusquement. Un contrôleur entra. Une contrôleuse en fait, plutôt jeune. Elle passa devant eux sans s'arrêter. Elle jeta simplement un rapide coup d'œil aux corps enlacés de Marc et Malvina. Un sourire s'afficha sur ses lèvres et elle disparut dans le wagon suivant.

Marc relâcha encore son étreinte, pointa le Mauser sur sa prisonnière.

— On arrête de jouer. Qu'est-ce que tu fais ici ?

— Va te faire foutre…

Marc sourit.

— Tu me fais rire, Malvina. Tu devrais me faire flipper et j'ai envie de te faire la morale, comme à une petite sœur.

— Je suis plus vieille que toi, connard !

— Je sais. Bizarre, hein ? Tout le monde te présente comme une folle dangereuse. Mais je n'arrive pas à y croire.

— Qui ça, tout le monde ? Grand-Duc ?

— Entre autres, ouais…

— Si tu crois ce qu'il racontait…

Malvina reprenait ses esprits. Marc ne devait pas se laisser abuser par cette étrange confiance qu'elle lui inspirait. Il braqua encore le Mauser.

— C'est certain que maintenant il ne pourra plus dire de mal de toi. Une balle en plein cœur… Radical ! C'est parce qu'il te haïssait que tu l'as descendu ?

Une seconde fois en moins d'une minute, le corps de Malvina sembla se liquéfier. Elle ouvrit des yeux façon billes, marron, presque émouvants :

— Qu'est-ce que tu racontes, Vitral ? Je… je l'ai pas tué, Grand-Duc…

Sa voix reprit un semblant d'assurance :

— J'aurais bien aimé, remarque. Mais le travail était déjà fait, quand je suis arrivée chez lui…

— Me prends pas pour un con ! Son cadavre m'est tombé dessus chez lui. Ta Mini était garée devant chez lui.

Les pupilles de Malvina se dilataient. Ses yeux sombres s'agitaient comme deux mouches paniquées dans un bocal.

— Il était déjà mort quand je suis arrivée. Je te le jure ! Je suis entrée chez Grand-Duc deux heures avant toi. Maxi. Il était déjà refroidi. Comme les braises de la cheminée où sa tête était fourrée.

Marc se mordit les lèvres.

Elle dit la vérité, pensa-t-il.

Grand-Duc était mort depuis plusieurs heures quand il l'avait trouvé. Malvina semblait sincère, sa version était crédible. Etait-il si stupide qu'il allait lui faire confiance, à cette folle, en dépit de toutes les apparences ? Qui avait tué Crédule Grand-Duc, dans ce cas ? L'image de Lylie glissa devant ses yeux.

— Pourquoi je te croirais ?

— Je m'en fous, que tu me croies ou pas...

— OK. Tu faisais quoi, alors, chez Grand-Duc ?

— Je suis une fan de libellules. Je voulais admirer sa collection. Toi aussi, non ?

Marc sourit, malgré lui. Il prit cependant garde de maintenir à distance le Mauser. Malvina enfonça le clou :

— Vitral, c'est peut-être bien toi qui l'as buté, Grand-Duc, après tout. C'est tes empreintes que les flics vont retrouver, pas les miennes.

La garce ! Pas si folle ! Marc, décontenancé, bafouilla un peu :

— Tu... tu es au courant de ce qui s'est passé ? Grand-Duc devait se suicider, d'après son cahier. Une balle dans la tête au-dessus d'un vieux journal...

— Non...

Malvina avait hésité un bref instant, à peine le temps de trois pylônes électriques par la vitre. Elle insista :

— Faut croire que ce connard savait pas viser.

Elle mentait ! Sur ce point au moins, elle mentait ! Grand-Duc avait-il contacté les Carville avant d'être assassiné ? Avait-il révélé autre chose que ce qu'il avait inscrit dans son cahier ?

— Grand-Duc avait découvert quelque chose ! cria presque Marc. Il en a forcément rendu compte à ta grand-mère. Qu'est-ce qu'il vous a raconté ?

— Plutôt crever !

C'était presque un aveu… Malvina croisa les bras et tourna la tête vers la vitre, comme pour signifier qu'elle ne dirait rien de plus. La glace était ouverte sur dix centimètres et un léger vent agitait les rares cheveux de Malvina qui s'échappaient de sa barrette vernie. Les yeux de Marc se posèrent sur le sac à main de la fille.

— OK, fit-il. Si tu ne veux rien me dire… Je vais me servir moi-même.

La main libre de Marc se glissa dans le sac.

— Touche pas à ça, Vitral !

Malvina se déplia comme un ressort. La furie propulsa sa mâchoire sur le poignet qui tenait le Mauser, bouche ouverte, dents en avant, cherchant à lui déchirer les veines. Le bras libre de Marc se déplia, sa paume bloqua la poitrine de la fille, puis la repoussa violemment au fond du siège.

— Salaud, siffla Malvina tout en s'agrippant au bras de Marc.

Ses petits pieds bourraient de coups les genoux de Marc. Il hésita à cogner la fille une bonne fois pour toutes, puis renonça. Il se contenta de tendre le bras et de continuer à la tenir à distance. Malvina s'accrocha à la veste de Marc, cherchant à pincer, déchiqueter, déchirer ce qu'elle pouvait, de toutes les forces qui lui restaient.

Elles étaient insuffisantes face à Marc. La lutte était inégale. Ses doigts lâchèrent prise. Elle se trouva à nouveau repoussée au fond de la banquette, tête contre vitre.

Marc souffla. Malvina dissimula sous ses longs cheveux décoiffés un sourire de jubilation. Dans la lutte, une enveloppe bleue était tombée de la poche de Marc, avait glissé sous le fauteuil sans qu'il le remarque. Elle n'avait plus qu'à attendre d'être seule pour la récupérer. Ce n'était peut-être rien : un relevé de notes, une facture de téléphone… Ou c'était peut-être autre chose…

Marc avait ouvert son sac en peau de croco.

L'enveloppe attendrait, pensa Malvina, ce fils de pute n'allait tout de même pas oser…

— Fais pas ça, Vitral !

Malvina enrageait, impuissante.

— Je chauffe ? Qu'est-ce que tu caches là-dedans, petite coquine ?

La main de Marc détaillait en aveugle le contenu du sac. Des clés, un téléphone, un rouge à lèvres, un porte-monnaie, en croco lui aussi, un stylo en argent, un petit agenda…

Les deux mains de Malvina se mirent à trembler comme si elle ne les contrôlait plus.

Marc brûlait ! C'était la vision de cet agenda qui la rendait hystérique. Ce n'était pas exactement un agenda, d'ailleurs, plutôt un simple carnet, d'environ sept centimètres sur dix. Marc avait déjà deviné le motif de l'épouvante de Malvina : un journal intime, ou quelque chose d'approchant.

— Tu l'ouvres, Vitral… t'es mort.

— Crache le morceau alors. Tu sais quoi sur Grand-Duc ?

— T'es mort ! Je te jure…

— Tant pis pour toi.

D'une main, Marc manipula le petit cahier. Les feuilles se présentaient presque toutes sous la même forme. Malvina avait illustré les pages de gauche de dessins, de photos, de collages, et avait simplement inscrit sur les pages de droite, d'une petite écriture enfantine, trois lignes. Trois courtes lignes, calligraphiées comme de brefs poèmes.

Il était sans doute le premier à ouvrir ce carnet, et plus encore à le lire. Il prit soin de continuer de braquer le canon du Mauser sur Malvina. La jeune femme semblait guetter la moindre déconcentration de sa part pour lui sauter à la gorge. Il s'arrêta au hasard. Sur la page de gauche était collée la pieuse image d'un crucifix. Mais, sur le corps nu du Christ, la tête couronnée d'épines avait été remplacée par celle d'un jeune type au regard de braise, sans doute une vedette quelconque de la télé que Marc ne connaissait pas. Il lut à voix basse la page de droite :

Pétrir tes courbes, de mon chapelet
Toucher ton corps, sur sa croix
M'offrir à toi

— Petite cachottière, grinça Marc. C'est à cela que tu penses pendant la messe quand tu regardes le petit Jésus…

Malvina aboya :

— T'es trop con pour comprendre ! Ce sont des haïkus. Des poèmes japonais. Ça te dépasse !

— Et ta grand-mère ? Elle est trop conne, aussi ? Je pourrais lui envoyer en SMS ?

Malvina fronça les sourcils, comme une gamine prise en faute. Marc insista :

— Alors ? Tu parles ou je continue. Tu sais quoi sur Grand-Duc ?

— Je t'emmerde…

Les doigts de Marc arrachèrent la petite page du carnet, la roulèrent en boulette puis la lancèrent par la fenêtre entrouverte du train.

— Tu as raison. Je vais être sincère. Celle-là est nulle. On essaye une autre page ? Tiens, on va jouer à un jeu. Je te pose ma question, si tu ne réponds pas, je lis une page. Si elle me plaît pas, c'est la boulette ; si elle me plaît, c'est un SMS pour mamy Carville.

Marc fit jouer les pages entre ses doigts tout en laissant échapper un rire bruyant. Trop bruyant. Il tentait de se donner une assurance de façade alors qu'il se sentait de plus en plus mal dans la peau d'un voleur d'intimité. Malvina se recroquevilla dans le fond de la banquette, dans la position d'un moineau sans défense. Chaque page que Marc déchirait était comme une plume d'aile arrachée.

Les pages tournaient. Marc s'arrêta sur une photo d'avion, un Airbus, découpé avec soin puis planté dans l'âtre d'une cheminée.

Oiseau de fer,
Ange dans l'enfer
Ma chair

— Joli, ça, commenta Marc.

Une boule grossissait dans sa gorge, l'empêchait de déglutir. Il ne voulait rien laisser paraître.

— Sauf la dernière ligne, « Ma chair ». Tu aurais dû au moins rajouter un point d'interrogation, ma petite Malvina. Allez, boulette !

Les deux feuilles disparurent par la fenêtre du train. Malvina frissonnait. Marc continua :

— Alors, toujours rien à me dire, Malvina ? Qu'est-ce que tu faisais chez Grand-Duc ?

— Va te faire foutre !

— Comme tu veux…

Les pages défilèrent encore. Marc stoppa la course des feuilles sur la photographie d'une chambre de fillette, sans doute méticuleusement découpée dans un quelconque catalogue d'ameublement. Sur le côté droit de la page, Malvina avait collé une photographie de Banjo, l'énorme ours en peluche marron et jaune. Au milieu de la pièce, sur le lit, un second cliché avait été ajouté : une photographie de Lylie, bien entendu. Elle était assise en tailleur, elle devait avoir huit ou neuf ans. Encore une photographie volée par Grand-Duc…

Marc s'efforça de lire d'une voix neutre. Sa gorge le brûlait :

Jouets oubliés
Tu m'as manqué
Abandonnée ?

— Saloperie de Vitral, siffla Malvina. Dire que je t'ai montré la chambre de Lyse-Rose…

— J'attends…

Malvina tendit à Marc un majeur explicite.

Boulette. Fenêtre.

Marc chercha dans les pages avec plus d'attention. Il devait violer encore, plus profondément. Ses doigts s'arrêtèrent sur une page, presque la dernière. La page de droite était illustrée d'une photographie de Lylie et lui. Elle était facile à dater : 10 juillet 1998, moins de trois mois auparavant, donc. Lylie venait de recevoir les résultats du bac. Mention bien ! Marc et elle s'enlaçaient devant le front de mer de Dieppe.

Marc sourit pour lui-même. Ainsi, Crédule Grand-Duc, ou Nazim Ozan, avait joué les paparazzis. C'était de bonne guerre ! Après tout, ils étaient toujours sous contrat, payés par les Carville. Grand-Duc ne l'avait pas caché, d'ailleurs, dans son journal. Sauf que Malvina-les-Doigts-de-Fée s'était amusée au découpage. Ce n'était pas Lylie qui enlaçait Marc sur le cliché collé sur l'agenda, c'était le visage de Malvina, vissé sur le corps parfait de Lylie. Un montage grossier. Une tête rabougrie, comme réduite par des Jivaros, posée sur un corps de déesse.

Marc lut d'une voix blanche :

Couver tes amants des yeux
Gémir, tenir tes amoureux
Seule, jeu délicieux

Malvina ferma les yeux. Elle n'était qu'une petite souris prise au piège, sans trou où se réfugier. Marc luttait contre l'envie de lui tendre ce carnet, de se lever, de la laisser là, de s'en aller. Malvina n'était qu'une victime, broyée dans l'immense carambolage de cette catastrophe du mont Terrible. Paumée, foutue.

Comme lui.

Un enfant qui en se levant un matin avait croisé un monstre dans son miroir. Un enfant noyé dans une boue sordide de sentiments interdits. Marc s'entendit pourtant prononcer des mots plus mortels que les balles du Mauser qu'il continuait de braquer :

— Je le garde celui-ci, Malvina ? Ou bien je l'envoie à ta grand-mère ?

Malvina, le regard perdu vers l'immensité des champs de maïs du pays de Caux, se tordait les doigts comme si elle allait finir par s'en arracher un. Marc enfonça encore un peu plus le pieu. Sa gorge n'était plus qu'un désert aride.

— Ou bien je le montrerai à Lylie. Je crois que ça l'amusera beaucoup !

Les doigts de Marc commencèrent à déchirer la page. Malvina ouvrit les yeux et parla, avec une étrange lenteur :

— Crédule Grand-Duc a téléphoné à ma grand-mère. Avant-hier. Il était encore bien vivant, à ce moment-là. Il lui a dit qu'il avait trouvé quelque chose. La solution de toute l'affaire, paraît-il. Comme ça, à minuit moins cinq, le dernier jour ! Juste au moment où il allait se tirer une balle dans la tête au-dessus de l'édition de *L'Est républicain* du 23 décembre 1980 ! Il avait besoin encore d'un jour ou deux pour rassembler des preuves, mais il affirmait être sûr de son coup, il avait résolu le mystère. Il avait besoin de cent cinquante mille francs en plus, aussi...

Marc referma doucement le carnet de Malvina.

— Comment tu sais tout ça ?

— J'ai écouté, sur un autre téléphone. Je sais me faire oublier. Je suis même très douée pour ça…

— Ta grand-mère l'a cru ?

— Aucune idée. Dans le doute, elle a accepté de payer quand même. Elle s'en fout du fric, après tout… Grand-Duc l'a baladée pendant dix-huit ans. Un jour de plus ou de moins…

— Et toi ?

— Quoi, moi ?

— Tu l'as cru, Grand-Duc ?

Le visage de Malvina se figea dans une expression d'incrédulité :

— Parce que tu trouves ça croyable, toi ? Trouver comme ça la solution, d'un coup de baguette magique, juste avant les douze coups de minuit, tu trouves que ça tient debout ?

Marc ne répondit rien. Par la vitre, les pommeraies de la vallée de la Scie succédaient aux champs de maïs. Malvina se retourna vers Marc et continua de parler à voix basse :

— Je suis allée chez Grand-Duc pour le trouver. Pour lui dire d'arrêter de nous faire chier. Que tout était fini, que Lyse-Rose avait dix-huit ans, qu'elle avait l'âge de décider elle-même. Toi aussi, tu as lu toute l'enquête, moi aussi, je connais les détails. La gourmette, le piano, la bague… Y a pas photo ! Tu l'as dit toi-même tout à l'heure, à la Roseraie : c'est Lyse-Rose qui est vivante. Emilie a cramé dans l'avion il y a dix-huit ans ; tu pourras dire ça à ta grand-mère. C'est ce que tu penses, hein ? C'est ce qu'elle pense aussi, non ?

Oui, c'est ce que Marc pensait. Malvina avait raison, sur toute la ligne.

— Si c'est pas toi, tu sais qui a tué Grand-Duc ? demanda Marc.

— Aucune idée. Rien à foutre.

— Ta grand-mère ? Pour ne pas payer ?

Malvina ricana.

— Cent cinquante mille francs ? Trouve autre chose…

Marc encaissa avant de poser une nouvelle question :

— Grand-Duc a dit à ta grand-mère comment il comptait rassembler les dernières preuves ?

— Ouais. Il a raconté qu'il allait fouiner dans le Jura. Dans un gîte, sur le Doubs, près du mont Terrible. C'est là que ma grand-mère devait envoyer le reste du fric.

Dans le Jura ? Son fameux pèlerinage ? En octobre ? Pour quelle foutue raison ?

— Qu'est-ce qu'il allait faire là-bas ? interrogea Marc. Chercher les preuves promises à ta grand-mère ?

— Il se foutait de notre gueule ! C'est tout.

Marc ne répondit rien. Il se leva, rangea précieusement le Mauser dans la poche de sa veste, puis tendit le petit carnet à Malvina.

— Sans rancune, alors ?

— Va te faire enculer !

46

2 octobre 1998, 18 h 10

Marc regagna sa place. Il passa silencieusement devant l'adolescent aux écouteurs toujours vissés sur ses oreilles et le type endormi, qui avait fait tomber ses deux Doc Martens sous le siège. Le Rouen-Dieppe traversait Longueville-sur-Scie et les derniers pommiers disparaissaient à nouveau, dans un océan jaune de maïs et de colza. Il arriverait à Dieppe dans moins d'un quart d'heure.

Marc s'installa et but avec avidité plus de la moitié de la bouteille de San Pellegrino. Il s'assura que le Mauser était toujours rangé dans sa poche puis lança un regard vers le fond du compartiment. Malvina, prostrée, n'avait pas bougé. Marc sortit avec fébrilité le cahier de Grand-Duc. Il avait pris la décision de terminer la lecture d'une traite. Il restait moins de cinq pages. Tout allait trop vite. S'il ne voulait pas devenir fou, il devait gravir les unes après les autres les marches de cette spirale infernale, aussi calmement que possible, même s'il ignorait où le menait cet échafaudage de mystères. Lorsqu'il aurait refermé ce cahier, il serait temps de réfléchir aux révélations de Malvina, cet ultime rebondissement que Grand-Duc avait sorti de son chapeau avant d'être condamné définitivement au silence.

Journal de Crédule Grand-Duc

Mathilde de Carville me fit sa demande en toute simplicité, dans le courant de l'année 1995 : comparer l'ADN du sang de la petite Lylie Vitral à celui de toute la lignée des Carville. Je possédais des relations dans la police scientifique, elle savait également que j'étais devenu intime des Vitral. Mettez-vous à ma place. Comment refuser ? Pas facile, vous comprenez, d'être accueilli le soir chez les Vitral comme l'ami de la famille puis d'aller tout raconter le lendemain aux Carville. Le cul entre deux chaises, si vous préférez. Mais passons, une fois de plus, vous vous en foutez de mes états d'âme d'espion dépressif ; vous avez bien raison !

Si l'on se place d'un point de vue purement technique, je n'allais pas me pointer avec le gâteau d'anniversaire et demander à Emilie Vitral, ou à sa grand-mère, un échantillon de son sang. Mon stratagème était assez téléphoné, je vous l'accorde, j'offris comme cadeau d'anniversaire à Lylie un soliflore fêlé qui ne manquerait pas de se briser entre ses doigts. Cela fonctionna au-delà de mes espérances. Le vase explosa dès que Lylie le tint entre son pouce et son index. Confus, je ramassai les morceaux de verre ensanglantés, les jetai dans la poubelle, sauf ceux que je glissai dans un sac plastique au fond de ma poche.

Un jeu d'enfant. Ni vu ni connu.

J'ai obtenu le résultat du laboratoire quelques jours plus tard. Si je vous dis que j'ai eu des remords, vous vous en moquerez tout autant. Je le signale juste pour vous expliquer pourquoi j'ai demandé un double à mon contact du laboratoire scientifique. Une seule analyse. Deux enveloppes. Une pour Mathilde de Carville, une pour Nicole Vitral. Je leur ai remis l'enveloppe bleue en mains propres.

Egalité.

Ainsi, elles connaissent la vérité, depuis trois ans. La science a parlé !

Voilà ! Je pourrais en rester là, vous dire que j'ai filé les enveloppes aux deux familles et basta. Tchao, les mamys. Débrouillez-vous avec ça !

Mais je ne suis pas un ange. Non, bien sûr que non, je n'ai pas résisté à la tentation. Oui, je l'ai lu, ce résultat. Vous pensez, quinze ans d'enquête sans aucune certitude. Je me suis précipité sur le résultat comme un forçat qui après quinze ans de taule se rue sur une pute…

La métaphore est juste. Un putain de résultat.

Dire que ce résultat m'a surpris serait, comme on dit savamment, un euphémisme. J'en suis tombé sur le cul, oui, celui que j'avais entre deux chaises. Comme si quelqu'un là-haut, le dieu ou la vierge du mont Terrible, continuait de se foutre de notre gueule.

C'est le résultat des tests, je crois, qui m'a définitivement fait tomber sur le versant de la déprime, qui m'a fait rouler, inexorablement, vers le fond, le trou. Un résultat absurde, risible, à fourrer toutes ces années de recherches dans un bûcher, et à m'y jeter aussi, ensuite, faute d'avoir trouvé la sorcière cachée derrière toute cette affaire.

Malgré tout, depuis 1995, je suis resté loyal, tel un vieux chien policier fidèle. J'ai continué l'enquête péniblement. Au ralenti. Nazim avait décroché depuis un bout de temps. Il bricolait pas mal au noir et aidait parfois Ayla au kebab, boulevard Raspail.

En décembre 1997, j'ai entrepris mon dernier pèlerinage au mont Terrible. Je vous livre là la dernière pièce du puzzle. Pas la moins troublante… Vous jugerez…

En route pour mon dernier pèlerinage dans le Jura, donc. Je comptais déguster jusqu'au bout mes ultimes plaisirs : la cancoillotte, le comté affiné et le vin d'Arbois de Monique Genevez. Fouler les derniers brins d'herbe, agripper les dernières brindilles, avant le plongeon final. Mon pèlerinage, mon Lourdes à moi. Tout pareil. Le même miracle espéré qui ne se produit jamais.

La dernière idée m'est venue pendant la nuit, dans le gîte. Allez comprendre pourquoi. Sans doute me fallait-il soixante-deux centilitres de vin jaune pour avoir de l'imagination. Mathilde de Carville avait bien eu raison de me donner dix-huit ans pour enquêter. Il faut croire que je suis plutôt lent à la détente et qu'elle l'avait deviné. Je suis remonté le matin sur le mont Terrible avec une pelle et un grand sac-poubelle. J'ai creusé comme un damné à côté de la cabane, à l'emplacement exact de la tombe. Pendant une heure. Dix kilos de terre ! Sans tri, rien. Je prenais tout ce qui me venait sous la pelle. J'ai porté le tout sur mon dos comme un forçat. Deux bornes. Arrivé au chemin, Grégory, le beau gosse du Parc naturel, m'a redescendu en 4 × 4 avec le sac. Le lendemain, j'ai salopé le coffre de ma BMW en y hissant les dix kilos de terre et j'ai roulé jusqu'à Rosny-sous-Bois pour tout apporter à mon pote de la police scientifique.

Pas besoin de vous raconter qu'il faisait la gueule. Dix kilos de déchets à examiner au microscope ! Pour chercher quoi ? La dernière lubie d'un fou furieux ?

Jérôme, le pote en question, venait de se coller à charge un troisième môme et un pavillon à Bondoufle à rembourser sur vingt ans : il n'a pas hésité longtemps devant l'enveloppe de billets qui doublait son trimestre de salaire de fonctionnaire de la police scientifique, embauché avec un doctorat et payé à peine le quart du salaire d'un médecin. Ça pouvait bien lui prendre des heures, je m'en foutais.

Il m'a rappelé, une petite semaine plus tard :

— Crédule ?

— Ouais ?

— J'ai joué les jardiniers, comme tu le voulais. Tu veux le pH, l'humus, l'acidité de ta terre à la con ? Tu veux y faire pousser quoi, un potager pour tes vieux jours ?

— Abrège, Jérôme.

— OK. C'est de la terre, Crédule… rien que de la terre.

Il avait un peu hésité avant le « rien ». Je gardai espoir. « Crédule », jusqu'au bout.

— Rien d'autre ?

— Si… Mais là, on entre vraiment dans le micro micro. Rien de fiable…

— Accouche…

— Si tu y tiens… Dans la terre, il y a aussi des débris d'os. Que dalle. Des particules. Des poussières. Quelques grammes. Rien que du très logique dans une forêt. La terre, c'est jamais que du compost, de l'accumulation de divers trucs morts au-dessus…

J'insistai encore. Jérôme Larcher était le meilleur dans son genre. Une tronche. Avec à sa disposition le meilleur matériel de France.

— Des os de quoi, Jérôme ?

— Quelques grammes d'os, je te dis, Crédule. A partir de ça, scientifiquement, on peut rien dire…

— OK… Scientifiquement. Mais toi, tu dirais quoi ?

Jérôme Larcher hésita :

— Mon intuition, c'est ce que tu veux savoir ? Alors OK, mais ça ne sera pas dans le rapport, je te préviens. Mon intuition, c'est que je dirais que ce sont plutôt des os humains que des os d'animaux.

Bordel !

Des os humains !

Je devais le presser encore, le Jérôme. Il n'avait pas donné tout son jus, je le sentais. Il était au courant de l'enquête sur laquelle je bossais depuis ces années.

— Tu peux dater, Jérôme ?

— Impossible… Je ne peux pas te donner une fourchette de moins de dix ans, tu vois, ça ne va pas te faire avancer…

— Dater l'âge du type enterré, je veux dire, Jérôme. Pas l'année de son enterrement.

Jérôme marqua un long silence. Je sentais que je n'allais pas aimer la suite.

— Crédule… Là, on est vraiment dans le domaine du subjectif. De l'impro totale…

— Passe-moi le préambule, Jérôme…

— OK. OK. Selon moi, ce sont les fragments d'os d'un humain plutôt jeune…

Des gouttes de sueur glacée me dégoulinaient dans le dos.

— Jeune comment ?

— Ben…

— Un gamin ?

— Tu chauffes, Crédule.

Mon crâne était comme coincé dans un étau et chaque mot nouveau comme un tour de vis supplémentaire :

— Tu veux dire quoi, Jérôme ? Un bébé ? Des putains de fragments d'os de bébé humain ?

— Je bosse sans filet, là. Je te l'ai dit. La fiabilité, c'est zéro. Mais c'est bien ce que je dirais… Les fragments d'os d'un nourrisson humain.

Bordel !

Vous auriez fait quoi, à ma place ? Apprendre ça après dix-huit ans d'enquête ! Franchement, vous auriez fait quoi ? A part vous tirer une balle dans la tête ?

Les huit derniers mois ne comptent pas ; ni les dix derniers jours, passés à rédiger ce cahier. Nous y voilà. Nous sommes le 29 septembre 1998, il est 23 h 40. Tout est en place. Tout est terminé. Lylie va prendre dix-huit ans dans quelques minutes. Je vais ranger mon stylo dans ce pot, en face de moi. Je vais m'installer derrière ce bureau, déplier *L'Est républicain* du 23 décembre 1980, le journal de ce jour maudit, et, calmement, je vais me tirer une balle dans la tête. Mon sang se mêlera au papier jauni de ce journal. J'ai échoué...

Je laisse simplement ce testament derrière moi, pour Lylie, pour qui voudra.

J'ai recensé dans ce cahier tous les indices, toutes les pistes, toutes les hypothèses. Dix-huit ans d'enquête. Tout est consigné dans cette centaine de pages. Si vous les avez lues avec attention, vous en savez autant que moi. Peut-être serez-vous plus perspicaces ? Peut-être suivrez-vous une direction que j'ai négligée ? Peut-être trouverez-vous la clé, s'il en existe une ? Peut-être...

Pourquoi pas ?

Pour moi, c'est terminé.

Dire que je n'ai ni regrets ni remords serait exagéré, mais j'ai fait du mieux que je pouvais.

⁂

Les derniers mots. La page suivante était blanche.

Marc referma avec une extrême lenteur le cahier de Grand-Duc. Il vida d'un trait la bouteille de San Pellegrino. Le train allait entrer en gare de Dieppe dans cinq minutes, maintenant. Comme par enchantement, le type en chaussettes s'était réveillé et l'ado rangeait son baladeur.

Marc avait l'impression que son cerveau tournait à vide, comme la roue d'un vélo déraillé. Il fallait qu'il prenne du temps, qu'il réfléchisse. Qu'il parle à sa grand-mère Nicole, avant tout. Ainsi, elle avait reçu le test ADN, elle avait appris depuis trois ans que Lylie n'était pas sa petite-fille. C'était évident, au fond, elle avait même avoué, elle avait offert le saphir bleu clair à Lylie.

Lyse-Rose avait survécu, pas Emilie. C'était la seule certitude. Pour le reste…

Qui avait creusé la tombe du mont Terrible ? La gourmette y avait-elle été enterrée ? Ou un chien ? Un nourrisson ? Quel nourrisson ? Les questions se couraient après dans son crâne aride, Grand-Duc n'en avait résolu aucune. Qui l'avait tué ? Pour dissimuler quelle vérité ? Qui avait tué son grand-père ?

Où était Lyl…

Un hurlement déchira le silence du wagon.

Un cri de démente.

Malvina !

Marc se précipita avant que le type qui laçait ses Doc Martens ait eu le temps de réagir. Malvina se tenait recroquevillée au fond de son siège, son corps maigre était convulsé de tremblements. Sa main pendait, ouverte, telle celle d'une suicidaire qui se serait coupé les veines.

Le regard de Malvina implora Marc comme si elle cherchait désespérément de l'aide, comme si sa main ouverte était celle d'une alpiniste à son compagnon, quelques instants avant de dévisser.

Les yeux de Marc descendirent. Quelques centimètres sous les doigts crispés de Malvina, une enveloppe bleue déchirée et une feuille blanche gisaient sur le siège.

Marc comprit. L'enveloppe avait dû glisser de sa poche pendant sa lutte avec la fille. Malvina n'avait pas pu résister, elle avait ouvert le résultat du test ADN, elle n'était au courant de rien, sa grand-mère ne lui avait jamais rien dit. Pourquoi alors cette crise de démence ?

Marc saisit nerveusement la lettre dactylographiée à l'en-tête de la police scientifique nationale de Rosny-sous-Bois. L'analyse tenait en six petites lignes.

RECHERCHE
DE LIENS DE PARENTÉ

entre Emilie VITRAL *(échantillon 1, lot 95-233)*
et Mathilde de CARVILLE *(échantillon 2, lot 95-234)*

entre Emilie VITRAL *(échantillon 1, lot 95-233)*
et Léonce de CARVILLE *(échantillon 3, lot 95-235)*
entre Emilie VITRAL *(échantillon 1, lot 95-233)*
et Malvina de CARVILLE *(échantillon 4, lot 95-236)*

Et, une ligne plus bas… le couperet :

Résultats négatifs.
Aucun lien de parenté possible.
Taux de fiabilité de 99,9687 %.

La feuille tomba des mains de Marc.

Lylie n'avait aucun lien de sang avec les Carville.

Lyse-Rose était morte. Emilie avait survécu, Marc et elle possédaient les mêmes gènes, les mêmes parents, le même sang. En dépit de toutes ses convictions, en dépit de tout ce que son cœur lui dictait, ce désir qu'il éprouvait pour sa sœur n'était qu'une malsaine et maudite pulsion incestueuse.

47

2 octobre 1998, 18 h 28

Marc marchait d'un pas lent le long du port de plaisance de Dieppe. La gare se trouvait à moins d'un kilomètre du Pollet. La figure hideuse d'un dragon chinois grimaçait dans le ciel, juste au-dessus de lui, comme si la créature avait déchiré les nuages pour venir personnellement le narguer, pour en rajouter encore un peu dans la folie ambiante.

Marc accéléra sa marche. Il n'avait qu'une idée en tête, parler à sa grand-mère. Il ne parvenait pas à détacher ses pensées du résultat de ce test ADN. Lylie et lui, génétiquement semblables ! Pourtant, toutes ses convictions, ses sentiments les plus intimes s'opposaient à ce résultat. Que valait ce bout de papier, cette pseudo-expertise scientifique, contre ce qu'il ressentait au plus profond de lui ?

Non !

Lylie n'était pas sa sœur !

Face à lui et aux modestes yachts du port de Dieppe qui tournaient sagement le dos à la mer, les terrasses étaient bondées. Le festival du cerf-volant s'accompagnait d'une débauche de moules-frites qui n'avait rien à envier aux braderies des villes flamandes. Marc ralentit en arrivant devant le pont transbordeur qui reliait l'îlot du Pollet au reste de la ville. Il avait laissé Malvina dans le wagon du train, recroquevillée sur son siège. Il avait simplement ramassé et glissé dans sa poche la feuille du laboratoire de la police scientifique. Malvina n'avait pas protesté, figée dans la position d'un fœtus.

Devant les restaurants, les files d'attente bruyantes s'allongeaient. Indifférent, Marc s'efforçait de réprimer la rage sourde qui montait en lui.

Non !

Lylie n'était pas sa sœur !

Grand-Duc s'était forcément trompé, il avait confondu, il n'avait pas donné au laboratoire les bons échantillons. Ou bien il avait menti. Ou bien Mathilde de Carville cherchait à les manipuler, leur avait donné à lire un faux, un faux grossier ! Ou bien personne ne mentait, mais Lyse-Rose pouvait tout de même n'avoir aucun lien de sang avec les Carville. Elle pouvait être une fille adoptée. Son père n'était peut-être pas Alexandre de Carville. On ignorait tout des conditions de sa naissance en Turquie. Grand-Duc lui-même, dans son cahier, lors des premiers mois d'enquête, avait émis des doutes. Le loueur de pédalos aux yeux bleus…

Il passa le pont, laissa sur sa droite le bar-tabac du Pollet, puis s'engagea dans la rue Pocholle. Il revenait de moins en moins souvent à Dieppe, à peine une fois par mois, surtout depuis que Lylie étudiait avec lui à Paris. Sa maison était là, devant lui, une façade de brique et de silex semblable à quinze autres dans la rue. La cour était entièrement occupée par le Citroën de type H orange et rouge, comme si le jardin avait été planté autour, aux dimensions exactes du camion. Marc remarqua les points de rouille sur les ailes avant et arrière du véhicule, la bosse sur la portière, les rayures noires. Depuis combien de temps le camion n'avait-il pas roulé, ne serait-ce que pour sortir de la cour ? Désormais, plus personne ne réclamait de jouer dans ce jardin de poupée.

Marc sonna. Nicole ouvrit aussitôt. La chaleur du corps généreux de sa grand-mère le submergea. Elle le tint longtemps, serré. Un autre jour, il aurait été gêné de cette longue étreinte. Pas aujourd'hui. Ils en avaient tous les deux conscience. Nicole le relâcha enfin.

— Tu vas bien, Marc ?

— Ça va…

Marc ne se donna même pas la peine d'y mettre le ton. Son regard détailla le petit salon. Il semblait rétrécir à chaque fois qu'il revenait. S'assombrir, aussi. Le piano Hartmann-Milonga était toujours là, entre le canapé et la télé, poussiéreux. Une pile de papiers, factures, prospectus, journaux, tracts, posée sur le clavier. Il n'y avait pas de place pour ranger ailleurs tout ce bazar, alors pourquoi pas sur ce piano, qui ne servait plus à rien ?

La table était déjà dressée : deux assiettes, deux serviettes de lin écru et une bouteille de cidre fermier.

Marc s'installa. Nicole faisait des allers-retours entre la cuisine et le salon, de courts trajets de cinq mètres. Elle apporta deux filets de sole, cuisinés à la dieppoise, crème et sauce aux moules et crevettes. Bonne cuisinière, Nicole savait aussi meubler la conversation, faire les questions et les réponses. Les études de Marc, l'avenir du port de Dieppe, les tracts à distribuer, ses poumons qui la faisaient souffrir, la gouttière percée de la maison (« Marc, si tu peux y jeter un œil… »). Avec enthousiasme, conviction pour deux, comme n'importe quelle grand-mère dont les rares minutes de dialogue avec ses proches sont séparées de longues semaines de silence. Marc répondait par monosyllabes. Ses yeux tournaient dans la pièce et revenaient toujours se poser au même endroit, juste au-dessus du piano. Dans la pile de papiers, Marc avait remarqué une enveloppe bleue, la même que celle que Mathilde de Carville lui avait remise à la Roseraie et que Malvina avait profanée. Le cadeau empoisonné de Grand-Duc. Nicole avait donc exhumé cette enveloppe qu'elle devait dissimuler depuis trois ans quelque part dans les tiroirs secrets de ses souvenirs…

Qui oserait l'évoquer en premier ?

Nicole parlait d'un vague voisin, hospitalisé, en phase terminale. Marc s'échappait dans ses pensées. Ainsi, sa grand-mère connaissait la vérité depuis trois ans. Elle avait la preuve. Emilie avait survécu, c'est bien sa petite-fille qu'elle avait élevée toutes ces années. Nicole avait gagné, sur toute la ligne. Elle avait sans doute offert la bague de saphir clair à Lylie par pitié pour Mathilde de Carville, tout comme

Nicole donnait toujours une pièce aux mendiants, dans la rue…

La déchéance des Carville jusqu'à la condition de mendiants, exposés à la charité de sa grand-mère, suscitait en lui des sentiments contradictoires. L'image de Malvina prostrée dans le train express régional, à la gare de Dieppe, continuait de le hanter.

Nicole servit le fromage. Comme toujours, elle se passa de dessert mais déposa fièrement dans l'assiette de Marc un Salammbô. Un ignoble gland vert et chocolat ! Marc avait commencé à ne plus pouvoir le supporter vers douze ans, sans jamais oser l'avouer à sa grand-mère. C'était la moins chère des pâtisseries… Il mâchait sagement la crème pâtissière. Nicole revenait sur son histoire de tracts, de mairie, de port de commerce. Marc ne suivait plus. Son regard glissa sur la photographie de ses parents, Pascal et Stéphanie, dans un cadre, au-dessus de la cheminée. Ils posaient en tenues de mariés, devant la chapelle Notre-Dame-de-Bon-Secours, sous une pluie de grains de riz. Marc avait toujours connu ce cadre à la même place, pendu au même clou. Sinistre bonheur.

Nicole apporta du café réchauffé dans une casserole puis le servit dans deux tasses, sans sucre pour elle. Ce fut elle qui fit le premier pas. Un petit pas.

— Tu as des nouvelles récentes d'Emilie ?

— Non… Enfin, pas directement.

Marc hésita :

— Je… je crois qu'elle est dans un hôpital. Une clinique, quelque chose comme ça…

Nicole baissa les yeux.

— Ne t'inquiète pas, Marc. Ne t'en fais pas. Elle est majeure, maintenant. Elle sait ce qu'elle fait…

Elle se leva pour débarrasser les tasses.

« Elle sait ce qu'elle fait »… Les mots de Nicole se cognaient dans le crâne cabossé de Marc. Etaient-ce seulement les propos rassurants d'une grand-mère ou bien lui cachait-elle autre chose ?

Marc se leva pour aider Nicole dans ses allers-retours cuisine-salon, salon-cuisine. Il resta bloqué au second trajet devant une photographie, familière pourtant, dans son cadre de bois, sur l'étagère, entre un jeu d'awalé en bois et un phare-baromètre. La photographie représentait Pierre et Nicole Vitral. Ils défilaient devant la sous-préfecture de Dieppe, côte à côte, derrière une immense banderole, *SOUS LES GALETS, LA GRÈVE*. Il n'était pas très difficile de déduire leur âge, la photographie datait de mai 1968. Nicole et Pierre n'avaient pas trente ans. Nicolas, leur fils aîné, tenait la main de Nicole alors que Pascal était juché sur les épaules de Pierre. Il devait avoir cinq ou six ans, il serrait un petit drapeau rouge dans son poing fermé. Marc dévisagea son grand-père, son père, son oncle, réunis sur le même cliché. Tous disparus, sans lui laisser le moindre souvenir. Marc se força à prendre une voix naturelle :

— Je vais dans ma chambre, Nicole. Faut que je jette un coup d'œil à mes cours. Quelques minutes. Je reviens.

Un bruit de vaisselle que l'on pose sur la faïence lui répondit.

Marc entra dans sa chambre. Parfaitement rangée. Nicole continuait de s'esquinter la santé à faire le ménage dans une pièce où Marc dormait moins d'une fois par mois.

Marc eut l'impression de redécouvrir sa chambre d'enfance ; c'était la faute de ce foutu cahier de Grand-Duc et de tout ce passé qu'il avait remué. La flûte à bec en plastique était toujours posée sur le bureau. La sienne, celle que lui empruntait Lylie pour jouer du Goldman, du Cabrel ou du Balavoine. Les deux lits superposés étaient toujours collés au mur. Le lit du haut était inoccupé depuis huit ans maintenant, depuis que Lylie avait déménagé pour la chambre de Nicole. Marc se souvenait de leurs nuits de veille. Lylie aimait inventer des histoires interminables. Marc, couché dans son lit, écoutait la voix de Lylie, allongée juste au-dessus de lui ; sauf quelquefois, lorsque Lylie avait peur, son bras de petite fille pendait vers lui. Marc s'asseyait dans son lit et tenait sa main, jusqu'à ce qu'elle devienne molle, jusqu'à ce que Lylie s'endorme. Parfois, à l'inverse, Lylie lisait tard. La lumière empêchait Marc de dormir mais il ne disait rien. On ne demande pas au soleil de s'éteindre.

Jamais Lylie n'aurait échangé cette promiscuité pour l'immense chambre qui l'attendait chez les Carville, pour la tonne de cadeaux, pour l'ours Banjo et les autres paquets. Marc en était certain. Les libellules sont comme les papillons après tout, elles ont besoin d'un cocon lorsqu'elles sont petites. Au moins avant leur chrysalide…

Marc se secoua, comme si la nostalgie tombait en pellicule sur ses épaules. Il avança vers la penderie et poussa les habits. Il en restait peu. Nicole donnait tout ce qui était trop petit au Secours populaire, à l'exception de ses maillots de rugby, jaune et bleu, taille poussin, taille cadet, taille junior… Et un maillot de foot, tout seul dans la penderie, rouge et jaune, floqué *Dündar Siz* dans le dos. Taille douze ans.

Marc se baissa. Il archivait ses cours dans des cartons posés par terre. Ce qu'il cherchait était au-dessus de la pile : des notes de l'année précédente prises pendant ses cours de droit européen. Le module consistait surtout à apprendre par cœur une succession de dates : entrées des Etats membres dans l'Union européenne, traités, directives, élections… C'était cela les études de droit, un exercice chiant de mémorisation. Marc retrouva facilement le classeur qu'il cherchait, puis la page. A défaut d'être brillant dans ses études, il était ordonné. Il lut : *CM du 12 février 1998. Les marges de l'Union européenne*. Il avait été un peu plus attentif lors de cette séance qui évoquait le cas turc. Marc relut ses notes : la Turquie des militaires, le coup d'Etat, le retour à la démocratie…

Il passa de longues minutes à vérifier les détails. Des gouttes de sueur coulaient le long de ses bras. Enfin, il referma le classeur, les mains moites, piquetées de chair de poule. Il comprenait maintenant ce qui clochait dans le récit de Grand-Duc.

Tout s'enchaînait.

Marc s'assit sur le lit et tenta de raisonner le plus rapidement possible.

Non, son grand-père n'était pas mort dans un accident. Il avait bel et bien été assassiné ! Il en avait la preuve. Formelle. Mais si ce détail, ce seul détail, clochait, alors c'était le sens de toute cette enquête qui s'effondrait…

— Marc ?

La voix de Nicole traversa les minces cloisons de la chambre.

— Marc ? Tout va bien ?

Une quinte de toux ponctua la question. Une toux grave, encore assourdie par les murs de carton. Marc renonça à réfléchir davantage dans l'immédiat. Il se leva, glissa le classeur dans son Eastpack et rangea les dossiers. Il se tint de longues minutes, debout, appuyé aux lits superposés. Des bouffées de chaleur l'empêchaient de respirer normalement.

Nicole insistait, d'une voix tremblante :

— Marc ?

— J'arrive, Nicole. J'arrive.

La porte de la chambre donnait directement sur le salon. La vaisselle était rangée, un napperon de dentelle posé sur la table à manger. Nicole était assise. Elle pleurait. Sur la table, devant elle, Marc reconnut l'enveloppe bleue.

Le test ADN.

Le double offert trois ans plus tôt par Crédule Grand-Duc.

48

2 octobre 1998, 23 h 19

Marc tira une chaise, s'assit à son tour, juste en face de sa grand-mère. Il sortit lentement de sa poche l'enveloppe déchirée confiée par Mathilde de Carville. Il la posa devant lui.

Deux enveloppes bleues. Chacun la sienne.

— Je savais que Mathilde de Carville en possédait un exemplaire, fit Nicole d'une voix douce. Bien entendu. Mais je crois qu'elle ignorait que Grand-Duc m'en avait remis un double.

— Tu as raison, confirma Marc. Elle l'ignorait.

Nicole passa un mouchoir blanc devant ses yeux.

— Que t'a-t-elle dit, exactement ?

Marc n'avait pas le choix. Il était venu pour cela, pour s'expliquer. Il parla longtemps, racontant sa visite chez les Carville, résumant le cahier de Crédule Grand-Duc, les dernières pages, le test ADN, la mauvaise conscience du détective… Il n'omit qu'un épisode, l'assassinat de Grand-Duc. Une inexplicable gêne l'empêchait de l'annoncer ainsi à sa grand-mère.

Brutalement. Il devait réfléchir avant, repenser à tout ce que Grand-Duc avait écrit. Tout reprendre de zéro. Tout vérifier.

Nicole porta le mouchoir à ses lèvres, toussa un peu.

— Marc, Crédule Grand-Duc n'a pas tout à fait menti dans son journal. Mais il n'a pas non plus tout à fait dit la vérité. La version est un peu différente. Crédule aime bien enjoliver les choses…

L'usage du présent troubla Marc.

— J'étais là, précisa-t-il. Les quinze ans de Lylie. Je m'en souviens J'ai tout vu. Le cadeau, le vase qui se brise, Lylie qui se coupe, Grand-Duc qui ramasse les morceaux en s'excusant…

— Bien entendu. Tu as raison. C'est la suite qu'il n'a pas racontée.

Marc blanchit.

— La suite ?

— Tu te rappelles, Marc, tu es sorti ensuite avec Emilie. Pour fêter ses quinze ans. Chez Manon. Vous êtes rentrés après minuit…

Marc avait posé la main sur l'enveloppe bleue déchirée. Il la faisait glisser nerveusement sur la table. Nicole toussa encore, cherchant à éclaircir sa voix. Peine perdue. Elle poursuivit :

— Je suis restée seule avec Crédule. Il buvait un calva dans le canapé pendant que je faisais la vaisselle. Je pleurais au-dessus de l'évier.

— Tu… tu pleurais ?

— Marc. Je ne suis pas stupide. Crédule travaillait pour les Carville. Je me doutais bien qu'un jour elle demanderait ce test ADN. C'était son droit. J'en aurais fait autant, à sa place… Mais pas ainsi. Ce stratagème minable. Ce piège emballé dans un paquet-cadeau. Crédule est le seul ami qu'on invitait pour l'anniversaire de Lylie…

Marc se sentait de plus en plus gêné. Jamais, auparavant, sa grand-mère ne s'était ainsi confiée à lui.

— Tu as deviné quand ?

— Dès que j'ai vu le sang d'Emilie couler… et Crédule ramasser les morceaux de verre. Crédule et ses gros sabots. Il aurait mieux fait de venir avec une seringue et un garrot. D'abattre son jeu franchement. C'est tout ce que je lui demandais. C'était notre contrat, dès le départ : je lui ouvrais ma porte, mais j'avais le droit aux mêmes informations.

— C'est ce qu'il a fait, non ? Il t'a remis un double de l'analyse…

Les yeux de Nicole étaient à nouveau embués de larmes.

— Pas tout à fait, Marc. Pas tout à fait. C'est ce qu'il a fait, à un détail près. Je pleurais au-dessus de mon évier. Puis j'ai pris la décision d'un coup. Je venais de rincer un couteau, j'ai serré les dents et je me suis coupé l'auriculaire. Juste une petite incision, suffisante pour que cela saigne. J'ai entouré mon doigt dans un torchon et j'ai porté à Crédule un petit verre à liqueur, avec à l'intérieur quelques millilitres de mon sang. Il a compris tout de suite. Il n'était pas stupide.

— Comment a-t-il réagi ?

Nicole sourit, pour la première fois.

— Il était un peu vexé, tu vois, comme un enfant pris au piège. Mais Crédule n'est pas un méchant. Il s'est excusé, il a reconnu qu'il s'était comporté comme un idiot. Il en était presque touchant. Il m'a assuré qu'il ferait tester la filiation des Carville pour Mathilde et celle des Vitral pour moi. Et ensuite…

Nicole toussa encore, comme si sa toux obstruait les mots suivants dans sa gorge. Marc hésita, de plus en plus gêné :

— Nicole… Qu'est-ce que tu veux me dire ?

Le mouchoir blanc se tordit dans les doigts de Nicole.

— Tu tiens vraiment à savoir ? Après tout, ce n'est pas un crime. Et je doute que Crédule en parle dans son cahier.

Non, en fait, Marc ne tenait pas à savoir. Nicole laissa couler les larmes sans même les essuyer.

— Nous avons fait l'amour, ce soir-là. Nous avons fait l'amour pendant que vous faisiez la fête. Comme deux vieux. C'était la première fois. La première fois depuis que ton grand-père est mort. La seule fois. Grand-Duc me couvait des yeux depuis des années. Il était gentil. Il était presque le seul homme à entrer dans la maison. Il…

— Nicole…

Marc se leva, posa ses mains sur les épaules de sa grand-mère avec une tendresse maladroite, puis mit le doigt sur sa bouche. L'image du cadavre de Grand-Duc le hantait.

— Tu n'as pas besoin de me raconter tout cela…

— Si, Marc. J'en avais besoin.

Nicole épongea ses larmes, se leva et coinça le mouchoir dans sa robe.

— Allez, Marc. Tu as raison. Je ne vais pas t'ennuyer davantage avec des histoires de vieille.

Elle fit quelques pas, réajusta le napperon sur la table puis observa avec attention l'enveloppe bleue posée devant Marc.

— Tu as ouvert l'enveloppe ?

— C'est… c'est une longue histoire. C'est, disons, un accident, mais oui, je l'ai ouverte. J'ai lu.

— Alors tu comprends pourquoi je pleure, Marc. Pas à cause de Crédule. Pas seulement. Je pleure à cause d'Emilie.

Marc se sentait stupide, seul dans le canapé. Il se leva à son tour. Un terrible pressentiment le submergeait. Ses jambes tremblaient. Il ne comprenait plus. « Je pleure à cause d'Emilie. » L'écho des mots de Nicole résonnait à nouveau dans son crâne. Pourquoi pleurer à cause d'Emilie ? Ce test ADN, c'était au contraire son acte de naissance officiel…

Il souleva doucement l'enveloppe bleue déchirée que lui avait confiée Mathilde de Carville et la posa dans la main de Nicole. Il saisit ensuite l'enveloppe sur la table, celle que Grand-Duc avait donnée à sa grand-mère.

Il ouvrit l'enveloppe.

Il lut.

Le salon sombre se mit à tourner ; le piano, les cadres, les napperons, le canapé, la télé, entraînés dans le même tourbillon irréel.

La feuille lui tomba des mains.

Le résultat du test ADN n'avait aucun sens.

•

49

2 octobre 1998, 23 h 37

Les galets lui rentraient dans les fesses et Malvina n'aimait pas ça. C'était dur et froid. Une lune faiblarde, à moitié pleine seulement, éclairait vaguement la plage. Malvina n'avait trouvé aucun autre endroit pour passer la nuit. La petite contrôleuse était repassée, longtemps après que le train Rouen-Dieppe se fut arrêté en gare. Elle s'était montrée plutôt gentille avec Malvina, elle lui avait demandé poliment de sortir. Elle l'était devenue nettement moins lorsqu'elle s'était fait traiter de « sale pute ». Deux autres contrôleurs étaient arrivés, l'avaient aidée à évacuer Malvina de force hors de la gare.

Malvina s'était retrouvée sur le trottoir. Evidemment, à cause de ce foutu festival de cerf-volant, il n'y avait plus une seule chambre de libre en ville.

Malvina avait erré dans la ville toute la soirée. Sans même manger. Elle n'avait pas faim. Elle s'en fichait. Elle avait traîné dans les rues, longtemps, avant de retourner vers la plage. Elle avait attendu que ça se calme, leurs conneries, les ballets de cerfs-volants, la musique, les drapeaux, les flonflons, les baudruches, les gaufres, les saloperies vendues par les successeurs des Vitral sur le front de mer de Dieppe.

Maintenant, à près de minuit, tout était terminé. Il ne restait plus que quelques figures géométriques fluorescentes suspendues dans le ciel, reliées à la terre par de longs fils tendus, noués à des pieux enfoncés dans l'herbe. Malvina s'en foutait aussi, elle n'avait pas le cœur à s'émouvoir de papiers de soie flottant au-dessus de sa tête. Si elle avait une envie, c'était de couper tous ces fils pour qu'ils s'écroulent dans la mer comme des soleils morts.

Couper les fils. Couper son téléphone. Maudire sa grand-mère qui avait commandé ce test ADN, qui lui avait menti toutes ces années. Couper le cordon.

Malvina s'allongea. Elle allait dormir là. Sur les galets. Elle s'en foutait aussi, après tout, des galets froids dans ses fesses.

— Dis donc, ma jolie, tu devrais pas être rentrée chez papa-maman à l'heure qu'il est ?

Malvina resta dans l'ombre, orienta simplement sa tête vers la voix. Trois types se tenaient debout sur la plage, à une dizaine de mètres d'elle. Chacun d'eux tenait à la main une bouteille d'eau minérale contenant un liquide orange. Double feinte. Ce n'était sûrement ni de l'eau ni du jus d'orange.

— Ma belle, tu pourrais faire une mauvaise rencontre, toute seule comme ça…

C'était le plus grand qui parlait. Il avait la paupière droite percée d'un anneau d'argent. Un plus petit, chauve, un peu en retrait, avait du mal à tenir son équilibre sur les galets. Ses bottes cirées de cow-boy, longues et étroites, n'arrangeaient rien. Le troisième, dont le gabarit rappela à Malvina celui de l'ours Banjo, bénéficiait d'une meilleure assise au sol.

Le type à l'anneau d'argent s'approcha encore. Trois mètres. Les autres suivirent. Malvina releva la tête.

— Nom de Dieu, c'est une vieille, fit Bottes-de-Cow-Boy. Dire que de loin on pensait avoir affaire à une pucelle…

— Elle l'est peut-être quand même, ajouta Anneau-d'Argent.

Ours-Brun et Bottes-de-Cow-Boy éclatèrent de rire. Malvina se recroquevilla, fouilla fébrilement dans son sac à main. Elle pesta de rage ! Elle venait de s'en souvenir, Vitral lui avait fauché son Mauser dans le train.

Anneau-d'Argent fit un mètre de plus.

— Toi, tu cherches une aventure, ma jolie. J'ai le flair pour les filles dans ton genre. Tu vois. C'est ton jour de chance. Trois hommes, rien que pour toi…

— Casse-toi, connard.

Les types reculèrent d'un mètre, sauf Bottes-de-Cow-Boy, qui dérapa sur les galets. Anneau-d'Argent avança à nouveau.

— Hé, les gars. On est tombés sur une vraie petite salope…

Ours-Brun savait aussi parler. C'était le galant de la bande.

— On va pas te faire de mal. On veut juste s'amuser un peu…

— Ouais, enchaîna Anneau-d'Argent. J'adore ton look, ma jolie. Années cinquante, hein ? Le pied. J'ai toujours rêvé de me faire sucer par ma grand-mère.

Il gagna un mètre de plus, continua :

— Sauf que ma grand-mère, elle a plus de dents…

Ours-Brun et Bottes-de-Cow-Boy éclatèrent à nouveau de rire. Bon public. Ils avancèrent aussi, en second rideau. Malvina tenta de reculer en rampant, hurla :

— Vous avancez encore, je vous crève tous !

Les trois hommes regardèrent, amusés, le corps malingre de Malvina se tasser dans les galets.

— C'est qu'elle mordrait, la petite. Allez, joue pas les farouches, tu demandes que ça…

Anneau-d'Argent avança encore. Il n'aurait pas dû. Il entendit juste un sifflement, perçut peut-être aussi une ombre dans la faible lueur. Tout de suite après, son œil se ferma. L'anneau d'argent pendait, miraculeusement retenu par un lambeau de paupière déchiquetée, baignant dans une bouillie de sang. Dans la seconde qui suivit, le deuxième galet lui fracassa le cartilage du nez.

— Sal…

Un troisième galet rata de peu sa bouche grande ouverte, enfonçant son maxillaire droit.

Un bon galet peut tuer, si on le choisit bien dense dans la paume, si on le lance à bout portant, trois ou quatre mètres. Au moins handicaper à vie si le tir est moins précis. Malvina n'en avait peut-être pas conscience, mais les trois hommes, eux, le devinèrent.

Dans certaines circonstances, même les plus obtus comprennent vite. Question de survie.

Ils décampèrent.

Une pluie de galets continua de s'abattre sur eux. Bottes-de-Cow-Boy glissa encore sur les galets et jura. Un projectile lui explosa la clavicule. Ours-Brun n'était pas beaucoup plus agile. Les pierres s'abattirent sur son dos, sa nuque. Malvina lançait maintenant en aveugle, avec une force décuplée par sa rage.

— On te retrouvera, salope ! lança Anneau-d'Argent lorsqu'il fut hors de portée de tir. On se reverra !

— C'est ça, siffla Malvina. Moi, je dirai aux flics qu'ils n'auront pas de mal à reconnaître le type qu'a voulu me violer. Un borgne, ça court pas les rues…

Les ombres s'éloignèrent, claudicantes.

Une heure plus tard, le vent se leva sur la plage. Malvina avait froid. Elle se mit debout, secoua ses membres endoloris. Elle marcha doucement dans la ville morte, jusqu'à la gare. Elle était fermée, bien entendu. Malvina finit par s'endormir sur un banc, juste devant.

50

2 octobre 1998, 23 h 51

Le salon des Vitral s'était immobilisé. Pour l'éternité.

La main tremblante de Marc se pencha pour ramasser la feuille tombée par terre. Elle était strictement identique à celle qu'il avait lue dans le train : même en-tête de la police scientifique nationale de Rosny-sous-Bois. Même typographie dactylographiée. Même concision dans l'exposé des résultats : trois lignes.

RECHERCHE
DE LIENS DE PARENTÉ

entre Emilie VITRAL *(échantillon 1, lot 95-233)*
et Nicole VITRAL *(échantillon 2, lot 95-237)*

Résultats négatifs.
Aucun lien de parenté possible.
Taux de fiabilité de 99,94513 %.

Marc posa la feuille sur la table comme on jette une torche de papier enflammée. Nicole en fit de même, puis s'effondra dans le canapé.

Les deux tests de parenté étaient négatifs !

Marc bredouilla une question presque inaudible :

— Qu'est-ce… qu'est-ce que ça veut dire ?

Nicole sortit son mouchoir, essuya une larme au coin de son œil et afficha un étrange sourire.

— Crédule Grand-Duc est un sacré farceur, tu ne crois pas ?

— Tu… tu étais au courant ?

— Non, Marc. Je te rassure. Personne n'était au courant. A part Crédule, bien entendu. Cela fait trois ans que j'ai lu ce test négatif, trois ans que je suis persuadée qu'Emilie n'est pas ma petite-fille, qu'Emilie est morte dans l'accident de l'Airbus, que j'ai élevé Lyse-Rose de Carville… Je m'étais faite à cette idée. Je l'avais même acceptée, en lui donnant ce saphir, pour ses dix-huit ans. J'avais presque fini par m'en réjouir.

Nicole fit une pause. Elle tira machinalement sur le châle de laine qu'elle portait sur ses épaules pour le repositionner sur son chemisier boutonné jusqu'au cou. Elle regarda Marc avec une infinie tendresse.

— M'en réjouir. Pour son avenir. Pour vous deux, surtout. C'était tellement plus simple. C'était tellement évident, ce résultat…

Marc ne répondit rien. Il se leva soudain, attrapa à nouveau les deux feuilles de résultat, les posa l'une à côté de l'autre, les compara. Rien ne pouvait laisser penser qu'il s'agissait de faux documents. Marc réfréna une envie furieuse de les déchirer, de les réduire en une bouillie informe. Il cria presque :

— Grand-Duc s'est planté, Nicole ! Il peut s'être trompé dans les échantillons, avoir confondu, inversé… Le laboratoire aussi peut avoir fait une erreur. Il y a forcément une explication !

— Crédule nous a peut-être donné les réponses que nous attendions, fit doucement Nicole.

Marc sursauta.

— Comment ça ?

— Lui seul sait quels échantillons de sang il a confiés pour l'expertise… Il a fait selon son envie, selon la vérité qu'il souhaitait voir surgir. Il n'avait rien trouvé après quinze ans d'enquête, alors il a peut-être écrit lui-même la fin de l'histoire…

Nicole prit le temps de réfléchir avant de continuer :

— Deux tests négatifs, ce n'était pas stupide, au fond. Cela a même formidablement fonctionné. Il persuadait ainsi Mathilde de Carville que sa petite-fille était morte. Définitivement. Elle nous foutait à jamais la paix. Grand-Duc ne l'aimait pas beaucoup, je crois. Et moi, je ravalais ma douleur. Emilie n'était pas ma petite-fille, n'était pas ta sœur. Ce test de parenté négatif, il y a trois ans, m'a fait pleurer des nuits entières, mais il a aussi fait fondre la terrible boule qui me coinçait l'estomac, qui me sciait en deux, qui me brûlait les poumons, à chaque fois qu'Emilie et toi vous vous regardiez. Chaque minute, chaque seconde…

Marc vint s'asseoir dans le canapé, se colla à Nicole, posa sa tête sur son épaule. Il passa sa main autour de la large taille de sa grand-mère. Ses doigts jouèrent avec la laine du châle. Nicole tourna son visage vers son petit-fils.

— Tu comprends, Marc. Tu comprends, bien entendu. Cela signifiait que vous n'étiez pas liés par le sang, pas frère et sœur. Vous étiez libres, mon pauvre Marc. A sa façon, Crédule vous aimait, vous observait, il était bien capable de monter un tel stratagème…

Elle observa les enveloppes bleues sur la table.

— Si les deux résultats ne se trouvaient pas réunis sur la même table, son plan pouvait fonctionner…

Marc se leva et marcha nerveusement dans la pièce. Malgré les arguments de Nicole, il n'arrivait pas à croire à cette version, à ce trucage orchestré par Grand-Duc ! Dans son cahier, le détective semblait tout autant qu'eux consterné par les résultats des tests ADN. Même s'il pouvait mentir là-dessus. Comme sur le reste…

— Je sors, Nicole, je vais faire un tour.

Nicole ne dit rien. Elle tamponnait avec délicatesse ses yeux à l'aide d'un coin de son mouchoir. Marc mit la main sur la clenche de la porte d'entrée. La voix de Nicole trembla plus encore, si c'était possible :

— Tu ne m'as pas demandé où était Emilie ?

Marc se figea.

— Parce que tu le sais ?

— Pas précisément, non. Je n'ai aucune idée du lieu exact où elle se trouve. Mais oui, j'ai compris quel est le grand voyage dont elle parle, le crime qu'elle envisage. Mon Dieu, comment appeler cela un crime ?

Marc sentait que son cœur allait exploser. C'était la troisième fois que sa vie basculait en moins de dix minutes. Tous ses symptômes d'agoraphobie semblaient avoir été balayés avec la même facilité qu'un hoquet qui disparaît face à une peur subite.

Nicole hésitait.

— Une grand-mère devine ces choses-là.

La main de Marc se crispa sur la poignée. Il hurla presque :

— Deviner quoi, Nicole ?

En retour, Nicole parla, le plus doucement possible. Par discrétion ? Par pudeur ?

— Emilie est enceinte, Marc. Elle est enceinte de toi.

La main de Marc glissa sur la clenche trempée. Nicole continua sur le même timbre, doux et sucré :

— Elle va se faire avorter, Marc. Elle est hospitalisée pour cela.

Marc s'était adossé à un conteneur à poubelles de la rue Pocholle. Une lune éclairait faiblement la rangée de petites maisons jumelles. Au bout de l'impasse deux chats s'observaient, silencieusement, le poil hérissé. Il se demanda s'il s'agissait des mêmes chats que ceux que Lylie cherchait à apprivoiser lorsqu'elle avait sept ans. Peut-être bien après tout. Les mêmes chats, dix ans plus vieux.

Marc se sentait étrangement calme, beaucoup plus apaisé que quelques minutes, quelques heures auparavant. L'ordre des priorités avait brusquement basculé, comme si son esprit s'était débarrassé des pensées superflues. Le grand ménage par le vide. Le mystère des deux tests ADN contradictoires attendrait, le meurtrier de son grand-père également. Marc n'avait qu'une obsession. Lylie, seule dans une clinique parisienne, dans une chambre, enceinte, portant un enfant.

Leur enfant.

Marc avança vers le seul réverbère éclairé de l'impasse. Les chats, comme statufiés, ne bougèrent pas d'un poil. Il avait essayé de téléphoner cinq fois de suite à Lylie. Sans succès. Contacter des dizaines de cliniques parisiennes ne servait plus à rien maintenant, elles devaient bien entendu respecter l'anonymat des patientes, si elles le leur demandaient.

Lylie l'avait demandé, forcément.

Une nouvelle fois, Marc se résigna à ne parler qu'à la boîte vocale, appuyé au réverbère, comme un ivrogne qui soliloque sous la lune.

— Lylie. Nicole m'a tout dit. Je n'ai rien vu, rien compris. Excuse-moi, j'étais aveugle. Où es-tu ? Il faut que je sois là, à tes côtés. Je ne vais pas te faire la morale, je ne vais pas essayer de te convaincre de garder l'enfant. Rien de tout cela. Je ne vais pas te mentir, je n'ai pas avancé dans mon enquête. C'est le noir le plus absolu. Le brouillard. Plus que jamais. Je ne peux me fier qu'à mes convictions. Tu les connais. Je sais qu'elles ne te suffisent pas. Attends-moi, Lylie, je t'en prie. Demande-moi de venir. Je viendrai. Demande-le-moi, je t'en supplie. Je tiens tellement à toi. Marc.

Le message vocal s'envola dans la nuit claire.

Les deux chats s'étaient rapprochés l'un de l'autre. Ils poussaient les sifflements déchirants d'un rituel annonçant une lutte à mort. Ce n'était qu'un jeu, pourtant, qu'ils recommençaient chaque soir, depuis dix ans.

Marc s'assit par terre, à même le petit trottoir dont il connaissait chaque pavé. Un jour, Lylie était tombée ici, juste à l'endroit où il était assis. Rien de grave. Une chute de vélo à trois roues, une petite égratignure, un peu de sang ; un sang lavé depuis longtemps par la pluie normande.

Marc ferma les yeux.

Un enfant. Leur enfant.

Une colère sourde montait en lui. Pas contre Lylie. Contre l'ordre des choses, plutôt. Il ne supportait pas de se sentir inutile.

Une fenêtre s'ouvrit dans l'impasse, au premier étage. Un voisin passa la tête entre les volets et poussa un cri agacé. Marc ne le connaissait pas, sans doute un nouvel habitant dans le quartier. Rappelé par son maître, l'un des deux chats prit le large. L'autre attendit quelques secondes, dépité, puis trottina vers Marc.

Marc tendit la main et le chat vint se frotter. Il avait encore le poil un peu dressé, gris, sale. Le vieux matou avait souvent dû ronronner sous les caresses de Lylie.

Bien entendu, Marc comprenait les raisons qui poussaient Lylie à avorter. Il se pencha sur son téléphone, fit défiler les messages précédents. Ce n'était pas une question d'âge, de sécurité matérielle, de vie à faire, de carrière à construire. Lylie ne voulait pas porter dans son ventre un enfant incestueux.

Marc serra dans ses doigts les poils gris du chat. Faute de preuve définitive sur son identité, jamais

Lylie ne prendrait le risque de mettre au monde un monstre. Bien entendu.

Il leva les yeux au ciel. Et s'il la découvrait, cette preuve définitive ? Il pouvait encore tout arrêter. Il lui suffisait de trouver la clé. Le chat sauta sur les genoux de Marc. Marc se tourna vers lui.

— Hein, mon gros ? A quoi ça sert un papa, avant la naissance, sinon ? Ça aurait de la gueule, tu ne crois pas, de regarder ma fille en face, les yeux dans les yeux, lorsqu'elle sera grande, lorsqu'elle aura l'âge de comprendre, mettons quinze ans ? Ou dix-huit. De lui prendre la main et de lui dire quelque chose comme : « Tu vois ma jolie, il s'en est fallu de peu. Si je n'avais pas découvert la vérité, si je n'avais pas réussi à la trouver, cette foutue preuve, in extremis, tu ne serais pas là. Je ne t'ai peut-être pas portée dans mon ventre, non, mais je t'ai sauvée, ma grande. Oui, je t'ai sauvée. Parce que j'aimais tant ta mère et que je voulais tant un enfant d'elle. Un enfant de l'amour »...

Le chat détala brusquement.

— T'as raison, fit Marc. Je déconne !

Lylie fumait sur le balcon. Elle n'aurait pas dû. Elle s'en foutait. Une cigarette, une seule. Enfin, trois cigarettes, trois seules. La fille aux cheveux rouges et dents jaunes qui dormait à côté n'était pas radine. Elle lui avait laissé le paquet : « Sers-toi. »

Lylie écoutait le message de Marc. Elle répondait du bout des doigts. Marc n'avait aucune chance de la retrouver. C'était mieux ainsi. Il fallait qu'elle aille au bout. Seule.

Garder cet enfant aurait été une folie. On ne vit pas sans identité, Lylie en était consciente, plus que n'importe qui d'autre. Comment imaginer infliger elle-même cette peine à perpétuité à un autre être innocent, un autre bébé, le sien ? Comment supporter de devenir à son tour l'instrument de cette malédiction ?

Lylie serrait dans la paume de sa main gauche la croix touarègue offerte par Marc. Les doigts de sa main droite tremblaient. Ils tenaient la cigarette tout en tapant sur les touches du téléphone. La fumée s'envolait, légèrement bleutée dans le rétroéclairage du petit écran. Lylie scinda son long message en quatre envois.

Marc. Tout sera bientôt terminé. Ne t'en fais pas. C'est une opération banale. Elle ne prend que quelques minutes.

Je vois encore des médecins toute la journée demain. Ils disent qu'ils ont besoin d'examens supplémentaires pour l'anesthésie. Peut-être que c'est une ruse des psys pour me donner un délai de réflexion. Va savoir.

Je ne rentrerai finalement en salle d'opération qu'après-demain. Ne t'inquiète pas pour moi. J'ai pris la bonne décision. Ça ira.

Prends soin de toi. Lylie.

Dans sa chambre, allongé sur son lit d'enfant, Marc lut la réponse de Lylie. Il tenta immédiatement de la rappeler, sans succès.

Il fit défiler les messages. En boucle. Une seule phrase retenait son attention : « Je ne rentrerai finalement en salle d'opération qu'après-demain. » Un seul mot. Plus précisément. « Après-demain. »

Il disposait d'un jour de sursis pour découvrir la vérité ! Marc ne pensait plus qu'à cela. Il avait gagné une journée. Comme un signe du destin. Tout n'était pas encore perdu.

Il regarda fixement le lit au-dessus du sien. Les heures défilèrent, comme dans son enfance lorsque Lylie lisait tard, qu'un voisin était trop bruyant, ou qu'il affrontait, seul, ses insomnies. Marc veillait. Une idée poussait, telle une herbe folle dans l'allée d'un jardin trop propre. Une certitude s'imposait : tout était lié, dans cette affaire ; le meurtre de son grand-père ; celui de Grand-Duc ; d'autres meurtres, peut-être, qu'il ignorait… Et l'identité de Lylie !

La solution, Crédule Grand-Duc l'avait trouvée. Le détective l'avait découverte avant d'être abattu. Il avait fait le projet de se rendre dans le Jura, sur le mont Terrible. C'était logique, au fond. Tout avait commencé là-bas, tout devait s'y terminer. La solution attendait au mont Terrible… Ou nulle part ailleurs.

Quatre heures du matin. Marc se leva brusquement, enfila un pull. Qu'est-ce qu'il risquait, après tout ? Il n'avait aucune autre piste à suivre, à part lire et relire le cahier de Crédule Grand-Duc. Non ! Ce n'était pas la bonne méthode. Pas sa méthode, en tout cas. Il marcha avec précaution dans la pénombre et se dirigea vers la chambre de sa grand-mère.

— Marc ? demanda la voix endormie de Nicole.

— Nicole. Il roule encore, le camion ?

— Le Citroën ?

Nicole se frotta les yeux, stupéfaite. Elle jeta un coup d'œil sur le réveil posé sur sa table de chevet, ne fit aucun commentaire.

— Heu, oui. Je crois. Je ne fais plus que quelques kilomètres par an. La dernière fois que je l'ai sorti, il…

— Les clés sont toujours dans le deuxième tiroir du salon ? Les papiers aussi ?

— Oui, mais…

Marc déposa un baiser sur la joue de sa grand-mère.

— Merci. Ne t'inquiète pas…

Nicole voulut répondre « Sois prudent », mais ses mots se perdirent dans une quinte de toux. Elle porta un mouchoir à sa bouche. Nicole savait qu'elle ne dormirait plus de la nuit, maintenant. Ni celle-ci ni les suivantes.

51

3 octobre 1998, 04 h 12

Le camion démarra du premier coup. Marc l'avait déjà conduit plusieurs fois, sur de très courtes distances. C'était généralement lui qui depuis deux ans manœuvrait pour le sortir dans Dieppe ou le garer dans le jardin. Nicole lui avait appris les points de repère pour reculer et braquer : la boîte aux lettres, le volet gauche du voisin d'en face. Cela passait tout juste, si on respectait scrupuleusement les recommandations.

Le Citroën de type H des Vitral était l'un des derniers à avoir été fabriqués en France. Pierre Vitral l'avait acheté en 1979 et Citroën avait stoppé la production de la camionnette mythique en 1981. Pierre avait choisi le modèle allongé, un peu le même que possédaient les bouchers-charcutiers dans les années soixante-dix. Orange avec un nez rouge aplati qui donnait au camion un air de gros chien, avec les deux phares ronds comme des yeux et les rétros écartés par une tige de fer comme des oreilles. Un chien fripé de tôle ondulée. Son gros toutou, comme l'appelait Lylie. Le gros toutou fainéant qui dormait dehors en occupant tout le jardin.

Pierre l'avait aménagé lui-même avec l'aide d'un cousin, garagiste à Neuville. C'était le cousin qui continuait d'entretenir de temps à autre le véhicule. Le Citroën ne faisait pas son âge. Deux cent quatre-vingt-trois mille kilomètres. « Une bête increvable », affirmait le cousin. Marc n'avait pas d'autre choix que de le croire, malgré la carrosserie cabossée, les points de rouille, l'essuie-glace intérieur fixé au chatterton, le capot avant qui ne fermait plus tout à fait...

Marc consulta sa montre. Un peu plus de quatre heures du matin. Dieppe dormait. Il traversa une ville fantôme étrangement surveillée par des masques de soie agités dans le ciel par un vent tournoyant. Le Citroën roulait bruyamment, mais roulait. Marc ne voulait pas crier victoire trop vite, il avait plus de six cents kilomètres à parcourir. Il avait pris le temps de consulter la carte. Il préférait éviter Paris et couper par le nord. Il avait tout noté sur une feuille : Neufchâtel-en-Bray, Beauvais, Compiègne, Soissons, Reims, Châlons-en-Champagne, Saint-Dizier, Langres, Vesoul, Montbéliard, le mont Terrible. Il avait calculé qu'il lui faudrait environ dix heures pour faire la route. Si tout allait bien.

Marc longeait le port. Il lui restait à remonter le boulevard Chanzy et il sortirait de Dieppe. Il ne croisait personne dans les rues. Au bout du boulevard, Marc passa devant la gare. Il tourna machinalement la tête. Une fille dormait sur un banc...

Le Citroën pila brusquement. Au moins, les freins fonctionnaient !

Le klaxon aussi.

Malvina de Carville se réveilla en sursaut. Dans l'instant suivant, sa main se referma sur l'un des galets qu'elle avait pris soin d'emporter avant de quitter la plage. Folle peut-être, mais précautionneuse. Elle se leva. Reconnut enfin Marc au volant du véhicule orange et rouge. Il ouvrit la vitre-guillotine.

— Tu vas tout de même pas caillasser le bahut ?

— T'as qu'à me rendre mon flingue !

— Il est dans ma poche, tu vois. Bien au chaud. Monte !

Malvina ouvrit des yeux incrédules.

— Tu vas faire les marchés ou quoi ?

— Monte, je te dis. Je pars en pèlerinage. Tordue comme tu es, le voyage devrait t'intéresser.

Malvina s'approcha sans desserrer sa prise sur la pierre. Elle détailla avec scepticisme la rouille, le jour entre le capot et le moteur.

— Me dis pas que tu comptes aller jusqu'au mont Terrible dans ce cercueil ambulant ?

Marc encaissa le rappel, évita de se demander s'il était volontaire ou non.

— Je suis sûr que tu n'as jamais foutu les pieds là-bas, dans le Jura. Et que tu en crèves d'envie.

Malvina lâcha le galet.

— Tu ne crois pas si bien dire !

Marc ouvrit la portière passager. Malvina eut un peu de mal à lever la jambe jusqu'au marchepied de tôle jaune surélevé. Elle grogna :

— Dans ton camion pourri, on va même pas atteindre Paris.

— Je t'emmerde. Et on ne passe pas par Paris, on coupe par le nord…

Marc tendit à Malvina la liste des villes à traverser.

— Putain, fit la jeune femme. Les bleds… Vaut mieux pas qu'on tombe en rade. En fait, c'est toi le plus taré de nous deux !

Marc ne releva pas. Ils suivirent silencieusement la départementale 1. La route épousait en longs lacets le fond de vallée du pays de Bray. Après dix minutes, Marc fut le premier à rompre le silence :

— Excuse-nous pour hier soir, on t'a pas invitée à dîner… Ça sera pour une autre fois, hein ?

— Te bile pas. Je suis capable de me débrouiller. J'ai sympathisé avec des gars du coin…

Nouveau silence de dix minutes. Ils approchaient de Neufchâtel-en-Bray.

— On va foutre quoi, là-bas ? lança soudain Malvina.

— On part en pèlerinage, je t'ai dit…

Malvina regarda Marc d'un air curieux.

— Et ça te prend comme ça ? Je croyais que l'affaire était pliée. Ce test ADN à la con que ma grand-mère a demandé. Libellule est ta petite sœur, c'est écrit noir sur blanc. C'est parce que tu la baises que t'as les boules ?

Marc entrait en agglomération, il donna un coup de frein brutal. Malvina se retrouva collée au siège. La ceinture de sécurité, trop haute, lui laboura le cou.

— Si tu freines à chaque fois que je te balance une vanne, on n'est pas arrivés…

Une vanne…

Dire qu'il allait devoir supporter dix heures cette fille… Il répliqua comme il put :

— Excuse-moi pour la ceinture, j'ai oublié le rehausseur chez la nounou…

— Ha ha ha, ânonna Malvina. Si tu mets ton humour au niveau, je sens qu'on va pas s'ennuyer sur la route.

Marc n'avait aucune envie d'entrer dans le jeu. Il laissa passer un nouveau long silence, puis finit par demander :

— Parce que tu y crois, toi, à ce test ADN à la con ?

— Plutôt crever que de croire ce torchon !

— Alors, c'est bien, on est d'accord.

Malvina insista, tout en tirant sur sa ceinture :

— C'est du bidon ! J'ai toujours su que Grand-Duc était de votre côté. A cause de ses remords. A cause des nichons de ta grand-mère, aussi…

Ce coup-ci, Marc ne freina pas, mais il se demanda sérieusement s'il n'allait pas la laisser là, sur le bord de la route. Il l'aurait fait s'il n'avait pas eu besoin d'elle. Il devait être patient, Malvina lui serait utile, elle s'était déjà trahie, sans s'en rendre compte. Elle venait de parler des remords de Grand-Duc. Ce n'était qu'un début…

Ils gardèrent le silence près d'une heure, jusqu'à Beauvais. La nationale défilait, déserte, monotone. Malvina se pencha en avant. La vieille ceinture de sécurité poussiéreuse, raide, lui racla l'oreille.

— Il marche pas, je parie, ton autoradio ?

— La radio est nase. Ça c'est certain. Mais le lecteur de cassettes doit encore fonctionner. Les minicassettes qu'on écoutait quand on était gamins doivent toujours y être…

Malvina éclata de rire.

— Putain ! Des minicassettes. Ça existe encore ?

— Regarde dans la boîte à gants, devant toi. Tu vas en trouver une dizaine.

Malvina ouvrit la boîte à gants.

— Ça ressemble à quoi, une minicassette ?

Elle se tourna vers Marc, avec presque une malice dans les yeux.

— Va pas piler pour ça ! Je déconne !

Elle passa quelques minutes à détailler les minicassettes, puis en glissa une dans le lecteur sans la montrer à Marc. Un riff brutal de guitare mélangé au son d'une sirène de police emplit l'habitacle de tôle ondulée. « La ballade de Serge K. » La virée nocturne d'un privé solitaire.

Marc reconnut l'album au premier accord. *Poèmes Rock*.

« Demain, demain. Demain comme hier », chantait la voix nasale de Charlélie Couture.

— J'étais sûr que tu mettrais celle-là, fit Marc.

— Je m'en doute. Je ne voulais pas te décevoir…

Marc sourit à son tour. Ils entraient dans Beauvais. Même à cinq heures du matin, la traversée était pénible. Ils avancèrent par sauts lents entre des feux tricolores apparemment réglés par un fonctionnaire sadique pour qu'un automobiliste respectant les limitations de vitesse les croise tous au rouge.

— T'as raison, glissa Marc entre deux feux. Je confirme. *Poèmes Rock* est le meilleur album de rock français jamais écrit…

— J'en sais rien. Je connais qu'une chanson. Tu te doutes de laquelle… Mais comme t'as pas de CD, faut se taper toute la face A…

— T'écoutes quoi, d'habitude ?

— Rien.

La voix de Charlélie Couture meubla le silence qui suivit. Ils sortaient enfin de Beauvais. La face A se termina. Malvina retourna la cassette, sans un mot, et monta le son de l'autoradio. Trop fort. La tôle vibra sous les premiers accords de piano.

Comme un avion sans aile…
J'ai chanté toute la nuit,
Oui j'ai chanté pour celle
Qui m'a pas cru toute la nuit…

Un frisson parcourut la nuque de Marc. Malvina avait fermé les yeux, elle ouvrait les lèvres, chantait les paroles ; les mimait plutôt, sa bouche déformée ne produisant aucun son.

Même si j'peux pas m'envoler,
J'irai jusqu'au bout,
Oh oui, je veux jouer,
Même sans les atouts.

Malgré lui, Marc avait un peu ralenti. Il avait écouté cette chanson des centaines de fois. Lorsqu'il était seul. Lorsqu'il se réfugiait, lorsqu'il doutait. Toujours sans Lylie. Lylie ne la supportait pas. Elle hurlait dès qu'elle l'entendait. Lorsqu'elle avait huit ans, Lylie avait explosé un transistor chez une copine, Manon, sur le carrelage de la cuisine, simplement parce que la chanson passait à la radio.

Ecoute la voix du vent,
Qui glisse, glisse sous la porte,
Ecoute on va changer de lit, changer d'amour,
Changer de vie, changer de jour...

Malvina semblait émue aux larmes. Le déchirant solo de guitare n'arrangeait rien. Marc regardait fixement l'horizon.

Oh, libellule,
Toi, t'as les ailes fragiles,
Moi, moi j'ai la carlingue froissée...

La voix de Charlélie Couture s'éloigna lentement. Malvina renifla. Marc ne dit rien. Ils continuèrent de rouler. La nationale défilait, traversant de tristes villages qui, dans la vaine attente d'un contournement, affichaient à grand renfort d'affiches le nombre de morts sur la route et le nombre de poids lourds passant chaque jour. Vingt minutes plus tard, ils approchaient de Compiègne. La circulation commençait à se densifier.

A la sortie de Compiègne, Marc se tourna vers Malvina.

— Au prochain bled, si on voit une boulangerie ouverte, on pourra s'arrêter pour manger quelque chose.

Malvina se retourna vers l'arrière du camion.

— Ah ? Je pensais que tu allais me laisser le volant, et pendant que je roulerais, tu te glisserais à l'arrière du camion pour tout préparer. Crêpes. Gaufres… Comme papy et mamy.

Marc ne répondit rien. Ce n'était plus la peine, il avait pris sa décision. C'était le moment… Après tout, d'une certaine façon, c'était Malvina qui avait abordé la question. Ils traversaient un petit village, Catenoy, dont le centre-ville, l'église, l'école et la mairie avaient prudemment été construits en retrait de la nationale. Marc se gara sur un vaste parking poussiéreux. Au fond du parterre bitumé, toutes les maisons, tous les commerces étaient fermés, y compris le restaurant qui affichait fièrement son menu complet pour routiers à quarante-neuf francs. Marc vérifia que le Mauser était toujours dans sa poche, retira les clés du contact, puis descendit du Citroën. Le parking était bordé de quelques bouleaux aux feuilles noircies par le flux incessant des poids lourds. Marc s'éloigna un peu, se soulagea derrière un tronc, revint au camion.

Malvina n'avait pas bougé. Marc s'approcha de la porte passager. L'ouvrit. Il sortit de la poche arrière de son jean cinq feuilles déchirées et les tendit à Malvina.

— Tiens, lis ça.

Malvina ouvrit des yeux étonnés. Marc précisa :

— Ce sont des pages du cahier de Grand-Duc, son fameux carnet. Son enquête. Lis ça, c'est un passage instructif. Ensuite, j'aurai autre chose à te montrer.

52

3 octobre 1998, 06 h 13

Mathilde de Carville craqua l'allumette, l'approcha du gaz. Un cercle bleu de petites flammes lécha la casserole d'eau. Elle se retourna, observa une dernière fois l'exemplaire de *L'Est républicain* du 23 décembre 1980 puis déchira la première page. Elle la tordit en une chandelle de papier, l'approcha des flammes. La chandelle se mua en torche. Mathilde de Carville ne la lâcha, au-dessus de l'évier, que lorsque le feu lui noircit les ongles.

Cette une de journal ne servait plus à rien. Elle avait trouvé l'enveloppe posée dans le hall de l'entrée, la veille dans l'après-midi. Le journal était plié à l'intérieur, comme elle l'avait demandé à cette secrétaire. Une débrouillarde, finalement. Elle l'avait lu. Elle n'avait pas mis une minute à comprendre. Comment ne pas comprendre ?

Grand-Duc ne bluffait pas. Il avait raison sur toute la ligne. La vérité sautait aux yeux, c'est le cas de le dire, mais à une condition, une seule. Ouvrir ce journal dix-huit ans plus tard.

Quelle ironie !

Ainsi, ils avaient fait fausse route depuis le début.

Pire. Son mari s'était comporté comme le plus méprisable des criminels. Il avait tué. Pour rien. Elle ne valait guère mieux. Elle avait fermé les yeux. Pour Lyse-Rose. Elle l'avait accepté, en toute connaissance de cause. Ils avaient frappé des innocents. Des victimes, comme eux. La vérité éclaterait, un jour ou l'autre. Elle n'aurait pas le courage d'affronter le jugement des hommes. Quant au jugement de Dieu…

Mathilde de Carville trempa son doigt dans l'eau, sans aucune hésitation. Elle était tiède, sans plus. Linda était là-haut, dans la chambre d'amis. Elle dormait. Elle s'était évanouie dans le hall, après avoir découvert le cadavre de Léonce. Elle n'avait pas fait dix pas avant de tomber sur le parquet. Mathilde lui avait donné un calmant, puis un somnifère, l'avait allongée sur le lit, avait prévenu son mari que son épouse dormirait à la Roseraie, cela lui arrivait, parfois, quand Léonce n'allait pas bien. Il n'avait pas posé de questions, elle payait bien, assez pour que sa nounou fasse des heures supplémentaires.

Mathilde ouvrit un placard, en sortit un flacon de verre enveloppé dans un papier journal. Linda allait se réveiller. La première chose qu'elle ferait serait de courir à la police, bien entendu. Mathilde n'allait pas l'en empêcher. Que pouvait-elle faire ? Elle n'allait pas assassiner cette pauvre fille. A la réflexion, hier après-midi, elle aurait dû attendre quelques heures, elle aurait dû patienter jusqu'à ce que Linda rentre chez elle. Elle serait alors restée seule avec Léonce, comme tous les soirs. Tout aurait été beaucoup plus simple… sauf que c'était au-dessus de ses forces ! Attendre plusieurs heures, après avoir reçu ce journal, après avoir compris. Mille fois, toutes ces années, elle avait pensé faire justice elle-même. *Faire justice*… Un bien grand mot. Tout ce dont elle pouvait se vanter, c'est d'avoir abrégé les souffrances d'un infirme. La justice, Dieu l'avait déjà rendue.

C'était maintenant à son tour de présenter le poids de ses remords sur la balance.

Alors, la police, le scandale…

Peu importe. Elle ne serait plus là pour les affronter.

Le doigt de Mathilde de Carville troubla à nouveau l'eau sur le gaz. Presque brûlante ! Elle souffla de soulagement. Bientôt, tout serait terminé. Elle coupa le gaz, versa l'eau frémissante dans un grand bol de terre cuite ocre, le posa sur un petit plateau d'argent, avec le flacon, une petite cuillère, et sortit de la cuisine.

Mathilde monta lentement l'escalier de merisier, ouvrit la première porte sur sa droite, la chambre de Lyse-Rose. Elle contempla l'immense pièce encombrée de jouets, de paquets-cadeaux. Peu importait leur valeur, ils avaient été, chaque année, chaque anniversaire, chaque Noël, comme un message d'espoir. Lyse-Rose n'était pas oubliée. Chaque bougie fragile figurait la petite chance qu'elle soit encore vivante. L'étincelle. Soufflée, définitivement, depuis l'après-midi d'hier.

Léonce avait tué pour rien.

Mathilde posa le plateau d'argent sur la table de chevet. Pour parvenir jusqu'au lit, elle déplaça un landau bleu ciel liseré de dentelles et enjamba avec précaution un service miniature de vaisselle chinoise. Elle poussa doucement le gros ours qui dormait sur le lit de fillette, Malvina l'appelait Banjo. Elle s'allongea sur le lit, celui où aurait dû dormir Lyse-Rose toutes ces années ; où elle ne dormirait jamais. Elle dévissa le bouchon du flacon de verre et versa l'intégralité du contenu jaunâtre dans le bol ocre d'eau bouillante.

— Ma préférée, murmura Mathilde. Ma secrète. Ma chélidoine, conservée jalousement, sous ma serre, pour les grandes occasions. La grande occasion. La dernière.

Mathilde remua le contenu du bol avec la cuillère d'argent. Le suc de la chélidoine se mêla à l'eau chaude en une tisane que Mathilde savait mortelle.

Elle avait appris qu'il était impossible d'assassiner quelqu'un à la chélidoine. Même son mari. La saveur de la plante était, paraît-il, insupportable. C'est pour cela que les accidents étaient très rares, un seul mort, une fois, en Allemagne, d'après ce qu'elle avait lu. C'est pour cela que la chélidoine, l'herbe à verrues, était délaissée par les auteurs de romans policiers.

Mathilde posa la cuillère avec délicatesse sur le plateau d'argent. Elle passa ses mains derrière son cou et décrocha sa croix.

Même pour se suicider, la chélidoine n'était pas recommandée… Ou bien, elle était réservée aux volontés supérieures. Elle sourit. Elle n'était pas du genre à en finir en avalant une boîte de tranquillisants ou en s'injectant un produit indolore dans les veines… Un suicide douillet ! Le pire des oxymores ! Quelle affreuse façon hypocrite de se présenter devant le Jugement dernier !

Mathilde de Carville trempa les lèvres dans son bol de décoction de chélidoine. Elle grimaça mais continua de pencher le bol de terre cuite. Elle but jusqu'au bout.

C'était infect.

Elle n'allait pas se plaindre.

En d'autres temps, pour expier sa faute, elle aurait ordonné qu'on la flagelle jusqu'à la mort, qu'on lui enfonce un pieu de bois dans le cœur, qu'on la brûle vive.

Mathilde s'allongea sur le lit de Lyse-Rose. Le lit d'une morte.

Elle serra la croix dans sa main.

Cela ne serait plus long, maintenant.

53

3 octobre 1998, 06 h 22

Marc arpenta le parking pendant que Malvina, assise sur le fauteuil passager du camion, lisait les cinq pages arrachées. Il avait emporté dans son sac des gâteaux secs et une brique de jus d'orange. Il dévora les biscuits, but la moitié du jus de fruits. Un semi-remorque vint se garer sur le parking, à plus de cinquante mètres de leur Citroën. Un type sortit, une thermos à la main. Du café, sans doute. Marc hésita à lui en demander.

Malvina sauta hors du Citroën, les feuilles à la main.

— T'es content, j'ai lu ! C'est ce que tu voulais ? Me foutre les boules avec l'accident de ton papy ? Pas de bol pour lui, c'est sûr… Mais à part ça, tu veux en venir où ? J'avais huit ans à l'époque, mais tu te doutes que j'étais à peu près au courant. C'est quoi, ton problème ? Si c'est pour me prévenir que ton camion orange et rouge est un corbillard, c'était pas la peine ! Je comptais pas dormir dedans cette nuit…

Marc ne releva pas. Peut-être commençait-il à s'habituer à l'humour morbide de Malvina. Sa seule façon de communiquer, au fond ; sans doute même pour elle une sorte de thérapie. Peut-être que le traitement par électrochocs fonctionnait pour lui aussi, en contraste avec toutes ces années de silence, de non-dits et de tabous. Marc se hissa à son tour dans le Citroën, fouilla dans son sac, en sortit le classeur qui contenait son cours de droit constitutionnel européen.

— Tiens, lis ça maintenant…

— Quoi ça ? Tout ? !

— Mais non, pas tout. Juste le cours du 12 février, celui sur la Turquie.

Malvina soupira.

— File-moi du jus d'orange et à bouffer, avant.

Marc lui tendit les restes de son petit déjeuner, Malvina avala tout avec avidité. Si elle était anorexique, elle le cachait bien.

— Bon, c'est quoi, cette connerie ?

Elle attrapa le classeur, l'ouvrit à la page souhaitée par Marc, fit la grimace.

— Désolée, j'arrive pas à lire tes pattes de mouche. Tu dois être une sacrée truffe à la fac, surtout à côté de Lylie… Je suis sûre qu'elle cartonne, elle…

Marc encaissa. De l'humour. De l'humour aux vertus thérapeutiques !

— Et toi, t'as quoi comme diplôme ?

— Le record du monde de profs particuliers. Trente-sept en quinze ans… Le dernier n'a pas tenu deux jours…

— Pas la peine de te foutre de ma gueule alors…

Malvina se mit à rire. Elle jeta par terre le papier de biscuits et la brique vide.

— Oui, mais moi, c'est parce que je suis d'un genre trop spécial pour les profs. Je rentre pas dans leurs tiroirs, tu vois ?

Elle releva les yeux.

— Putain, je comprends rien à tes notes…

— Contente-toi de lire les dates. Tu arrives à les lire, les dates, hein ? T'es pas trop spéciale pour ça ?

— Tu me gaves…

— Lis !

— Fais pas chier…

Elle lut quand même :

— « 29 octobre 1923, la Turquie d'Atatürk devient une république ; 17 septembre 1961, le Premier ministre Adnan Menderes est exécuté pour violation de la Constitution »… Bon, tu veux en venir où, là ?

— Continue !

— Putain… « 12 septembre 1980, coup d'Etat et retour des militaires au pouvoir ; 7 novembre 1982, référendum national sur le retour à la démocratie »…

— OK, coupa Marc. Maintenant, reprends les feuilles du journal de Grand-Duc. Les toutes premières lignes.

— Tu fais vraiment chier !

Malvina jeta les feuilles par terre.

— Bon, on se casse ? Si tu veux arriver dans le Jura avec ton tank avant la Toussaint…

Marc se pencha calmement, ramassa les pages et commença à lire :

— « Ce dimanche-là, le 7 novembre 1982, j'avais passé le week-end à Antalya, sur la Méditerranée, la

Riviera turque, trois cents jours de soleil par an, chez un haut fonctionnaire du ministère de l'Intérieur turc qui me recevait dans sa résidence secondaire »… Je passe un peu la suite : « De guerre lasse, le haut fonctionnaire en question avait fini par m'inviter, un week-end où il recevait chez lui tout le gratin de la sécurité nationale turque. Pour une fois Nazim n'était pas là, Ayla avait insisté pour qu'il rentre, elle était tombée malade, je crois me souvenir… Ça ne m'arrangeait pas, au contraire, j'avais galéré tout le week-end sans interprète à expliquer ce que je voulais, surtout que les autres étaient là pour se la couler douce au soleil avec leurs femmes… Pas convaincus de tout du caractère prioritaire de mes demandes. Moi non plus, d'ailleurs. De moins en moins »…

Malvina tortura nerveusement sa bague marron entre ses doigts et détourna le regard vers le camion garé au bout du parking.

— Et maintenant ? cria-t-elle assez fort pour que le routier entende. On amarre ton bahut de merde et on fait des gaufres pour les gros culs ?

Le chauffeur à la thermos avait entendu, il regarda Malvina comme une bête curieuse, puis haussa les épaules et se retourna, pas plus énervé que si un roquet lui avait aboyé aux mollets. Marc fixait Malvina. Une fois de plus, la colère de la fille sonnait faux. Une pitoyable manœuvre de diversion…

— Je vais te mettre les points sur les i, Malvina. C'est juste une petite question d'agenda qui cloche… Crédule Grand-Duc, dans son cahier, raconte qu'il est reçu par tout le ministère de l'Intérieur turc, qu'ils font la fiesta au bord de la mer, avec femmes et enfants, le dimanche 7 novembre 1982…

— Merci. Je sais lire.

— … sauf, poursuivait Marc, que précisément, le 7 novembre 1982, c'est le jour du référendum en Turquie. Le retour à la démocratie ! La fin des militaires. Une journée historique. Tu crois pas que ce week-end-là, les hauts fonctionnaires turcs, ils avaient autre chose à foutre ?

Malvina haussa les épaules.

— Grand-Duc s'est planté de date. Un point c'est tout. Quinze ans après, tu sais…

— Mon cul oui ! hurla Marc.

Le routier au thermos s'était adossé à l'aile de son camion et observait la scène comme si Marc et Malvina étaient des héros de sitcom.

— Tu veux un sonotone ? hurla Malvina au chauffeur.

L'autre ne tiqua pas. Blasé… Marc continua :

— Je vais te dire la vérité, Malvina. Grand-Duc n'était pas en Turquie, le 7 novembre 1982 ! En tout cas, pas dans une villa à Antalya. Pourquoi a-t-il menti, alors ? Pourquoi utiliser un alibi aussi foireux ? Parce qu'il était ailleurs, forcément. Ailleurs, d'accord, mais où ? Où pouvait-il bien se cacher, ce week-end du 7 novembre 1982 ? Dans quel lieu où il n'aurait pas dû être ? Pourquoi préciser que Nazim était en France et lui en Turquie, si ce n'est pas pour laisser planer les soupçons sur son associé ?

— Tu délires, là, glissa Malvina. Décidément, t'es vraiment plus taré que moi.

Marc attrapa Malvina par le haut du pull. Elle ne se défendit pas. Elle n'avait plus de flingue dans sa poche. Pas même un galet.

— Et si le gentil Grand-Duc, le détective patient, le minutieux, l'honnête, Crédule-la-Bascule, l'ami des Vitral, l'amoureux transi de ma grand-mère, le narrateur désabusé de toute cette enquête, le fidèle, le pur, le pauvre Crédule Grand-Duc… Et si ce type n'était qu'un salaud de mercenaire ! Une ordure à qui ton grand-père avait demandé de supprimer mes grands-parents, pour récupérer Lylie ? Une ordure qui aurait dit « oui »…

Marc déformait de ses doigts convulsés le pull mauve de Malvina. Elle ne disait toujours rien. Sur le parking, le routier au thermos était remonté dans son camion. Un grésillement d'autoradio parvenait jusqu'à eux.

Marc continua, au bord des larmes :

— Pas de danger qu'il le précise, Grand-Duc, ce détail, dans son cahier… Même si tout le reste est peut-être vrai, peut-être même son attachement à sa famille d'adoption, à ma grand-mère… Classique, le bourreau qui s'attache à la victime qu'il n'a pas réussi à achever… Le remords qui tourne au fantasme. Pathétique, oui ! Dire qu'on a invité des années ce type dans notre maison… L'assassin de mon grand-père. Dire que ma grand-mère a même…

Marc lâcha brusquement Malvina, fit quelques pas sur le parking, ramassa machinalement le paquet de biscuits et la brique de jus d'orange par terre. Il marcha vers la poubelle la plus proche, à dix mètres.

— Tu peux me raconter ce que tu veux ! cria-t-il. Je sais que ça s'est passé comme ça. C'est Grand-Duc ! Quand on a compris ça, toute la lecture de son cahier de faux cul devient évidente… Un mercenaire. Un dur, il avait annoncé la couleur…

Marc lança les détritus dans la poubelle.

— C'est mon grand-père, fit la voix de Malvina.

Jamais Marc n'avait entendu Malvina s'exprimer d'une voix aussi douce. Il se retourna.

— C'est mon grand-père, reprit Malvina. Lui seul. Après son premier infarctus. Il ne croyait pas à la longue enquête de ma grand-mère. Il était du genre expéditif. Lui aussi a contacté Grand-Duc, un peu après ma grand-mère. Il l'a payé très cher, à peu près le prix d'un pavillon sur la Butte-aux-Cailles, pour te donner une idée. Ça devait avoir l'air d'un accident… Selon les avocats, si les grands-parents Vitral mouraient, Weber, le juge pour enfants, serait emmerdé, mais nous avions toutes les chances de récupérer la petite… Grand-Duc n'était pas un enfant de chœur, mon grand-père s'était renseigné. Ce week-end-là, en novembre 1982, il a fait un aller-retour France-Turquie. Personne n'en a jamais rien su. Le reste n'était pas très difficile pour lui.

— Comment l'as-tu appris ?

— J'avais huit ans. Je n'ai pas tout compris, à l'époque, mais j'espionnais déjà tout le monde. La vilaine petite souris qui a fait des petits trous partout et qui s'y cache. Ma grand-mère, elle aussi, n'a compris que trop tard, après la mort de Pierre Vitral. Je ne te raconte pas le bordel que ça a dû être dans sa pauvre petite conscience. Un crime ! Comment annoncer ça pendant sa prière au Père, au Fils et au Saint-Esprit ? Mon grand-père a fait sa seconde crise cardiaque juste après. Son plan avait foiré. Ma grand-mère a pris cela pour de la justice divine et elle a fermé sa gueule !

— Et toi, Malvina, tu en penses quoi ?

Malvina hésita une seconde. Elle joua nerveusement avec la semelle de sa ballerine sur le marchepied d'aluminium puis répondit :

— Que mon grand-père avait raison ! Qu'est-ce que tu crois ? Ça aurait pu marcher, disparus, les grands-parents Vitral. Ouste… Lyse-Rose, ma petite sœur que vous m'aviez volée, retrouvait sa chambre. Et toi, on te collait chez les orphelins. Bien fait ! Voilà ce que j'en pensais.

— Et maintenant ? Aujourd'hui, t'en penses quoi ?

Malvina cette fois-ci n'hésita pas :

— Pareil !

Ils reprirent la route. Malvina avait changé la cassette dans l'autoradio. Elle avait choisi au hasard, pour la couleur bleu ciel de la pochette, *Brothers in Arms*, de Dire Straits. La voix de Mark Knopfler alternait avec les délires électriques de sa guitare. Ce fut elle qui parla la première :

— Ça n'empêche pas que Grand-Duc était un sale con. Il a jamais pu me saquer, je ne sais pas pourquoi. Peut-être parce qu'il avait deviné que j'étais au courant.

Marc écoutait distraitement. Il éprouvait un sentiment poisseux de trahison. Jusqu'à quel point Grand-Duc avait-il falsifié la vérité dans son journal ?

— Il y a quatre jours, il a voulu faire chanter ma grand-mère, continua Malvina. Avec son histoire à la con de rebondissement de dernière minute. Cent cinquante mille francs. Le triple lorsqu'il apporterait les preuves… Je ne sais pas qui l'a buté, mais il a débarrassé la terre d'un putain de cafard !

Les doigts de Marc jouaient sur le volant au rythme des notes du saxophone de « Your Latest Trick ». Il repensait aux derniers mots de Malvina.

« Je ne sais pas qui l'a buté »…

Il se remémorait la scène de la découverte du corps de Grand-Duc. La balle dans le cœur. La tête dans la cheminée, selon un rituel macabre. Le visage du cadavre couvert de cloques et de cendres.

— Sans parler du test ADN, continuait Malvina. On sait tous les deux que c'est Lyse-Rose qui est vivante. Alors, ce test prouve bien que Grand-Duc est véreux jusqu'à l'os.

Un doute terrible naissait dans l'esprit embrouillé de Marc ; une minuscule étincelle attisée par un vent violent, qui se propageait dans son cerveau comme un feu de savane.

— En plus, conclut Malvina, c'était un gros nul, Grand-Duc. Payé un million et même pas foutu de buter deux vieux en train de dormir…

Les mains de Marc se crispèrent sur le cuir fatigué du volant. La guitare de Mark Knopfler lâcha un dernier riff.

Juste de l'humour. Thérapeutique.

54

3 octobre 1998, 11 h 33

Ils roulaient depuis cinq heures, maintenant. Le Citroën orange et rouge de type H tenait le coup. Il peinait bien un peu sur les portions d'autoroute, plafonnant entre cent et cent dix kilomètres-heure. Le stock de minicassettes était déjà épuisé : un florilège de quelques incontournables des années quatre-vingt. *Sauver l'amour*, de Daniel Balavoine ; *Famous Last Words*, de Supertramp ; *Morgane de toi*, de Renaud ; *Positif*, de Jean-Jacques Goldman.

Ils s'arrêtèrent à Vitry-le-François, une ville sortie de nulle part au milieu des champs de maïs de la Champagne, sans même un clocher pour prévenir. Ils déjeunèrent dans un restaurant coincé entre la nationale et la Marne. Ils étaient les seuls clients. Marc, perdu dans ses pensées, se contenta d'une omelette-salade. Malvina profita de tous les avantages du menu du jour, assiette de charcuterie, bavette-échalote et crème brûlée.

— Elle a bon appétit, votre petite dame, fit le patron en clignant de l'œil à Marc. On se demande bien où est-ce qu'elle met tout ça !

Ils repartirent.

Saint-Dizier. Chaumont.

Les rebords du Bassin parisien se succédaient. Les plaines céréalières étaient bornées par des lignes de cuestas, brusques pentes abruptes comme des marches d'escalier, avant de traverser à leur pied les dépressions orthoclinales boisées, puis une nouvelle plaine céréalière. Le camion Citroën s'emballait un peu en descendant les fronts de cuestas, comme s'il n'allait jamais pouvoir freiner, juste espérer une pente inverse pour ralentir. Renaud chantait « En cloque » pour la troisième fois. Cela faisait près de deux heures qu'ils n'avaient pas dit un mot. Malvina rompit le silence :

— Tu crois que Lyse-Rose voudra d'une sœur comme moi ?

Marc traversait un village appelé Fayl-Billot. Il resta muet.

— Tu la connais, toi, continua Malvina. Tu crois qu'elle est capable de comprendre ? D'accepter une grande sœur comme moi ? Vilaine. Vulgaire. Méchante.

Marc se taisait toujours. A tout prendre, il préférait l'humour thérapeutique de Malvina.

— Je peux changer, insista-t-elle. Tu lui diras, toi, que je peux changer ?

— Tu es vraiment certaine que Lylie est ta petite sœur ?

— Evidemment. On fait front là-dessus, tous les deux, non ?

Ils se turent à nouveau. Pour deux heures. Marc enviait l'absence de doute de Malvina, sa détermination. Elle semblait vivre dans une bulle que rien ne pouvait crever. Marc reçut le SMS de Lylie alors qu'il venait de passer Vesoul. Le téléphone vibra dans sa poche. Il l'attrapa d'une main tout en continuant de rouler.

Marc. Je rentre en salle d'opération demain matin à dix heures. Tout est OK. Ne t'en fais pas. Je te téléphone ensuite. Tout ira bien. Je t'embrasse. Emilie.

« Demain matin à dix heures »… Dans moins de vingt-quatre heures.

Goldman hurlait « Envole-moi ! ». Instinctivement, Marc appuya sur l'accélérateur. Ils affrontaient un léger faux plat. Le Citroën type H n'avança pas plus vite pour autant. Plus les kilomètres défilaient, plus la folle hypothèse que l'esprit de Marc avait échafaudée prenait corps, gagnait en crédibilité, prête à s'imposer comme une évidence.

Trois heures plus tard, ils traversaient Montbéliard. Facilement. Les axes de l'agglomération comtoise semblaient surdimensionnés pour la timide circulation : immenses boulevards, avenues larges, rocades. La ville semblait encore bâtie à la taille de l'usine Peugeot à l'heure de son apogée et de ses plus de quarante mille employés. La plus grande usine d'Europe… Il en restait aujourd'hui moins du tiers.

Marc colla sur les genoux de Malvina un atlas routier français au 200 000e, avec pour mission de les mener au croisement du Doubs et de la frontière suisse, au pied du mont Terrible, jusqu'au lieu-dit Clairbief ; puis d'y repérer le gîte de Monique Genevez, le plus beau chalet de la région d'après le cahier de Grand-Duc.

— Qu'est-ce qu'on va foutre là-bas ? grogna Malvina. Tu comptes récupérer le cash que mamy a envoyé à Grand-Duc ?

Marc haussa les épaules. Il vérifia discrètement que le Mauser était toujours dans sa poche. Allait-il devoir se servir de son arme ? Pouvait-il avoir raison, avaient-ils tous été manipulés depuis le début ?

Malvina n'insista pas et se concentra sur la carte. Elle s'en tira remarquablement. Dix kilomètres après Montbéliard, passé Pont-de-Roide, le valeureux camion orange et rouge s'attaqua aux premières pentes du Jura : d'abord une route étroite en canyon, longeant le Doubs, jusqu'à Saint-Hippolyte, puis la pente raide d'une petite départementale. Le camion peina, souffla, grinça, mais parvint tout de même à basculer de l'autre côté de la montagne. La vue sur le grand méandre du Doubs, qui s'offrait un crochet d'une trentaine de kilomètres en Suisse avant de sagement retourner en France, son lieu de naissance, était d'une beauté stupéfiante. Le camion redescendit allègrement vers la rivière, dans une forêt de pins parés de l'or des arbres voisins à feuilles caduques.

Le gîte de Monique Genevez était impossible à rater. Une seule route longeait le Doubs, jusqu'à la frontière suisse, juste en face. Le bois clair du chalet se reflétait dans l'eau calme du fleuve. Marc retint son souffle. Il toucha une fois encore le Mauser dans sa poche, inquiet. Il gara le camion sur un parking juste en face du chalet. Un panneau *Gîtes de France* confirmait qu'ils ne s'étaient pas trompés.

Le parking, à l'exception du camion orange et rouge, était désert. Le temps semblait s'être arrêté, dans ce village-frontière du bout du monde. Marc respirait avec difficulté. Et si sa quête s'arrêtait là, au bout de la route ?

— Bon, on y va ? fit Malvina.

— Minute…

Marc sortit le Mauser L110 et s'assura qu'il était bien chargé.

— Tu fais quoi, avec mon flingue ? Tu comptes braquer la mère Genevez ?

Marc fixa Malvina. Longuement. Puis :

— Tu te souviens du cadavre de Grand-Duc ?

— Ouais.

— Tu te souviens de quoi ?

— Comment ça, de quoi ?

— Tu te souviens d'un cadavre retrouvé chez Grand-Duc. Qui portait les habits de Grand-Duc, ses chaussures, sa montre…

Malvina blanchit d'un coup. Marc continua :

— Un cadavre, la tête dans la cheminée. Le visage brûlé, couvert de cloques. Au point d'en être méconnaissable.

Malvina tortura ses doigts.

— Tu veux dire quoi, là ?

— Suis-moi !

Ils descendirent du camion. Monique Genevez se tenait déjà sur le pas du chalet, encadrée par d'immenses jardinières de géraniums.

— Bonjour ! lança Marc. Nous sommes bien au gîte Genevez ?

L'entrée en matière n'était pas particulièrement audacieuse, le nom du gîte était gravé en lettres énormes sur un panneau de bois verni.

— Nous… nous sommes des amis de Crédule Grand-Duc.

Le visage de Monique s'éclaira.

— Monsieur Grand-Duc ! Bien sûr que je le connais. Plus de dix ans qu'il séjourne ici en décembre.

— Il… il devait revenir plus tôt cette année, je crois.

L'hôtelière prit un air désolé.

— Exact, mais vous n'avez pas de chance. Il est justement reparti ce matin.

Marc sentit la terre glisser sous ses pieds. A ses côtés, Malvina cessa de respirer. Monique Genevez continua sur le même ton, sans percevoir le trouble de ses visiteurs :

— Il a dormi ici, dans la chambre 12, comme d'habitude, hier et avant-hier. Avant-hier, il est resté une bonne partie de la matinée, il attendait le courrier pour partir. Effectivement, il a reçu une grosse enveloppe. Mais, ce matin, il est parti très tôt, vers six heures.

Marc parvint à articuler quelques mots :

— Vous… vous savez s'il va revenir ?

— Oh, ça m'étonnerait. Quand il vient, il ne dort généralement qu'une nuit ou deux. Son pèlerinage, comme il dit. C'est un monsieur assez curieux, votre ami. Gentil, poli, pour ça, rien à dire. Un sacré appétit aussi. Mais, par contre, tout de même, son histoire du mont Terrible, la catastrophe, l'avion, tout ça, dix-huit ans après. Comme si on ne pouvait pas oublier tous ces malheurs. Vous ne croyez pas ?

Marc demeura muet de longues secondes, avant de bredouiller :

— Il… il a dit quelque chose. Vous savez où il est parti ?

Monique arrachait quelques tiges mortes de géranium.

— Oh, vous comprenez, monsieur Grand-Duc, c'est pas le genre à faire des confidences. Même après avoir vidé un litre de vin de paille. Et c'est pas mon genre d'en demander. Alors, non, vraiment, je l'ignore. Il est reparti à Paris, sûrement. C'est ce qu'il fait d'habitude, non ?

Marc insista un peu, pour la forme. Il ne tira rien de plus de l'hôtesse. Ils remontèrent dans le camion.

Assise à côté de lui, Malvina cracha sa rage :

— Je te l'avais bien dit, que ce salopard cherchait à nous baiser depuis le début !

Marc ne répondit rien. Il ressentait une terrible impression d'impuissance. Crédule Grand-Duc. Vivant. Envolé… Le dernier fil de l'enquête venait de glisser entre ses doigts… Malvina insistait :

— Si t'avais deviné que Grand-Duc avait maquillé sa mort et liquidé un type à sa place, qu'est-ce qu'on est venus foutre ici ?

— Ta gueule…

Malvina applaudit des deux mains.

— T'es un génie, Vitral. Dix heures de route. Six cents bornes. Pour se retrouver là comme des cons… On aurait pas pu téléphoner ?

— La ferme.

— Tu pourrais au moins me payer une chambre chez Monique. Ça a l'air classe.

— Ferme-la, je te dis.

— Au moins une bouffe. Une cuite au vin de paille, ça me dit bien…

— T'es trop conne, je devrais te buter, là, tout de suite, te balancer dans le Doubs et filer en Suisse…

Malvina regarda Marc avec une attention étonnée :

— Que Grand-Duc soit une ordure, c'est pas vraiment un scoop. Alors, c'est quoi ton problème ? Pourquoi, d'un seul coup, tu te mets à jouer les grands nerveux ? T'as une urgence ? Tu devais te marier demain avec ma petite sœur ? T'avais déjà réservé la pièce montée ?

— Cherche pas, tu peux pas comprendre. T'as pas les diplômes.

Marc tourna nerveusement la clé dans le contact du Citroën.

— On va où ? continua Malvina. On repart ? On visite pas ?

— Ta gueule ! Je t'avais promis un putain de pèlerinage. Alors on va suivre le chemin de croix jusqu'au bout.

55

3 octobre 1998, 12 h 01

Crédule Grand-Duc suivait à la jumelle la tournée du facteur. La camionnette était inratable. La peinture jaune du véhicule se détachait à chaque virage du vert monochrome des forêts de sapins. Elle montait, lentement, prenant son temps. Elle s'arrêtait à chaque boîte aux lettres des chalets qui se succédaient sur la petite route, tous orientés plein sud, sur l'adret de la montagne. Elle ne serait pas là avant dix minutes.

La Xantia était garée quelques kilomètres plus haut, à une bonne trentaine de lacets, un peu avant l'entrée de Saint-Hippolyte. Le détective scruta encore quelques instants le manège du fonctionnaire dans sa voiture.

Dix minutes…

Serait-ce le bon, enfin ? C'était le huitième facteur qu'il pistait, sans succès. La chance finirait bien par tourner. Il n'était pas question de chance, d'ailleurs, juste de méthode et de ténacité, comme toujours. Cela faisait trois jours qu'il était sur la trace de cette

Mélanie Belvoir. Cette fille n'avait plus aucun lien avec sa famille. Son nom n'apparaissait dans aucun annuaire, électronique ou non. Il n'avait trouvé aucune trace administrative de son existence. Elle était peut-être mariée, mais il n'existait aucune Mélanie Belvoir dans les registres de mariage du coin, il avait fait les quarante-cinq communes du pays de Montbéliard. Il en était alors venu à penser aux facteurs. Si Mélanie Belvoir était sur liste rouge, si elle avait changé de nom, peut-être qu'elle continuait tout de même de recevoir du courrier à son ancien patronyme. Des lettres d'une amie d'enfance, des vieux abonnements… Un facteur pouvait savoir cela, surtout un facteur dans une zone rurale, une zone de montagne, il devait connaître chaque adresse…

Sauf que les sept premiers facteurs ne connaissaient eux non plus aucune Mélanie Belvoir.

Tant pis. Il devait s'accrocher, continuer. Il en avait vu d'autres, depuis le début de cette enquête. Et il était motivé… Jamais il ne s'était autant rapproché du soleil.

A quoi tient la vie ? A une minute près, quatre jours auparavant, il allait se tirer une balle dans la tête.

Grand-Duc braqua à nouveau les jumelles. La camionnette avait franchi une dizaine de lacets.

Crédule Grand-Duc serra dans sa poche la crosse de son revolver, son Mateba, modèle 6 Unica. Semi-automatique. Son arme était presque devenue une pièce de collection depuis que la compagnie américaine avait fait faillite. Il devait même faire importer les balles du Canada, à prix d'or, quarante dollars canadiens la boîte de six. Il s'en fichait. Il avait les moyens, plus que jamais. Hier matin il avait récupéré au gîte de Monique Genevez les cent cinquante mille francs supplémentaires envoyés par Mathilde de Carville.

Juste un acompte.

Que demander de plus ?

Une conscience, une bonne conscience peut-être ?

Il repensa à son cahier ; Lylie et Marc devaient l'avoir lu, maintenant. Il y avait peu de chance qu'ils se soient ensuite rendus chez lui, qu'ils aient découvert le cadavre. Mais, même dans ce cas, il avait pris ses précautions. Il restait une victime à leurs yeux, pas un assassin. Quant au reste... Avait-il été assez habile ? Soupçonneraient-ils la vérité ? Le sabotage mortel de ce ridicule tuyau de gaz, ce soir de novembre 1982 ?

Au fil des ans, Grand-Duc était parvenu à se persuader qu'il n'avait été que l'instrument des Carville, un simple outil entre leurs mains ; qu'il n'avait eu aucune envie d'assassiner les Vitral. S'il avait refusé le contrat proposé par Léonce de Carville, un autre sbire l'aurait exécuté, de façon plus atroce peut-être, un autre qui n'aurait pas épargné Nicole Vitral. Il s'était racheté, depuis. Il s'était attaché aux Vitral, à Nicole, à ses petits-enfants. Il avait appris à les connaître. A les aimer, même. Oui, les aimer. Nicole, surtout. Jamais il ne les avait trahis, depuis. Il avait essayé de poursuivre son enquête avec la plus grande impartialité. De tout écrire dans ce cahier, pour eux, avec la plus grande fidélité possible.

A l'exception de la nuit du Tréport, bien sûr.

Il n'était pas un ange, il ne l'avait jamais prétendu. Mais il avait été rigoureux, méticuleux, même pour les tests ADN, ces satanés tests ADN qui l'avaient rendu fou, jusqu'à il y a quatre jours, qui l'avaient poussé au bord du suicide.

C'était fini, tout ça. Le détective privé raté, le solitaire rongé de remords. Il avait dénoué le sac de nœuds. Il ne lui manquait plus que de mettre la main sur le dernier témoin.

Mélanie Belvoir.

La camionnette jaune surgit du tournant. Elle se gara juste à côté de la Xantia. Le facteur surgit. Un jeune, cheveux longs tressés en dreadlocks, serrés par un bandana rouge. Taillé en sportif. Le genre à être capable de se taper sa tournée en VTT en coupant par les sentiers de randonnée…

Crédule Grand-Duc se planta devant lui.

— Excusez-moi. J'aimerais vous poser une question. Pourriez-vous m'indiquer où habite Mélanie Belvoir ?

Le facteur le regarda d'un air méfiant.

— Désolé, on a pour règle de ne pas donner ce genre de renseignements…

Réponse classique. Mais, sans rien en montrer, Crédule Grand-Duc jubilait. Le facteur avait réagi au nom de « Mélanie Belvoir ». Il la connaissait ! Bonne pioche, enfin. Restait à le faire accoucher ! Le facteur glissa trois lettres dans la boîte face à lui et retournait déjà à sa camionnette.

— Minute, mon garçon. Je suis sérieux là. Police !

Crédule Grand-Duc tendit sa carte de détective privé assermenté, estampillée du drapeau de la République française, qui, neuf fois sur dix, faisait l'affaire.

— Et alors ? fit l'autre sans même la regarder. Je bosse, là. Je suis en service. Faites une demande officielle à mon chef. La paperasse, c'est pour lui…

Il était tombé sur un emmerdeur. Ne pas le brusquer, pas encore. L'avoir aux sentiments.

Grand-Duc afficha une mine de commissaire préoccupé :

— C'est urgent. Une question de vie ou de mort. Impossible d'en dire plus, mais chaque minute joue contre nous…

Le facteur dévisagea Grand-Duc un long moment.

— Moi, je ne peux rien dire. Désolé, c'est confidentiel. Un seul coup de fil au central et vous saurez…

— Non. Mélanie Belvoir n'est pas sur les registres. Pas à ce nom-là, en tout cas…

— Alors, c'est qu'elle ne veut pas qu'on l'emmerde…

Il était vraiment tombé sur une tête de con. C'était bien sa veine.

— C'est votre devoir, jeune homme. Aider la police.

L'autre sifflota, agitant ses dreadlocks.

— *Sorry*, mon pote. C'est pas trop mon genre de balancer les honnêtes gens aux flics. C'est plus trop l'époque, tu vois… Allez, bye.

Il se retourna.

— OK, fit Grand-Duc. Combien ?

Le facteur soupira.

— Combien quoi ?

— Pour l'adresse, combien ? Cinq mille francs ? Dix mille francs ?

— C'est des méthodes de flics, ça ?

Il éclata de rire.

— J'y crois pas…

OK, on arrête de jouer, pensa Grand-Duc.

Il ne tirerait rien de ce jeune con de cette façon. Le facteur était déjà remonté dans son véhicule lorsque le long canon du Mateba se posa sur sa tempe.

— Ça, c'est des méthodes de flics, tu vois ! fit Grand-Duc.

L'autre trembla, comme si toute son impertinence face à l'autorité avait fondu d'un coup. Il posa instinctivement les mains, bien à plat, sur le volant.

— Mollo. Mollo.

— Alors, Mélanie Belvoir ?

— Inconnue. Connais pas.

Grand-Duc appuya plus fort. Le doigt se crispa sur la détente. La sueur qui coulait de la tempe du facteur inondait le canon du Mateba.

— Je te l'ai dit. C'est une question de vie ou de mort. Pour toi aussi, maintenant. Je vais te faire une confidence, je ne suis pas de la police. Je suis un tueur en série. The Postmen Killer. Tu saisis ? J'ai une phobie du jaune. Je bute tous ceux qui se foutent de ma gueule… Alors, Mélanie Belvoir ?

— Je vous jure que…

— D'accord, je vais donc commencer par te tirer une balle dans le genou. Fini le crapahutage dans la montagne à vaches… Le ski de fond, le VTT, la via ferrata, les gonzesses…

Grand-Duc baissa le canon, visant ostensiblement la jambe.

— OK, OK ! hurla le facteur. Arrêtez vos conneries. Elle a pris le nom de son mari, ou du mec avec qui elle vit. Luisans. Mélanie Luisans. Elle habite dans une vallée d'à côté, la D34 en sortant de Montbéliard, à la sortie de Dannemarie, le premier chalet, le seul, isolé, après le village, avec des volets bleu ciel si je me souviens bien…

— Comment tu sais ça ?

— Elle continue de recevoir du courrier sous le nom de Mélanie Belvoir, trois ou quatre fois par an.

— Eh bien, tu vois, c'était pas dur…

Pour le coup, Grand-Duc jubilait ouvertement. Il avait débusqué le dernier témoin ! Il était le premier, le seul à y être parvenu. Même si quelqu'un d'autre devinait, ouvrait ce vieux numéro de *L'Est républicain*, comprenait, comment pourrait-il remonter jusqu'à Mélanie Belvoir ? Comment pourrait-il la retrouver, aussi vite ? Non, il était tranquille. Il possédait une confortable avance.

— Vous… vous lui voulez quoi, à Mélanie Belvoir ?

— Te fais pas de bile, mon garçon, t'es trop sensible. Je veux juste lui parler du bon vieux temps.

56

3 octobre 1998, 15 h 23

Marc conduisait d'instinct. Le camion Citroën ne bronchait pas. Ce n'était pas le moment ! Le véhicule fit son possible pour gravir avec régularité les lacets jusqu'au pied du mont Terrible. Marc traversa Indevillers puis s'engagea dans un sentier de gravillons blancs, bordé de bûches empilées sur plusieurs centaines de mètres. Il ne pouvait pas se tromper, il n'avait qu'à suivre la direction indiquée par les petites flèches de bois sculptées au bord de la route : *Maison du Parc naturel du Haut-Jura*.

Il se gara devant la Maison du Parc, une vaste pelouse entourait un chalet-musée. La façade de la maison était décorée d'un grand plan du Jura franco-suisse indiquant les différents sentiers de randonnée. A côté du parking où il était stationné, une petite aire abritait quelques jeux en bois, barres, toboggans et cordes lisses, sans doute destinés aux apprentis alpinistes que les randonnées montagnardes avec leurs parents n'avaient pas épuisés.

— Il est seize heures, fit Marc. On peut être au sommet largement avant la nuit.

Malvina le regarda avec une ironie non dissimulée.

— Tu comptes trouver quoi, là-haut ?

— Rien. T'es pas obligée de me suivre, tu sais.

— T'es vraiment trop con. Pourquoi tu crois que je suis venue jusqu'ici ?

Marc entra dans la Maison du Parc. Il acheta une carte IGN au 25 000e de la région et un topoguide. Une grande fille brune, coiffée de longues tresses façon Indienne, tenait la caisse. Un type lui caressait la main comme pour lui montrer sur quelles touches appuyer. De l'autre, il pelotait franchement les fesses de la squaw stagiaire.

Grégory, pensa Marc.

L'ingénieur de la Maison du Parc aux yeux de husky. L'homme des bois collectionneur de petites stagiaires fraîchement sorties de l'université.

Marc rejoignit Malvina dehors, étala la carte sur une table devant la Maison du Parc et repéra rapidement le sentier à suivre jusqu'au sommet du mont Terrible. Il replia la carte puis ouvrit la porte arrière du camion. Il sortit un sac à dos et le bourra d'un duvet, d'une lampe de poche, d'une bouteille d'eau, d'un saucisson et de quelques paquets de gâteaux.

— Tu avais prévu ton coup ? C'est la caverne d'Ali Baba, le cul de ton camion !

— C'est pas très grand chez ma grand-mère, vois-tu. Ni cave ni garage. Alors, on stocke dans le camion…

— Je peux me servir ?

— Ouais. Remplis pas trop, faudrait pas que le sac soit plus lourd que toi.

— Rêve pas, c'est toi qui vas pleurer ta grand-mère avant d'être en haut !

Marc se força à rire. Il n'avait plus envie de penser de façon rationnelle, de rechercher une stratégie quelconque. Il sentait bien que le voyage qu'il entreprenait n'avait aucun sens : gravir le mont Terrible, retourner sur les lieux de la tragédie, chercher ensuite la cabane de Grand-Duc, et la tombe… Grand-Duc pouvait se trouver n'importe où, mais certainement pas là-haut. Il s'enfonçait dans une spirale obsessionnelle. La gourmette en or, les poussières d'os de nourrisson, les traces d'un SDF témoin du crash… Autant de petits cailloux semés par Grand-Duc comme un Petit Poucet sadique. Qu'espérait-il trouver, une fois au sommet ? Le miracle, l'illumination…

Il grimaça.

Oui, en fait, c'était exactement ce qu'il espérait.

Ils se mirent en route. Comme prévu, l'ascension dura deux bonnes heures. Marc progressait rapidement. Malvina suivait sans montrer le moindre signe de fatigue. L'ascension n'était pas très difficile, cinq cents mètres de dénivelé par un sentier bien balisé à travers la forêt. Au fur et à mesure de la montée, le panorama sur le clos du Doubs, la Suisse, le village fortifié de Saint-Ursanne se dévoilait. Ils s'arrêtèrent pour boire à mi-pente. Il faisait une chaleur un peu lourde. Marc suait, sa chemise sous le sac à dos était trempée. Malvina, pour sa part, avait gardé son pull et pourtant pas une goutte ne perlait sur sa peau. On atteignait le sommet du mont Terrible par une forêt dense de pins, en pente douce.

Marc accéléra encore. Malvina emboîtait son pas, suivait son rythme, se calait même sur son souffle. L'effort physique les rendait complices, se surprit à penser Marc. Ridicule, corrigea-t-il dans l'instant qui suivit.

La scène du drame s'imposa à eux, sans prévenir.

Il n'y avait plus de forêt devant eux.

Comme si une horde de paysans défricheurs était venue sur le mont déboiser une improbable parcelle. Avec une minutie d'arpenteur : une parcelle longue et étroite mise à nu en lanière. Une bande de quarante mètres de large sur un kilomètre de long. Des jeunes pins avaient été replantés. Ils ne dépassaient pas encore un mètre, tels des nains missionnaires envoyés pour repeupler une planète de géants. Des nains joyeux dans une cour de jeu multicolore : la parcelle rectangulaire était couverte de gentianes jaunes et bleues, de sabots-de-Vénus, d'arnica aux nuances orangées.

Malvina et Marc se tenaient immobiles, côte à côte.

Il ne restait aucune trace de la catastrophe. Pas un monument, pas une plaque de marbre, pas même un écriteau. C'était mieux ainsi, pensa Marc. Des milliers de fleurs des champs. Dans une vingtaine d'années, les jeunes pins allaient atteindre une taille proche de celle des autres conifères dans la forêt, leurs branches allaient se rejoindre comme des mains se touchent, et progressivement, dans l'ombre, les fleurs des champs n'allaient plus refleurir, étouffées, endeuillées à leur tour, abandonnant la place aux fougères, à la mousse, au mieux à quelques jonquilles.

Et tout serait oublié.

Ils demeurèrent là, silencieux. Marc se tenait debout, exactement au même endroit, entre la forêt et la clairière rectangulaire, comme s'il n'osait pas profaner le lieu. Malvina s'éloigna un peu et marcha dans l'herbe. Les plus hautes tiges lui arrivaient aux cuisses. Marc, malgré lui, sentait son rythme cardiaque s'accélérer. Il avait un peu de mal à déglutir. Il connaissait trop bien ces premiers symptômes de crise d'agoraphobie, même s'ils se manifestaient ici avec davantage de lenteur, peut-être à cause de l'altitude. Cette foutue peur d'avoir peur…

Il ne dit rien, ne bougea pas, se contentant de respirer plus fort. Malvina dut l'entendre, ou ne rien entendre et s'en étonner, ou même comprendre, pourquoi pas. Elle se retourna. Le soleil qui la forçait à plisser les yeux pouvait même laisser croire qu'elle lui souriait. Une sorte de sourire triste, de trêve mélancolique, de désespoir paisible. Marc toussa. Jamais il ne l'aurait avoué à Malvina, mais il respirait mieux. Oui, même si sous la torture il aurait continué de jurer le contraire, il devait bien reconnaître en lui-même que la présence de cette folle le rassurait, plus encore dans ce sanctuaire dont ils partageaient le secret.

Ils durent rester là plus d'une heure. La légère lueur du soleil sous les nuages avait presque rejoint la cime des arbres.

— On va à la cabane ? fit doucement Marc.

Malvina ne répondit pas. Elle se contenta de le suivre.

Marc dut consulter plusieurs fois la carte. Ils passèrent près d'une heure à errer dans la forêt, à faire demi-tour dans des clairières qui se ressemblaient toutes. A croire que Grand-Duc avait tout inventé. Malvina ne fit pas une réflexion. Elle essaya même de son mieux d'aider Marc alors qu'il tentait de décrypter le topo-guide. La nuit commençait à tomber lorsqu'ils finirent par dénicher la fameuse cabane. Grand-Duc n'avait pas menti ! Elle était telle qu'il l'avait décrite dans son cahier : une cabane de berger ; des pierres posées les unes sur les autres ; un toit en ruine. Un instant, Marc espéra que Crédule Grand-Duc les attendait là, à l'intérieur. Il glissa la main, par réflexe, dans sa poche, sur le Mauser.

Pour rien.

La cabane était vide. Plus propre que ce qu'avait raconté Grand-Duc, mais le détective avait précisé qu'il avait ramassé dans des petits sacs plastique presque tous les détritus, à la recherche de l'étrange Georges Pelletier.

Ce fugitif existait-il, au moins ?

Marc ressortit de la cabane, en fit le tour. Aucun des détails décrits par Grand-Duc ne manquait. La terre retournée, des pierres dispersées sur quelques mètres, deux morceaux de bois ayant pu être assemblés pour former une croix, brisés, à proximité. Grand-Duc n'avait pas menti non plus sur ce point. Il existait bien à côté de cette cabane une tombe que le détective avait profanée, par deux fois, pour trouver dans son tamis une maille d'or et des débris de nourrisson humain.

Qu'est-ce que cela changeait, maintenant ?

Marc regarda sa montre.

Dix-neuf heures trente-six.

Il n'avait reçu aucun nouveau message de Lylie. Il s'assit sur un tronc mort, à quelques mètres de la cabane. Le soleil se couchait sur ce toit du monde. Le toit de son monde, au moins. Loin de tout. Juste accompagné d'une folle. Pas si folle que cela d'ailleurs, pas si dangereuse, pas si mauvaise.

Il avait perdu. Il allait laisser les souvenirs douloureux l'envahir, le submerger. Il allait se complaire dans cette nostalgie morbide pour éviter de penser qu'en ce moment même Lylie dormait dans la chambre d'une clinique, allait se faire avorter dans quelques heures, parce que la fleur de leur amour devait être condamnée tel un fruit empoisonné, en vertu d'un insupportable principe de précaution. Pour éviter également de penser que le seul qui pouvait l'aider, le meurtrier de son grand-père, se promenait quelque part, en liberté, et qu'il n'avait aucune chance de le trouver ici.

Malvina vint le rejoindre.

— C'est prêt !

Elle avait disposé sur un coin de tissu la bouteille d'eau, les paquets de gâteaux et le saucisson. En vrac.

— Sacré gueuleton, hein ?

Ils mangèrent, silencieusement. Seule la lune éclairait maintenant la cabane, qui prenait des allures de masure hantée au milieu d'une forêt d'ogres. Ils étaient tous les deux conscients qu'il était trop tard pour redescendre, qu'ils devraient dormir là-haut, ensemble. Sans échanger une parole, ils étaient d'accord, ils étaient venus pour cela.

Une nuit sur le mont Terrible.

Deux orphelins perdus dans un cimetière sans tombes.

Lorsqu'ils eurent tout rangé, Marc sortit de son sac à dos le cahier vert de Crédule Grand-Duc. Il le tendit à Malvina.

— Tiens. Ça doit faire un bout de temps que tu le cherches, non ? Tu seras peut-être plus maligne que moi.

— Ce sont les mémoires de l'autre bâtard ?

— Comme tu dis…

— Merci quand même.

Malvina prit le cahier, son duvet, une lampe torche, et rentra dans la cabane. Marc au contraire s'éloigna, marcha, éclairant simplement ses pas du filet de lumière de sa torche. Il resta de longues minutes à errer dans la forêt, décrivant un large cercle autour de la cabane. Lorsqu'il revint, la lumière de la lampe de Malvina éclairait timidement l'intérieur de la cabane, comme la flamme d'une bougie dans une lanterne.

Marc entra. Malvina dormait. Elle s'était recroquevillée dans son duvet. Le cahier de Grand-Duc était ouvert, juste à côté de sa tête.

Marc sourit malgré lui. Cette jeune femme, de quatre ans son aînée, torturée de toute sa haine accumulée, l'attendrissait, comme une autre petite sœur qu'il aurait eu à protéger. Il s'approcha silencieusement, prit le cahier vert et ressortit de la cabane. Il retourna s'asseoir sur le tronc, tourna les pages, mécaniquement, jusqu'à la dernière. Les ultimes lignes.

J'ai recensé dans ce cahier tous les indices, toutes les pistes, toutes les hypothèses. Dix-huit ans d'enquête. Tout est consigné dans cette centaine de pages. Si vous les avez lues avec attention, vous en savez maintenant autant que moi. Peut-être serez-vous plus perspicaces ? Peut-être suivrez-vous une direction que j'ai négligée ? Peut-être trouverez-vous la clé, s'il en existe une ? Peut-être...

Pourquoi pas ?

Pour moi, c'est terminé.

Dire que je n'ai ni regrets ni remords serait exagéré, mais j'ai fait du mieux que je pouvais.

« J'ai fait du mieux que je pouvais. »

Aucune intuition nouvelle ne lui venait. Il essaya de téléphoner à Lylie, mais il n'y avait pas de réseau dans ce coin perdu de montagne. Marc pesta contre sa stupidité. Venir se perdre ici était la pire des idées qu'il ait jamais eues. Il devait se contenter de lire les messages en mémoire dans son téléphone. Il relut le dernier, reçu dans le camion, dans l'après-midi :

Marc. Je rentre en salle d'opération demain matin à dix heures. Tout est OK. Ne t'en fais pas. Je te téléphone ensuite. Tout ira bien. Je t'embrasse. Lylie.

Demain, dix heures.

Il se sentait tellement inutile.

Le hululement d'une chouette ajoutait à l'ambiance sinistre de la nuit. Une chouette, ou un hibou. Ou un grand duc, sourit Marc pour lui-même. Il n'y connaissait rien, en rapaces, et de toute façon l'oiseau nocturne était caché quelque part dans les branches, invisible.

Marc braqua sa torche. Il n'éclaira que des feuilles.

— Où te caches-tu ? fit-il à voix haute.

Sa voix se perdit dans la montagne.

— Insaisissable, hein ? Tapi dans l'ombre ? Depuis combien de temps es-tu là, sur le mont, toutes les nuits, à regarder, à espionner ? Le grand oiseau de fer qui s'est écrasé dans ton royaume, il y a des années, tu étais déjà là, hein ? Georges Pelletier qui dormait dans la cabane, la tombe qu'il a creusée, la gourmette, tu as vu tout ça, aussi ? Et Grand-Duc, des années plus tard, jouant les fossoyeurs... Qu'as-tu vu, hein, dis-moi ?

Un hululement presque joyeux lui répondit.

— Tu te fous de ma gueule, hein ? Tu crois vraiment que je n'ai plus aucune chance ? T'as pas tort, remarque... Imagine, pourtant. Imagine. Ma petite, elle a douze ans. On est seuls tous les deux, en pleine nature, sous une tente. La nuit. Je lui raconte les étoiles. Je lui dis quelque chose comme : « Tu vois, ma jolie, ce soir-là, je n'en menais pas bien large. J'étais là-haut, dans la montagne, dans le brouillard complet. Il fallait pourtant que je trouve avant le lendemain, dix heures. Ta mère dormait à l'autre bout du monde. Il s'en est fallu d'un rien, ma jolie, pour que tu ne les voies jamais, les étoiles, pour que je ne l'entende jamais, ton rire, pour que je ne les serre jamais, tes petits doigts. Ton papa t'a sauvée in extremis, tu sais. Il a été malin, ce soir-là »…

La torche balaya à nouveau les branches. Une ombre noire s'envola. Un grand duc, ou un autre oiseau nocturne.

— T'as raison, je déconne…

Marc retourna à la cabane. Il avait froid. Il s'enfonça dans son duvet, s'allongea près de Malvina. Couché sur le dos, ses yeux s'échappaient vers le ciel à travers les ouvertures du toit. Autant de lucarnes vers l'infini. Il fallait qu'il réfléchisse encore, qu'il soit son propre tortionnaire, qu'il se questionne jusqu'à ce que son inconscient, sa mémoire, sa réflexion, lui avouent quelque chose, n'importe quoi. Une clé. Il devait utiliser chaque minute des heures qui lui restaient.

Toute proche, Malvina dormait d'un sommeil agité. Elle changeait régulièrement de position, sans se réveiller, poussant de temps à autre des petits cris. Progressivement, elle se rapprochait de Marc, recherchant instinctivement la chaleur de son corps. Avait-elle déjà dormi avec un homme ? A côté d'un homme ?

Minuit devait être passé depuis longtemps. Marc n'avait pas fermé l'œil, la nuit précédente. Il sombra dans le sommeil, sans même s'en apercevoir.

Epuisé.

Il dormit trois heures.

Ce fut le cri de Malvina qui le réveilla, en sursaut. Un cri de démente. Malvina se tenait debout dans la cabane, tremblante. Ses longs cheveux décoiffés lui donnaient une allure de sorcière apeurée. Deux jambes maigres dépassaient du pull qu'elle avait gardé pour dormir. Ses deux pieds sautillaient comme s'ils étaient posés sur des braises.

— Ça… ça va ? fit Marc d'une voix sourde.

— Ouais, ouais. T'en fais pas pour moi. J'ai l'habitude.

Elle se recoucha. Marc la regardait, inquiet.

— Ça va, je te dis !

— T'es sûre ?

— Ouais, rendors-toi ! J'ai pas besoin de nounou. Fais pas chier. Dors, je te dis !

— Je suis pas sûr de pouvoir encore…

— Prends ton pouce, alors… T'as bien dû apprendre à vivre avec tes cauchemars, toi aussi… Démerde-toi !

Malvina tourna le dos à Marc. Son duvet touchait le sien. Etrange intimité. Marc demeura à nouveau les yeux ouverts.

Il était quatre heures du matin. C'était maintenant ou jamais. Il fallait qu'il tente quelque chose, là, tout de suite. Ensuite, il serait trop tard.

Malvina s'était déjà rendormie.

Tenter quoi ? Les yeux de Marc continuaient de fixer la nuit. Les étoiles apparaissaient et disparaissaient, sans doute masquées par d'invisibles nuages poussés par le vent du Jura. Comme de fausses étoiles filantes, appelant des vœux qui ne se réalisent pas. Comme la lumière alternative d'un avion de nuit qui se confond avec les constellations. Plus proche. Ephémère.

Tenter quoi ?

Les réflexions de Marc le ramenaient toujours aux dernières lignes du cahier vert, à ce suicide avorté.

Grand-Duc avait-il bluffé ?

Avait-il vraiment découvert autre chose, ce soir-là, après avoir rédigé ses mémoires, après avoir reposé son stylo ? A minuit moins cinq ? Un fait nouveau qu'il n'avait pas écrit dans son cahier ? Marc essaya de se souvenir. Quels étaient les mots exacts de Malvina, hier, dans le train ? Marc se concentra. Devant ses yeux, les deux seules constellations qu'il était capable de reconnaître, la Grande Ourse et Véga, venaient de disparaître. Les paroles de Malvina s'inscrivirent dans l'obscurité de sa mémoire :

« Crédule Grand-Duc a téléphoné à ma grand-mère. Avant-hier. Il lui a dit qu'il avait trouvé quelque chose. La solution de toute l'affaire, paraît-il. Comme ça, à minuit moins cinq, le dernier jour ! Juste au moment où il allait se tirer une balle dans la tête au-dessus de l'édition de *L'Est républicain* du 23 décembre 1980 ! Il avait besoin encore d'un jour ou deux pour rassembler des preuves, mais il affirmait être sûr de son coup, il avait résolu le mystère. Il avait besoin de cent cinquante mille francs en plus, aussi »…

Marc se repassait en boucle ces paroles. S'il n'avait pas bluffé, Grand-Duc avait découvert sa solution au moment de se tirer une balle dans la tête, dans son bureau, rue de la Butte-aux-Cailles, face à la cheminée où se consumaient les archives. L'avant-veille au matin, Marc avait fouillé ce bureau, en détail : il n'y avait rien trouvé. Malvina non plus... à part un cadavre Qu'avait-il oublié ? Marc essaya d'imaginer la scène du suicide de Crédule Grand-Duc. Le canon contre la tempe, l'encre du journal qui épongerait le sang. Pourquoi Grand-Duc avait-il interrompu son geste ? Qu'avait-il entendu ? Vu ?

Lu ?

L'idée vint naturellement, pas plus stupide qu'une autre : *L'Est républicain* du 23 décembre 1980 ! Le journal était sans doute le dernier point que les yeux de Grand-Duc avaient dû fixer.

Et si la solution était imprimée dans un journal vieux de dix-huit ans ? Pourquoi pas, après tout ? Au point où il en était. Si ce n'était pas une piste, c'était au moins un but.

Marc se leva, sans bruit, pour ne pas réveiller Malvina, qui continuait de pousser des petits cris dans son sommeil agité. Il jeta en vrac son matériel dans le sac à dos, sortit de sa poche une des pages déchirées du journal de Grand-Duc, la retourna et écrivit au dos :

Suis parti chercher les croissants.

Marc

Il posa le mot par terre, juste à côté de la tête de Malvina. Il laissa le topoguide à proximité. Il conserverait la carte. Marc regarda une dernière fois la forme du petit corps de fillette perdu dans le duvet bleu-gris trop grand pour lui. Malvina parviendrait bien à s'en sortir toute seule.

Le soleil n'était pas encore levé, mais une mince clarté laissait deviner au loin la ligne de crête. Les étoiles s'éteignaient une à une. L'aube du dernier jour. Marc pensa à Lylie, dans une chambre blanche.

Il se mit en route.

57

4 octobre 1998, 06 h 05

Six heures du matin. Grand-Duc s'étira dans la Xantia. Il était garé dans un petit chemin de terre où les touffes d'herbe tentaient de survivre entre les ornières, juste à la sortie de Dannemarie, quelques dizaines de mètres avant le chalet de Mélanie Belvoir. Mélanie Luisans, plutôt. Sa nouvelle identité.

L'emplacement de sa planque était idéal. Il pouvait facilement distinguer les véhicules qui montaient de Dannemarie, bien avant qu'ils ne passent devant lui. Voir sans être vu. Le b.a.-ba du métier. Grand-Duc se fit la réflexion que cela faisait des années qu'il ne s'était pas offert une nuit de planque. Cela lui rappelait sa jeunesse, avant le contrat Carville, les nuits de veille devant les casinos sur la côte niçoise ou basque. La Xantia de Nazim était presque aussi inconfortable que les épaves dans lesquelles il roulait à l'époque.

Crédule Grand-Duc attrapa dans la vaste boîte à gants une bouteille thermos de café. Il s'en versa dans une tasse en plastique. Il grimaça au contact du liquide encore brûlant.

Il avait le temps. Mélanie Belvoir ne devait rentrer qu'à neuf heures du matin. Elle travaillait comme infirmière au centre hospitalier de Belfort-Montbéliard. Elle faisait la nuit. Crédule Grand-Duc s'était entretenu longtemps avec elle, au téléphone, avant qu'elle ne prenne sa garde. Il avait enregistré l'entretien, bien entendu. C'était le réflexe minimum à avoir, vu le temps qu'il avait mis à l'attraper dans son filet. Il avait passé ensuite une bonne partie de la soirée au gîte Genevez à retranscrire leur entretien sur son ordinateur personnel, puis en avait imprimé un exemplaire.

Grand-Duc jeta un coup d'œil sur le siège passager. Cet exemplaire était posé là, à côté, dans une enveloppe. Mélanie Belvoir-Luisans n'aurait plus qu'à le signer.

Grand-Duc but encore. Le café avait un sale goût de plastique.

Combien les Carville seraient-ils prêts à payer pour cette enveloppe ? Une fortune, sans aucun doute. Une véritable fortune. Au moins autant qu'un salaire cumulé sur dix-huit ans…

Grand-Duc n'avait aucun scrupule, les Carville pouvaient payer, ils en avaient les moyens, des moyens illimités. A combien pouvait-il estimer le prix de sa conscience… A un tonneau de billets, celui des Danaïdes ?

Il se mordit les lèvres. La chaleur du café. La douleur, aussi. Comme un pincement au cœur. Cette fortune, il aurait pu la partager en deux parts… Si Nazim l'avait suivi. Peut-être pas deux parts égales, mais assez tout de même pour que Nazim se l'offre, avec Ayla, sa villa en Turquie. Mais Nazim n'avait pas voulu le suivre. Nazim s'était dégonflé, ce coup-là. « Rangé », disait-il. Les Carville avaient assez payé, selon lui. L'affaire était classée. Terminée. Crédule Grand-Duc était conscient qu'il n'aurait pas dû hausser le ton. Nazim était un type adorable, mais nerveux.

« J'vais aller voir les flics, Crédoule, avait-il menacé. Si tu ne me fous pas la paix, j'en suis capable. Depuis le temps que ça me ronge…

— Comment ça, depuis le temps que ça te ronge ? Qu'est-ce que tu sous-entends ? »

Crédule Grand-Duc avait pris peur. Nazim parlait rarement pour ne rien dire. Grand-Duc avait demandé des explications, des garanties, puis tout avait dégénéré. Nazim, le premier, avait dégainé son arme. Crédule Grand-Duc avait été plus rapide à tirer, c'est tout. Tuer Nazim était la dernière des choses qu'il aurait préméditées ; le reste ne le fut pas davantage. La tête de Nazim qui tombe contre le foyer de la cheminée. Les idées qui jaillissent, l'une entraînant l'autre. Pousser un peu plus la tête de Nazim dans l'âtre pour la rendre méconnaissable ; l'en retirer, juste le temps de raser ce qu'il restait de sa moustache, de lui enfiler ses habits, ses chaussures, sa montre, pour gagner du temps, au cas où Lylie, ou Marc, jouerait les curieux. Il n'avait pas non plus prévu de tuer Ayla, mais dès ce moment-là il n'avait plus le choix. Grand-Duc la connaissait, elle serait allée tout droit à la police. Nazim n'avait participé à rien, mais il était au courant pour l'assassinat des grands-parents Vitral, bien entendu, et ce crétin avait dû tout raconter à sa femme, sur l'oreiller. Etait-ce sa faute si Nazim n'était pas foutu de laisser Ayla en dehors de leurs affaires ? Elle lui avait téléphoné, la veille. Lui avait laissé des messages paniqués. Il avait été contraint de retourner à Paris. Cinq heures d'autoroute. De la filer discrètement, depuis sa boutique du boulevard Raspail. Jusqu'à la Butte-aux-Cailles, puis au bois de Coupvray. D'en finir, là-bas, l'occasion était inespérée. Puis de revenir dans le Jura, à cent quatre-vingts à l'heure sur l'autoroute A39. Pour coincer ce facteur. Terminer cette affaire.

Grand-Duc se força à avaler le contenu de sa tasse. Il grimaça encore.

Nazim Ozan. Ayla Ozan.

Ses seuls amis, toutes ces années. Abattus, de sa propre main.

Quelle dérision !

Oui, les Carville pouvaient payer !

Il n'avait rien voulu, il n'avait rien décidé. Tout s'était joué malgré lui. Un long engrenage et heureusement, désormais, un joli lot de consolation.

Mélanie Belvoir.

L'invitée-surprise.

Crédule Grand-Duc regarda l'heure aux chiffres d'un vert rétro éclairés de la pendule de la Xantia.

6 h 15.

Il avait encore le temps. Il était sacrément en avance.

Sur tout le monde.

58

4 octobre 1998, 06 h 29

Marc gara le camion Citroën sur un parking du centre-ville de Montbéliard, à moins de cinquante mètres des bureaux de *L'Est républicain*. Il avait mis environ une heure trente pour redescendre du mont Terrible, le camion l'attendait sagement devant la Maison du Parc naturel, puis trois quarts d'heure pour rouler jusqu'à Montbéliard. Le serveur du premier café ouvert lui avait indiqué l'adresse de *L'Est républicain*, 12, place Jules-Viette.

Les bureaux du journal étaient fermés ! Logique. A cette heure, qu'espérait-il ?

Il s'avança. Il s'accrochait à sa chimère : découvrir une vérité définitive avant que Lylie n'entre en salle d'opération, dans moins de quatre heures maintenant.

Devant lui, un rideau de fer interdisait d'apercevoir le moindre détail à l'intérieur des bureaux. Marc se retourna, observa le parking où il était stationné. Trois camions peints au logo de *L'Est républicain* étaient garés. Visiblement, à cette heure matinale, la livraison des journaux du matin n'était pas achevée. Tout n'était pas perdu !

Marc marcha rapidement sur le trottoir, suivit le boulevard Cuvier puis tourna dans l'impasse Maurice-Deloraine. On s'y activait. Une camionnette était stationnée en travers de la rue et trois ouvriers chargeaient à l'arrière des piles de journaux emballés dans de la cellophane. Une radio locale braillait, un animateur hilare déclinait l'horoscope.

— Bonjour, fit Marc. Les bureaux sont fermés ?

Il se mordit les lèvres. Difficile de faire plus con comme question. L'ouvrier le dévisagea et répondit, sans même retirer la cigarette de sa bouche :

— T'as du bol, j'ouvre le secrétariat dans cinq minutes.

Marc fut ébloui par une brève lueur d'espoir, à peine le temps que l'ouvrier continue :

— Juste le temps d'enfiler une jupe et je suis à toi.

Les deux autres manutentionnaires pouffèrent. Marc accusa le coup.

— Reviens dans trois heures, mon mignon. Là tu vois, on est occupés…

Marc se planta devant l'ouvrier. Le petit gars mignon le dominait tout de même d'une tête et demie. Il la joua modeste :

— Je ne peux pas attendre, monsieur. Je vous le demande comme un service. Il n'y a vraiment personne qui puisse m'ouvrir les bureaux ? Je veux juste un renseignement…

— Il peut toujours demander à l'adjudante, répondit la voix d'un autre manœuvre, au fond de l'entrepôt.

Les trois employés éclatèrent à nouveau de rire. Pas Marc.

— Après tout, si tu y tiens, mon garçon.

L'ouvrier appuya sur un petit interphone.

— Madame Montaigu ? Nous avons quelqu'un pour vous, à l'entrée de l'entrepôt.

Quelques minutes plus tard, ladite madame Montaigu apparut. « L'adjudante » était un petit bout de femme élégante, le tailleur cintré sur une taille de guêpe, la jupe tombant juste aux genoux, les jambes bronzées plantées dans des escarpins rouges ; le tout gâché par un visage trop sévère, exprimant clairement les années de privation pour gravir chaque échelon de la hiérarchie de l'entreprise. De petites lunettes étaient posées au bout de son nez, une main tenait une pile de longs listings et l'autre un stylo. L'adjudante…

— C'est pour quoi ? fit le visage fermé.

Marc essaya d'improviser un plan. Que dire ? Quel prétexte inventer pour que l'adjudante Montaigu accepte d'ouvrir ses archives à sept heures du matin ? Sortir le Mauser L110 et la braquer… Ridicule…

— Alors ? insista Montaigu, un coup d'œil sur sa montre par-dessus ses lunettes.

Marc paniqua :

— Heu… Ecoutez… J'ai… j'ai besoin de consulter un vieux numéro de *L'Est républicain*. Très vieux, même. C'est précis. J'ai besoin de consulter le numéro du 23 décembre 1980…

L'adjudante afficha un petit sourire.

— Vu votre état, je suppose que c'est urgent…

— Pire que ça…

— Bien… Aussi urgent que ce soit, je pense que cela peut attendre l'ouverture de l'accueil, à neuf heures.

Les trois manœuvres, qui continuaient de charger les piles de journaux, ne rataient rien de la conversation. Montaigu tournait déjà les talons, qu'elle avait hauts et fins.

— Non ! cria Marc.

L'adjudante se retourna, parvenant à mimer une attitude plus excédée encore. Marc se lança, sans calculer :

— Ecoutez-moi… Ma femme attend un enfant. Notre enfant. Elle doit se faire avorter dans deux heures parce qu'elle a un doute sur l'identité de ses parents. J'ai de bonnes raisons de croire que la preuve de cette identité se trouve dans ce journal…

L'adjudante Montaigu afficha des yeux ronds, stupéfaits. Les trois ouvriers s'étaient arrêtés, net. Montaigu les fusilla du regard, ils reprirent le travail illico. Elle braqua ensuite sur Marc son regard exaspéré.

— Vous voulez empêcher votre femme d'avorter, c'est cela ? Vous croyez vraiment que…

— Merde ! hurla Marc. Vous n'allez pas me sortir une tirade féministe à la con ! Je veux seulement regarder ce journal. Je vous demande juste une chance, une petite chance…

Il était au moins parvenu à déstabiliser l'adjudante. Marc enchaîna :

— Vous vous souvenez de la catastrophe aérienne du mont Terrible, au moins ?

Montaigu secoua négativement la tête. Logique, pensa Marc, elle ne devait pas avoir beaucoup plus de dix ans, à l'époque. Tant pis, il devait continuer…

— *L'Est républicain* avait été le seul journal à titrer sur le crash, à l'époque, Libellule, la miraculée des neiges ! C'est d'elle qu'il s'agit. C'est ce numéro-là que je veux consulter !

Visiblement, l'adjudante n'y comprenait rien. Elle était larguée, elle n'aimait pas ça. Elle avait appris dans son école de management qu'il ne fallait jamais prendre une décision avant d'avoir suffisamment d'éléments en main pour se faire une idée précise de la situation.

— Marcel, fit-elle, vous qui êtes de la maison depuis quarante ans, vous vous souvenez de cette histoire de crash aérien sur le mont Terrible ?

Marcel n'attendait que ça. Il avait discrètement craché sa cigarette dans la rue.

— Vous pensez, madame. Le plus gros drame de la région. Noël 1980. Près de deux cents morts, là-bas, là-haut, tout près…

— Le journal avait été impliqué ?

— Vous pensez ! Il a été le seul à titrer sur l'affaire, le matin même. Sur la rescapée surtout, la seule, un petit bébé, une petite fille. Toutes les télés avaient repris l'info, ensuite. Le journal a tenu une chronique pendant des mois… Je vous passe les détails, mais…

— Vous vous souvenez comment elle s'appelait, la rescapée ? coupa l'adjudante.

— Pour sûr. Comment oublier ? Emilie Vitral, une petite Normande.

Montaigu se retourna vers Marc.

— Et vous, vous êtes qui ?

— Marc Vitral…

— Son mari ?

Marc hésita un instant.

— Oui… Enfin non… C'est… c'est un peu compliqué…

Elle ne releva pas.

— A quelle heure votre femme doit-elle se faire avorter ?

— Dix heures…

— Ici ?

— Non, à Paris.

— C'est dingue. Vous êtes dingue…

— C'est urgent. Je veux juste consulter ce journal. Je vous promets, si on sauve l'enfant, vous serez la marraine !

L'adjudante éclata franchement de rire.

— N'importe quoi ! Ne faites surtout pas ça, je déteste les mômes.

Elle laissa passer une dernière hésitation.

— Bon, allez, suivez-moi.

Montaigu l'installa au sous-sol, dans une vaste pièce qui servait de local d'archives. Les murs n'étaient pas peints et en l'absence de fenêtres seuls de longs néons l'éclairaient d'une lumière blanche. Le classement était d'une grande simplicité. Dans de grandes armoires de bois, les numéros de *L'Est républicain* étaient rangés à plat, classés par années puis par trimestres.

Marc ouvrit le tiroir marqué *1980, septembre-décembre*. Il chercha directement vers le fond de la pile et trouva sans difficulté le numéro du 23 décembre. Il le posa sur la table de travail, au centre de la pièce.

Une immense photographie en couleurs occupait presque l'intégralité de la une : une carcasse d'avion fracassée au milieu d'arbres en flammes. Une vision d'horreur. La neige, le feu et le fer semblaient s'être unis pour anéantir toute vie humaine. L'espoir était figuré par une autre photographie, plus petite, montrant un nouveau-né porté par un pompier devant l'hôpital de Belfort-Montbéliard. Lylie. Quelques lignes commentaient la photographie :

Crash dramatique de l'Airbus 5403 Istanbul-Paris, sur les flancs du mont Terrible, à la frontière franco-suisse, dans la nuit du 22 au 23 décembre 1980. Cent soixante-huit des cent soixante-neuf passagers et membres d'équipage ont été tués sur le coup ou ont péri piégés dans les flammes. Seul miraculeux rescapé, un bébé de trois mois, éjecté lors de la collision, avant que la carlingue ne prenne feu.

C'était tout.

Marc passa de longues minutes à observer les clichés, les visages au second plan, la carlingue, les flammes, chaque arbre, les traces sombres dans la neige. A lire et relire les quelques lignes.

Rien. Rien de nouveau.

Une fausse piste. Une impasse. Encore. Définitive cette fois.

Marc se prit la tête entre les mains, se redressa un peu, observa les murs blancs de la pièce.

Ce fut alors, alors seulement, que ses yeux se posèrent sur les autres informations de la une du journal. Presque rien. La victoire 3-1 du FC Sochaux contre Angers ; une manifestation des ouvriers de la lunetterie, près de Morez, dans le Haut-Jura ; le détail de la tournée du père Noël dans les communes de la région…

Et tout en bas de la page, presque un entrefilet. Neuf mots seulement. Un avis de recherche.

Mélanie Belvoir. 18 ans. Disparue depuis maintenant trois semaines.

A l'avis de recherche était associée une petite photographie d'identité, en couleurs. Trois centimètres sur deux.

Marc manqua défaillir. C'était impossible. Il ne pouvait s'agir que d'un faux. Un trucage.

Le visage de cette fille de dix-huit ans, Mélanie Belvoir, était celui de Lylie.

Pas la photographie d'une fille qui lui ressemblerait. Non. C'était elle. Le même regard bleu azur, la même forme des pommettes, le même sourire, la même fossette au milieu du menton. Seule la coiffure différait légèrement, les cheveux de Lylie étaient un peu plus courts.

La photographie publiée dans ce vieux journal était le fac-similé exact de la photographie actuelle de Lylie, de celle agrafée sur sa carte d'étudiante, de celle collée sur sa carte orange de la RATP, de celle que Marc conservait précieusement dans son portefeuille.

C'était insensé !

Sur la même page de ce journal du drame, daté du 23 décembre 1980, une photographie représentait Lylie âgée de trois mois, portée par un pompier devant le centre hospitalier, et Lylie âgée de dix-huit ans, belle, souriante, telle qu'il l'avait quittée deux jours plus tôt, le 2 octobre 1998…

Devenait-il fou ?

Vivait-il un rêve dont il allait se réveiller, en sueur, aux côtés de Lylie ?

Ou pire ?

Aux côtés de Malvina, dans la cabane du mont Terrible ?

59

4 octobre 1998, 07 h 12

Les rayons du soleil se faufilaient par les ouvertures du toit de la cabane, tels les rayons laser de la chambre forte d'une banque dans un film policier. L'un d'eux finit par atteindre le visage de Malvina. Elle savoura d'abord l'agréable chaleur sur sa joue, avant de se tourner dans son duvet, plusieurs fois, puis d'ouvrir les yeux.

Machinalement, sa main rechercha le duvet voisin, celui de Marc.

Elle se referma sur de la terre sèche.

Personne.

Plus de duvet. Plus de corps chaud. Rien.

Juste un mot, une feuille de papier :

Suis parti chercher les croissants.

Marc

Connard ! Il se croyait drôle, en plus.

A côté, le topoguide. Le message était clair. « Démerde-toi ! »

Malvina grommela contre elle-même et se leva d'un bond. Quelle gourde ! Elle aurait dû s'en douter, ne pas faire confiance à un Vitral. Elle avait l'air maligne maintenant, seule, au sommet du mont Terrible, avec un téléphone portable qui ne captait aucun réseau. Elle s'était laissé piéger comme une gamine, elle n'avait plus qu'une solution, maintenant. Redescendre.

Malvina laissa tout en plan dans la cabane, duvet, lampe, restes du repas frugal de la veille, et se mit en route. Pas une fois lors de la descente elle ne jeta un regard au soleil rasant du matin qui donnait aux montagnes suisses des allures d'Himalaya.

Une bonne heure plus tard, la Maison du Parc naturel était en vue. Quelques enfants s'amusaient déjà autour du petit parc de jeux en bois pendant que leurs parents, quelques mètres derrière eux, passaient un temps interminable à lacer leurs chaussures de randonnée. Aucun camion Citroën sur le parking. Bien entendu ! Ce salopard de Vitral l'avait vraiment abandonnée.

Machinalement, elle consulta son téléphone portable. Enfin, elle captait du réseau ! Elle allait pouvoir sortir de ce trou. Une petite enveloppe jaune affichée sur l'écran attira son attention : un message sur son répondeur. Quelqu'un avait essayé de la joindre, entre la veille au soir et ce matin. Sa grand-mère Mathilde, sûrement. Qui d'autre ? Malvina manipula son téléphone et réprima un mouvement de surprise. Le message provenait d'un numéro inconnu.

Marc Vitral ? Crédule Grand-Duc ?

Malvina monta l'appareil jusqu'à son oreille.

« Malvina. C'est Rachel. Rachel de Carville, ta grand-tante… »

Rachel ? Sa grand-tante, l'héritière des parfumeries Elytis à La Baule. Qu'est-ce qu'elle lui voulait ? Elle n'avait pas dû lui parler depuis dix ans.

« Malvina, ma pauvre petite fille. Il faut vite que tu m'appelles. Il s'est passé quelque chose de terrible à Coupvray, à la Roseraie. Mon Dieu, ma chérie. Ta grand-mère et ton grand-père ne se sont pas réveillés. On les a retrouvés tous les deux, chacun dans leur lit, ils ne respiraient plus. Ils sont montés au ciel ensemble, mon pauvre ange. »

Malvina éteignit le téléphone. Son bras tomba comme si l'appareil pesait subitement une tonne. Elle fixa la forêt sombre, se laissa envahir par ce silence des montagnes qu'elle ne connaissait pas. Longtemps. Puis sa main glissa vers son sac à main. Elle ne devait plus réfléchir, ne pas pleurer, ne pas prier. Elle devait agir. Comprendre. Se venger. Elle devait se concentrer sur un seul objet, bien réel, bien vivant, lui.

Dans son sac, ses doigts serrèrent la crosse du Mauser L110. Vitral se croyait le plus malin, mais il n'aurait pas dû s'endormir, cette nuit : quand elle le voulait, elle savait très bien jouer les folles et simuler les cauchemars. Elle n'avait fait que récupérer son arme. De toute façon, ce faux cul de Marc Vitral aurait été bien incapable de se servir d'un revolver.

Pas elle.

60

4 octobre 1998, 07 h 19

— Allô, Jennifer ?

Marc n'avait pas quitté la salle des archives de *L'Est républicain*. Sa collègue des renseignements de France Telecom était de garde tout le week-end. C'était son seul atout, il ne devait pas le gâcher.

— Jennifer. C'est encore Marc. J'ai besoin que tu me rendes un service, un immense service…

— Tout ce que tu veux. Tu le sais bien.

— J'ai besoin d'un téléphone et d'une adresse. Mélanie Belvoir. B-E-L-V-O-I-R…

— Où ça ?

— Cherche d'abord dans les départements du Jura et du Doubs. Puis partout en Franche-Comté. Puis en France…

— Ça roule…

Marc entendait le son ouaté des doigts de Jennifer qui s'activaient sur un clavier. Il n'arrivait pas à détacher son regard de la photographie sur la page de *L'Est républicain* de 1980. Cette ressemblance surréaliste.

Qui pouvait être cette Mélanie Belvoir ? Il existait forcément une explication rationnelle…

— Désolée, Marc, fit la voix de Jennifer. *Nada* sur toute la ligne. Aucune Mélanie Belvoir, ni dans le Jura ni ailleurs en France.

— Elle est peut-être sur liste rouge ?

— J'ai vérifié aussi ! *Nada*.

— Merde. Tu as d'autres Belvoir, en France ?

— Attends…

Nouveau bruit de doigts-mitraillette dans l'écouteur.

— Ouais, trois cent quarante-huit…

— Et dans le Jura ?

— Je te dis ça… Ah, ça diminue. Vingt-trois seulement, mais pas de Mélanie.

— Merde ! Elle a peut-être changé de nom…

— C'est qui, cette Mélanie ?

— Ça serait super trop long à t'expliquer. Une histoire de fous, mais je n'ai plus que quelques minutes pour inventer la fin. Jennifer, tu peux essayer de vérifier sur les demandes de résiliation, toujours au nom de Mélanie Belvoir ?

— Tu fais ça comment ?

— Tu vas dans les archives. On y a accès si l'on se met sur le compte administrateur. Tu peux faire des recherches sur les demandes de résiliation de ligne depuis qu'on est informatisés, quinze ans au moins…

— C'est interdit, Marc, se mettre sur le compte administrateur. C'est un truc à se faire virer…

— Tu parles. Je l'ai fait dix fois ! S'il te plaît, Jennifer, c'est urgent…

— Je te préviens, mon garçon, ça va te coûter un restaurant en tête à tête. Etoile au Michelin et tout le tintouin.

— OK, OK, tout ce que tu veux, fonce.

Marc entendit à nouveau les touches de l'ordinateur crépiter.

— Jennifer, je suis fiancé, tu vois… Plutôt que le restaurant, tu… tu ne préférerais pas devenir la marraine d'un petit bébé que tu aurais contribué à sauver…

La réponse cingla :

— Et puis quoi encore ? Rien à foutre, de ton chiard ! Minimum deux étoiles, le restau. Je le mérite bien. Je l'ai trouvée, ta fille. Elle a résilié son abonnement il y a cinq ans, le 23 janvier 1993. A l'époque, elle habitait au 65 rue du Comte-de-la-Suze, à Belfort. Et depuis, pschitt, disparue dans la nature.

— Jennifer, vérifie les demandes de transfert d'appels !

— Quoi ?

— Les transferts d'appel ! Le plus souvent, quand les clients résilient un abonnement, c'est parce qu'ils déménagent ou qu'ils vont habiter chez quelqu'un d'autre, alors ils demandent que l'on transfère leur ancien numéro sur le nouveau, pendant quelques mois. Ça aussi, c'est archivé et accessible sous le compte administrateur…

— T'es dingue ! Trois étoiles, le restau. Et champagne à volonté.

— OK, OK, avec des violonistes hongrois et même des Chippendales si tu veux !

— Un peu, que je veux !

Marc resta à l'écoute. Les secondes lui parurent interminables.

— T'avais raison, fit enfin la voix de Jennifer. Mélanie Belvoir a demandé un transfert d'appel chez Laurent Luisans. Je suppose que tu veux l'adresse… Dannemarie, dans le Doubs. Au 456, route de Villars. Tu es courant que c'est strictement confidentiel, ce que je fais. Tu lui veux quoi, à cette Mélanie ? C'est une ex ? Ça a un rapport avec la liste d'hôpitaux que je t'ai fournie avant-hier ?

Marc nota l'adresse fiévreusement, sur le premier papier qui lui tomba sur la main, la une de *L'Est républicain*.

— T'es la meilleure, Gégé. Tu l'auras, ton restau. Et peut-être bien aussi les dragées. Je peux te demander un dernier service ? Tu es sur Internet, là ?

Jennifer soupira :

— Ouais.

— Tu te connectes sur Mappy et tu m'indiques l'itinéraire le plus court pour trouver le 456, route de Villars.

— Putain… Je dois vraiment être trop conne… Tu sais où tu peux te les coller, tes dragées ?

Le camion Citroën rouge et orange gravissait lentement la départementale 34. Après Montbéliard, la route montait directement vers la frontière suisse, dix kilomètres plus loin. Le pied de Marc restait collé au plancher, mais ça ne semblait pas motiver son véhicule. L'urbanisation continue de l'agglomération se mitait au fur et à mesure que l'altitude croissait. La départementale serpenta un moment au pied d'un torrent, pour s'élever encore. Les villages devenaient rares, seuls quelques chalets épars attestaient encore d'une occupation humaine au pied des sommets.

Le bourg de Dannemarie se dévoila au détour d'un lacet. Le chalet de Mélanie Belvoir-Luisans, selon les indications de Jennifer, se situait juste à la sortie, encore plus haut, vers la Suisse, sous la ligne de crête. Le Citroën s'engagea dans le village désert. Il était tout juste huit heures du matin. Il n'y avait pas même une boulangerie ou un café ouvert.

Un dernier tournant, il sortait déjà du village.

Marc pila. Il enclencha la marche arrière et au prix d'un créneau compliqué se gara le long du trottoir.

Il n'allait pas une fois de plus se jeter dans la gueule du loup ! Crédule Grand-Duc devait sans aucun doute lui aussi pister cette Mélanie Belvoir. Depuis toutes ces années de visite à Dieppe, le détective avait appris à connaître le camion orange et rouge. Difficile de le rater ! Rouler jusqu'au domicile de cette Mélanie en Citroën équivalait à débarquer chez elle en sonnant du clairon.

Il faisait frais. Marc avançait d'un bon pas, en prenant soin de progresser sur le talus, en dehors de la route. Il aperçut la Xantia après le troisième lacet. La voiture était dissimulée dans un chemin, sur le côté de la route. Juste au-dessus, il repéra un chalet isolé ; celui de Mélanie Belvoir, sans aucun doute. Marc se hissa encore sur le talus, dans l'herbe mouillée de rosée. Il avança. Même dans le rétroviseur de la Xantia, on ne pouvait pas le repérer.

Crédule Grand-Duc attendait, calmement, une tasse blanche à la main, ne se doutant de rien. Marc continua de progresser à couvert. Il savait qu'en cas de besoin il pourrait toujours se servir du Mauser emprunté à Malvina, mais son plan, si l'on pouvait parler de plan, était tout autre. Plus direct ! Crédule Grand-Duc approchait les soixante-cinq ans, Marc en avait vingt et disposait d'une condition physique de rugbyman. Ils allaient s'expliquer entre hommes.

Crédule Grand-Duc n'eut pas le temps de réagir. La portière de la Xantia s'ouvrit brusquement. Une ombre surgie de nulle part lui attrapa le bras, puis l'épaule. Il se retrouva projeté sur le chemin de terre, face contre sol. Il n'avait toujours pas pu distinguer son agresseur lorsqu'un violent coup de pied lui déchira les côtes. Il se tordit de douleur. Un deuxième coup de pied le toucha au coccyx.

Le détective hurla.

— Put…

Son cri inachevé se perdit dans l'immensité du silence de la montagne. Un troisième coup de pied, dans le bas du dos, l'obligea à se retourner. L'ombre le dominait, debout, devant son corps ratatiné.

Marc Vitral.

Comment avait-il pu comprendre ? Le trouver ? Aussi rapidement ?

— Marc ? articula Grand-Duc. Com… comment as-tu…

Le détective cracha du sang dans la poussière et essaya de se relever. Le pied de Marc se posa sur sa poitrine.

— Bouge pas… Ne bouge pas ou je t'écrase comme un cafard…

— Marc, qu'est-ce qui…

— Ta gueule. Recommence pas ton baratin. Deux jours que je me les coltine, tes formules à la con. Ta vie, ton enquête et tes états d'âme de faux cul…

Marc pesa encore un peu plus avec son pied sur la poitrine de Grand-Duc. Le détective grimaça, peinant à respirer. Marc parla, lentement :

— On va pas jouer au chat et à la souris, tous les deux. On va aller droit au but. Droit au but, tu te souviens, comme les matchs de foot que je regardais sur tes genoux, à Dieppe. Sur les genoux de l'assassin de mon grand-père. De ma grand-mère aussi, si t'avais pu.

— Marc, tu ne crois pas que…

La semelle de Marc se posa sur le visage de Grand-Duc, écrasant à la fois son menton, sa bouche et son nez. Le détective se tordit de douleur, suffoquant. Lorsque Marc releva son pied, il cracha un mélange de sang et de boue.

— J'ai plus le temps d'écouter tes bobards, Crédule-la-Bascule. Crédule-la-Balance, je devrais dire…

Le détective cracha encore. Il semblait avoir du mal à respirer.

— Co… comment as-tu su ? C'est… c'est les Carville qui te l'ont dit ? Mathilde ? Malvina ?

— J'ai deviné tout seul, figure-toi… Tout seul, comme un grand.

— Je… je ne voulais pas, il faut que tu me croies. J'ai… j'ai juste obéi… J'ai regretté. J'étais sincère, ensuite… j'aimais…

Le coup de pied atteignit cette fois-ci la clavicule de Grand-Duc. Le détective roula une fois sur lui-même, avant de se retrouver à nouveau sur le dos. Sa main ensanglantée toucha son épaule.

— Arrête, Marc. Arrête… Je t'en prie.

— Ferme-la, alors ! Epargne-moi le couplet sur les remords, sur le bourreau amoureux… Je suis pas là pour ça ! C'est l'identité de Lylie que je veux. La vérité !

Pour la première fois, une sorte de sourire fendit le visage défiguré de Grand-Duc.

— Tu n'as pas compris, alors ? Pas tout, du moins… Tu as encore au moins un peu besoin des services du détective…

Le pied de Marc se leva à nouveau, menaçant.

— Pas sûr. A toi de me prouver le contraire.

— Comment tu m'as retrouvé… aussi vite ?

— Je suis moins lent que toi, c'est tout… Cherche pas à gagner du temps, je n'en ai pas à perdre. C'est quoi, cette histoire d'ADN ? Et cette photo de Lylie dans le journal ?

Crédule Grand-Duc essaya encore de sourire.

— Pour ton grand-père… Quelqu'un m'a vendu ou tu as vraiment deviné seul ?

— Tout seul ! Je te l'ai déjà dit. Je t'avais prévenu, cherche pas à gagner du temps.

Un nouveau coup frappa le détective dans les côtes. Il hurla en roulant sur le côté. Marc avait envie de le piétiner. Il avança. Grand-Duc se tordait de douleur, son bras se perdait le long de sa jambe. Marc comprit immédiatement ce qu'il cherchait : à saisir une arme !

Heureusement, Marc avait anticipé. Il plongea sa main dans son sac pour attraper le Mauser et le braquer avec…

Le sac était vide !

Le Mauser avait disparu.

Marc revit les images défiler. Malvina cette nuit, debout, réveillée, pendant qu'il dormait, feignant un cauchemar. Trop tard pour les regrets…

Crédule Grand-Duc pointait sur lui son Mateba.

— Tu t'es montré très rapide, Marc. Vraiment, je suis impressionné. Mais tu t'es laissé emporter par tes sentiments. Classique. Tu avais pourtant toutes les cartes en main. Un vieil homme à tes pieds. La solution qui t'attendait, sur le siège passager de la Xantia. La suite, la fin de mon fameux cahier. Une enveloppe qui explique tout, que j'espère bien monnayer une fortune. Tu n'avais qu'à te baisser pour la ramasser…

Crédule Grand-Duc se leva en titubant. Sa lèvre fendue saignait abondamment. Sa longue veste écrue était souillée de terre et de sang. Le détective peinait à se tenir sur sa jambe droite. Aucun mot ne parvenait à sortir de la gorge de Marc. Il allait échouer si près du but. Stupidement.

— Tu m'as pas mal amoché, mon salaud. Tu n'y es pas allé de main morte. Remarque, je reconnais que je l'ai bien mérité. J'aurais fait pareil, à ta place. Pire, même.

Le détective marcha un peu, touchant de son bras valide son épaule endolorie et braquant toujours Marc de l'autre.

— Tu ne me laisses pas le choix, Marc. Tu t'en rends compte ? Tu es le seul à connaître la vérité, pour le meurtre de ton grand-père, le seul vivant, maintenant, à l'exception du commanditaire, bien entendu, mais le vieux Carville n'est pas près de cracher le morceau. Te tuer est la dernière chose dont j'aurais eu envie, Marc. Mais comment veux-tu que je fasse autrement ?

Les mots sortirent enfin. Marc parla doucement, tournant les yeux vers la Xantia :

— Nazim Ozan aussi, tu ne pouvais pas faire autrement ? C'est cela ?

Le détective prit difficilement appui sur sa jambe blessée.

— Tu vois, Marc, la vie nous réserve bien des surprises. C'est difficile de nager contre le courant. Pire encore, de remonter les cascades. Il y a six jours, j'allais me tirer une balle dans la tête, crever chez moi. Tout seul. Game over. A quelques minutes près. Aujourd'hui, j'ai gagné la partie, et pourtant, malgré moi, j'ai dû assassiner de sang-froid les deux personnes qui comptaient le plus pour moi, Nazim Ozan et Ayla. Les trois, avec toi.

Marc grelottait. Il sentait tout son corps se glacer. Trois mètres le séparaient du détective et du canon du Mateba. Il était vain de tenter d'avancer, de tenter de désarmer Grand-Duc. Il l'abattrait au moindre geste, Marc en était persuadé. La petite route de montagne demeurait désespérément déserte, et de toute façon, dissimulés dans leur chemin, il était quasiment impossible de les apercevoir.

— Marc, laisse-moi t'expliquer. On m'a payé une fortune pour assassiner un couple, maquiller le crime en accident. J'avais déjà tué, aux quatre coins du monde, plusieurs fois, pour un misérable salaire de mercenaire, rien à voir avec le pactole offert par Léonce de Carville. Une telle proposition ne se refuse pas... Pouvais-je prévoir alors, Marc, que j'allais m'attacher à la femme qui survivrait ?

Qu'il se taise ! Grand-Duc n'était même pas fou. Il n'avait même pas cette excuse. Ces mots sortirent de la bouche de Marc, malgré lui. Espérait-il encore émouvoir cet homme ?

— Lylie est enceinte. De moi. Elle va se faire avorter dans une heure.

Le revolver ne trembla pas.

— Ça devait arriver, Marc. C'était dans la logique des choses... Tu as eu tort de venir fouiner. Tellement tort. Tu aurais pu vivre heureux avec Lylie. Vous formiez un joli couple, un très joli petit couple. Lylie sera inconsolable. Mais tu ne me laisses pas le choix... On ne va pas traîner, hein ?

Grand-Duc pointa le Mateba en direction du cœur de Marc, tétanisé, incapable d'un geste supplémentaire. Tout allait se terminer là. Etrangement, des images joyeuses de la rue Pocholle lui revenaient : la Coupe du monde 86, le penalty de Fernandez, le maillot de Didier Six, les notes du piano de Lylie...

— Tout ceci n'aurait jamais dû arriver, Marc, toute cette peine, toute cette douleur. Ce n'est la faute de personne. De Mélanie Belvoir, peut-être. Mais elle aussi croyait agir au mieux.

Je dois bouger, pensa Marc. Lui plonger dans les pieds…

Comme si Grand-Duc avait deviné son intention, il se recula tout en serrant le revolver.

— On s'accroche à la vie, Marc, c'est bien ça le problème. Tout le problème est là, même quand il n'y a plus d'espoir. Toute cette guerre entre les Carville et les Vitral était une guerre pour rien. Comme toutes les guerres. Un malentendu. Tu as compris la vérité, maintenant, je pense. Elles sont mortes toutes les deux, Marc, ce soir-là, sur le mont Terrible. Emilie et Lyse-Rose. Elles sont mortes toutes les deux dans l'accident. Crois-le bien, j'en suis désolé, Marc.

Le doigt de Grand-Duc pressa la détente.

La détonation, dans le silence du matin blanc, se propagea d'un sommet à l'autre. Son écho dut s'entendre jusqu'en Suisse.

61

4 octobre 1998, 08 h 14

Crédule Grand-Duc s'effondra, face contre terre. Une flaque de sang coulait de son dos, comme une petite source d'eau cramoisie.

Malvina apparut, serrant le Mauser L110 entre ses deux mains tendues devant elle. Sa voix fluette troua le silence :

— Va pas croire que j'ai tiré pour te sauver la vie, Vitral ! C'est juste que je supporte pas qu'on dise que Lyse-Rose est morte…

Elle laissa tomber le Mauser par terre, à ses pieds. Tout son corps tremblait. Ce n'était plus du bluff, cette fois… Elle avait tiré. Elle avait tué.

— Tu… Comment… ?

Malvina s'exprima, nerveusement :

— Je… je ne suis pas plus conne que toi. J'ai pensé au journal, moi aussi. Le type du Parc, Grégory Morez, m'a conduite en 4 × 4 jusqu'au siège de *L'Est républicain*. Tu m'avais mâché le travail. Le journal du 23 décembre 1980 n'était pas encore rangé, tu avais même écrit l'adresse de Mélanie Belvoir sur la première page… J'ai sauté dans un taxi avec l'adresse. Je lui ai demandé qu'il me laisse juste en dessous, à la sortie de Dannemarie.

Marc hésita. Quelle attitude adopter ? Remercier Malvina, la prendre dans ses bras ? Ne rien faire, la laisser ainsi ? Il s'approcha. Malvina se raidit :

— Me touche pas !

Elle s'effondra sur la terre, comme un pantin désarticulé. Elle sanglotait. Marc ne comprenait que des bribes de mots irréels.

— Mamy, papy… Envolés, hier. Partis. Partis…

Il se détourna et ouvrit la portière de la Xantia. Grand-Duc n'avait pas menti. Une enveloppe blanche était posée sur le siège. Marc la déchira. Elle contenait quatre pages dactylographiées. Marc marcha jusqu'à Malvina. Elle continuait de pleurer, prostrée, recroquevillée dans sa position fœtale. Il s'assit à côté d'elle. Il lut doucement, à voix haute :

— Je vais tout vous dire, monsieur Grand-Duc. Après tout, je n'ai jamais rien fait de mal, je n'ai rien à me reprocher. Il est temps pour moi de parler, puisque vous m'avez retrouvée. Il fallait bien que je le fasse un jour. Admettons que c'est le moment. J'étais une adolescente difficile, comme on dit. Dès dix-sept ans, je n'avais plus beaucoup de relations avec mes parents. J'avais déserté l'école depuis longtemps. Je zonais, comme tant d'autres. Mes parents sont parvenus à me traîner à l'ANPE. J'ai erré de stage en stage, jusqu'à ce boulot d'insertion, quelques semaines, au service « environnement » du Parc naturel du Haut-Jura. En fait d'insertion, le travail consistait surtout à ramasser les ordures dans la forêt. Classique. J'étais sous les ordres, avec une petite troupe d'autres stagiaires, de Grégory Morez, l'ingénieur du Parc pour le mont Terrible. Il était incroyablement beau. Il était très tendre avec les jeunes filles qu'il trouvait à son goût. Il possédait une sorte de don pour les toucher, les frôler, sans paraître insistant. Il avait plus de dix ans de plus que moi. Comme tant d'autres, je suis tombée amoureuse de lui. On a fait une première fois l'amour en pleine nature, dans un sous-bois, près d'un petit torrent, au milieu de cette forêt qu'il connaissait si bien. Puis des tas de fois ensuite, tous les jours pendant le stage, et encore plusieurs semaines après. Partout, dans les lieux les plus incroyables. J'avais conscience qu'il avait d'autres aventures, mais je croyais qu'il était différent avec moi, vraiment amoureux. Je voulais croire à ses promesses. Classique, non, monsieur Grand-Duc ? La jeune gourde et le beau parleur…

— Et ensuite ?

— Je suis tombée enceinte. Je m'en suis rendu compte tard. Au bout de six semaines. J'avais déjà entamé ma descente en enfer. Pas de travail. Une famille que j'évitais de plus en plus. Des amis de moins en moins fréquentables. Une obsession suicidaire, ce Grégory Morez. Son corps. Le plaisir qu'il me donnait.

— C'était Grégory le père ?

— Oui. Il était mon seul et unique amant. Je lui ai annoncé un soir, dans la chambre d'un hôtel minable dans la banlieue de Belfort, après que nous avions fait l'amour.

— Quelle a été sa réaction ?

— Du classique, monsieur Grand-Duc. Rien que du classique. Il m'a foutue à la porte, m'a dit que je n'étais qu'une petite pute qui cherchait à le piéger, qu'il n'y avait aucune preuve qu'il soit le père et que je n'avais qu'à me faire avorter.

— Vous ne l'avez pas fait, pourtant ?

— Non… Je n'ai pas non plus vraiment pris la décision de garder l'enfant. J'ai simplement laissé passer les semaines, sans réagir. La septième, la huitième. Tout est arrivé très vite. Grégory m'obsédait toujours. J'étais comme folle. J'étais persuadée que je parviendrais à le faire changer d'avis, à le récupérer. J'étais au fond du trou, aussi. Je n'avais déjà plus de domicile fixe, je squattais, je rentrais chez mes parents moins d'une fois par semaine. Quand ma grossesse est devenue trop visible, je ne suis plus rentrée du tout. Je me contentais de téléphoner.

— Vous avez accouché à l'hôpital ?

— Oui. A Montbéliard, au service pathologique. J'étais tout juste majeure. Je n'étais pas dans un très bel état. Le bébé n'était pas bien gros. Un peu plus de deux kilos. Il est né le 27 août 1980. Une petite fille. Je suis ressortie de l'hôpital une semaine plus tard, avec les papiers de l'état civil que je n'avais pas remplis et que j'ai jetés dans une poubelle.

— C'est aussi simple que ça ?

— Vous savez, monsieur Grand-Duc, en une semaine d'hôpital, j'ai dû croiser plusieurs dizaines d'infirmières différentes et presque autant de médecins. Il doit bien y avoir encore à l'hôpital la trace, dans un dossier, de la naissance de mon enfant. La preuve qu'il existe. Mais qui va aller vérifier que cet enfant est toujours avec moi, que je l'élève ? Aucun membre de ma famille n'a jamais rien su de cet enfant.

— Comment l'aviez-vous appelée, cette petite fille ?

— Elle n'a jamais porté de prénom. C'est étrange, n'est-ce pas ? J'avais dit à l'hôpital que je n'avais pas encore choisi, que j'attendais le père. Je suis sortie avec mon enfant. Ma chute fut vertigineuse, en quelques semaines. J'ai coupé tous les liens que j'avais encore avec mes amis d'enfance, ma famille. C'était l'été. Je dormais dans la rue, avec mon enfant pendue à mon sein toute la journée. J'étais épuisée. Je fréquentais une faune qui ne me jugeait pas. Des poivrots, des camés. Je n'arrivais plus à prendre aucune décision. Rentrer chez moi, pleurer, tomber dans les bras de mes parents. Ils travaillaient tous les deux à Alsthom, sur la chaîne d'assemblage des TGV, à Belfort. Retourner voir Grégory avec l'enfant, et le convaincre. Ma petite fille avait déjà d'incroyables yeux bleus, les miens un peu, mais surtout les yeux de son père, de magnifiques yeux clairs de chien-loup. Me laisser mourir là, sur le trottoir…

— Comment avez-vous pris la décision de partir ?

— Je n'avais pas le choix, une gamine dans les rues de Montbéliard, avec un bébé, cela finit par se repérer. Au bout de quelques semaines, j'ai commencé à avoir les services sociaux aux fesses. J'avais beau être majeure, je comprenais comment cela se terminerait.

Les services placeraient l'enfant et me ramèneraient chez moi, à Belfort. Sans me demander mon avis. Je dois vous avouer, monsieur Grand-Duc, que je n'avais pas fait alors que des choses légales. J'ai dealé. J'ai volé. J'ai vendu mon corps, aussi, plusieurs fois. Vous comprenez je pense, pour survivre, il fallait que je quitte Montbéliard.

— C'est là que vous avez rencontré Georges Pelletier ?

— Oui. Un pauvre type. Un paumé, comme moi, qui avait besoin de se mettre au vert. Les flics, les services sociaux, sa famille aussi, tout le monde au cul, comme moi. Il m'avait à la bonne, il me trouvait mignonne, malgré tout. Je crois qu'il se voyait déjà devenir mon maquereau, ce taré. Je ne l'ai jamais laissé me toucher. Mais voilà, on avait comme des intérêts communs. Foutre le camp ensemble. Le Jura, le mont Terrible, ça m'est apparu comme une évidence. C'était tout près de Montbéliard et personne ne viendrait nous chercher là-bas. C'était la première semaine de décembre, il faisait encore assez doux, on était habitués à dormir dehors. Et surtout, j'allais pouvoir retrouver Grégory. Le croiser. Il me reconnaîtrait, reconnaîtrait l'enfant. Ses yeux. Il ne pourrait pas nier qu'il était le père. Je sais que cela peut sembler dingue, monsieur Grand-Duc, mais je l'étais. Grégory Morez était ma seule bouée. J'y croyais encore.

— Vous l'avez croisé, finalement ?

— On s'était installés dans une cabane qu'on avait trouvée, près du sommet du mont Terrible. Il ne faisait pas chaud mais on allumait du feu, on avait un toit, on était presque mieux que dans la rue, finalement. Je vous réponds, monsieur Grand-Duc, j'y viens. Oui, j'ai croisé Grégory Morez. Presque tous les jours. Le mont Terrible n'est pas bien haut, la forêt pas bien grande. Je l'ai croisé, je portais mon enfant dans les bras. Il ne m'a pas reconnue, monsieur Grand-Duc ! Il n'a même pas jeté un regard sur moi. En quelques mois, j'étais passée du stade de fille jeune, plutôt excitante, à celui de déchet. J'avais grossi. Mes seins n'étaient plus que des morceaux de chair flasque qui pendaient. Mes yeux n'avaient plus aucun éclat. J'étais méconnaissable.

— Vous ne lui avez pas parlé non plus ?

— Vous ne comprenez pas, monsieur Grand-Duc. J'étais humiliée. Tellement humiliée. Il ne m'avait même pas reconnue. Etais-je devenue si laide ? Avait-il connu d'autres femmes, depuis ? J'avais compris, monsieur Grand-Duc, que plus jamais il ne me toucherait. Que plus jamais il ne voudrait de moi. Comment imaginer alors qu'il puisse vouloir de mon enfant… Mon dernier espoir s'était éteint sur les pentes du mont Terrible. Je n'avais plus rien. Mon enfant était comme un boulet, une excroissance de moi-même, et nous coulions ensemble. N'allez pas croire que je ne l'aimais pas, cet enfant, monsieur Grand-Duc, que tout instinct maternel était mort. Oh que non ! Bien au contraire. Mais je n'avais plus rien à lui offrir, à mon enfant. Pas de père. Même plus de lait. Pas même un prénom. Vous vous rendez compte ? La neige s'est mise alors à tomber brusquement sur la montagne. C'était le matin du 22 décembre. On s'était réchauffés comme on avait pu autour d'un feu, dans la cabane, toute la journée. Je devais m'occuper de tout.

Pelletier était sous cocaïne les trois quarts du temps, il se serait laissé geler sur place si je n'avais pas été là. J'étais obligé de le foutre dehors pour qu'il aille ramasser du bois.

— Et la nuit est venue…

— Oui. La tempête, elle, redoublait de violence. Pelletier était défoncé. Je crois qu'il n'a même pas entendu le choc. La cabane en a vibré, comme un tremblement de terre, comme si c'était la fin du monde. De la cabane, on voyait les arbres brûler, à un kilomètre. Brûler sous la neige. J'étais fascinée. J'ai enveloppé mon enfant dans une couverture et je suis sortie. Il ne faisait pas froid, au contraire, à cause de l'immense brasier, une chaleur qui vous piquait la peau…

— Vous n'avez pas eu peur ?

— Non. A aucun moment. C'était une scène étrange, irréelle. La neige et le feu. Et puis cet avion posé au milieu de la montagne, tordu, dont l'acier fondait devant moi dans les flammes comme du vulgaire caoutchouc. Je savais que j'étais le premier témoin de la catastrophe, mais je ne pensais pas que les secours seraient si longs à venir.

— C'est alors que vous l'avez vu ?

— Le bébé, c'est ce que vous voulez dire, monsieur Grand-Duc ? Oui, c'est à ce moment-là.

— Il… il était…

— Oui. Il était déjà mort. Tuméfié. Mort sous le choc. Depuis de longues minutes déjà. Aucun bébé n'aurait pu survivre seul, là-haut, dans l'enfer. Je ne sais pas comment tout le monde a pu croire à cette fable… Le bébé était mort, monsieur Grand-Duc. Et j'ai tout de suite pensé que c'était injuste.

— Comment cela ?

— Cruel, si vous préférez. Toute une famille allait pleurer ce bébé mort. C'était une petite fille, elle portait une robe. Entrer en deuil. Une vie foutue. Et moi, j'étais incapable d'offrir un avenir à ma propre fille. Elle vivait, elle vivrait, sans personne, sans famille, rien que moi, et je comptais si peu. Vous comprenez ce que je veux dire par « cruel » ? Par « injuste » ?

— Je comprends…

— Oui. Ce n'est pas bien difficile. Le nourrisson mort dans la neige avait quasiment le même âge que ma fille. J'ai agi sans réfléchir. Comment vous expliquer ? J'avais, pour la première fois, l'impression d'être utile, vraiment. D'effectuer une sorte d'acte de bravoure. De sauver une vie, voilà ce que je pensais. Sauver une vie, sauver une famille, sauver ma petite fille, aussi. Un peu ce que doivent ressentir les médecins, les pompiers. C'est ce sentiment qui m'a tant surprise, cette nuit-là, qui m'a donné envie de devenir infirmière, ou quelque chose comme ça, après, après tout ça. Sauver des vies.

— Vous avez déshabillé le cadavre de ce bébé mort dans la neige ?

— Pour le sauver, monsieur Grand-Duc. Pour le sauver ! Je vous l'ai dit, n'avez-vous pas compris ? J'offrais mon enfant sans avenir à une famille aimante, sans doute riche, qui jamais ne connaîtrait mon sacrifice, qui pleurerait de joie devant le miracle, ne se doutant jamais de rien. Il y avait presque quelque chose de sacré…

— Mais ce n'est pas ce qui s'est passé. Pas du tout…

— Comment aurais-je pu deviner, monsieur Grand-Duc ? Comment aurais-je pu deviner qu'il y avait deux nouveau-nés dans l'avion ? Morts tous les deux, comme tous les autres passagers. Comment aurais-je pu imaginer les conséquences ? J'avais cru agir en sainte, ce soir-là, monsieur Grand-Duc. Oui, en sainte. J'ai suivi, ensuite, dans les journaux, toute cette affaire. Les deux familles qui se déchiraient. Le jugement. Que pouvais-je dire ? Que pouvais-je faire ? A part me taire ? Tout aurait dû être beaucoup plus simple. J'ai attendu près d'une heure, jusqu'à ce que les secours arrivent, tenant mon bébé dans les bras, vêtu de ses nouveaux habits. Lorsque j'ai entendu au loin les premiers pompiers approcher, les torches, les cris, j'ai déposé mon enfant dans la neige, juste assez loin de l'avion pour qu'il soit réchauffé par les flammes, sans être brûlé. Je l'ai embrassé une dernière fois. Dans quelques heures, on lui donnerait une nouvelle famille. Je me suis enfuie dans la nuit chaude avec le petit corps nu du bébé mort dans le crash, enveloppé dans ma couverture.

— C'est vous qui l'avez enterré à côté de la cabane ?

— Que pouvais-je faire d'autre ? Avez-vous une autre idée ? Pelletier dormait encore, toujours sous coke. J'ai gratté le sol comme une folle, avec mes mains, dans la neige. J'étais trempée. J'avais les mains en sang. J'ai creusé. Longtemps. Pelletier est arrivé derrière moi alors que j'avais presque terminé. Le cadavre du bébé reposait déjà dans la tombe. J'inventais des prières avant de le recouvrir de terre, je n'en connaissais aucune, Pelletier était comme un fou, il croyait que c'était ma petite fille, que je l'avais tuée…

— Il a compris lorsqu'il a vu la gourmette au poignet de l'enfant ?

— Oui. Dans mon affolement, à aucun moment je n'ai fait attention à ce petit bijou. Une gourmette gravée. *Lyse-Rose*. Pelletier, lui, l'a repérée au premier regard. Qu'elle était en or, aussi. Le deal était simple. Je lui laissais le bijou et il fermait sa gueule. Il a arraché la gourmette du poignet de l'enfant. Il est parti. Je ne l'ai jamais revu. Moi, je suis restée encore un peu. J'ai poussé la terre mouillée de neige dans la tombe. A tâtons, j'attrapais des pierres, des cailloux, je les empilais. Mes doigts gelés ne parvenaient presque plus à se plier. J'ai mis une éternité à fabriquer une croix avec deux morceaux de bois. J'ai dormi le reste de la nuit dans la cabane, près des cendres. Enfin, non, je crois que je n'ai pas dormi, cette nuit-là. Ni les nuits d'après.

— Vous êtes retournée près de la tombe, les années suivantes ?

— Oui… Cela, vous l'avez compris. Petit à petit, la vie a repris le dessus. Mes parents me recherchaient, faisaient passer ces fameux avis de recherche dans les journaux. Je suis retournée à Belfort, finalement. J'ai repris mes études. Je suis devenue infirmière, comme je vous l'ai dit. J'ai rencontré Laurent il y a six ans. Laurent Luisans. Il est brancardier à l'hôpital. Mes parents étaient âgés, mon père est mort il y a cinq ans et ma mère l'année dernière. Avec Laurent, nous ne sommes pas mariés, mais j'ai tenu tout de même à utiliser son nom. Laurent ne sait rien de mon passé. Personne n'est au courant, d'ailleurs. Laurent voudrait un enfant. Il n'est pas trop tard pour moi. Je n'ai que trente-six ans. Je ne sais pas. C'est compliqué pour moi, vous comprenez.

— Je comprends, Mélanie. Vous ne m'avez pas répondu, pour la tombe.

— J'y viens, monsieur Grand-Duc. Oui, j'y suis retournée tous les ans. Chaque 27 août, l'anniversaire de la naissance de mon enfant. C'est comme si c'était mon propre enfant que j'avais enterré sur le mont Terrible, monsieur Grand-Duc. Vous comprenez ? Mon propre enfant, pas un étranger. Pas cette Lyse-Rose. Je revenais entretenir la tombe, fleurir la croix. Une année, il y a une éternité, c'était en 1987, je me suis rendu compte que quelqu'un avait fouillé les pierres, les avait déplacées. Qui ? Je savais que l'affaire Vitral-Carville n'était pas close, qu'elle ne le serait jamais d'ailleurs, qu'elle ne pouvait pas l'être.

— A moins que quelqu'un n'exhume le cadavre de nourrisson enterré dans une couverture à côté de la cabane. Un détective tenace, par exemple.

— Par exemple. J'ai pris peur. Qu'en exhumant ce cadavre on exhume mon passé. J'ai vidé la tombe. Nettoyé la dernière preuve.

— Vous avez creusé une autre tombe ailleurs ? Plus discrète ?

— Cela ne vous regarde pas, monsieur Grand-Duc. Cela ne regarde que moi. Qu'allez-vous faire, maintenant ?

— Je l'ignore. Peut-on se rencontrer ?

— Je crois que je n'ai pas vraiment le choix. Je suis à votre merci, comme on dit. Le plus tôt sera le mieux. Laurent commence demain matin, à cinq heures. Moi, je fais la nuit. Pas simple, vous voyez, la vie des hospitaliers. Je termine à huit heures à Montbéliard. Le temps de rentrer. Disons neuf heures chez moi, demain matin ?

Vous avez su me retrouver, après toutes ces années, je suppose que vous saurez trouver la route… J'espère que vous serez discret, monsieur Grand-Duc. J'ai changé de vie. J'ai réussi, cela n'a pas été simple d'oublier. Je n'ai rien voulu faire de mal, ce soir-là, sur le mont Terrible. Bien au contraire. Je ne pouvais pas prévoir…

— Prévoir quoi ?

— …

— Prévoir quoi, Mélanie ?

— … prévoir que ma fille me ressemblerait autant, lorsqu'elle aurait dix-huit ans…

Il était un peu plus de neuf heures. Le léger brouillard collé aux pentes du Jura commençait à se dissiper en voiles s'élevant vers les sommets. Marc repéra le premier la petite voiture blanche, quelques lacets plus bas, bien avant Dannemarie. Une Fiat Panda. Elle s'approcha doucement, passa devant eux, puis se gara quelques mètres plus haut, juste devant le chalet aux volets bleu ciel. Marc remarqua le caducée d'infirmière collé sur le pare-brise arrière. La conductrice, dont ils ne distinguaient que la chevelure blonde, demeura immobile devant le volant, de longs instants. Enfin, les feux de la voiture s'éteignirent.

La portière s'ouvrit sur le sourire fatigué d'un étrange visage familier.

62

20 mai 1999,
maternité des Aubépines, Dieppe

Tom dormait à poings fermés dans son petit lit de plastique transparent. Son corps se soulevait lentement. On ne distinguait de lui qu'un petit visage joufflu et des cheveux blonds, étonnamment longs pour un bébé de quatre jours.

Marc tenait la main de Lylie. Elle était fatiguée. Ses yeux se fermaient, malgré elle. Elle savourait le calme. Seule, enfin, avec Marc et Tom. Elle happait le silence comme un air frais raréfié, avant qu'une nouvelle infirmière n'entre comme une tornade.

Nicole venait de quitter la pièce. Lylie lui avait fait comprendre gentiment qu'elle avait besoin de repos. Nicole serait bien restée, nuit et jour, à veiller le petit Tom. Tout Dieppe était déjà au courant. Sa première visite avait été pour Pierre, au cimetière de Janval, mais ensuite elle avait retrouvé ses jambes de vingt ans pour passer de commerce en commerce annoncer la naissance. Un arrière-petit-fils ! Tout juste si elle ne distribuait pas des tracts… Marc attendait avec angoisse le moment où le tout-Dieppe, du maire au président du port de commerce, allait débarquer, un bouquet à la main.

La tête de Lylie tombait sur l'épaule de Marc, assis sur le bord du lit. Il n'osait plus bouger. Du bout des doigts, il attrapa le petit carton envoyé par Mélanie Belvoir. Il était agrafé à un énorme bouquet de roses. Trois fois plus gros que celui que Marc avait acheté.

Bonne chance au petit Tom. Lylie, je n'ai pas su être ta mère. Je m'en excuse encore. Peut-être m'accepteras-tu comme grand-mère ? J'essaierai de rattraper de mon mieux le temps perdu, tout ce que j'ai gâché par mon silence. Il n'est pas trop tard, je le crois, si tu le veux. Pour Tom au moins. Qui n'a pas rêvé d'avoir une mamy de trente-six ans ?

Prends soin de Marc.

Mélanie

Lylie, jusqu'à présent, avait refusé de rencontrer sa mère. Mélanie n'avait pas insisté. Lylie n'en avait pas le courage. Il lui fallait du temps. Tom était là, maintenant, il serait le lien entre les générations. Lylie ne se reposait pas depuis trois minutes lorsqu'une infirmière pénétra dans la chambre.

Jamais tranquilles, pensa Marc.

C'était pour la bonne cause ! L'infirmière portait à grand-peine un immense paquet-cadeau.

— Un coursier vient de l'apporter, précisa l'infirmière. Heureusement qu'on n'en a pas de si gros tous les jours. La carte pour le papa, le paquet pour la maman.

L'infirmière sortit. Lylie ouvrait des yeux ronds devant la taille du cadeau. Un mètre sur deux !

— Eh bien, ouvre, fit Marc.

— On croirait le cadeau du Schtroumpf farceur, commenta Lylie. Tu es sûr qu'il ne va pas exploser ?

— Tout dépend de qui l'a envoyé…

Pendant que Marc décachetait la petite enveloppe blanche, Lylie s'attaquait au paquet, déchirant les grands pans de papier de couleur qui emballaient le carton.

Marc reconnut immédiatement la petite écriture presque illisible.

Malvina.

Un sentiment de plénitude le submergea.

— Qui c'est ? demanda Lylie, tout en s'acharnant sur le paquet.

— Une amie, répondit doucement Marc. Une amie très chère.

— Ah ?

Lylie venait à bout du paquet. Elle déchira à pleines mains le carton. Un gros ours en peluche, marron et jaune, jaillit de la boîte. Lylie poussa un cri de joie :

— Mon Dieu ! Qu'il est beau !

Marc déchiffra sur la carte les graffitis de Malvina.

Pour le petit bâtard.
Il a intérêt d'y faire gaffe.

Il ne put retenir un sourire. Il serra très fort la main de Lylie, puis se tourna vers la peluche.

— Salut, mon gros. Ça faisait un sacré bout de temps que tu l'attendais, ce moment, hein ? Rencontrer notre Lylie !

La jeune maman roulait des yeux étonnés.

— Lylie, je te présente Banjo.

Composé par Facompo
à Lisieux, Calvados

Imprimé en France par

MAURY IMPRIMEUR
à Malesherbes (Loiret)
en octobre 2014

*Étui imprimé et réalisé en France
par Boutaux Packaging*

POCKET – 12, avenue d'Italie – 75627 Paris Cedex 13

N° d'impression : 192923
Dépôt légal : octobre 2014
S25271/01